FABELHEIM

ENTDECKE FABELHEIM:

FABELHEIM

VON BRANDON MULL

ÜBERSETZUNG HANS LINK

ISBN: 978-3-985850-21-1
1. Auflage 2022

Dieses Werk wurde vermittelt durch die Literarische Agentur
Thomas Schlück GmbH, 30161 Hannover.

Übersetzung: Hans Link
Brandon Mull, Fabelheim

Korrektorat deutsche Ausgabe: G.M. Pum, Lara Krüger
Umschlagillustration: Marie Beschorner
Satz deutsche Ausgabe: Catherine Strefford

www.adrian-verlag.de

INHALT

Für Mary, die das Schreiben
möglich gemacht hat

KAPITEL 1

ZWANGSFERIEN

Kendra sah aus dem Seitenfenster des SUV und beobachtete, wie das Blätterwerk vorbeirauschte. Als die Hektik der Bewegung zu viel wurde, schaute sie nach vorn und heftete ihren Blick auf einen bestimmten Baum. Sie beobachtete, wie er langsam näher kam, vorbeihuschte und dann allmählich hinter ihr verschwand.

War das Leben auch so? Man konnte zwar in die Zukunft schauen oder zurück in die Vergangenheit, aber die Gegenwart veränderte sich zu schnell, um sie zu erfassen. Zumindest manchmal – heute jedoch fuhren sie über einen endlosen, zweispurigen Highway durch die bewaldeten Hügel von Connecticut.

»Warum hast du uns nicht gesagt, dass Opa Sørensen in Wirklichkeit in Indien lebt?«, beklagte sich Seth.

Ihr Bruder war elf und würde bald in die sechste Klasse kommen. Er hatte keine Lust mehr, noch länger Video zu spielen – ein unwiderlegbarer Beweis für die wahrhaft epischen Ausmaße dieser Autofahrt.

Mom drehte sich zu den Rücksitzen um. »Es ist jetzt nicht mehr weit. Genieß die Landschaft.«

»Ich hab Hunger«, sagte Seth.

Mom stöberte in einer Einkaufstasche voller Snacks. »Erdnussbutter und Cracker?«

Seth griff nach den Crackern. Dad saß am Steuer und wollte Schokomandeln. Letztes Jahr zu Weihnachten war er zu dem Schluss gekommen, dass Schokomandeln seine Lieblingssüßigkeiten waren und dass er das ganze Jahr über immer welche greifbar haben sollte. Nach fast sechs Monaten hielt er seinem Entschluss immer noch die Treue.

»Möchtest du auch etwas, Kendra?«

»Nein danke.«

Kendra richtete ihre Aufmerksamkeit wieder auf die vorbeijagenden Bäume. Ihre Eltern wollten mit allen Tanten und Onkeln mütterlicherseits zu einer siebzehntägigen Skandinavienkreuzfahrt aufbrechen, und keiner von ihnen musste etwas bezahlen. Aber nicht weil sie in einem Preisausschreiben gewonnen hatten. Sie machten eine Kreuzfahrt, weil Kendras Großeltern gestorben waren. Oma und Opa Larsen hatten Verwandte in South Carolina besucht, die dort in einem Wohnwagen lebten. Der eingebaute Gasofen hatte ein Leck bekommen, und sie waren alle im Schlaf erstickt. Schon lange vorher hatten Oma und Opa Larsen bestimmt, dass im Falle ihres Todes all ihre Kinder und Schwiegerkinder von einer zu diesem Zweck von ihnen hinterlegten Summe eine Skandinavienkreuzfahrt machen sollten.

Enkelkinder waren nicht eingeladen.

»Wird es nicht langweilig, wenn man siebzehn Tage auf einem Boot festsitzt?«, fragte Kendra.

Dad sah sie im Rückspiegel an. »Das Essen soll unglaublich gut sein. Schnecken, Fischeier und alles, was dazugehört.«

»Wir sind nicht übermäßig erpicht auf diese Kreuzfahrt«, sagte Mom traurig. »Ich glaube nicht, dass deine Großeltern einen Unfalltod im Sinn hatten, als sie diese Bitte formulierten.

Aber wir werden das Beste daraus machen.«

»Das Schiff läuft unterwegs Häfen an«, meinte Dad und lenkte das Gespräch bewusst in eine andere Richtung. »Man kann immer wieder von Bord gehen.«

»Wird diese Autofahrt auch siebzehn Tage dauern?«, fragte Seth.

»Wir sind fast da«, antwortete Dad.

»Müssen wir denn wirklich bei Oma und Opa Sørensen bleiben?«, meinte Kendra.

»Es wird euch Spaß machen«, erwiderte Dad. »Ihr solltet euch geehrt fühlen. Sie laden fast nie jemanden zu sich ein.«

»Genau. Wir kennen sie kaum. Sie sind Eremiten.«

»Nun, sie sind meine Eltern«, sagte Dad. »Und irgendwie habe ich überlebt.«

Die Straße schlängelte sich jetzt nicht mehr durch bewaldete Hügel, und sie fuhren durch eine Stadt. Vor einer Ampel hielten sie an, und Kendra beobachtete eine übergewichtige Frau, die ihren Minivan volltankte. Die Windschutzscheibe ihres Wagens war schmutzig, aber die Frau schien nicht die Absicht zu haben, sie zu waschen.

Kendra schaute nach vorn. Die Windschutzscheibe des SUV war ebenfalls verdreckt und von toten Insekten verschmiert, obwohl Dad sie bei ihrem letzten Tankstopp saubergewischt hatte. Sie waren heute den ganzen Weg von Rochester bis hierher gefahren.

Kendra wusste, dass Oma und Opa Sørensen sie nicht eingeladen hatten. Sie hatte mitgehört, wie Mom Opa Sørensen gebeten hatte, die Kinder bei sich aufzunehmen. Das war bei der Beerdigung gewesen.

Kendra lief ein Schauer über den Rücken, als sie an die Beerdigung dachte. Während der Totenwache waren Oma und Opa Larsen noch einmal in ihren Särgen ausgestellt worden. Es hatte Kendra nicht gefallen, Opa Larsen mit Make-up zu sehen. Welcher Wahnsinnige hatte befunden, dass man, wenn Menschen starben, einen Präparator engagieren sollte, der sie für einen letzten Auftritt zurechtmachte? Sie hätte die beiden lieber lebend in Erinnerung behalten als in dieser grotesken Zurschaustellung im Sonntagsstaat. Die Larsens waren ihre Großeltern, ein Teil ihres Lebens. Sie hatten oft die Ferien miteinander verbracht.

Kendra konnte sich kaum daran erinnern, Zeit mit Oma und Opa Sørensen verbracht zu haben. Etwa gleichzeitig mit der Heirat ihrer Eltern hatten sie einen Besitz in Connecticut geerbt. Die Sørensens hatten sie nie dorthin zu Besuch eingeladen, und nur selten waren sie selbst nach Rochester gekommen. Wenn sie kamen, dann für gewöhnlich einzeln, nur zweimal waren sie zusammen da gewesen. Die Sørensens waren nett, aber ihre Besuche waren zu selten und zu kurz gewesen für eine echte Bindung. Kendra wusste, dass Oma an irgendeinem College Geschichte unterrichtet hatte und dass Opa viel herumgekommen war und ein kleines Importgeschäft betrieb. Das war so ziemlich alles.

Alle waren überrascht, als Opa Sørensen bei der Beerdigung auftauchte. Seit sie das letzte Mal einer der Sørensens besucht hatte, waren achtzehn Monate vergangen. Opa hatte seine Frau entschuldigt, die nicht zu der Beerdigung kommen konnte, weil sie sich krank fühlte. Es schien immer irgendeine Ausrede zu geben. Manchmal fragte sich Kendra, ob sie vielleicht heimlich geschieden waren.

Als die Totenwache ihrem Ende entgegenging, hatte Kendra mit angehört, wie Mom Opa Sørensen zu beschwatzen versuchte, auf die Kinder aufzupassen. Sie standen in einem Flur, und gleich um die Ecke war der Raum mit den offenen Särgen. Kendra trat auf den Flur und hörte sie reden, da blieb sie stehen und lauschte.

»Warum können sie nicht bei Marci bleiben?«

»Normalerweise würden wir es ja so machen, aber Marci kommt mit auf die Kreuzfahrt.«

Kendra spähte um die Ecke. Opa Sørensen trug eine Fliege und ein braunes Jackett mit Flicken auf den Ellbogen.

»Wohin gehen denn Marcis Kinder?«

»Zu ihren Schwiegereltern.«

»Was ist mit einem Babysitter?«

»Zweieinhalb Wochen sind eine lange Zeit für einen Babysitter. Hattest du nicht einmal erwähnt, dass du sie zu dir einzuladen wolltest?«

»Ja, ich erinnere mich daran. Aber muss es denn Ende Juni sein? Warum nicht Juli?«

»Die Kreuzfahrt liegt zeitlich nun mal so. Außerdem, welchen Unterschied würde das machen?«

»Um diese Zeit haben wir immer besonders viel zu tun. Ich weiß nicht, Kate. Ich bin aus der Übung, was Kinder betrifft.«

»Stan, ich bin nicht scharf auf diese Kreuzfahrt. Sie war meinen Eltern wichtig, deshalb fahren wir. Ich will dich nicht unter Druck setzen.« Mom klang so, als wäre sie den Tränen nahe.

Opa Sørensen seufzte. »Ich nehme an, wir könnten einen Platz finden, wo wir sie einschließen können.«

An diesem Punkt hatte Kendra genug gehört, und seither hatte sie sich im Stillen vor dem Besuch bei ihren Großeltern gefürchtet.

Nachdem sie die Stadt hinter sich gelassen hatten, erklomm der SUV eine steile Anhöhe. Dann führte die Straße um einen See herum und verlor sich zwischen niedrigen, bewaldeten Hügeln. Ab und zu kamen sie an einem Briefkasten vorbei. Manchmal konnte man ein Haus durch die Bäume sehen, manchmal auch nur eine lange Einfahrt.

Sie bogen in eine schmalere Straße ab und fuhren weiter. Kendra beugte sich vor und überprüfte den Benzinstand. »Dad, unser Tank zeigt nur noch ein Viertel voll an«, bemerkte sie.

»Wir sind fast da. Wir tanken, nachdem wir euch abgesetzt haben.«

»Können wir nicht mit auf die Kreuzfahrt?«, fragte Seth. »Wir würden uns in den Rettungsbooten verstecken. Ihr könntet uns heimlich Essen bringen.«

»Ihr werdet bei Oma und Opa Sørensen viel mehr Spaß haben«, sagte Mom. »Wartet's nur ab. Gebt den beiden eine Chance.«

»Da wären wir«, sagte Dad.

Sie bogen von der Straße in eine Schottereinfahrt ab. Kendra konnte keine Spur von einem Haus entdecken, nur die Einfahrt, die sich nach einer Biegung zwischen den Bäumen verlor.

Kies knirschte unter den Reifen, und sie kamen an mehreren Schildern vorbei, die klarstellten, dass sie sich auf Privatbesitz befanden. Andere Schilder dienten offensichtlich dazu, Eindringlinge abzuschrecken. Sie kamen zu einem niedrigen Metalltor. Es stand offen, man konnte es jedoch schließen, um die Zufahrt zu versperren.

»Das ist ja die längste Einfahrt der Welt!«, jammerte Seth.

Je weiter sie fuhren, desto ungewöhnlicher wurden die Schilder. Aus Privatbesitz und Betreten verboten wurde Achtung

Schrotschüsse und Eindringlinge werden strafrechtlich verfolgt.

»Diese Schilder sind komisch«, bemerkte Seth.

»Wohl eher unheimlich«, murmelte Kendra.

Als sie durch eine weitere Kurve fuhren, kamen sie an einen hohen, schmiedeeisernen Zaun mit lanzenartigen Spitzen darauf. Das Doppeltor stand offen. Der Zaun erstreckte sich zu beiden Seiten in die baumbestandene Landschaft, so weit Kendra sehen konnte. Neben dem Zaun stand ein letztes Schild:

Ab hier lauert der sichere Tod.

»Leidet Opa Sørensen an Verfolgungswahn?«, fragte Kendra.

»Die Schilder sind ein Scherz«, sagte Dad. »Er hat dieses Land geerbt. Ich bin sicher, der Zaun war schon da.«

Nachdem sie durch das Tor gefahren waren, kam noch immer kein Haus in Sicht. Nur noch mehr Bäume und Sträucher. Sie fuhren über eine kleine Brücke, die sich über einen Bach spannte, und dann weiter einen flachen Hang hinauf. Dort endeten die Bäume abrupt, und hinter einem weiten Rasen stand das Haus.

Es war groß, aber nicht riesig, mit Unmengen von Giebeln und sogar einem Türmchen. Nach dem schmiedeeisernen Tor hatte Kendra eine Burg oder eine Villa erwartet. Das Haus war aus dunklem Holz und Stein gebaut und sah alt aus, schien aber in gutem Zustand zu sein. Das Grundstück war da schon wesentlich beeindruckender. Vor dem Haus blühte ein leuchtend bunter Blumengarten, und fein säuberlich gestutzte Hecken und ein Fischteich verliehen dem Ganzen zusätzlichen Charakter. Hinter dem Haus ragte eine gewaltige, braune Scheune auf, mindestens fünfzehn Meter hoch und gekrönt von einer Wetterfahne.

»Ich finde es herrlich«, sagte Mom. »Ich wünschte, wir könnten alle bleiben.«

»Du bist noch nie hier gewesen?«, fragte Kendra.

»Nein. Dein Vater war einige Male hier, bevor wir geheiratet haben.«

»Sie geben sich alle Mühe, Besucher abzuschrecken«, meinte Dad. »Ich, Onkel Carl, Tante Sophie – keiner von uns hat hier viel Zeit verbracht. Ich begreife es nicht. Ihr könnt euch wirklich glücklich schätzen. Ihr werdet einen Mordsspaß haben. Und wenn es nichts anderes zu tun gibt, könnt ihr im Pool spielen.«

Sie hielten vor der Garage.

Die Vordertür ging auf, und Opa Sørensen erschien, gefolgt von einem hochgewachsenen, schlaksigen Mann mit großen Ohren und einer dünnen, älteren Frau. Mom, Dad und Seth stiegen aus dem Wagen. Kendra blieb sitzen und beobachtete das Geschehen.

Opa war bei der Beerdigung glattrasiert gewesen, aber jetzt hatte er einen weißen Stoppelbart. Bekleidet war er mit ausgewaschenen Jeans, Arbeitsstiefeln und einem Flanellhemd.

Kendra betrachtete die ältere Frau. Das war nicht Oma Sørensen. Ihr weißes Haar war nur noch von wenigen schwarzen Strähnen durchzogen, aber ihr Gesicht hatte etwas Zeitloses. Ihre Mandelaugen waren so schwarz wie Kaffee, und die Gesichtszüge ließen auf einen Hauch asiatisches Blut schließen. Klein und leicht gebeugt, hatte sie sich eine exotische Schönheit bewahrt.

Dad und der schlaksige Mann öffneten den Kofferraum des SUV und machten sich daran, Koffer und Reisetaschen auszuladen. »Kommst du, Kendra?«, fragte Dad.

Kendra öffnete die Wagentür und stieg aus.

»Stell die Sachen einfach hinein«, sagte Opa zu Dad. »Dale wird sie ins Schlafzimmer hinaufbringen.«

»Wo ist Mom?«, fragte Dad.

»Sie besucht deine Tante Edna.«

»In Missouri?«

»Edna liegt im Sterben.«

Kendra, die Tante Edna nicht kannte, bedeutete diese Neuigkeit nicht viel. Sie blickte zum Haus hinauf und sah, dass die Fenster Butzenscheiben hatten. Unter den Dachtraufen hingen Vogelnester.

Gemeinsam schlenderten sie auf die Haustür zu. Dad und Dale trugen die größeren Taschen. Seth hatte in einer Hand eine kleine Reisetasche und in der anderen eine Müslischachtel. Die Müslischachtel war seine Notfallausrüstung. Sie enthielt lauter Krimskrams, von dem er glaubte, er könnte bei einem Abenteuer nützlich sein – Gummibänder, ein Kompass, Schokoriegel, Münzen, eine Wasserpistole, eine Lupe, Plastikhandschellen, Bindfaden und eine Pfeife.

»Das ist Lena, unsere Haushälterin«, erklärte Opa. Die schon etwas ältere Frau nickte und winkte kurz. »Dale hilft mir, das Grundstück in Schuss zu halten.«

»Du bist aber hübsch«, sagte Lena zu Kendra. »Du musst ungefähr vierzehn sein.« Lena hatte einen schwachen Akzent, den Kendra nicht einordnen konnte.

»Im Oktober.«

Am Eingang hing ein eiserner Türklopfer, ein blinzelnder Kobold mit einem Ring im Mund. Die dicke Tür hing in mächtigen Angeln.

Kendra betrat das Haus. Die Eingangshalle hatte einen auf Hochglanz polierten Holzboden. Auf einem niedrigen Tisch stand ein verwelkender Blumenstrauß in einer weißen Keramikvase, und neben einer schwarzen Bank mit hoher, geschnitzter Rückenlehne war ein großer Mantelständer aus Messing. An der Wand hing ein Gemälde von einer Fuchsjagd.

Kendra konnte in einen anderen Raum sehen, in dem der größte Teil des Holzbodens von einem riesigen, feingemusterten Teppich bedeckt war. Wie das Haus selbst war auch die Einrichtung alt, aber gut erhalten. Die Sofas und Sessel sahen größtenteils aus wie die, die man in einem historischen Gemäuer erwarten würde.

Dale machte sich mit einigen Taschen auf den Weg die Treppe hinauf. Lena entschuldigte sich und ging in einen anderen Raum.

»Das Haus ist wunderschön«, schwärmte Mom. »Ich wünschte, wir hätten Zeit für eine Führung.«

»Vielleicht, wenn ihr zurückkommt«, sagte Opa.

»Danke, dass ihr die Kinder bei euch aufnehmt«, warf Dad ein.

»Es ist uns ein Vergnügen. Und jetzt lasst euch von mir nicht länger aufhalten.«

»Wir haben einen ziemlich engen Zeitplan«, entschuldigte sich Dad.

»Und ihr seid brav und tut, was immer Opa Sørensen euch sagt«, meinte Mom, dann umarmte sie die beiden. Kendra schossen Tränen in die Augen, aber sie hielt sie zurück. »Viel Spaß bei eurer Kreuzfahrt.«

»Noch bevor ihr euch's verseht, sind wir wieder da«, sagte Dad und legte einen Arm um Kendra, während er Seth das Haar zerzauste.

Winkend traten Mom und Dad durch die Tür. Kendra folgte ihnen und beobachtete, wie sie in den SUV stiegen. Dad hupte, und sie fuhren davon. Als der Wagen zwischen den Bäumen verschwunden war, kämpfte Kendra abermals gegen die Tränen an.

Mom und Dad lachten wahrscheinlich und waren erleichtert, dass sie nun endlich auf dem Weg zu dem längsten Urlaub ihres ganzen Ehelebens waren. Sie konnte die Kristallgläser förmlich klirren hören. Und sie stand hier mutterseelenallein. Kendra schloss die Tür. Seth, der wie immer von allem nichts mitbekam, untersuchte die reich verzierten Figuren eines Schachspiels.

Opa stand in der Eingangshalle und beobachtete Seth mit zurückhaltender Anspannung.

»Lass die Schachfiguren in Ruhe«, sagte Kendra. »Sie sehen teuer aus.«

»Ach, ist schon in Ordnung«, meinte Opa. An der Art, wie er das sagte, merkte Kendra jedoch, wie erleichtert er war, als Seth die Figuren wieder hinstellte. »Soll ich euch euer Zimmer zeigen?«

Sie folgten Opa die Treppe hinauf und durch einen mit Teppich ausgelegten Flur bis zu einer schmalen Holztreppe, die zu einer weißen Tür hinaufführte. Opa ging die knarrenden Stufen hinauf.

»Wir haben nicht oft Gäste, und erst recht keine Kinder«, sagte er über die Schulter. »Ich denke, auf dem Dachboden werdet ihr es am bequemsten haben.«

Er öffnete die Tür, und hinter ihm betraten sie das Zimmer. Kendra, die auf Spinnweben und Foltergeräte gefasst war, stellte zu ihrer Erleichterung fest, dass der Dachboden ein fröhliches Spielzimmer war, geräumig, sauber und hell. In dem langgestreckten Raum standen zwei Betten, außerdem noch Regale voller Kinderbücher, Kleiderschränke, adrette Ankleidekommoden, ein Einhornschaukelpferd, etliche Spielzeugtruhen und ein Käfig mit einem Huhn darin.

Seth ging direkt auf das Huhn zu. »Cool!« Er schob die Finger durch die schmalen Gitterstäbe und versuchte, die orangegoldenen Federn zu berühren.

»Vorsicht, Seth«, warnte Kendra.

»Ihm wird nichts passieren«, sagte Opa. »Goldlöckchen ist eher ein Haustier als ein Hofhuhn. Normalerweise kümmert eure Großmutter sich um sie. Ich dachte, ihr hättet nichts dagegen, für sie einzuspringen, solange sie fort ist. Ihr werdet Goldlöckchen füttern, ihren Käfig sauberhalten und ihre Eier einsammeln müssen.«

»Sie legt Eier!« Seth wirkte erstaunt und entzückt.

»Ein oder zwei Eier am Tag, wenn ihr dafür sorgt, dass sie genügend Futter hat«, erklärte Opa. Er zeigte auf einen weißen Plastikeimer voller Körner in der Nähe des Käfigs. »Eine Kelle am Morgen und eine am Abend dürften genügen. Ihr müsst ihren Käfig alle zwei Tage reinigen und zusehen, dass sie reichlich Wasser hat. Jeden Morgen geben wir ihr ein winziges Schälchen Milch.« Opa zwinkerte. »Das ist das Geheimnis ihrer Eierproduktion.«

»Dürfen wir sie herausnehmen?« Die Henne war so nah gekommen, dass Seth mit einem Finger ihre Federn streicheln konnte.

»Steckt sie nur anschließend wieder in den Käfig.« Opa bückte sich, um einen Finger in den Käfig zu schieben, und Goldlöckchen pickte sofort danach. Er zog die Hand wieder zurück. »Sie mochte mich noch nie besonders.«

»Manche von diesen Spielsachen sehen ziemlich teuer aus«, bemerkte Kendra, die jetzt neben einem kunstvollen viktorianischen Puppenhaus stand.

»Spielzeuge sind zum Spielen da«, erwiderte Opa. »Tut einfach euer Bestes, pfleglich damit umzugehen. Das sollte reichen.«

Seth ging von dem Hühnerkäfig zu einem kleinen Klavier in der Ecke des Raums. Er schlug auf die Tasten, und die Töne, die herauskamen, klangen ganz anders als Kendra erwartet hatte. Es war ein Cembalo.

»Betrachtet diesen Dachboden als euer Reich«, sagte Opa. »Ich werde euch nicht damit zur Last fallen, hier drin aufzuräumen, solange ihr den Rest des Hauses mit Respekt behandelt.«

»Geht in Ordnung«, erwiderte Kendra.

»Außerdem habe ich bedauerliche Neuigkeiten. Die Zeckensaison ist auf dem Höhepunkt. Habt ihr zwei schon mal was von Borreliose gehört?«

Seth schüttelte den Kopf.

»Ich glaube, ja«, sagte Kendra.

»Man hat sie zum ersten Mal in Lyme entdeckt, in Connecticut, nicht allzu weit von hier. Man bekommt sie von Zeckenbissen. Der Wald ist in diesem Jahr voll davon.«

»Was passiert, wenn man diese Krankheit bekommt?«, wollte Seth wissen.

Opa schwieg einen Moment lang ernst. »Es fängt an mit einem Ausschlag. Dann kann es zu Arthritis, Lähmungen und Herzversagen kommen. Außerdem, Krankheit hin, Krankheit her, ihr wollt bestimmt nicht, dass sich irgendwelche Zecken in eure Haut bohren, um euer Blut zu trinken. Wenn ihr versucht, sie herauszuziehen, geht der Kopf ab. Und es ist schwer, ihn wieder rauszubekommen.«

»Das ist ja ekelhaft!«, rief Kendra.

Opa nickte grimmig. »Sie sind so klein, dass man sie kaum sieht, zumindest nicht, bis sie sich mit Blut vollsaugen. Dann werden sie so groß wie eine Weintraube. Wie dem auch sei, die Sache ist die, ihr dürft den Wald unter keinen Umständen betreten. Bleibt auf dem Rasen. Wenn ihr diese Regel brecht, muss ich eure Freiheiten, was den Aufenthalt draußen betrifft, widerrufen. Haben wir uns verstanden?«

Kendra und Seth nickten.

»Außerdem müsst ihr euch aus der Scheune fernhalten. Zu viele Leitern und rostige alte Gerätschaften. Dieselben Regeln, die für den Wald gelten, gelten auch für die Scheune. Wenn ihr einen Fuß dort hineinsetzt, werdet ihr den Rest eures Aufenthalts in diesem Zimmer verbringen.«

»In Ordnung«, sagte Seth, durchquerte den Raum und stellte sich vor eine kleine Staffelei, die auf einer mit Farbspritzern übersäten Plane stand. Auf der Staffelei war eine leere Leinwand. Neben Regalen mit Farbkrügen lehnten noch weitere leere Leinwände an der Wand. »Darf ich malen?«

»Ich erkläre es euch noch einmal, dieser Raum gehört euch«, antwortete Opa. »Versucht nur, ihn nicht zu verwüsten. Ich habe viel zu erledigen, also werde ich nicht allzu häufig da sein. Ihr solltet hier reichlich Spielzeug und andere Sachen finden, mit denen ihr euch beschäftigen könnt.«

»Was ist mit einem Fernseher?«, fragte Seth.

»Kein Fernseher und kein Radio«, erwiderte Opa. »Hausregeln. Wenn ihr irgendetwas braucht, ist Lena immer in der Nähe.« Er deutete auf eine purpurne Kordel, die neben einem der Betten an der Wand hing. »Zieht einfach an der Kordel, wenn ihr sie braucht. Und jetzt wird Lena gleich mit eurem Abendessen hier sein.«

»Werden wir nicht zusammen essen?«, fragte Kendra.

»Ab und zu schon. Jetzt werde ich allerdings auf der Heuwiese gebraucht. Bin vielleicht erst spät zurück.«

»Wie viel Land besitzt du?«, fragte Seth.

Opa lächelte. »Mehr als genug. Wollen wir es dabei bewenden lassen. Ich sehe euch dann morgen früh.« Er wandte sich zum Gehen, hielt dann jedoch noch einmal inne und griff in seine Jackentasche. Er drehte sich um und reichte Kendra einen kleinen Schlüsselbund mit drei Miniaturschlüsseln in verschiedenen Größen. »Jeder dieser Schlüssel passt zu irgendetwas in diesem Raum. Schaut, ob ihr herausfinden könnt, was die Schlüssel aufschließen.«

Opa Sørensen verließ den Raum und zog die Tür hinter sich zu. Kendra lauschte, während er die Treppe hinunterging. Sie stand wartend an der Tür und drehte dann sachte an dem Türknauf. Er ließ sich mühelos bewegen. Sie schob die Tür auf, spähte die leere Treppe hinunter und zog sie dann wieder zu. Zumindest hatte er sie nicht eingeschlossen.

Seth öffnete eine Spielzeugtruhe und betrachtete den Inhalt. Die Spielzeuge waren altmodisch, aber in bester Verfassung. Soldaten, Puppen, Puzzles, Stofftiere, Holzklötze. Kendra schlenderte zu einem Fernrohr am Fenster hinüber. Sie spähte hindurch und drehte es so, dass sie durch die Fensterscheibe nach draußen sehen konnte. Dann drehte sie an dem Knopf zum Scharfstellen. Das Bild wurde zwar schärfer, aber doch nicht richtig scharf.

Sie hörte auf, an dem Knopf herumzudrehen, und besah sich das Fenster. Es hatte Butzenscheiben, und das gewölbte Glas verzerrte die Sicht.

Schließlich löste Kendra einen Riegel und drückte das Fenster auf. Sie hatte gute Sicht auf den Wald östlich des Hauses, der jetzt im goldenen Schein der untergehenden Sonne lag. Nachdem sie das Fernrohr näher ans Fenster gerückt hatte, verbrachte sie einige

Zeit damit, sich mit der Einstellung vertraut zu machen, bis sie die einzelnen Blätter der Bäume scharf und haarfein im Bild hatte.

»Lass mal sehen«, sagte Seth, der jetzt neben ihr stand.

»Heb zuerst diese Spielsachen auf.« Vor der offenen Truhe lagen etliche Spielzeuge wild verstreut.

»Opa hat gesagt, wir können hier drin tun, was wir wollen.«

»Ohne dabei ein komplettes Chaos anzurichten. Du hast schon angefangen, den Raum zu verwüsten.«

»Ich spiele. Dies ist ein Spielzimmer.«

»Erinnerst du dich daran, wie Mom und Dad gesagt haben, dass wir keine Unordnung machen sollen?«

»Erinnerst du dich daran, dass Mom und Dad nicht hier sind?«

»Ich werd's ihnen erzählen.«

»Wie denn? Willst du ihnen eine Flaschenpost schicken? Bis sie zurückkommen, hast du es sowieso vergessen.«

Kendra bemerkte einen Kalender an der Wand. »Ich werde es in den Kalender schreiben.«

»Gut. Und während du das tust, werde ich durch das Fernrohr schauen.«

»Das ist das Einzige hier drin, womit ich mich beschäftigt habe. Warum suchst du dir nicht etwas anderes?«

»Ich habe das Fernrohr zuerst gar nicht gesehen. Warum teilst du es nicht mit mir? Sagen Mom und Dad nicht auch immer, dass wir teilen sollen?«

»Schön«, erwiderte Kendra. »Es gehört dir. Aber ich mache das Fenster zu. Es kommen Insekten rein.«

»Egal.« Sie schloss das Fenster.

Seth spähte durch das Okular und drehte an dem Schärferegler. Kendra sah sich den Kalender genauer an. Er war aus dem Jahr

1953, ein Bildkalender. Zu jedem Monat gab es ein Bild eines Feenpalastes.

Sie blätterte den Kalender bis zum Juni durch. Heute war der 11. Juni. Die Wochentage stimmten nicht, aber sie konnte zumindest die Tage zählen, bis ihre Eltern am 28. Juni zurückkommen würden.

»Dieses blöde Ding lässt sich nicht mal richtig scharf stellen«, beklagte sich Seth.

Kendra lächelte.

KAPITEL 2

Verdächtige Hinweise

Am nächsten Morgen saß Kendra beim Frühstück ihrem Großvater gegenüber. Die hölzerne Uhr an der Wand über ihm zeigte acht Uhr dreiundvierzig. In ihrem Augenwinkel blitzte das Sonnenlicht. Seth benutzte sein Buttermesser, um sie damit zu blenden. Sie saß im Schatten, daher konnte sie ihm nicht Gleiches mit Gleichem vergelten.

»Niemand hat gern die Sonne in den Augen, Seth«, bemerkte Opa.

Seth hörte auf. »Wo ist Dale?«, fragte er.

»Dale und ich sind schon seit einigen Stunden auf. Er ist draußen und arbeitet. Ich bin nur hier, um euch bei eurem ersten Frühstück hier Gesellschaft zu leisten.«

Lena stellte Seth und Kendra eine Schale hin.

»Was ist das?«, fragte Seth.

»Weizensahne«, erwiderte Lena.

»Damit du was auf die Rippen bekommst«, fügte Opa hinzu.

Seth stocherte mit seinem Löffel in der Weizensahne. »Was ist da drin? Blut?«

»Beeren aus dem Garten und selbstgemachtes Himbeerkompott«, sagte Lena und stellte einen Teller mit Toastscheiben auf den Tisch, außerdem Butter, einen Krug Milch, ein Zuckerschälchen und ein Schälchen mit Marmelade.

Kendra probierte etwas von der Weizensahne. Sie war köstlich. Die Beeren und das Himbeerkompott verliehen ihr eine geradezu vollkommene Süße.

»Das ist gut!«, sagte Seth. »Stell dir nur vor, Dad isst jetzt Schnecken.«

»Ihr denkt an die Regeln, die den Wald betreffen«, vergewisserte sich Opa.

»Und dass wir uns von der Scheune fernhalten sollen«, erwiderte Kendra.

»Braves Mädchen. Hinterm Haus ist ein Swimmingpool, den wir für euch hergerichtet haben – chemisch neutrales Wasser und was nicht noch alles. Ihr könnt die Gärten erkunden und immer in eurem Zimmer spielen. Befolgt einfach die Regeln, und wir werden gut miteinander auskommen.«

»Wann kommt Oma zurück?«, erkundigte sich Kendra.

Opa sah auf seine Hände. »Das hängt von eurer Tante Edna ab. Könnte nächste Woche sein. Könnte auch ein paar Monate dauern.«

»Nur gut, dass Oma sich von ihrer Krankheit erholt hat«, meinte Kendra.

»Krankheit?«

»Die, die sie von der Beerdigung ferngehalten hat.«

»Richtig. Ja, sie war noch ein wenig unpässlich, als sie nach Missouri aufgebrochen ist.«

Opa benahm sich etwas eigenartig. Kendra fragte sich, ob er sich in der Nähe von Kindern unwohl fühlte.

»Ich bin traurig, dass wir sie verpasst haben«, sagte Kendra.

»Sie war auch traurig deswegen. Hm, ich mache mich dann mal besser auf den Weg.« Opa hatte nichts gegessen. Er schob seinen

Stuhl zurück, stand auf und rieb sich die Hände an seinen Jeans. »Wenn ihr schwimmen geht, vergesst nicht, euch mit Sonnencreme einzureiben. Ich sehe euch dann später.«

»Beim Mittagessen?«, fragte Seth.

»Wahrscheinlich nicht vor dem Abendessen. Lena wird euch alles geben, was ihr braucht.«

Er verließ den Raum.

Im Badeanzug, ein Handtuch über der Schulter, trat Kendra durch die Tür auf die hintere Veranda. Sie hatte einen Handspiegel dabei, den sie in dem Nachtschränkchen neben ihrem Bett gefunden hatte. Der Griff war aus Perlmutt und mit Strass besetzt. Die Luft war ein wenig feucht, aber angenehm warm.

Sie ging zum Geländer der Veranda und betrachtete den wunderbar gepflegten Garten. Weiß gepflasterte Pfade schlängelten sich zwischen Blumenbeeten und Hecken hindurch, gesäumt von Gemüsegärten, Obstbäumen und blühenden Pflanzen. Alle Blumen schienen in voller Blüte zu stehen. Kendra hatte noch nie so leuchtende Blumen gesehen.

Seth war bereits im Wasser. Das Becken war schwarz und am Rand mit Steinen eingefasst, so dass es fast wie ein Teich aussah. Kendra eilte die Stufen hinunter und ging über einen Pfad zum Pool.

Der ganze Garten summte von prallem Leben. Kolibris schwebten mit fast unsichtbaren Flügeln durch die Luft und huschten durch das Blätterwerk. Riesige Hummeln mit pelzigen Hinterleibern summten von einer Blüte zur nächsten. Eine verblüffende Vielfalt von Schmetterlingen flatterte mit seidenpapierdünnen Flügeln durch den Garten.

Kendra kam an einem kleinen, trockenen Springbrunnen mit einer Froschstatue vorbei. Als ein großer Schmetterling auf dem Rand eines leeren Vogelbades landete, blieb sie stehen. Der Schmetterling hatte riesige Flügel - blau, schwarz und violett. Sie hatte noch nie einen Schmetterling mit so lebendigen Farben gesehen. Natürlich hatte sie auch noch nie einen solchen Weltklassegarten besucht. Das Haus war nicht direkt eine Villa, aber das Grundstück hätte einem König alle Ehre gemacht. Kein Wunder, dass Opa Sørensen so viel zu tun hatte.

Der Pfad führte Kendra schließlich zum Pool. Der Bereich rund um das Becken war mit farbigen Steinen gepflastert. Es standen einige bequem aussehende Liegestühle bereit und ein runder Tisch mit einem großen Sonnenschirm.

Seth sprang mit angezogenen Beinen von einem hohen Stein aus in den Swimmingpool und klatschte mit einem gewaltigen Platschen ins Wasser. Kendra legte ihr Handtuch und den Spiegel auf den Tisch und griff nach der Sonnencreme. Sie schmierte sich die weiße Creme aufs Gesicht, die Arme und die Beine.

Während Seth tauchte, nahm Kendra den Spiegel und reflektierte damit die Sonne aufs Wasser. Als Seth an die Oberfläche kam, blendete sie ihn mit einem leuchtend hellen Sonnenstrahl.

»He!«, rief er und schwamm in die andere Richtung. Jetzt richtete sie das Funkeln des Spiegels auf Seths Hinterkopf. Seth hielt sich am Rand des Pools fest und drehte sich wieder um. Dann riss er eine Hand hoch und blinzelte, um das Licht abzuwehren. Schließlich musste er den Blick abwenden.

Kendra lachte.

»Lass das!«, rief Seth.

»Es gefällt dir nicht?«

»Hör auf damit. Ich werd's nicht wieder tun. Opa hat mich bereits ermahnt.«

Kendra legte den Spiegel auf den Tisch. »Dieser Spiegel ist um einiges heller als ein Buttermesser«, sagte sie spitz. »Ich wette, er hat bereits dauerhafte Schäden auf deiner Netzhaut hinterlassen.«

»Ich hoffe es, dann werde ich dich auf eine Million Dollar verklagen.«

»Viel Glück. Ich habe ungefähr hundert auf der Bank. Das könnte zumindest reichen, um dir eine Augenklappe zu kaufen.«

Wütend schwamm er auf sie zu, und Kendra ging an den Rand des Pools. Als er herauskletterte, stieß sie ihn wieder hinein. Sie war fast einen Kopf größer als Seth, und normalerweise wurde sie mit ihm fertig, obwohl er ziemlich zappelig war, wenn es zu einer Rauferei kam.

Seth änderte seine Taktik und begann sie nass zu spritzen. Das Wasser fühlte sich kalt an, und zuerst wich Kendra zurück, dann sprang sie über Seth hinweg in den Pool. Nach dem ersten Schock gewöhnte sie sich schnell an die Temperatur und schwamm auf das flache Ende des Beckens zu, weg von ihrem Bruder.

Er jagte ihr nach, und das Ganze endete mit einer Wasserschlacht. Seth peitschte mit weit ausgestreckten Armen Wasser auf, und Kendra versuchte es mit einzelnen, gezielten Wellenstößen. Schon bald verloren sie die Lust. Es war schwer, eine Wasserschlacht zu gewinnen, wenn beide Teilnehmer ohnehin schon vollkommen durchnässt waren.

»Lass uns um die Wette schwimmen«, schlug Kendra schließlich vor.

Sie jagten hin und her durch den Pool. Zuerst Freistil, dann Rücken-, Brust- und Seitenlage. Danach dachten sie sich Handicaps aus, zum Beispiel ohne Einsatz der Arme schwimmen oder auf einem Fuß von einem Rand des Pools zum anderen Ende hüpfen. Meistens gewann Kendra, aber Seth war im Rückenschwimmen schneller und auch bei einigen der Handicap-Rennen.

Als es Kendra zu langweilig wurde, stieg sie aus dem Wasser. Sie ging zu dem Tisch und holte sich ihr Handtuch, dann strich sie über ihre langen Haare und genoss das Gefühl, wie die nassen Strähnen wie Gummi an ihren Fingern klebten.

Seth kletterte auf einen großen Felsbrocken am tiefen Ende des Pools.

»Sieh dir diesen Ankersprung an!« Ein Bein durchgedrückt und das andere an die Brust gezogen sprang er ins Wasser.

»Gut gemacht«, sagte Kendra, als er wieder an die Oberfläche kam, um ihn zufriedenzustellen. Als sie wieder zu dem Tisch hinübersah, erstarrte sie. Über und um den Handspiegel herum flatterten Kolibris, Hummeln und Schmetterlinge. Ein paar Schmetterlinge und zwei große Libellen hatten sich auf dem Glas selbst niedergelassen.

»Seth, komm und sieh dir das an!«, zischte Kendra in lautem Flüsterton.

»Was?«

»Komm einfach her.«

Seth hievte sich aus dem Pool und tappte, die Arme vor der Brust verschränkt, zu Kendra hinüber. Dann starrte er auf die Wolke von Insekten, die über dem Spiegel kreiste. »Was haben die denn bloß?«

»Keine Ahnung«, erwiderte sie. »Mögen Insekten Spiegel?«

»Die hier anscheinend schon.«

»Sieh dir den rotweißen Schmetterling an. Der ist ja riesig.«

»Dasselbe gilt für die Libelle«, erwiderte Seth und zeigte auf das Insekt, das er meinte.

»Ich wünschte, ich hätte einen Fotoapparat. Wetten, du traust dich nicht, den Spiegel zu holen?«

Seth zuckte die Achseln. »Klar doch.«

Er ging an den Tisch, schnappte sich den Spiegel, flitzte zum Pool und sprang hinein. Einige der Insekten flogen sofort davon. Die meisten aber schwebten in die Richtung, in die Seth verschwunden war, drehten dann aber ab, bevor sie den Pool erreichten.

Seth kam wieder an die Oberfläche. »Sind irgendwelche Bienen hinter mir her?«

»Bring den Spiegel aus dem Wasser. Du machst ihn noch kaputt!«

»Immer mit der Ruhe, es ist alles in Ordnung«, sagte Seth und schwamm an den Rand.

»Gib ihn mir.« Sie nahm ihm den Spiegel aus der Hand und wischte ihn mit ihrem Handtuch ab. Er schien nicht beschädigt zu sein. »Lass uns ein Experiment versuchen.«

Kendra legte den Spiegel mit dem Glas nach oben auf einen Liegestuhl und trat zurück. »Glaubst du, dass sie zurückkommen werden?«

»Das werden wir gleich sehen.«

Kendra und Seth setzten sich an den Tisch in die Nähe des Liegestuhls. Nach weniger als einer Minute glitt ein Kolibri über den Spiegel und schwebte darüber. Schon bald gesellten sich einige Schmetterlinge zu ihm. Dann landete eine Hummel auf dem Glas, und es dauerte nicht lange, bis ein ganzer Schwarm kleiner, geflügelter Geschöpfe den Spiegel umlagerte.

»Geh und dreh den Spiegel um«, sagte Kendra. »Ich will sehen, ob sie das Spiegelbild oder den Spiegel selbst so mögen.«

Seth schlich zu dem Spiegel. Die kleinen Tiere schienen ihn gar nicht zu bemerken. Er streckte langsam die Hand aus, drehte den Spiegel um und eilte dann wieder zum Tisch zurück.

Die Schmetterlinge und Bienen, die auf dem Spiegel gelandet waren, flogen auf, aber nur wenige der geflügelten Tiere ergriffen die Flucht. Der größte Teil des Schwarms blieb. Zwei Schmetterlinge und eine Libelle ließen sich auf dem Rand des Spiegels nieder. Dann begannen sie zu flattern, hoben den Spiegel an einer Seite an und drehten ihn wieder um. Dabei hätten sie ihn um ein Haar von dem Liegestuhl gestoßen.

Als die spiegelnde Oberfläche wieder zu sehen war, drängte der Schwarm näher heran. Mehrere der Geschöpfe landeten auf dem Glas.

»Hast du das gesehen?«, fragte Kendra.

»Das war unheimlich«, sagte Seth.

»Wie schaffen sie es nur, ihn anzuheben?«

»Es waren ganz schön viele. Soll ich ihn wieder umdrehen?«

»Nein, ich habe Angst, dass der Spiegel herunterfällt und zerbricht.«

»In Ordnung.« Er hängte sich sein Handtuch über die Schulter. »Ich geh mich umziehen.«

»Könntest du den Spiegel mitnehmen?«

»Schön, aber ich renne. Ich will nicht gestochen werden.«

Seth bewegte sich langsam auf den Spiegel zu, packte ihn am Griff und rannte durch den Garten auf das Haus zu. Ein Teil des Schwarms verfolgte ihn träge, zerstreute sich dann aber.

Kendra wickelte sich ihr Handtuch um die Hüfte, nahm die Sonnencreme, die Seth zurückgelassen hatte, und folgte ihm.

Als sie auf dem Dachboden ankam, hatte Seth sich Jeans und ein langärmliges Tarnhemd angezogen. Er griff nach der Müslischachtel, die ihm als Notfall-Überlebensausrüstung diente, und ging damit zur Tür.

»Wo willst du hin?«

»Das geht dich nichts an, es sei denn, du willst mitkommen.«

»Woher weiß ich, ob ich mitkommen will, wenn du mir nicht sagst, wo du hingehst?«

Seth musterte sie eindringlich. »Versprichst du mir, dass du ein Geheimnis bewahren kannst?«

»Lass mich raten. Du willst in den Wald.«

»Willst du mitkommen?«

»Wir werden uns Borreliose holen«, warnte Kendra.

»Egal. Zecken sind überall. Genauso wie Giftefeu. Wenn die Leute sich davon aufhalten lassen, würde niemand jemals irgendwohin gehen.«

»Aber Opa Sørensen will nicht, dass wir in den Wald gehen«, protestierte sie.

»Opa ist den ganzen Tag nicht hier. Es wird niemand etwas davon erfahren, wenn du nicht petzt.«

»Tu das nicht. Opa war nett zu uns. Wir sollten ihm gehorchen.«

»Du bist ungefähr so mutig wie ein Blecheimer.«

»Was ist so mutig daran, gegen Opas Anweisungen zu verstoßen?«

»Du kommst also nicht mit?«

Kendra zögerte. »Nein.«

»Wirst du mich verpetzen?«

»Wenn sie fragen, wo du bist.«

»Ich bleib nicht lange weg,.«

Seth ging zur Tür, dann hörte sie ihn die Treppe hinuntertrampeln.

Kendra ging zu dem Nachttisch, auf dem der Handspiegel lag und daneben der Ring mit den drei winzigen Schlüsseln. Sie hatte am Abend zuvor lange versucht, herauszufinden, für welche Schlösser die Schlüssel passten, war aber erst bei dem größten fündig geworden. Mit ihm ließ sich ein Schmuckkästchen auf der Ankleidekommode öffnen, das voller Theaterschmuck war – falsche Diamantketten, Perlenohrringe, Smaragdgehänge, Saphirringe und Rubinarmkettchen.

Die Schlüssel waren wirklich winzig – der kleinste nicht größer als eine Reißzwecke. Wo gab es ein so mickriges Schlüsselloch?

Das viktorianische Puppenhaus erregte ihre Aufmerksamkeit. In einem kleinen Haus mussten auch die Schlüssellöcher winzig sein. Sie löste die Riegel und öffnete das Puppenhaus, zwei Stockwerke und mehrere Räume voller Miniaturmöbel. Fünf Puppenmenschen lebten darin - ein Vater, eine Mutter, ein Sohn, eine Tochter und ein Baby.

Alles war sehr fein gearbeitet. Die Betten hatten Decken, Laken, Kissen und sogar Überwürfe, und auf den Sofas lagen kleine Kissen. Die Wasserhähne an der Badewanne ließen sich wirklich drehen, und in den Schränken hingen Kleider.

Der Schrank im Elternschlafzimmer des Puppenhauses machte Kendra stutzig. Es hatte in der Mitte ein überproportional großes Schlüsselloch. Kendra schob den kleinsten Schlüssel hinein und drehte ihn um. Die Türen des Schrankes sprangen auf.

Sie fand ein in Goldfolie eingewickeltes Päckchen, und als sie es öffnete, sah sie, dass es sich um eine wie eine Rosenknospe geformte Praline handelte. Hinter der Praline fand sie einen kleinen, goldenen Schlüssel. Sie hängte ihn mit an den Schlüsselring. Der goldene Schlüssel war größer als der, der den Schrank geöffnet hatte, aber kleiner als der Schlüssel, der zu dem Schmuckkästchen passte.

Kendra nahm einen Bissen von der Schokoladenrosenknospe. Sie war weich und schmolz auf der Zunge. Es war mit Abstand die beste, sahnigste Schokolade, die sie je gegessen hatte. Mit drei weiteren Bissen verzehrte sie die Praline und kostete jeden davon voll aus.

Kendra fuhr fort, das winzige Haus zu durchsuchen; sie erforschte jedes Möbelstück, nahm jeden Schrank in Augenschein, sah hinter jedem Miniaturgemälde an den Wänden nach. Als sie keine weiteren Schlüssellöcher fand, schloss und verriegelte sie das Puppenhaus wieder.

Dann sah sie sich auf dem Dachboden um und versuchte zu entscheiden, wo sie als Nächstes nachsehen wollte. Ein Schlüssel war noch übrig, vielleicht zwei, falls der goldene Schlüssel ebenfalls irgendetwas öffnete. Die meisten Gegenstände in den Spielzeugtruhen hatte sie zwar schon untersucht, aber es konnte nicht schaden, es noch einmal zu tun. Außerdem hatte sie gründlich die Schubladen, die Nachttische, die Ankleidekommoden und die Schränke durchsucht, ebenso wie den Krimskrams auf den Bücherregalen. Aber es konnten auch Schlüssellöcher an den unwahrscheinlichsten Orten sein, wie unter den Kleidern einer Puppe oder hinter einem Bettpfosten.

Schließlich war Kendra bei dem Fernrohr angelangt. So unmöglich es auch schien, sie untersuchte es trotzdem auf Schlüssellöcher. Nichts.

Vielleicht konnte sie das Fernrohr benutzen, um Seth aufzuspüren. Sie öffnete das Fenster und entdeckte Dale, der über den Rasen am Rand des Waldes ging. Er trug etwas mit beiden Händen, aber er wandte ihr den Rücken zu, so dass sie nicht sehen konnte, worum es sich handelte. Schließlich bückte er sich und stellte den Gegenstand hinter eine niedrige Hecke, die sie nach wie vor daran hinderte, zu erkennen, was es war. Dale ging mit schnellen Schritten davon und sah sich um, als wollte er sich davon überzeugen, dass niemand ihm nachspionierte. Dann war er schnell aus ihrem Sichtfeld verschwunden.

Neugierig lief Kendra die Treppe hinunter und durch die Hintertür nach draußen. Dale war nirgends zu sehen. Sie lief über den Rasen zu der niedrigen Hecke unter dem Dachbodenfenster. Hinter der Hecke war der Boden noch etwa für zwei Meter mit Gras bewachsen, bevor der Rasen am Waldrand abrupt endete. Hinter der Hecke stand eine große Keksdose voller Milch.

Ein in allen Farben des Regenbogens schillernder Kolibri schwebte über der Keksdose; seine Flügel waren nicht zu erkennen, so schnell schwirrten sie durch die Luft. Mehrere Schmetterlinge umflatterten den Kolibri. Ab und zu ließ einer davon sich fallen und platschte in die Milch. Der Kolibri flog davon, und eine Libelle kam näher. Es waren weniger als bei dem Spiegel, aber es herrschte ein viel emsigeres Treiben, als Kendra es wegen eines kleinen Milchsees erwartet hätte.

Sie beobachtete, wie eine Vielzahl winziger, geflügelter Tiere kam und wieder ging, nachdem sie von der Milch geschleckt hatten. Tranken Schmetterlinge Milch? Libellen? Anscheinend ja. Es dauerte nicht lange, bis der Milchpegel in der Keksdose deutlich gefallen war.

Kendra sah zum Dachboden hinauf. Er hatte nur zwei Fenster,

und beide an derselben Seite des Hauses. Sie stellte sich den Raum hinter diesen Giebelfenstern vor und begriff plötzlich, dass das Spielzimmer nur die Hälfte des Dachbodens einnahm.

Sie ließ die Dose mit Milch stehen und ging um das Haus herum auf die gegenüberliegende Seite. Dort gab es noch zwei Dachbodenfenster. Sie hatte Recht. Auf dem Dachboden musste es noch einen weiteren Raum geben. Aber sie wusste von keiner zweiten Treppe, über die man hineingelangen konnte. Was bedeutete, dass es im Spielzimmer vielleicht eine Art Geheimtür gab! Vielleicht war das das Geheimnis des letzten Schlüssels!

Gerade als sie beschlossen hatte, wieder auf den Dachboden zu gehen und nach einer versteckten Tür zu suchen, sah Kendra, wie Dale mit einer weiteren Keksdose von der Scheune kam. Sie lief ihm entgegen. Als er sie kommen sah, schien er kurz unangenehm überrascht, setzte dann aber ein breites Lächeln auf.

»Was tun Sie da?«, wollte Kendra wissen.

»Ich bringe nur etwas Milch ins Haus«, erwiderte er und änderte seine Richtung ein wenig. Er war auf dem Weg zum Wald gewesen.

»Wirklich? Warum haben Sie die andere Milch hinter der Hecke abgestellt?«

»Andere Milch?« Sein schlechtes Gewissen war nur zu offensichtlich.

»Ja. Die Schmetterlinge haben davon getrunken.«

Dale blieb stehen. Er musterte Kendra eingehend. »Kannst du ein Geheimnis für dich behalten?«

»Klar doch.«

Dale sah sich um, als könne sie jemand beobachten. »Wir haben ein paar Melkkühe. Sie geben reichlich Milch, deshalb stelle ich etwas von dem, was wir übrig haben, den Insekten hin. Das bringt Leben in den Garten.«

»Warum ist das ein Geheimnis?«

»Ich bin mir nicht sicher, ob dein Großvater damit einverstanden wäre. Ich habe nie um Erlaubnis gebeten. Er könnte es für Verschwendung halten.«

»Mir scheint es eine gute Idee zu sein. Mir sind die vielen verschiedenen Schmetterlinge im Garten schon aufgefallen. Es sind mehr, als ich je gesehen habe. Und dazu all die Kolibris.«

Er nickte. »Mir gefällt es so. Schafft zusätzlich Atmosphäre.«

»Also wollten Sie die Milch gar nicht ins Haus bringen.«

»Nein, nein. Diese Milch ist nicht pasteurisiert. Voller Bakterien. Man könnte sich alle möglichen Krankheiten einfangen. Sie taugt nicht für Menschen. Insekten dagegen mögen sie so anscheinend am liebsten. Du wirst mein Geheimnis doch nicht verraten?«

»Ich werde schweigen.«

»Braves Mädchen«, sagte er mit einem verschwörerischen Augenzwinkern.

»Wohin bringen Sie dann diese Schale?«

»Dort drüben hin.« Er nickte mit dem Kopf in Richtung Wald. »Ich stelle jeden Tag ein paar an den Rand des Gartens.«

»Wird sie schlecht?«

»Dafür lasse ich sie nicht lange genug stehen. An manchen Tagen trinken die Insekten alles aus, bevor ich die Schalen wieder einsammele. Durstige kleine Viecher.«

»Wir sehen uns dann später, Dale.«

»Hast du deinen Bruder hier in der Nähe gesehen?«

»Ich glaube, er ist im Haus.«

»Ach ja?«

Sie zuckte die Achseln. »Vielleicht.«

Kendra drehte sich um und ging auf das Haus zu. Als sie die Treppe zur hinteren Veranda hinaufstieg, blickte sie noch einmal zurück. Dale stellte die Milch hinter einen kleinen, runden Busch.

KAPITEL 3

DER EFEUSCHUPPEN

Seth zwängte sich durch das dichte Unterholz, bis er einen undeutlichen, gewundenen Pfad von der Art erreichte, wie Tiere ihn hinterlassen. In der Nähe stand ein mächtiger, knorriger Baum mit dornigen Blättern und schwarzer Borke. Seth untersuchte sein Hemd auf Zecken, wobei er das Tarnmuster genau beäugte. Bisher hatte er keine einzige gesehen. Natürlich würden ihn wahrscheinlich genau die Zecken erwischen, die er übersah. Er hoffte, das Insektenspray, mit dem er sich eingesprüht hatte, würde etwas helfen.

Er beugte sich vor, sammelte ein paar Steine auf und baute eine kleine Pyramide, um die Stelle zu markieren, an der er den Trampelpfad gekreuzt hatte. Wahrscheinlich war es auch so kein Problem, den Rückweg zu finden, aber Vorsicht war nun mal die Mutter der Porzellankiste. Wenn er zu lange fortblieb, würde Opa vielleicht dahinterkommen, dass er seine Anordnungen nicht befolgt hatte.

Seth stöberte in seiner Müslischachtel und holte einen Kompass hervor. Der Pfad verlief nach Nordosten. Er war in Richtung Osten aufgebrochen, aber das Unterholz war im Laufe seines Marsches immer dichter geworden, und es war sicher leichter, dem Pfad zu folgen, als sich mit einem Taschenmesser den Weg durchs Unterholz zu bahnen. Er wünschte, er hätte eine Machete.

Seth folgte dem Pfad. Die hohen Bäume standen ziemlich dicht und filterten das Sonnenlicht, so dass nur noch ein mit Schatten durchsetzter grüner Schimmer bis zum Unterholz vordrang. Seth stellte sich vor, dass der Wald nach Einbruch der Nacht stockfinster sein musste.

Etwas raschelte im Gebüsch. Er hielt inne und nahm ein kleines Plastikfernglas aus seiner Müslischachtel. Er suchte die Umgebung ab, entdeckte aber nichts, was von Interesse gewesen wäre.

Er ging weiter den Pfad entlang, bis plötzlich, keine sieben Meter vor ihm, ein Tier aus dem Unterholz kam. Es war ein rundes, borstiges Geschöpf, das ihm nur bis zu den Knien reichte. Ein Stachelschwein. Es schlenderte völlig unerschrocken in seine Richtung. Seth erstarrte. Das Tier war jetzt so nahe, dass er die einzelnen Stacheln erkennen konnte; sie waren lang und spitz.

Als das Stachelschwein weiter auf ihn zugetrottet kam, wich Seth zurück. Sollten Tiere nicht vor Menschen fliehen? Vielleicht hatte es Tollwut. Oder vielleicht hatte es ihn einfach nicht gesehen. Schließlich trug er ein Tarnhemd.

Seth breitete die Arme aus, stampfte mit dem Fuß auf und knurrte. Das Stachelschwein blickte auf, zuckte mit der Nase und wandte sich dann von dem Pfad ab. Seth lauschte, während es im Blätterwerk verschwand.

Er holte tief Luft. Einen Moment lang hatte er wirklich Angst gehabt. Er konnte beinahe spüren, wie die Stacheln sich durch die Jeans in seine Beine bohrten. Es würde ziemlich schwer sein, seinen Ausflug in den Wald zu verheimlichen, wenn er bei seiner Rückkehr aussah wie ein Nadelkissen.

Obwohl er es nur äußerst ungern zugab, wünschte er, Kendra wäre mitgekommen. Sie hätte beim Anblick des Stachelschweins wahrscheinlich geschrien, und ihre Angst hätte ihn umso mutiger gemacht. Er hätte sich über sie lustig machen können, statt sich selbst zu fürchten. Noch nie zuvor hatte er ein Stachelschwein in freier Wildbahn gesehen. Es überraschte ihn, wie schutzlos er sich beim Anblick all dieser spitzen Stacheln gefühlt hatte. Was war, wenn er im Unterholz auf einen trat?

Er sah sich um. Er hatte einen weiten Weg zurückgelegt. Natürlich würde es nicht schwierig sein, zurückzufinden. Er brauchte nur in entgegengesetzter Richtung den Pfad entlangzugehen und dann nach Westen abzubiegen. Aber wenn er jetzt nach Hause ging, würde er den Pfad vielleicht niemals wiederfinden.

Seth setzte seinen Weg fort. Auf einigen der Bäume wuchsen Moos und Farne. Um andere schlängelte sich Efeu. Der Pfad gabelte sich. Seth blickte auf seinen Kompass und stellte fest, dass ein Weg nach Nordwesten führte und der andere etwa in östliche Richtung. Getreu seiner anfänglichen Marschrichtung entschied er sich für die Abzweigung nach Osten.

Die Zwischenräume zwischen den Bäumen wurden größer und das Unterholz niedriger. Schon bald konnte er in alle Richtungen viel weiter sehen, und der Wald wurde ein wenig heller. Neben dem Pfad sah er am Rand seines Gesichtsfelds etwas Ungewöhnliches. Es sah aus wie ein großes, zwischen den Bäumen verstecktes, viereckiges Gebilde aus Efeu. Wenn man einen Wald erkundete, ging es schließlich darum, ungewöhnliche Dinge zu entdecken – also verließ er den Trampelpfad und ging auf das Efeuding zu.

Das dichte Unterholz reichte ihm bis zu den Schienbeinen und wickelte sich bei jedem Schritt um seine Knöchel. Während er sich dem ungewöhnlichen Ding näherte, wurde ihm klar, dass es sich um ein Gebäude handelte, das vollkommen von Efeu überwuchert war. Es sah aus wie ein großer Schuppen.

Seth blieb stehen und schaute genauer hin. Der Efeu wuchs so üppig, dass er nicht erkennen konnte, woraus der Schuppen gemacht war. Er ging um den überwucherten Bau herum. Auf der gegenüberliegenden Seite stand eine Tür offen. Als er hineinspähte, hätte Seth beinahe laut aufgeschrien.

Es war tatsächlich ein Schuppen, der um einen großen Baumstumpf herum errichtet worden war. Neben dem Stumpf saß, in grobe Lumpen gekleidet, eine drahtige, alte Frau und nagte an einem Knoten in einem ausgefransten Seil. Runzlig vom Alter hielt sie das Seil in knochigen Händen mit knotigen Fingern. Ihr langes, weißes Haar war verfilzt und hatte eine ungesunde, gelbliche Färbung. Eins ihrer trüben Augen war stark mit Blut unterlaufen. Ihr fehlten etliche Zähne, und auf dem Knoten, an dem sie kaute, war Blut, das offensichtlich aus ihrem Mund stammte. Ihre bleichen, fast bis zu den Schultern nackten Arme waren dünn und faltig, mit bläulich schimmernden Adern und purpurn verschorften Flecken.

Als die Frau ihn sah, ließ sie das Seil sofort fallen und wischte sich rosafarbenen Speichel von den dünnen Lippen. Sie stützte sich an dem Baumstumpf ab und stand auf. Ihm fielen ihre langen, elfenbeinfarbenen Füße auf, die übersät waren von Insektenstichen. Ihre grauen Zehennägel schienen von Pilzen überwuchert zu sein.

»Sei mir gegrüßt, junger Herr. Was führt dich zu meinem Haus?« Ihre Stimme war – was wenig zu ihrer äußeren Erscheinung passte – melodisch und weich.

Einen Moment lang konnte Seth sie nur anstarren. Obwohl sie krumm und gebeugt war, war die Frau groß. Sie roch übel. »Sie wohnen hier?«, fragte er schließlich.

»Das tue ich. Hast du Lust, hereinzukommen?«

»Eher nicht. Ich mache nur einen Spaziergang.«

Die Frau kniff die Augen zusammen. »Ein eigenartiger Ort für einen Jungen allein.«

»Ich erkunde gern die Gegend. Dieses Land gehört meinem Großvater.«

»Es gehört ihm, sagst du?«

»Weiß er, dass Sie hier sind?«, fragte Seth.

»Es kommt darauf an, wer er ist.«

»Stan Sørensen.«

Sie grinste. »Er weiß es.«

Das Seil, an dem sie gekaut hatte, lag auf dem Lehmboden. Außer dem Knoten, an dem sie genagt hatte, befand sich noch ein weiterer Knoten darin.

»Warum haben Sie auf dem Seil herumgekaut?«, fragte Seth.

Sie musterte ihn argwöhnisch. »Ich habe nicht viel übrig für Knoten.«

»Sind Sie eine Eremitin?«

»Das könnte man so sagen. Komm herein, und ich werde dir einen Tee machen.«

»Lieber nicht.«

Sie blickte auf ihre Hände herab. »Ich muss schrecklich aussehen. Erlaub mir, dir etwas zu zeigen.« Sie drehte sich um und hockte sich hinter den Baumstumpf. Eine Ratte wagte sich einige Schritte aus einem Loch in der Ecke des Schuppens. Als die Frau wieder hinter dem Stumpf hervorkam, versteckte sich die Ratte.

Die alte Frau setzte sich mit dem Rücken zu dem Baumstumpf auf den Boden. Sie hielt eine etwa zwanzig Zentimeter große Puppe aus dunklem Holz in der Hand. Sie hatte keine Kleider an, und auch ihr Gesicht war nicht bemalt. Nur eine schlichte menschliche Figur mit winzigen, goldenen Häkchen, die als Gelenke fungierten. Aus dem Rücken ragte ein dünner Stock. Die Frau schob eine kleine Schaufel unter die Füße der Puppe und ließ sie tanzen, indem sie den Stock und die Schaufel bewegte. Der Tanz hatte etwas sehr Rhythmisches.

»Was ist das für ein Ding?«, fragte Seth.

»Eine Stockpuppe«, antwortete sie.

»Was?«

»Eine Marionette. Ein Kasper. Ich nenne ihn Mendigo. Er leistet mir Gesellschaft. Komm herein und du kannst es selbst einmal probieren.«

»Lieber nicht«, sagte er noch einmal. »Ich begreife nicht, wie Sie hier draußen leben können, ohne verrückt zu werden.«

»Manchmal werden gute Menschen der Gesellschaft anderer überdrüssig.« Sie klang ein wenig verärgert. »Bist du zufällig hierher gekommen? Bist du auf einer Erkundungstour?«

»Nein, ich verkaufe Schokoladenriegel für meine Fußballmannschaft. Es ist für eine gute Sache.«

Sie starrte ihn an.

»Am besten klappt es in reichen Gegenden.«

Sie starrte ihn weiter an.

»Das war ein Scherz. Ich mache Witze.«

Ihre Stimme wurde streng. »Du bist ein unverschämter kleiner Kerl.«

»Und Sie leben mit einem Baumstumpf zusammen.«

Sie funkelte ihn an. »Also schön, mein arroganter junger Abenteurer. Warum stellen wir deinen Mut nicht auf die Probe? Jeder Entdecker verdient eine Chance, zu beweisen, aus welchem

Holz er geschnitzt ist.« Die alte Frau zog sich in den Schuppen zurück und hockte sich wieder hinter den Baumstumpf. Als sie an die Tür kam, hielt sie eine grobe, schmale Schachtel aus ungehobeltem Holz, Draht und langen, herausstehenden Nägeln in Händen.

»Was ist das?«

»Leg die Hand in die Schachtel, um deine Kühnheit zu beweisen, und du bekommst eine Belohnung.«

»Da würde ich noch lieber mit der gruseligen Marionette spielen.«

»Greif einfach hinein und berühre die Rückseite der Schachtel.« Sie schüttelte die Schachtel, und etwas klapperte leise. Die Schachtel war so lang, dass er den Arm bis zum Ellbogen würde hineinschieben müssen, um die Rückseite zu berühren.

»Sind sie eine Hexe?«

»Ein Mann mit einer mutigen Zunge sollte auf seine kühnen Worte ebensolche Taten folgen lassen.«

»Kommt mir wie etwas vor, das nur Hexen sagen würden.«

»Steh zu deinem losen Mundwerk, junger Mann, oder du wirst keinen angenehmen Heimweg haben.«

Seth wich zurück, wobei er die Frau genau im Auge behielt. »Ich geh dann mal besser. Und lassen Sie sich das Seil gut schmecken.«

Sie schnalzte mit der Zunge. »So eine Frechheit.« Ihre Stimme blieb beruhigend und sanft, aber jetzt schwang ein drohender Unterton darin mit. »Warum kommst du nicht herein und trinkst einen Tee mit mir?«

»Beim nächsten Mal.« Seth bewegte sich um den Schuppen herum, ohne den Blick von der zerlumpten Frau in der Tür abzuwenden. Sie machte keine Anstalten, ihm zu folgen. Bevor er aus ihrer Sichtweite verschwand, hob die Frau eine knorrige Hand; Zeige- und Mittelfinger hatte sie gekreuzt und die anderen seltsam gespreizt. Ihre Augen waren halb geschlossen, und Seth hatte den Eindruck, dass sie etwas murmelte. Dann war sie nicht mehr zu sehen.

Seth kämpfte sich durch das wild wuchernde Unterholz zurück zu dem Pfad und blickte sich dabei immer wieder um. Die Frau verfolgte ihn nicht. Doch allein der Anblick des efeufarbenen Schuppens machte ihm eine Gänsehaut. Die alte Vettel sah so erbärmlich aus und roch so widerwärtig. Nie und nimmer würde er die Hand in ihre unheimliche Schachtel stecken. Nachdem sie ihn dazu herausgefordert hatte, konnte Seth nur noch an eine Sache denken, die er in der Schule gelernt hatte: dass Haifischzähne nach innen gebogen waren, damit Fische zwar hinein, aber nicht mehr heraus konnten. In seiner Fantasie war die selbstgemachte Schachtel voller Nägel oder Glasscherben, die wahrscheinlich einem ganz ähnlichen Zweck dienten.

Obwohl die Frau ihn nicht verfolgte, fühlte Seth sich nicht mehr sicher. Den Kompass in der Hand, eilte er den schmalen Trampelpfad entlang nach Hause. Ohne Vorwarnung traf ihn etwas am Ohr, so leicht, dass er es kaum spürte. Ein Kiesel von der Größe eines Fingerhuts fiel zu seinen Füßen auf den Weg.

Seth fuhr herum. Jemand hatte den kleinen Stein nach ihm geworfen, aber er konnte niemanden sehen. War die alte Frau ihm vielleicht doch heimlich gefolgt? Sie kannte den Wald wahrscheinlich ziemlich gut.

Jetzt traf ihn ein weiterer kleiner Gegenstand im Nacken. Er war nicht so hart oder schwer wie ein Stein. Als er sich umdrehte, sah er eine Eichel auf sich zu sirren, und er duckte sich. Die

Eicheln und der Kieselstein waren von verschiedenen Seiten des Pfads gekommen. Was ging hier vor?

Von oben kam das Geräusch von splitterndem Holz, und ein gewaltiger Ast fiel hinter ihm auf den Weg. Einige Blätter und Zweige streiften ihn, bevor der Ast auf dem Boden aufschlug. Wenn er zwei oder drei Meter weiter hinten auf dem Pfad gestanden hätte, hätte der Ast, der dicker war als Seths Bein, ihn auf den Kopf getroffen.

Er schaute nur einmal kurz auf den schweren Ast, dann jagte Seth den Pfad entlang, so schnell er konnte. Er glaubte, ein Rascheln aus den Gebüschen zu beiden Seiten des schmalen Weges zu hören, verlangsamte sein Tempo aber nicht, um der Sache auf den Grund zu gehen.

Etwas packte ihn am Knöchel, und er fiel zu Boden.

Seth lag der Länge nach auf dem Bauch. Eine Schnittwunde an einer Hand und Dreck im Mund, hörte er, wie etwas durch das Blätterwerk hinter ihm raschelte, und ein eigenartiges Geräusch, das entweder Gelächter war oder fließendes Wasser. Ein trockener Zweig barst mit einem Knall wie ein Schuss. Aus Furcht vor dem, was er vielleicht sehen würde, blickte Seth sich nicht um, sondern rappelte sich wieder hoch und rannte den Pfad entlang.

Was immer ihn zu Fall gebracht hatte, war keine Wurzel gewesen, und auch kein Stein. Es hatte sich angefühlt wie ein dickes Seil, das über den Pfad gespannt worden war. Ein Stolperdraht. Zuvor war ihm keine derartige Falle aufgefallen. Aber die alte Frau konnte das unmöglich bewerkstelligt haben, selbst wenn sie in dem Moment, als er außer Sicht war, losgerannt wäre.

Seth stürmte an der Stelle vorbei, an der sich der Pfad gabelte. Er sprintete den Weg zurück, über den er gekommen war, und hielt nach hinterlistigen Drähten oder anderen Fallen Ausschau. Sein Atem ging stoßweise, aber er wurde nicht langsamer. Die Luft fühlte sich mit einem Mal viel heißer und feuchter an als davor. Schweiß sammelte sich auf seiner Stirn und tropfte ihm übers Gesicht.

Seth hielt wachsam Ausschau nach der kleinen Steinpyramide, die die Stelle markierte, an der er den Pfad verlassen sollte. Als er einen knorrigen kleinen Baum mit schwarzer Borke und dornigen Blättern erreichte, blieb er stehen. Er erinnerte sich an den Baum. Er war ihm aufgefallen, als er den Pfad gekreuzt hatte. Mit dem Baum als Orientierungspunkt fand er die Stelle, an der er die Steinpyramide aufgehäuft hatte, aber die Steine waren fort.

Hinter ihm knirschten Blätter. Seth blickte auf seinen Kompass, um sich davon zu überzeugen, dass er nach Westen unterwegs war, und rannte in den Wald. Zuvor war er diesen Weg in einem gemächlichen Tempo gegangen und hatte dabei Giftpilze und ungewöhnliche Steine untersucht. Jetzt jagte er in vollem Tempo durch den Wald, das Unterholz kratzte ihm die Beine auf, und Zweige peitschten ihm ins Gesicht und auf die Brust.

Endlich, als seine Panik langsam abflaute, erhaschte er zwischen den Bäumen atemlos einen Blick auf das Haus. Von seinem Verfolger war nichts mehr zu hören. Als er auf den Hof ins Sonnenlicht trat, fragte sich Seth, wie viel von dem, was er gehört hatte, tatsächlich von einem etwaigen Verfolger gekommen war und wie viel er sich in seiner aufgewühlten Fantasie nur eingebildet hatte.

Kendra hielt ein blaues Buch mit goldenen Buchstaben in der Hand. *Tagebuch der Geheimnisse* stand darauf geschrieben. Das Buch wurde von drei kräftigen Schließen zusammengehalten, und jede davon war mit einem Schlüsselloch versehen. Der letzte Schlüssel, den Opa Sørensen ihr gegeben hatte, passte in keins davon, aber der goldene Schlüssel, den sie in dem Puppenhausschrank gefunden hatte, passte in das unterste. Ein Schloss würde sie also schon mal aufbekommen.

Sie hatte das Buch gefunden, als sie die Bücherregale nach einem Öffnungsmechanismus zu einem Geheimgang durchsucht hatte. Mit Hilfe eines Hockers war Kendra sogar bis an die höheren Regalbretter gekommen, aber bisher war die Suche vergeblich gewesen. Es gab keine Spur von einer Geheimtür. Als sie dann das verschlossene Buch mit dem faszinierenden Titel fand, gab sie die Suche auf und probierte ihre Schlüssel aus.

Nachdem die untere Schließe aufgesperrt war, versuchte Kendra, eine Ecke des Buchdeckels anzuheben und hineinzuspähen. Aber der Deckel war solide und die Bindung fest. Sie musste die anderen Schlüssel finden.

Sie hörte, wie jemand die Treppe heraufgetrampelt kam, und wusste, dass es sich nur um eine Person handeln konnte. Hastig schob sie das Buch wieder in das Regal und steckte die Schlüssel ein. Sie wollte nicht, dass ihr neugieriger Bruder seine Nase in ihr Rätsel steckte.

Seth stürmte durch die Tür und ließ sie hinter sich zuknallen. Sein Gesicht war rot, und er schnaufte keuchend. Seine Jeans war völlig verdreckt und sein Gesicht fleckig von Schweiß, Erde und Blättern. »Du hättest mitkommen sollen«, seufzte er und ließ sich auf sein Bett fallen.

»Du machst die Tagesdecke schmutzig.«

»Es war total unheimlich«, sagte er. »Es war so cool.«

»Was ist passiert?«

»Ich habe einen Pfad gefunden und eine komische alte Dame getroffen, die in einem Schuppen lebt. Ich glaube, sie ist eine Hexe. Eine echte.«

»Wie auch immer.«

Er rollte sich auf die Seite und sah sie an. »Ich meine es ernst. Du hättest sie sehen sollen. Sie war total vergammelt.«

»Genau wie du.«

»Nein, irgendwie total verschorft und eklig. Sie hat an einem alten Seil gekaut. Und sie hat versucht, mich dazu zu bringen, eine Hand in irgendeine Schachtel zu stecken.«

»Und hast du's getan?«

»Nie und nimmer. Ich bin abgezogen. Aber sie hat mich gejagt oder irgendetwas. Sie hat Steine nach mir geworfen und einen großen Ast abgerissen. Der hätte mich umbringen können!«

»Dir muss ziemlich langweilig sein.«

»Ich lüge nicht!«

»Ich werde Opa Sørensen fragen, ob er irgendwelche Obdachlosen in seinem Wald wohnen lässt«, verkündete Kendra.

»Nein! Dann weiß er, dass ich die Regeln gebrochen habe.«

»Meinst du nicht, er würde es wissen wollen, wenn eine Hexe einen Schuppen in seinem Wald gebaut hat?«

»Sie hat sich so benommen, als würde sie ihn kennen. Ich bin ziemlich weit weg gegangen. Vielleicht war das gar nicht mehr auf seinem Grundstück.«

»Das bezweifle ich. Ich glaube, ihm gehört so ziemlich alles hier in der Gegend.«

Seth lehnte sich zurück und verschränkte die Hände hinterm Kopf. »Du solltest mal mit mir kommen und sie besuchen. Ich habe den Rückweg problemlos wiedergefunden.«

»Bist du verrückt? Du hast gesagt, sie hätte versucht, dich zu töten.«

»Wir könnten ihr nachspionieren. Herausfinden, was sie im Schilde führt.«

»Wenn im Wald wirklich eine komische alte Dame lebt, solltest du es Opa erzählen, damit er es der Polizei sagen kann.«

Seth richtete sich auf. »Okay. Vergiss es. Ich hab's erfunden. Fühlst du dich jetzt besser?«

Kendra kniff die Augen zusammen.

»Ich habe noch etwas Cooles gefunden«, sagte Seth. »Hast du das Baumhaus gesehen?«

»Nein.«

»Soll ich es dir zeigen?«

»Ist es im Garten?«

»Ja, am Rand.«

»In Ordnung.«

Kendra folgte Seth nach draußen und über den Rasen. Und tatsächlich, in der Ecke des Gartens, gegenüber der Scheune, sah sie in einer dicken Eiche ein hellblaues Baumhaus. Es lag auf der hinteren Seite des Baums, so dass es nur schwer zu entdecken war. Die Farbe blätterte ein wenig ab, aber das kleine Haus hatte Schindeln auf dem Dach und Vorhänge im Fenster. An den Baumstamm waren Bretter genagelt, die als Leiter dienten.

Seth stieg als Erster hinauf. Die Sprossen führten zu einer Falltür, die er aufdrückte. Kendra folgte ihm.

Von innen schien das Baumhaus größer zu sein, als es vom Boden aus gewirkt hatte. Drinnen befanden sich ein kleiner Tisch und vier Stühle. Auf dem Tisch lagen Puzzleteile ausgebreitet. Es waren nur ein paar ineinandergefügt worden.

»Siehst du, nicht schlecht«, sagte Seth. »Ich habe schon damit angefangen.«

»Es ist wunderschön. Du musst Talent haben.«

»Ich habe nicht lange daran gearbeitet.«

»Hast du schon die Ecken gefunden?«

»Nein.«

»Das ist das Erste, was man tut.« Sie setzte sich hin und machte sich auf die Suche nach Eckstücken. Seth nahm ebenfalls Platz und half ihr. »Du hattest nie viel übrig für Puzzles«, bemerkte Kendra.

»In einem Baumhaus macht es mehr Spaß.«

»Wenn du es sagst.«

Seth fand ein Eckstück und legte es beiseite. »Glaubst du, Opa würde mir erlauben, hier einzuziehen?«

»Du spinnst.«

»Ich würde nur einen Schlafsack brauchen«, erwiderte er.

»Du würdest vor Angst durchdrehen, sobald es dunkel wird.«

»Nie und nimmer.«

»Die Hexe könnte dich holen kommen.«

Statt etwas zu antworten, begann Seth, nur umso eifriger nach den anderen Eckstücken zu suchen. Kendra konnte sehen, dass ihre Bemerkung ihm unter die Haut gegangen war. Sie beschloss, ihn nicht weiter damit aufzuziehen. Die Tatsache, dass er sich vor der Dame, die er im Wald getroffen hatte, zu fürchten schien, machte seine Geschichte doch sehr glaubwürdig. Es war nicht leicht, Seth Angst einzujagen. Schließlich war er der Junge, der in der irrigen Annahme, ein Müllbeutel wäre auch als Fallschirm geeignet, vom Dach gesprungen war. Der Junge, der bei einer Mutprobe den Kopf einer lebenden Schlange in den Mund gesteckt hatte.

Sie fanden alle Eckstücke, und bis Lena sie zum Abendessen rief, hatten sie den Rand des Puzzles schon fast fertig.

KAPITEL 4

DER VERBORGENE SEE

Der Regen prasselte endlos auf das Dach. Kendra hatte noch nie einen so lauten Regenguss gehört. Andererseits waren sie bei so einem Wetter auch noch nie auf einem Dachboden gewesen. Das stetige Trommeln hatte etwas Entspannendes, so konstant, dass es beinahe unhörbar wurde, obwohl die Lautstärke nie nachließ.

Sie stand am Fenster neben dem Fernrohr und beobachtete den sintflutartigen Regen. Er fiel reichlich und senkrecht vom Himmel.

Seth saß auf einem Hocker in der Ecke und malte. Lena hatte ein Malen-nach-Zahlen-Bild für ihn gemacht; mit unglaublicher Geschwindigkeit hatte sie jedes Bild nach seinen Wünschen vorgezeichnet. Das Werk, das er gerade in Arbeit hatte, zeigte einen Drachen, der inmitten einer qualmenden Einöde mit einem Ritter auf einem Pferd kämpfte. Lena hatte die Bilder mit bemerkenswerter Detailgenauigkeit skizziert und fachmännisch einige gelungene Licht- und Schatteneffekte eingebaut, so dass die Ergebnisse ziemlich gekonnt aussahen. Außerdem hatte sie Seth beigebracht, wie man Farbe mischt, und ihm eine Vorlage gegeben, auf der er sehen konnte, welche Tönung welcher Zahl entsprach. Für das aktuelle Bild hatte sie mehr als neunzig verschiedene Farbtöne vorgesehen.

Kendra hatte Seth kaum je solchen Eifer an den Tag legen sehen, wie er es jetzt bei den Bildern tat. Nach einigen kurzen Lektionen darüber, wie man die Farbe aufträgt und für welchen Zweck man die verschiedenen Pinsel und Werkzeuge verwendet, hatte er bereits ein großes Bild fertiggestellt, auf der Piraten eine Stadt plünderten, und ein kleineres von einem Schlangenbeschwörer, der vor seiner zubeißenden Kobra zurückwich. Zwei beeindruckende Gemälde in drei Tagen. Er war süchtig danach! Und mit seinem letzten Bild war er fast fertig.

Kendra ging zum Regal hinüber und strich mit einer Hand über die Buchrücken. Sie hatte den Raum gründlich durchsucht. Aber das letzte Schlüsselloch hatte sie noch nicht gefunden, geschweige denn einen Geheimgang zu der anderen Seite des Dachbodens. Seth konnte eine unglaubliche Nervensäge sein, aber jetzt, da er in seine Malerei vertieft war, begann sie, ihn zu vermissen.

Vielleicht würde Lena ja auch für sie ein Bild skizzieren. Kendra hatte ihr erstes Angebot abgelehnt, weil es so kindisch klang, wie das Ausmalen von Malbüchern. Aber die Ergebnisse wirkten weit weniger kindlich, als Kendra es erwartet hatte.

Sie öffnete die Tür und machte sich auf den Weg die Treppe hinunter. Das Haus war dunkel und still, und der Regen war jetzt leiser als zuvor auf dem Dachboden. Sie ging durch den Flur und die Treppe hinunter ins Erdgeschoss.

Das Haus wirkte zu still. Trotz der Düsternis draußen brannten nirgendwo Lichter.

»Lena?«

Sie bekam keine Antwort.

Kendra ging durch Wohn- und Esszimmer in die Küche. Keine Spur von der Haushälterin. War sie weggegangen?

Nachdem sie die Tür zum Keller geöffnet hatte, spähte Kendra die Stufen hinunter in die Dunkelheit. Die Treppe war aus Stein und sah aus, als führe sie in einen Kerker. »Lena?«, rief sie unsicher. Sicher war die Frau nicht ohne Licht dort unten.

Kendra ging zurück durch den Flur und schob die Tür zum Arbeitszimmer auf. Sie hatte diesen Raum noch nie betreten und bemerkte zuerst den riesigen, mit Büchern und Papieren bedeckten Schreibtisch. An der Wand hing der borstige Kopf eines großen Wildschweins mit riesigen Hauern. Auf einem Regal lag eine Sammlung grotesker Holzmasken. Ein Brett weiter unten war gesäumt von Golftrophäen. Schrifttafeln, Orden und militärische Ehrenbänder verzierten die holzgetäfelten Wände. Auf einem Schwarzweißfoto war ein viel jüngerer Opa Sørensen mit einem riesigen Schwertfisch als Angeltrophäe abgebildet. Auf dem Schreibtisch lag eine Kristallkugel mit flachem Boden, in die eine unheimliche, daumengroße Kopie eines menschlichen Schädels eingegossen war. Kendra zog die Tür zum Arbeitszimmer wieder zu.

Sie versuchte es in der Garage, im Salon und im Familienzimmer. Vielleicht war Lena einkaufen gefahren.

Kendra ging auf die hintere Veranda, die durch den Dachüberhang vor dem Regen geschützt war. Sie liebte den frischen, feuchten Geruch von Regenwasser. Es goss immer noch in Strömen, und das Wasser sammelte sich überall im Garten in Pfützen. Wo versteckten die Schmetterlinge sich bei einem solchen Unwetter?

Dann sah sie Lena. Die Haushälterin kniete im Schlamm neben einem Busch, an dem große blaue und weiße Rosen blühten. Sie war vollkommen durchnässt, und es sah so aus, als würde sie

Unkraut jäten. Das weiße Haar klebte an ihrem Kopf, und ihr Hauskleid war durchweicht.

»Lena?«

Die Haushälterin blickte auf, lächelte und winkte.

Kendra holte sich einen Schirm aus dem Flurschrank und ging zu Lena in den Garten. »Sie sind ja klatschnass«, sagte Kendra.

Lena zog ein Unkraut aus dem Boden. »Der Regen ist warm. Ich bin bei dem Wetter gern draußen.« Sie stopfte das Unkraut in einen bereits prallgefüllten Müllsack.

»Sie werden sich erkälten.«

»Ich werde nicht oft krank.« Sie hielt inne und sah zu den Wolken empor. »Es wird nicht mehr lange regnen.«

Kendra kippte ihren Regenschirm nach hinten und schaute in den Himmel. Überall bleierne Wolken. »Meinen Sie?«

»Wart's nur ab. Der Regen wird binnen einer Stunde aufhören.«

»Ihre Knie sind ganz schlammig.«

»Du denkst, ich hätte nicht alle Tassen im Schrank?« Die winzige Frau stand auf, breitete die Arme weit aus und legte den Kopf in den Nacken. »Schaust du bei Regen jemals nach oben, Kendra? Es sieht aus, als würde der Himmel herabfallen.«

Kendra kippte den Regenschirm abermals nach hinten. Millionen von Regentropfen flogen auf sie zu, einige klatschten ihr ins Gesicht, und sie musste blinzeln. »Oder als würde man zu den Wolken hinaufschweben«, sagte sie.

»Ich sollte dich wohl besser hineinbringen, bevor meine verschrobenen Angewohnheiten auf dich abfärben.«

»Nein, ich wollte Sie nicht stören.« Wieder unter dem Schutz des Regenschirms, wischte Kendra sich winzige Tropfen von der Stirn. »Ich schätze, Sie wollen den Regenschirm nicht haben.«

»Der wäre meinem Zweck nur hinderlich. Ich werde gleich reinkommen.«

Kendra kehrte ins Haus zurück. Durch ein Fenster schaute sie verstohlen in Lenas Richtung. Ihr Verhalten war so eigenartig, dass sie der Versuchung, ein wenig zu spionieren, nicht widerstehen konnte. Lena arbeitete, dann roch sie wieder an einer Blüte oder strich über ihre Blätter. Und es regnete weiter.

Kendra saß gerade auf ihrem Bett und las Gedichte von Shel Silverstein, als es plötzlich heller wurde. Die Sonne war herausgekommen.

Lena hatte Recht gehabt, was den Regen betraf. Etwa vierzig Minuten nach ihrer Voraussage hatte er nachgelassen. Die Haushälterin war hereingekommen, hatte ihre nassen Kleider ausgezogen und Sandwichs gemacht.

Auf der anderen Seite des Raums stand das fertige Bild von dem Ritter, der den Drachen angriff. Seth war vor einer Stunde hinausgegangen. Kendra war nach faulenzen zumute.

Gerade als sie ihre Aufmerksamkeit wieder dem letzten Gedicht zuwandte, kam Seth schnaufend ins Zimmer geplatzt. Er trug nur Socken an den Füßen. Seine Kleider waren schlammverschmiert. »Du musst dir ansehen, was ich im Wald gefunden habe.«

»Noch eine Hexe?«

»Nein. Viel cooler.«

»Ein Landstreicherlager?«

»Ich sag's nicht; du musst mitkommen und es dir ansehen.«

»Geht es dabei um Eremiten oder Verrückte?«

»Keine Menschen«, erwiderte er.

»Wie weit vom Garten entfernt?«

»Nicht weit.«

»Wir könnten Schwierigkeiten kriegen. Außerdem ist es schlammig draußen.«

»Opa versteckt einen wunderschönen Park im Wald«, platzte Seth heraus.

»Was?«, fragte Kendra.

»Du musst es dir ansehen. Zieh Gummistiefel an oder irgendwas.«

Kendra klappte das Buch zu.

Das Sonnenlicht kam und ging mit dem Wechselspiel der Wolken. Eine sanfte Brise ließ das Blätterwerk rascheln. Der Wald roch nach frischem Torf. Kendra kletterte über einen feuchten, fauligen Baumstamm und stieß ein schrilles Kreischen aus, als sie einen glänzenden, weißen Frosch sah.

Seth drehte sich um. »Krass.«

»Versuch's mal mit *ekelhaft.*«

»Ich habe noch nie einen weißen Frosch gesehen«, bemerkte Seth. Er versuchte, ihn zu fangen, aber als er näher kam, machte der Frosch einen gewaltigen Satz. »Wow! Dieses Ding ist geflogen!«

Er durchstöberte das Unterholz, in dem der Frosch gelandet war, fand jedoch nichts.

»Beeil dich«, sagte Kendra und blickte in die Richtung zurück, aus der sie gekommen waren. Das Haus war nicht mehr zu sehen. Sie konnte ein nervöses, bedrückendes Gefühl im Magen nicht abschütteln.

Im Gegensatz zu ihrem kleinen Bruder war Kendra keine geborene Regelbrecherin. In der Schule war sie in allen fortgeschrittenen Kursen und bekam fast immer die besten Noten; sie hielt ihr Zimmer in Ordnung und übte immer für ihre Klavierstunden. Seth dagegen begnügte sich mit lausigen Zensuren, vergaß regelmäßig, seine Hausaufgaben zu machen, und musste genauso regelmäßig nachsitzen. Natürlich war er auch derjenige, der die meisten Freunde hatte, also hatte sein Wahnsinn vielleicht Methode.

»Weshalb die Eile?« Er übernahm wieder die Führung und bahnte ihnen einen Weg durchs Unterholz.

»Je länger wir fort sind, umso größer ist die Wahrscheinlichkeit, dass jemand unsere Abwesenheit bemerkt.«

»Es ist nicht mehr weit. Siehst du diese Hecke?«

Es war nicht direkt eine Hecke. Eher eine hohe Barriere aus wilden Büschen. »Das nennst du eine Hecke?«

»Der Park ist direkt dahinter.«

Die Blätterwand erstreckte sich in beide Richtungen so weit das Auge reichte. »Wie kommen wir darum herum?«

»Wir gehen *hindurch.* Du wirst schon sehen.«

Sie erreichten die Gebüsche, und Seth bog nach links ab, wobei er immer wieder einen Blick auf die Blätter und Äste warf oder stehen blieb, um sie etwas näher in Augenschein zu nehmen. Das ineinander verwobene Blätterwerk war zwischen drei und vier Metern hoch und sah ziemlich undurchdringlich aus.

»Okay, ich glaube, das ist die Stelle, an der ich mich hindurchgezwängt habe.« Zwischen zwei Büschen war dicht über dem Boden ein tiefer Einschnitt zu erkennen. Seth ließ sich auf alle viere nieder und zwängte sich hinein.

»Du wirst eine Milliarde Zecken kriegen«, prophezeite Kendra.

»Sie verstecken sich alle vor dem Regen«, erwiderte er in vollem Brustton der Überzeugung.

Kendra bückte sich und folgte ihm.

»Ich glaube nicht, dass ich beim letzten Mal genau an dieser Stelle durchgeschlüpft bin«, gestand Seth. »Es ist ein bisschen enger hier. Aber es müsste klappen.« Er robbte jetzt auf dem Bauch.

»Ich warne dich, die Sache sollte sich lohnen.« Kendra arbeitete sich mit zusammengekniffenen Augen auf den Ellbogen durch die Hecke. Die feuchte Erde fühlte sich kalt an, und Tröpfchen fielen aus dem Busch, während sie sich hindurchzwängte. Seth erreichte die gegenüberliegende Seite und stand auf. Kendra hatte es ebenfalls geschafft, und als sie wieder auf die Beine kam, weiteten sich ihre Augen.

Vor ihr lag ein unberührter kleiner See, mehrere hundert Meter im Durchmesser, mit einer kleinen, grünen Insel in der Mitte. Kunstvolle kleine Pavillons umringten den See. Sie waren durch einen weiß getünchten Steg aus dicht an dicht liegenden Bohlen miteinander verbunden. Blühende Reben schlängelten sich um das Geländer der beeindruckenden Promenade, Schwäne glitten elegant übers Wasser, und Schwärme von Schmetterlingen und Kolibris umflatterten die Blüten. Auf der anderen Seite des Sees stolzierten Pfauen mit gespreiztem Gefieder umher.

»Was um alles in der Welt ist das?«, stieß Kendra hervor.

»Komm weiter.« Seth zog sie über den dichten, säuberlich gemähten Rasen zum nächsten Pavillon. Kendra blickte zurück und begriff jetzt, warum Seth die zerzauste Barriere aus Büschen als Hecke bezeichnet hatte. Auf dieser Seite waren die Büsche sauber gestutzt. Die Hecke umfasste das gesamte Gebiet, und nur auf einer Seite gab es einen einzigen tunnelförmigen Eingang.

»Warum sind wir nicht durch den Eingang gekommen?«, fragte Kendra, die hinter ihrem Bruder hereilte.

»Abkürzung.« Seth blieb an der weißen Treppe stehen, die zu dem Pavillon hinaufführte, um eine Frucht von einem Spalier zu pflücken. »Probier mal.«

»Man sollte sie waschen«, erwiderte Kendra.

»Es hat gerade geregnet.« Er biss hinein. »Die sind so was von lecker.«

Kendra probierte eine Frucht. Es war die süßeste Nektarine, die sie je gegessen hatte. »Köstlich.«

Zusammen gingen sie die Treppe des fantastischen Pavillons hinauf. Obwohl das Holzgeländer ungeschützt den Elementen ausgesetzt war, war es vollkommen glatt: Keine Farbe blätterte ab, es gab keine Risse und keine Splitter.

Der Pavillon war mit weißen Zweiersofas und Sesseln aus Bast möbliert. An einigen Stellen waren die allgegenwärtigen Kletterpflanzen zu lebenden Ornamenten und anderen prächtigen Mustern miteinander verflochten. Ein leuchtend bunter Papagei saß auf einer hohen Stange und blickte auf sie hinab.

»Sieh dir den Papagei an!«, rief Kendra aus.

»Beim letzten Mal habe ich Affen gesehen«, sagte Seth. »Kleine Burschen mit langen Armen. Die schwangen sich hier überall herum. Und eine Ziege. Sie ist weggelaufen, sobald sie mich gesehen hat.«

Seth drehte sich um und lief auf dem Promenadensteg am Ufer entlang. Kendra folgte ihm in langsamerem Tempo und ließ die ganze Szenerie auf sich wirken. Sie wäre der perfekte Hintergrund für eine Märchenhochzeit gewesen. Sie zählte zwölf Pavillons, von denen jeder für sich einzigartig war. Von einem führte ein kleiner weißer Steg auf den See. An seinem Ende war ein Schuppen, der wie der Steg selbst auf dem Wasser schwamm.

Das musste ein Bootshaus sein.

Kendra schlenderte hinter Seth her, vor dessen Getöse die Schwäne jetzt auf die gegenüberliegende Seite des Sees flohen und dabei v-förmige Wellenmuster auf das Wasser zauberten. Die Sonne brach durch die Wolken und spiegelte sich in dem See.

Warum sollte Opa Sørensen einen solchen Ort geheim halten? Er war wunderbar! Warum machte jemand sich all die Mühe, das alles instand zu halten, wenn nicht, um es zu genießen? Hunderte von Menschen konnten sich hier versammeln, und es wäre immer noch genug Platz gewesen.

Kendra ging zu dem Pavillon mit dem Steg und stellte fest, dass das Bootshaus verschlossen war. Es war nicht groß; sie vermutete, dass Kanus oder Ruderboote darin waren. Vielleicht würde Opa Sørensen ihnen die Erlaubnis geben, ein bisschen auf dem See umherzupaddeln. Nein, sie konnte ihm nicht einmal erzählen, dass sie von diesem Ort wusste! War das der Grund, warum er ihnen von den Zecken erzählt und Regeln aufgestellt hatte, die ihnen Ausflüge in den Wald verboten? Um seinen kleinen Garten Eden verborgen zu halten? Konnte er so selbstsüchtig und geheimnistuerisch sein?

Kendra umrundete den gesamten See auf den sauberen Holzplanken. Seth brüllte ihr auf größere Entfernung etwas zu, und ein kleiner Schwarm Kakadus erhob sich in die Luft. Die Sonne verschwand hinter Wolken. Sie mussten umkehren. Kendra sagte sich, dass sie ja später nochmal herkommen konnte.

Kendra war besorgt, als sie ein Stück von ihrem Steak abschnitt. In der Mitte war es rosig, fast rot. Opa Sørensen und Dale aßen bereits.

»Ist mein Steak auch durch?«, traute sie sich zu fragen.

»Natürlich ist es durch«, sagte Dale mit vollem Mund.

»Es ist ziemlich rot in der Mitte.«

»Die einzige Art, ein Steak zu essen«, erwiderte Opa und tupfte sich mit einer Stoffserviette den Mund ab. »Medium gebraten. Auf diese Weise bleibt es zart und saftig. Wenn man es ganz durchbrät, kann man genauso gut eine Schuhsohle essen.«

Kendra sah zu Lena hinüber.

»Nur zu, Liebes«, ermutigte die Haushälterin sie. »Du wirst schon nicht krank werden; ich habe es lange genug gebraten.«

»Mir schmeckt es«, sagte Seth und kaute. »Gibt es Ketchup?«

»Warum willst du ein so köstliches Steak mit Ketchup verderben?«, stöhnte Dale.

»Du tust Ketchup auf deine Eier«, erinnerte ihn Lena und stellte Seth die Flasche hin.

»Das ist etwas anderes. Ketchup und Zwiebeln sind bei Eiern unverzichtbar.«

»Das ist ja widerlich«, sagte Seth, während er die umgedrehte Flasche über sein Steak hielt.

Kendra kostete von den Knoblauchkartoffeln. Sie waren lecker. Dann nahm sie all ihren Mut zusammen und probierte das Steak. Es war köstlich gewürzt und ließ sich viel leichter kauen als jedes andere Steak, das sie je gegessen hatte. »Das Steak ist wunderbar«, verkündete sie.

»Danke, Liebes«, sagte Lena.

Eine Weile aßen sie schweigend weiter. Opa tupfte sich abermals mit seiner Serviette den Mund ab und räusperte sich.

»Was macht eurer Meinung nach die Menschen so erpicht darauf, Regeln zu brechen?«

Kendras Gewissen regte sich. Die Frage war allgemein gestellt und wartete auf eine Antwort. Als niemand reagierte, fuhr Opa fort.

»Ist es einfach die Freude am Ungehorsam? Der Kitzel der Rebellion?«

Kendra blickte zu Seth. Er starrte auf seinen Teller und stocherte in seinen Kartoffeln herum.

»Waren die Regeln unfair, Kendra? Habe ich etwas Unvernünftiges verlangt?«

»Nein.«

»Habe ich dir nichts gegeben, womit du dich beschäftigen kannst, Seth? Keinen Pool? Kein Baumhaus? Keine Spielzeuge oder anderen Zeitvertreib?«

»Es gab jede Menge Beschäftigung.«

»Warum seid ihr zwei dann in den Wald gegangen? Ich habe euch gewarnt, dass es Konsequenzen haben würde.«

»Warum versteckst du komische alte Damen im Wald?«, platzte Seth heraus.

»Komische alte Damen?«, fragte Opa.

»Ja, was hat es damit auf sich?«

Opa nickte nachdenklich.

»Sie hat ein verfaultes altes Tau. Du hast nicht darauf gepustet?«

»Ich bin nicht näher an sie rangegangen. Sie war unheimlich.«

»Sie ist zu mir gekommen und hat mich gefragt, ob sie einen Schuppen in meinem Wald bauen darf. Sie hat versprochen, für sich zu bleiben. Ich habe nichts Schlimmes darin gesehen. Du solltest sie nicht belästigen.«

»Seth hat deinen privaten Park gefunden«, meldete Kendra sich zu Wort. »Er wollte, dass ich ihn mir ansehe. Meine Neugier hat gewonnen.«

»Einen privaten Park?«

»Ein kleiner See. Mit einer prächtige Holzpromenade ringsum. Papageien und Schwäne und Pfauen.«

Opa sah Dale sprachlos an. Dale zuckte die Achseln.

»Ich hatte gehofft, du würdest uns einmal in einem Boot hinausfahren«, sagte Kendra.

»Wer hat etwas von einem Boot gesagt?«

Kendra verdrehte die Augen. »Ich habe das Bootshaus gesehen, Opa.«

Er warf die Hände in die Luft und schüttelte den Kopf.

Kendra legte ihre Gabel beiseite. »Warum versteckst du einen so schönen Ort?«

»Das ist meine Sache«, sagte Opa. »Eure Sache war es, meine Regeln zu befolgen, zu eurem eigenen Schutz.«

»Wir haben keine Angst vor Zecken«, erklärte Seth.

Opa faltete die Hände und senkte den Blick. »Ich war nicht ganz ehrlich zu euch, was die Gründe betrifft, warum ihr euch vom Wald fernhalten sollt.« Er schaute sie an. »Auf meinem Land gewähre ich ein paar gefährlichen Tieren Zuflucht, viele davon sind vom Aussterben bedroht. Das schließt giftige Schlangen ein, Kröten, Spinnen und Skorpione und auch größere Tiere. Wölfe, Menschenaffen, Panther. Ich benutze Chemikalien und andere Vorsichtsmaßnahmen, um sie vom Garten fernzuhalten, aber der Wald ist extrem gefährlich. Insbesondere die Insel in der Mitte des Sees. Ich habe mit Absicht dort Taipane ausgesetzt, auch ›grimmige Schlangen‹ genannt, die tödlichsten Schlangen, die es gibt.«

»Warum hast du uns nicht gewarnt?«, fragte Kendra.

»Mein Reservat ist ein Geheimnis. Ich habe alle notwendigen Genehmigungen, aber wenn meine Nachbarn sich beklagen sollten, könnten sie widerrufen werden. Ihr dürft keiner Menschenseele etwas davon erzählen, nicht einmal euren Eltern.«

»Wir haben einen weißen Frosch gesehen«, sagte Seth atemlos. »War der giftig?«

Opa nickte. »Ziemlich tödlich. In Zentralamerika benutzen die Eingeborenen ihn für ihre Giftpfeile.«

»Seth hat versucht, ihn zu fangen.«

»Hätte er es geschafft«, sagte Opa ernst, »wäre er jetzt tot.«

Seth schluckte. »Ich werde nie wieder in den Wald gehen.«

»Das glaube ich dir«, sagte Opa. »Trotzdem, eine Regel hat keinen Sinn, wenn man ihr keine Strafe folgen lässt. Ihr werdet für den Rest eures Aufenthalts in eurem Zimmer bleiben.«

»Was?«, rief Seth. »Aber du hast uns angelogen! Angst vor Zecken ist kaum ein Grund, dem Wald fernzubleiben! Du hast uns wie Babys behandelt.«

»Du hättest mit diesen Sorgen zu mir kommen sollen«, erwiderte Opa. »Habe ich mich unklar ausgedrückt, was die Regeln oder die Konsequenzen betrifft?«

»Du hast dich unklar ausgedrückt, was die Gründe betrifft«, sagte Seth.

»Das ist mein gutes Recht. Ich bin euer Großvater. Und dies ist mein Besitz.«

»Ich bin dein Enkelsohn. Du solltest mir die Wahrheit sagen. Du gibst kein sehr gutes Beispiel.«

Kendra versuchte, nicht zu lachen. Seth gab mal wieder den Rechtsanwalt. Er versuchte immer, sich auf diese Weise aus Problemen mit ihren Eltern herauszumogeln. Manchmal brachte er ziemlich gute Argumente vor.

»Was denkst du, Kendra?«, fragte Opa.

Sie hatte nicht damit gerechnet, dass er sie nach ihrer Meinung fragen würde. Jetzt versuchte sie, ihre Gedanken zu sammeln. »Nun, ich gebe Seth Recht, dass du uns nicht die ganze Wahrheit gesagt hast. Nie im Leben wäre ich in den Wald gegangen, wenn ich gewusst hätte, dass dort gefährliche Tiere sind.«

»Ich auch nicht«, sagte Seth.

»Ich habe zwei schlichte Regeln aufgestellt. Ihr habt sie verstanden, und ihr habt sie gebrochen. Nur weil ich es vorgezogen habe, euch nicht alle meine Gründe für diese Regeln wissen zu lassen, denkt ihr, dass ihr die Strafe nicht verdient habt?«

»Ja«, sagte Seth. »Nur dieses eine Mal.«

»Das klingt für mich nicht fair«, erwiderte Opa. »Wenn keine Strafen folgen, verlieren Regeln ihre ganze Macht.«

»Aber wir werden es nicht wieder tun«, wandte Seth ein. »Wir versprechen es. Sperr uns nicht zwei Wochen lang im Haus ein!«

»Gebt nicht mir die Schuld daran«, sagte Opa. »Ihr habt euch selbst eingesperrt, indem ihr die Regeln missachtet habt. Kendra, was wäre deiner Meinung nach fair?«

»Vielleicht könntest du uns eine verringerte Strafe als Warnung geben. Dann die volle Strafe, wenn wir es noch einmal vermasseln.«

»Eine verringerte Strafe«, überlegte Opa laut. »Also bezahlt ihr immer noch einen Preis für euren Ungehorsam, aber ihr bekommt nochmal eine Chance. Damit könnte ich vielleicht leben. Seth?«

»Besser als die ganze Strafe.«

»Dann wäre das also geregelt. Ich werde eure Strafe auf einen einzigen Tag herabsetzen. Ihr werdet morgen auf dem Dachboden bleiben. Ihr könnt zu den Mahlzeiten herunterkommen, und ihr dürft das Badezimmer benutzen, aber das ist alles. Wenn ihr noch einmal irgendeine von meinen Regeln brecht, werdet ihr den Dachboden nicht mehr verlassen, bis eure Eltern euch holen kommen. Zu eurer eigenen Sicherheit. Haben wir uns verstanden?«

»Ja, Opa«, sagte Kendra.

Seth nickte.

KAPITEL 5

Das Tagebuch der Geheimnisse

»Ist dir eigentlich mal das Schlüsselloch am Bauch des Einhorns aufgefallen?«, fragte Seth. Er lag auf dem Boden neben dem ungewöhnlichen Schaukelpferd, die Hände hinterm Kopf verschränkt.

Kendra blickte von ihrem Bild auf. Sie hatte Lena gebeten, ihr ein Malen-nach-Zahlen-Bild zu machen, damit sie ihren Stubenarrest besser ertragen konnte. Kendra wollte die Pavillons rund um den See malen, und Lena hatte sie schnell und verblüffend genau skizziert, als würde sie den Ort kennen. Seth hatte keine neue Leinwand angefordert. Ob er nun auf dem Dachboden festsaß oder nicht, zum Malen hatte er keine Lust mehr.

»Ein Schlüsselloch?«

»Hast du nicht nach Schlüssellöchern gesucht?«

Kendra rutschte von ihrem Hocker und kauerte sich neben ihren Bruder. Und tatsächlich, auf der Unterseite des Einhorns befand sich ein winziges Schlüsselloch. Sie holte ihre Schlüssel aus dem Nachtschränkchen. Der dritte Schlüssel, den Opa Sørensen ihr gegeben hatte, passte. Eine kleine Luke schwang auf. Heraus fielen mehrere rosenförmige Pralinen in Goldfolie, genau wie die eine, die sie in dem Miniaturschrank im Puppenhaus entdeckt hatte.

»Was ist das?«, fragt Seth.

»Seife«, antwortete Kendra.

Kendra griff in die Luke und tastete das Innere des Schaukelpferdes ab. Sie fand einige weitere Rosenknospenpralinen und einen winzigen, goldenen Schlüssel wie den aus dem Schrank. Der zweite Schlüssel zu dem abgeschlossenen Tagebuch!

»Sieht aus wie Süßigkeiten«, bemerkte Seth und grabschte sich eine von den zehn Pralinen.

»Iss ruhig eine. Sie sind parfümiert. Du wirst wunderbar riechen.«

Er wickelte eine Praline aus. »Eine komische Farbe für Seife. Riecht für mich stark nach Schokolade.« Er steckte sich das ganze Ding in den Mund. Seine Augenbrauen schnellten in die Höhe. »Zum Henker, das schmeckt gut!«

»Da du das Schlüsselloch gefunden hast, wie wäre es, wenn wir sie fifty-fifty teilen würden.« Sie machte sich ein wenig Sorgen, dass er die Pralinen allesamt allein essen würde.

»Klingt fair«, sagte er und schnappte sich vier weitere Pralinen.

Kendra legte ihre fünf Rosenknospen in die Schublade ihres Nachtkästchens und nahm das verschlossene Buch heraus. Wie erwartet schloss der zweite goldene Schlüssel eine weitere Schließe auf. Wo konnte der dritte stecken?

Sie schlug sich an die Stirn. Die beiden ersten waren in Dingen versteckt gewesen, die man mit den anderen Schlüsseln hatte öffnen können. Der dritte Schlüssel musste sich in dem Schmuckkästchen befinden!

Nachdem sie das Schmuckkästchen geöffnet hatte, durchstöberte sie die Fächer mit glitzernden Anhängern, Broschen und

Ringen. Und tatsächlich, getarnt als Armbandanhänger, fand sie einen winzigen, goldenen Schlüssel, der zu den beiden anderen passte.

Voller Eifer schritt Kendra zur anderen Seite des Zimmers und schob den Schlüssel in das letzte Schloss des *Tagebuchs der Geheimnisse.* Die dritte Schließe sprang auf, und sie öffnete das Buch. Die erste Seite war leer. Die zweite ebenfalls. Sie blätterte die Seiten eilig durch. Das ganze Buch war leer. Nur ein leeres Tagebuch. Wollte Opa Sørensen sie ermutigen, ein Tagebuch zu führen?

Aber das ganze Spiel mit den Schlüsseln war so geheimnisvoll gewesen. Vielleicht steckte auch hier ein Trick dahinter. Eine verborgene Nachricht. Unsichtbare Tinte oder so etwas. Was war noch gleich der Trick bei unsichtbarer Tinte? Musste man sie mit Zitronensaft beträufeln und gegen das Licht halten? Etwas in der Art. Und es gab noch einen Trick, bei dem man sanft mit einem Bleistift über die Seite rieb, damit die Nachricht erschien. Oder etwas noch Pfiffigeres.

Kendra unterzog das Tagebuch einer noch gründlicheren Inspektion und suchte nach Hinweisen. Sie hielt einige Seiten ans Fenster, um zu sehen, ob das Licht verborgene Wasserzeichen oder andere mysteriöse Hinweise offenbarte.

»Was machst du da?«, fragte Seth. Er hatte nur noch eine Schokoladenrosenknospe übrig. Sie würde ihre an einem sichereren Ort als der Nachttischschublade verstecken müssen.

Sie hielt die letzte Seite hoch. Das Licht offenbarte nichts. »Ich übe für mein Vorsprechen in der Irrenanstalt.«

»Ich wette, du gewinnst den ersten Preis«, neckte er sie.

»Es sei denn, sie sehen dein Gesicht«, gab sie zurück.

Seth kam herüber und gab Goldlöckchen ein paar Körner. »Sie hat noch ein Ei gelegt.« Er öffnete den Käfig, um es zu holen, und strich ihr über die weichen Federn.

Kendra ließ sich aufs Bett fallen und blätterte die letzten Seiten durch. Plötzlich stutzte sie. Auf einer der letzten Seiten stand etwas geschrieben. Es war nicht direkt versteckt, befand sich aber an einer ungewöhnlichen Stelle – ganz innen, fast dort, wo die Seiten zusammengeheftet waren, und ziemlich weit unten auf einer ansonsten leeren Seite. Drei Worte:

Trink die Milch.

Sie knickte die Ecke um und blätterte in den übrigen Seiten. Dann untersuchte sie das ganze Buch von Anfang an, um sicherzugehen, dass ihr keine ähnlichen Botschaften entgangen waren. Es gab keine weiteren rätselhaften Hinweise.

Trink die Milch.

Vielleicht würden Worte erscheinen, wenn man die Seiten mit Milch durchnässte. Sie konnte eine in die Milchdosen tauchen, die Dale draußen stehen ließ.

Oder vielleicht war das die Milch, die in der Nachricht gemeint war! Eine Aufforderung, unbehandelte Kuhmilch zu trinken – wozu sollte das gut sein? Dass sie Durchfall bekam? Dale hatte sie ausdrücklich davor gewarnt, die Milch zu trinken. Natürlich hatte er sich ein wenig eigenartig dabei benommen. Möglicherweise hatte er ihr etwas verheimlicht.

Trink die Milch.

Der ganze Aufwand, um die Schlösser zu den Schlüsseln zu finden, die Opa Sørensen ihr gegeben hatte, um weitere Schlüssel zu finden, die zu einem verschlossenen Tagebuch führten, und das alles für diese eigenartige Botschaft? Entging ihr etwas, oder trieb sie es mit der Analyse zu weit? Die Suche konnte auch nur dazu gedient haben, sie zu beschäftigen.

»Glaubst du, Mom und Dad würden uns erlauben, ein Haushuhn zu halten?«, fragte Seth, mit der Henne auf dem Arm.

»Wahrscheinlich direkt nachdem sie uns einen Hausbüffel gekauft haben.«

»Warum nimmst du Goldlöckchen eigentlich nie auf den Arm? Sie ist wirklich brav.«

»Es ist ekelhaft, ein lebendes Huhn auf dem Arm zu haben.«

»Besser als ein totes.«

»Mir reicht es völlig, sie nur zu streicheln.«

»Du verpasst was.« Seth hielt das Huhn vor sein Gesicht. »Du bist ein braves Huhn, nicht wahr, Goldlöckchen?« Die Henne gackerte sanft.

»Sie wird dir die Augen auspicken«, warnte ihn Kendra.

»Auf keinen Fall, sie ist zahm.«

Kendra schob sich eine der Rosenknospenpralinen in den Mund, legte das *Tagebuch der Geheimnisse* in die Nachttischschublade und wandte sich wieder ihrem Gemälde zu. Sie runzelte die Stirn. Mit den Pavillons, dem See und den Schwänen brauchte sie für das Bild mehr als dreißig verschiedene Nuancen von Weiß, Grau und Silber. Mit Hilfe der Farbproben, die Lena ihr gegeben hatte, machte sie sich daran, die nächste Farbe zu mischen.

Am nächsten Tag strahlte die Sonne hell vom Himmel. Es gab keine Hinweise darauf, dass es je geregnet hatte oder dass es jemals wieder regnen würde. Die Kolibris, Schmetterlinge und Hummeln waren in den Garten zurückgekehrt. Lena trug einen großen Sonnenhut und arbeitete im hinteren Teil des Gartens.

Kendra saß im Schatten auf der hinteren Veranda. Jetzt, da sie keine Dachbodengefangene mehr war, konnte sie das schöne Wetter besser genießen. Sie fragte sich, ob die verschiedenen Schmetterlinge, die sie im Garten sah, zu den Spezies gehörten, die Opa Sørensen importiert hatte. Wie hinderte man einen Schmetterling daran, das Grundstück zu verlassen? Mit der Milch vielleicht?

Sie vertrieb sich die Zeit mit einem Spiel, das sie auf einem Regal auf dem Dachboden gefunden hatte – ein dreieckiges Brett mit fünfzehn Löchern und vierzehn Zapfen. Man musste die Zapfen überspringen und durfte sie dann entfernen wie beim Damespiel, so lange, bis nur noch einer übrig war. Das hörte sich einfach an. Das Problem war aber, dass beim Überspringen immer wieder einzelne Zapfen übrig blieben, die weder selbst springen noch übersprungen werden konnten. Je weniger Zapfen man übrig behielt, umso besser hatte man gespielt.

Während sie das Brett für einen neuen Versuch vorbereitete, sah Kendra, worauf sie gewartet hatte. Dale ging mit einer Keksdose am äußeren Rand des Gartens entlang. Sie legte das Zapfenspiel auf einen Tisch und eilte ihm entgegen.

Dale wirkte leicht besorgt angesichts ihres Erscheinens. »Lena darf nicht sehen, dass du so mit mir redest«, murmelte er leise. »Ich soll die Milch heimlich hinstellen.«

»Ich dachte, es wüsste niemand, dass Sie die Milch rausstellen.«

»Stimmt. Es ist so, dein Großvater weiß es nicht, aber Lena weiß es durchaus. Wir versuchen, es geheim zu halten.«

»Ich habe mich gefragt, wie die Milch wohl so schmeckt.«

Er wirkte nervös. »Hast du mir beim letzten Mal nicht zugehört? Du könntest... Gürtelrose kriegen. Krätze. Skorbut.«

»Skorbut?«

»Diese Milch ist ein Bakterieneintopf. Das ist der Grund, warum die Insekten sie so mögen.«

»Ich habe Freunde, die frische Milch von der Kuh probiert haben. Sie haben es überlebt.«

»Das waren sicher gesunde Kühe«, sagte Dale. »Diese Kühe sind… vergiss es. Die Sache ist die, das ist nicht einfach irgendeine Milch. Sie ist stark kontaminiert. Ich wasche mir gründlich die Hände, wenn ich das Zeug rausgestellt habe.«

»Sie denken also nicht, dass ich sie probieren sollte.«

»Nicht, wenn du kein vorzeitiges Begräbnis haben willst.«

»Würden Sie mich denn wenigstens in die Scheune mitnehmen, damit ich mir die Kühe ansehen kann?« zu

»Die Kühe ansehen? Das wäre ein Verstoß gegen die Regeln deines Großvaters!«

»Ich dachte, es ginge darum, dass uns nichts zustößt«, erwiderte Kendra. »Mir kann nichts passieren, wenn Sie bei mir sind.«

»Die Regeln deines Großvaters sind die Regeln deines Großvaters. Er hat seine Gründe. Ich werde nicht dagegen verstoßen. Oder sie auch nur verbiegen.«

»Nein? Wenn Sie mir die Kühe zeigen, werde ich vielleicht Ihr Geheimnis, was die Milch betrifft, für mich behalten.«

»Hör mal, das ist Erpressung. Erpressung lasse ich mir nicht gefallen.«

»Ich frage mich, was Opa sagen wird, wenn ich es ihm heute Abend beim Essen erzähle.«

»Er wird höchstwahrscheinlich sagen, dass du dich um deine eigenen Angelegenheiten kümmern sollst. Und jetzt habe ich, mit deiner Erlaubnis, noch zu tun.«

Sie beobachtete, wie er mit der Dose Milch davonging. Er hatte sich eindeutig merkwürdig verhalten. Die Milch umgab definitiv ein Rätsel. Aber bei all dem Gerede über Bakterien war ihr die Lust vergangen, davon zu kosten. Sie brauchte ein Versuchskaninchen.

Seth versuchte, von einem der Felsblöcke am Rand des Pools einen Salto ins Wasser zu machen. Er kam aber nie ganz herum und landete unweigerlich auf dem Rücken. Als er wieder einmal an den Rand geschwommen kam, um es noch einmal zu versuchen, wartete Kendra schon auf ihn.

»Schöner Rückenklatscher«, sagte sie.

Seth stieg aus dem Wasser. »Ich würde gern mal sehen, wie du einen besseren machst. Wo bist du gewesen?«

»Ich habe ein Geheimnis entdeckt.«

»Was?«

»Ich kann es nicht erklären. Aber ich kann es dir zeigen.«

»So gut wie der See?«

»Nicht ganz. Beeil dich.«

Seth legte sich ein Handtuch über die Schultern und schlüpfte in seine Sandalen. Kendra führte ihn von dem Pool weg, durch den Garten, zu ein paar blühenden Büschen am Rand. Hinter den Pflanzen stand eine große Keksdose voller Milch, an der sich eine Schar Kolibris gütlich tat.

»Sie trinken Milch?«, fragte er.

»Ja, aber darum geht es nicht. Koste mal davon.«

»Warum?«

»Du wirst schon sehen.«

»Hast du sie probiert?«

»Ja.«

»Was ist so Tolles dabei?«

»Ich hab's doch gesagt. Probier sie, und du wirst es schon sehen.«

Kendra beobachtete neugierig, wie er sich vor die Dose hinkniete. Die Kolibris zerstreuten sich. Seth tauchte einen Finger in die Milch und legte ihn auf die Zunge. »Ziemlich gut. Süß.«

»Süß?«

Er senkte den Kopf und schlürfte von der Milch. Dann richtete er sich wieder auf und wischte sich den Mund ab. »Ja, süß und sahnig. Aber ein bisschen warm.« Als er an Kendra vorbeiblickte, traten ihm schier die Augen aus den Höhlen, er sprang auf, schrie und fuchtelte wild mit den Armen. »Was zur Hölle sind denn das für Dinger?«

Kendra drehte sich um. Alles, was sie sah, waren ein Schmetterling und ein paar Kolibris. Sie blickte wieder in Seths Richtung. Er drehte sich im Kreis und sah sich, anscheinend erstaunt und verblüfft, im Garten um.

»Sie sind überall«, sagte er ergriffen.

»Was ist überall?«

»Sieh dich doch um. Die Feen.«

Kendra starrte ihren Bruder an. Konnte die Milch sein Gehirn total gegrillt haben? Oder nahm er sie auf den Arm? Er schien sich nicht zu verstellen. Er war zu einem Rosenbusch gegangen und betrachtete voller Staunen einen Schmetterling. Zaghaft streckte er die Hand danach aus, aber der Schmetterling flog davon.

Er drehte sich wieder zu Kendra um. »Kommt das von der Milch? Das ist viel cooler als der See!« Seine Aufregung schien echt zu sein.

Kendra beäugte die Dose mit Milch. *Trink die Milch.* Wenn Seth ihr einen Streich spielte, hatten sich seine schauspielerischen Fähigkeiten plötzlich um das Zehnfache verbessert. Sie tauchte einen Finger in die Milch und steckte den Finger in den Mund. Seth hatte Recht. Sie war süß und warm. Einen Moment lang funkelte die Sonne in ihren Augen, und sie musste blinzeln.

Sie sah wieder ihren Bruder an, der sich an eine kleine Gruppe in der Luft schwebender Feen heranschlich. Drei hatten Flügel wie Schmetterlinge, eine wie eine Libelle. Bei der unmöglichen Szene, die sich ihr bot, konnte sie ein Kreischen nicht unterdrücken.

Kendra blickte wieder auf die Milch hinunter. Eine Fee mit Kolibriflügeln trank aus ihrer gewölbten Hand. Abgesehen von den Flügeln sah die Fee aus wie eine schlanke Frau, die keine fünf Zentimeter groß war. Sie trug ein glitzerndes, türkisfarbenes Kleid und hatte langes, dunkles Haar. Als Kendra sich zu ihr hinunterbeugte, zischte die Fee davon. Sie konnte das doch unmöglich wirklich sehen, oder? Es musste eine Erklärung geben. Aber die Feen waren überall, nah und fern, und sie schimmerten in leuchtenden Farben. Wie konnte sie leugnen, was sie doch vor Augen hatte?

Während Kendra sich weiter im Garten umsah, verwandelte sich ihre erschrockene Ungläubigkeit in Staunen. Feen jeglicher Art huschten umher, erkundeten Blüten, schwebten in der Brise und wichen ihrem Bruder geradezu akrobatisch aus.

Kendra, die wie in Trance die Pfade des Gartens durchstreifte, sah, dass die Feenfrauen alle Nationalitäten zu repräsentieren schienen. Einige sahen europäisch aus, andere indisch, wieder andere afrikanisch oder asiatisch. Einige hatten weniger Ähnlichkeit mit Menschenfrauen, denn sie hatten blaue Haut oder smaragdgrünes Haar. Manche hatten sogar Fühler. Flügel gab es in allen Variationen, meistens gemustert wie die von Schmetterlingen, aber eleganter geformt und leuchtend bunt. Alle Feen glänzten hell und überstrahlten die Blumen im Garten, wie die Sonne den Mond überstrahlt.

Als sie um die Ecke eines Pfades bog, stand Opa Sørensen in Flanellhemd und Arbeitsstiefeln vor ihr, die Arme vor der Brust verschränkt.

»Wir müssen reden«, sagte er.

Die Standuhr schlug – nach einem kleinen Vorspiel – drei Mal. Kendra, die in Opa Sørensens Arbeitszimmer auf einem Lederarmsessel mit hoher Rückenlehne saß, fragte sich, ob Standuhren ihren Namen daher hatten, dass sie immer so protzig in irgendwelchen Arbeitszimmern herumstanden.

Sie blickte zu Seth hinüber, dessen Sessel genauso aussah wie ihrer. Er war zu groß für einen so kleinen Jungen. Diese Sessel waren für Erwachsene.

Warum hatte Opa Sørensen den Raum verlassen? Waren sie in Schwierigkeiten? Schließlich hatte er ihr die Schlüssel gegeben, die dazu geführt hatten, dass sie und das Versuchskaninchen von der Milch probiert hatten.

Trotzdem konnte sie nicht umhin, sich Sorgen zu machen, dass sie etwas entdeckt hatte, das hätte verborgen bleiben sollen. Die Feen waren nicht nur real, Opa Sørensen hatte Hunderte davon in seinem Garten.

»Ist das ein Feenschädel?«, fragte Seth und deutete auf die Kugel mit dem daumengroßen Schädel auf Opas Schreibtisch.

»Wahrscheinlich«, sagte Kendra.

»Sitzen wir in der Klemme?«

»Das will ich nicht hoffen. Es hat keine Regeln gegen das Trinken von Milch gegeben.«

Die Arbeitszimmertür wurde geöffnet. Opa kam mit Lena herein, die drei Tassen auf einem Tablett trug. Lena bot zuerst Kendra eine Tasse an, dann Seth und Opa. Der Becher enthielt heiße Schokolade. Dann ging Lena wieder, und Opa setzte sich hinter seinen Schreibtisch.

»Ich bin beeindruckt, wie schnell ihr mein Rätsel gelöst habt«, sagte er und nippte an seinem Becher.

»Du *wolltest,* dass wir die Milch trinken?«, fragte Kendra.

»Vorausgesetzt, dass ihr zum richtigen Schlag Menschen dafür gehört. Offen gesagt, ich kenne euch nicht allzu gut. Ich hatte gehofft, dass die Art von Person, die sich die Mühe machen würde, mein kleines Rätsel zu lösen, auch die Art von Person ist, die mit der Vorstellung von einem Reservat voller magischer Geschöpfe fertigwerden könnte. Fabelheim ist mehr, als die meisten Menschen verkraften können.«

»Fabelheim?«, wiederholte Seth.

»Der Name, den die Gründer diesem Reservat vor Jahrhunderten gegeben haben. Ein Refugium für mystische Geschöpfe, dessen Betreuung im Verlaufe der Jahre von einem Verwalter an den nächsten weitergegeben wurde.«

Kendra kostete von der heißen Schokolade. Sie war hervorragend! Der Geschmack erinnerte sie an die Rosenknospenpralinen.

»Was hast du denn noch, außer Feen?«, wollte Seth wissen.

»Viele Geschöpfe, große und kleine. Was der wahre Grund dafür ist, warum der Wald verboten ist. Dort gibt es Kreaturen, die viel gefährlicher sind als giftige Schlangen oder wilde Menschenaffen. Nur bestimmte Klassen magischer Geschöpfe sind allgemein im Garten zugelassen. Feen, Kobolde und so weiter.« Opa nahm noch einen Schluck aus seiner Tasse. »Schmeckt euch die heiße Schokolade?«

»Sie ist wunderbar«, antwortete Kendra.

»Zubereitet aus der gleichen Milch, die ihr heute im Garten gekostet habt. Der gleichen Milch, die die Feen trinken. Das ist so ziemlich das Einzige an Nahrung, das sie zu sich nehmen. Wenn Sterbliche sie trinken, werden ihre Augen für die unsichtbare Welt geöffnet. Aber die Wirkung verliert sich nach einem Tag. Lena wird euch jeden Morgen eine Tasse zubereiten, so dass ihr den Feen die Milch nicht länger zu stehlen braucht.«

»Woher kommt sie?«, fragte Kendra.

»Wir machen sie eigens in der Scheune. Auch dort haben wir einige gefährliche Geschöpfe, daher ist die Scheune nach wie vor verboten.«

»Warum ist alles verboten?«, klagte Seth. »Ich bin vier Mal weit in den Wald hineingegangen, und mir ist nichts passiert.«

»Vier Mal?«, fragte Opa.

»Alles vor der Warnung«, versichte Seth hastig.

»Ja, hm, deine Augen waren noch nicht für das geöffnet, was dich wirklich umgeben hat. Und du hattest Glück. Obwohl du blind warst für die verzauberten Geschöpfe, die den Wald bevölkern, gibt es viele Orte, in die du dich hättest hineinwagen können und von denen du nicht zurückgekehrt wärst. Jetzt, da du sie sehen kannst, können die Geschöpfe hier natürlich viel leichter auf dich reagieren, so dass die Gefahr viel größer ist.«

»Nichts für ungut, Opa, aber ist das wirklich die Wahrheit?«, fragte Kendra. »Du hast uns so viele Versionen davon erzählt, warum der Wald verboten ist.«

»Ihr habt die Feen gesehen«, sagte er.

Kendra beugte sich vor. »Vielleicht hatten wir wegen der Milch Halluzinationen. Erzähl uns doch einfach alles, wovon du denkst, dass wir es glauben werden.«

»Ich verstehe deine Sorge«, sagte Opa. »Ich wollte euch vor der Wahrheit über Fabelheim schützen, solange ihr nicht selbst danach sucht. Es ist nicht die Art von Information, die ich euch aufzwingen wollte. Das ist die Wahrheit. Was ich euch jetzt erzähle, ist die Wahrheit. Ihr werdet reichlich Gelegenheit haben, meine Worte zu überprüfen.«

»Also waren die Tiere, die wir am See gesehen haben, in Wirklichkeit andere Geschöpfe, so wie die Schmetterlinge Feen waren«, sagte Kendra, um sich Klarheit zu verschaffen.

»Ganz gewiss. Der See kann ein gefährlicher Ort sein. Wenn ihr jetzt dorthin zurückkehrt, würdet ihr Najaden sehen, freundliche Nixen, die euch in die Nähe des Wassers locken, um euch herunterzuziehen und zu ertränken.«

»Das ist ja grausam!«, rief Kendra.

»Das hängt von eurer Perspektive ab«, sagte Opa und breitete die Hände aus. »Für sie ist euer Leben so lächerlich kurz, dass sie es albern und komisch finden, euch zu töten. Nicht tragischer, als wenn ihr eine Motte zerquetscht. Außerdem haben sie das Recht, Eindringlinge zu bestrafen. Die Insel in der Mitte des Sees ist der Schrein der Feenkönigin. Kein Sterblicher darf sie betreten. Ich kannte einen Wildhüter, der diese Regel gebrochen hat. Sobald er einen Fuß auf die geheiligte Insel setzte, verwandelte er sich in eine Wolke Löwenzahnsamen, mitsamt seinen Kleidern und allem

Drum und Dran. Er wurde von der Brise davongeweht und nie wieder gesehen.«

»Warum ist er dort hingegangen?«, fragte Kendra.

»Die Feenkönigin gilt weithin als das mächtigste Wesen im ganzen Feenreich. Der Wildhüter brauchte ganz dringend etwas Bestimmtes und ging hin, um ihre Hilfe zu erflehen. Anscheinend war sie nicht beeindruckt.«

»Mit anderen Worten, er hatte keinen Respekt für das, was verbotenes Terrain war«, meinte Kendra und warf Seth einen vielsagenden Blick zu.

»Genau«, pflichtete Opa ihr bei.

»Die Königin der Feen lebt auf dieser kleinen Insel?«, fragte Seth.

»Nein. Es ist lediglich ein Schrein zu ihren Ehren. Ähnliche Schreine gibt es in Hülle und Fülle auf meinem Besitz, und alle können gefährlich sein.«

»Wenn der See gefährlich ist, warum gibt es dann dort ein Bootshaus?«, fragte Kendra.

»Ein früherer Verwalter dieses Reservats hatte eine Schwäche für die Najaden.«

»Der Löwenzahntyp?«, fragte Seth.

»Ein anderer Typ«, antwortete Opa. »Es ist eine lange Geschichte. Fragt irgendwann mal Lena danach; ich glaube, sie kennt die Geschichte.«

Kendra rutschte in dem übergroßen Sessel hin und her. »Warum lebst du an einem so beängstigenden Ort?«

Opa verschränkte die Arme auf dem Schreibtisch. »Er ist nur beängstigend, wenn man dort hingeht, wo man nicht hingehört. Dieses ganze Schutzgebiet ist geweihter Boden, regiert von Gesetzen, die die Geschöpfe, die hier leben, nicht brechen dürfen. Nur auf dieser geheiligten Erde können Sterbliche mit einem gewissen Maß an Sicherheit mit diesen Geschöpfen in Verbindung treten. Solange Sterbliche innerhalb ihrer Grenzen bleiben, werden sie von den Gründungsverträgen dieses Reservats geschützt.«

»Gründungsverträge?«, fragte Seth.

»Übereinkünfte. Insbesondere ein Vertrag, der von allen hier anzutreffenden Lebensformen ratifiziert wurde und den menschlichen Verwaltern ein gewisses Maß an Sicherheit garantiert. In einer Welt, in der die Sterblichen die dominante Macht geworden sind, sind die meisten magischen Geschöpfe in Refugien wie dieses geflüchtet.«

»Was genau ist der Inhalt dieser Verträge?«, fragte Kendra.

»Die genauen Details sind komplex, mit vielen Einschränkungen und Ausnahmen. Allgemein gesprochen, basieren sie auf dem Gesetz der Gegenseitigkeit, dem Gesetz der Vergeltung. Solange ihr die Kreaturen nicht belästigt, werden sie euch nicht belästigen. Deshalb seid ihr einigermaßen geschützt, wenn ihr sie nicht sehen könnt. Ihr könnt nicht auf sie reagieren, so dass sie sich im Allgemeinen genauso verhalten.«

»Aber jetzt können wir sie sehen«, sagte Seth.

»Was genau der Grund ist, warum ihr Vorsicht walten lassen müsst. Die grundlegenden Prinzipien des Gesetzes lauten Schabernack für Schabernack, Magie für Magie, Gewalt für Gewalt. Sie werden nicht von sich aus Ärger machen, wenn ihr die Regeln nicht brecht. Ihr müsst die Tür öffnen. Wenn ihr sie schikaniert, öffnet ihr ihnen die Tür, euch zu schikanieren. Verletzt sie, und sie werden euch verletzen. Benutzt Magie gegen sie, und sie werden Magie gegen euch benutzen.«

»Magie benutzen?«, fragte Seth eifrig nach.

»Sterbliche waren nie dazu bestimmt, Magie zu benutzen«, erwiderte Opa. »Wir sind nichtmagische Wesen. Aber ich habe einige praktische Prinzipien erlernt, die mir helfen, die Dinge zu bewältigen. Nichts, was ihr besonders spektakulär finden würdet.«

»Kannst du Kendra in eine Kröte verwandeln?«

»Nein. Aber es gibt Wesen da draußen, die können es. Und ich wäre nicht in der Lage, sie zurückzuverwandeln. Was auch der Grund ist, warum ich diesen Gedanken zu Ende bringen muss: Das unbefugte Betreten eines Ortes, an dem ihr euch nicht aufhalten dürft, kann bereits einen Bruch der Regeln darstellen. Es gibt geografische Grenzen, innerhalb derer gewisse Wesen zulässig sind und andere Wesen, darunter Sterbliche, es nicht sind. Diese Grenzen sind die einzige Möglichkeit, die dunkleren Geschöpfe hierzubehalten, ohne einen Aufruhr zu verursachen. Wenn ihr an Orte geht, an denen ihr nichts zu suchen habt, könntet ihr die Tür für grimmige Vergeltung von mächtigen Feinden öffnen.«

»Also dürfen nur gute Geschöpfe den Garten betreten«, sagte Kendra.

Opa wurde sehr ernst. »Keins dieser Geschöpfe ist gut. Nicht auf die Weise gut, wie wir das Wort definieren würden. Keins der Geschöpfe ist ungefährlich. Moral ist vor allem eine Besonderheit der Sterblichen. Die besten Geschöpfe hier sind lediglich nicht böse.«

»Die Feen sind nicht ungefährlich?«, fragte Seth.

»Sie wollen niemandem schaden, sonst würde ich sie nicht im Garten dulden. Ich nehme an, sie sind zu guten Taten fähig, aber sie würden sie normalerweise nicht aus den richtigen Gründen tun, nicht aus den Gründen, die wir für die richtigen halten würden. Nehmt zum Beispiel die Wichtel. Sie reparieren nicht alles und machen überall Ordnung, weil sie den Menschen helfen wollen. Sie tun es, weil sie einfach gern Dinge reparieren und Ordnung machen.«

»Reden Feen?«, fragte Kendra.

»Nicht viel mit Menschen. Sie haben eine ganz eigene Sprache, obwohl sie nur selten miteinander sprechen, es sei denn, um sich gegenseitig zu beleidigen. Die meisten lassen sich nie dazu herab, eine menschliche Sprache zu benutzen. Ihrer Meinung nach ist alles unter ihrer Würde. Feen sind eitle, selbstsüchtige Geschöpfe. Dir ist vielleicht aufgefallen, dass ich alle Springbrunnen und Vogeltränken draußen geleert habe. Wenn sie voll sind, versammeln sich die Feen, um den ganzen Tag ihr Spiegelbild anzustarren.«

»Ist Kendra eine Fee?«, fragte Seth.

Opa biss sich auf die Unterlippe und starrte auf den Boden, wobei er offensichtlich versuchte, ein Lachen zu unterdrücken. »Wir hatten einmal einen Spiegel draußen, und sie haben ihn wieder umgedreht, als er mit der Rückseite nach oben lag«, sagte Kendra, die bewusst sowohl die Bemerkung als auch die Reaktion ignorierte. »Ich habe mich gefragt, was zum Teufel da los war.«

Opa kriegte sich wieder ein. »Genau die Art von Treiben, die ich zu vermeiden versucht habe, indem ich die Vogelbäder geleert habe. Feen sind unglaublich eingebildet. Außerhalb eines Refugiums wie diesem erlauben sie nicht einmal, dass ein Sterblicher einen Blick auf sie wirft. Da es für sie der Gipfel der Wonne ist, sich selbst anzusehen, verwehren sie den anderen das Vergnügen. Die meisten Nymphen haben die gleiche Mentalität.«

»Warum ist es ihnen hier egal?«, fragte Kendra.

»Es ist ihnen keineswegs egal. Aber sie können sich nicht verstecken, wenn ihr ihre Milch trinkt, daher haben sie sich widerstrebend daran gewöhnt, dass Sterbliche sie sehen. Ich muss manchmal lachen. Die Feen tun so, als würde sie es nicht scheren, was Sterbliche über sie denken, aber versucht mal, einer ein Kompliment zu machen. Sie wird erröten, und die anderen werden sich um euch scharen, bis sie an die Reihe kommen. Man sollte glauben, es müsste ihnen peinlich sein.«

»Ich finde sie hübsch«, bemerkte Seth.

»Sie sind zauberhaft!«, stimmte Opa ihm zu. »Und sie können nützlich sein. Sie machen den größten Teil meiner Gartenarbeit. Aber gut? Ungefährlich? Eher nicht.«

Kendra nahm den letzten Schluck von ihrer heißen Schokolade. »Wenn wir also nicht in den Wald oder in die Scheune gehen und die Feen nicht belästigen, kann uns nichts passieren?«

»So ist es. Dieses Haus und der Garten darum herum sind die am besten geschützten Orte in Fabelheim. Nur die sanftesten Geschöpfe dürfen hierher. Natürlich gibt es einige Nächte im Jahr, in denen alle Kreaturen Amok laufen, und eine dieser Nächte steht bevor. Aber ich werde euch mehr darüber erzählen, wenn es so weit ist.«

Seth beugte sich in seinem Sessel vor. »Ich will etwas über die bösen Geschöpfe hören. Was gibt es da draußen alles?«

»Um deiner Fähigkeit willen, nachts zu schlafen, werde ich das für mich behalten.«

»Ich habe diese komische alte Dame getroffen. War sie in Wirklichkeit etwas anderes?«

Opa umklammerte die Kante seines Schreibtischs. »Diese Begegnung ist ein erschreckendes Beispiel für die Gründe, warum der Wald verboten ist. Es hätte katastrophal enden können. Du hast dich in eine sehr gefährliche Gegend gewagt.«

»Ist sie eine Hexe?«, fragte Seth.

»Ja. Ihr Name ist Muriel Taggart.«

»Wie kommt es, dass ich sie sehen konnte?«

»Hexen sind sterblich.«

»Warum schaffst du sie dir dann nicht vom Hals?«, meinte Seth.

»Der Schuppen im Wald ist nicht ihr Zuhause. Er ist ihr Gefängnis. Sie verkörpert alle Gründe, warum es unklug ist, den Wald zu erkunden. Ihr Ehemann war vor mehr als hundertsechzig Jahren hier Verwalter. Sie war eine intelligente, liebreizende Frau. Aber sie ging häufig in die dunkleren Teile des Waldes, wo sie sich mit zwielichtigen Wesen abgab. Sie haben sie unterrichtet. Es dauerte nicht lange, bis die Macht der Hexenkunst sie in ihren Bann schlug, und diese Wesen einen beträchtlichen Einfluss auf sie erlangten. Sie wurde labil. Ihr Mann versuchte, ihr zu helfen, aber sie war bereits zu verblendet.

Als sie versuchte, einigen der üblen Bewohner des Waldes bei einem verräterischen Akt der Rebellion zu helfen, rief ihr Mann Hilfe herbei und ließ sie einkerkern. Seither sitzt sie in diesem Schuppen fest, gehalten von dem Knoten in dem Seil, das du gesehen hast. Lasst euch ihre Geschichte als Warnung dienen – ihr habt in diesem Wald nichts verloren.«

»Hab's kapiert«, sagte Seth. Er wirkte ernst.

»Jetzt haben wir aber genug geplappert über Regeln und Monster«, erklärte Opa und stand auf. »Ich habe zu tun. Und ihr habt eine neue Welt zu entdecken. Der Tag nähert sich seinem Ende, also geht und macht das Beste daraus. Aber bleibt im Garten.«

»Was tust du eigentlich den ganzen Tag?«, erkundigte sich Kendra, während sie neben Opa das Arbeitszimmer verließ.

»Oh, es macht viel Arbeit, dieses Reservat in Ordnung zu halten. Fabelheim ist ein Hort vieler außerordentlicher Wunder und großen Entzückens, aber er bedarf eines hohen Maßes an Instandhaltung. Ihr werdet mich vielleicht irgendwann einmal begleiten können, jetzt, da ihr das wahre Wesen dieses Ortes kennt. Routinearbeit größtenteils. Ich glaube, dass ihr mehr Spaß haben werdet, wenn ihr im Garten spielt.«

Kendra legte eine Hand auf Opas Arm. »Ich möchte so viel wie möglich sehen.«

KAPITEL 6

Maddox

Als Kendra aus dem Schlaf hochfuhr, lag ihre Decke wie ein Zelt über ihrem Kopf. Sie war wegen irgendetwas aufgeregt. Fast wie an Weihnachten. Oder an einem schulfreien Tag, für den ein Familienausflug in einen Freizeitpark geplant war. Nein, sie war bei Opa Sørensen. Die Feen!

Sie schlug die Decke zurück. Seth lag mit verdrehten Gliedmaßen da, das Haar wild zerzaust, den Mund offen, die Beine um seine Decke geschlungen, und noch tief schlafend. Sie waren bis spät in die Nacht aufgeblieben und hatten über die Ereignisse des Tages gesprochen, beinahe wie Freunde und nicht wie Geschwister.

Kendra rollte sich aus dem Bett und tappte zum Fenster hinüber. Die Sonne lugte bereits über den östlichen Horizont und erreichte die höchsten Baumwipfel mit ihren Strahlen. Kendra griff sich ein paar Klamotten, ging nach unten ins Badezimmer, zog ihr Nachthemd aus und kleidete sich für den Tag an.

Die Küche war leer. Kendra fand Lena auf der Veranda, wo sie auf einem Hocker balancierte und Windspiele aufhängte. Sie hatte bereits mehrere über die gesamte Länge der Veranda verteilt. Ein Schmetterling umflatterte eins der Windspiele, aus dem eine liebliche, einfache Melodie ertönte.

»Guten Morgen«, sagte Lena. »Du bist früh auf.«

»Ich bin noch so aufgeregt wegen gestern.« Kendra spähte in den Garten. Die Schmetterlinge, Hummeln und Kolibris waren bereits eifrig bei der Sache. Opa hatte Recht – viele scharten sich um die frisch wieder aufgefüllten Vogeltränken und Springbrunnen und bewunderten ihr Spiegelbild.

»Wieder nur Insekten und Vögel, hm?«, meinte Lena.

»Könnte ich eine heiße Schokolade haben?«

»Lass mich die letzten Windspiele aufhängen«, sagte Lena, verschob den Hocker und stieg furchtlos darauf. Sie war so alt! Wenn sie herunterfiel, wäre das wahrscheinlich ihr Ende!

»Seien Sie vorsichtig«, sagte Kendra.

Lena winkte ab. »Der Tag, an dem ich zu alt bin, um auf einen Hocker zu steigen, ist der Tag, an dem ich mich vom Dach stürze.« Sie hängte das letzte Windspiel auf. »Die mussten wir wegen euch abnehmen. Es wäre euch wahrscheinlich komisch vorgekommen, wenn ihr Kolibris gesehen hättet, die Musik machen.«

Kendra folgte Lena zurück ins Haus. »Früher gab es in Hörweite eine Kirche, die mit ihren Glocken Melodien spielte«, bemerkte Lena. »Es war so komisch, die Feen zu beobachten, wie sie die Musik nachahmten. Manchmal spielen sie diese alten Lieder immer noch.«

Lena öffnete den Kühlschrank und nahm eine altmodische Milchflasche heraus. Kendra setzte sich an den Tisch. Lena goss etwas Milch in einen Topf auf dem Herd und begann die Zutaten hineinzumischen. Kendra fiel auf, dass sie nicht nur Schokoladenpulver hineinlöffelte, sondern den Inhalt aus verschiedenen Behältern zusammenrührte.

»Opa hat gesagt, ich soll Sie nach der Geschichte über den Mann fragen, der das Bootshaus gebaut hat«, sagte Kendra.

Lena hörte auf zu rühren. »Ach ja? Ich nehme an, ich weiß mehr über diese Geschichte als die meisten.« Sie rührte weiter. »Was hat er dir erzählt?«

»Er hat gesagt, der Mann hätte eine Schwäche für die Najaden gehabt. Was ist eine Najade eigentlich?«

»Eine Nixe. Was hat er sonst noch gesagt?«

»Nur dass Sie die Geschichte kennen.«

»Der Mann hieß Patton Burgess«, erwiderte Lena. »Er wurde im Jahr 1878 Verwalter dieses Besitzes, eine Position, die er von seinem Großvater mütterlicherseits geerbt hatte. Er war damals ein junger Mann, ziemlich gut aussehend, trug einen Schnurrbart – oben gibt es Bilder von ihm. Der See war sein Lieblingsplatz auf dem Besitz.«

»Es ist auch mein Lieblingsplatz.«

»Er ging dorthin und hat die Najaden stundenlang beobachtet. Und wie es so ihre Gewohnheit war, versuchten sie, ihn an den Rand des Wassers zu locken, um ihn zu ertränken. Er kam auch näher und tat manchmal so, als wolle er hineinspringen, blieb aber sehr zum Leidwesen der Nixen stets außer Reichweite.«

Lena kostete von der heißen Schokolade und rührte noch ein wenig weiter. »Im Gegensatz zu den meisten Besuchern, für die die Najaden austauschbar zu sein schienen, interessierte er sich besonders für eine Nixe und rief sie bei ihrem Namen. Den anderen Najaden schenkte er kaum noch Beachtung. An den Tagen, an denen seine Favoritin sich nicht zeigte, ging er früh wieder weg.«

Lena goss die Milch aus dem Topf in zwei Tassen. »Er widmete ihr seine ganze Aufmerksamkeit. Als er das Bootshaus baute, fragten die Nymphen sich, was er da wohl tat. Er konstruierte ein breites, stabiles Ruderboot, mit dem er aufs Wasser hinausrudern und dem Objekt seiner Faszination näher sein konnte.« Lena brachte die Tassen an den Tisch und setzte sich. »Die Najaden versuchten, sein Boot umzukippen, wann immer er hinausruderte, aber es war zu raffiniert gebaut. Es gelang ihnen nur, es ein bisschen herumzuschieben.«

Kendra nippte an ihrem Becher. Die heiße Schokolade war perfekt. Kaum kühl genug, um davon zu trinken.

»Patton versuchte schließlich, seine Lieblingsnajade dazu zu überreden, das Wasser zu verlassen und mit ihm an Land zu kommen. Und sie sagte, er sollte doch zu ihr in den See kommen, denn sobald sie das Wasser verließ, würde sie sterblich werden. Das Tauziehen erstreckte sich über mehr als drei Jahre. Er brachte ihr auf seiner Geige Ständchen und las ihr Gedichte vor, er erzählte ihr, welche Freuden in ihrem gemeinsamen Leben auf sie warten würden. Er legte solche Aufrichtigkeit und solche Ausdauer an den Tag, dass sie gelegentlich in seine gütigen Augen blickte und ins Zweifeln geriet.«

Lena nippte an der heißen Schokolade. »Eines Tages im März wurde Patton unvorsichtig. Er lehnte sich zu weit über den Rand des Bootes, und eine andere Najade bekam seinen Ärmel zu fassen, während er mit seiner Angebeteten sprach. Er war ein starker Mann und leistete ihr Widerstand, aber durch den Kampf wurde er auf eine Seite des Bootes gezogen, das dadurch ins Wanken geriet. Zwei Najaden stemmten die andere Seite hoch, und das Boot kenterte.«

»Er ist gestorben?« Kendra war entsetzt.

»Er wäre gestorben, ja. Die Najaden hatten ihre Beute. In ihrem Reich war er ihnen nicht gewachsen. Voll Euphorie über den langersehnten Sieg, zogen sie ihn auf den Grund des Sees, um ihn der Sammlung ihrer sterblichen Opfer hinzuzufügen. Aber das war mehr, als seine Auserwählte ertragen konnte. Sie hatte eine Zuneigung zu Patton entwickelt, verführt von seiner unablässigen Aufmerksamkeit, und im Gegensatz zu den anderen bereitete sein Tod ihr kein Vergnügen. Sie verscheuchte ihre Schwestern und brachte ihn wieder ans Ufer. Das war der Tag, an dem ich den See verließ.«

Kendra spuckte heiße Schokolade über den Tisch. »Sie sind die Najade?«

»Ich war eine Najade, früher einmal.«

»Sie sind sterblich geworden?«

Lena wischte mit einem kleinen Handtuch geistesabwesend die Schokolade auf, die Kendra ausgespuckt hatte. »Wenn ich die Zeit zurückdrehen könnte, würde ich dieselbe Entscheidung immer wieder treffen. Wir hatten ein glückliches Leben. Patton hat Fabelheim einundfünfzig Jahre lang geleitet, bevor er es an einen Neffen weitergab. Danach hat er noch zwölf Jahre gelebt – er ist mit einundneunzig gestorben. Sein Verstand war bis zum Ende glasklar. Eine junge Ehefrau zu haben hält fit.«

»Wie kommt es, dass Sie noch leben?«

»Ich war jetzt zwar den Gesetzen der Sterblichkeit unterworfen, aber das machte sich erst nach und nach bemerkbar. Als ich an seinem Sterbebett saß, sah ich vielleicht zwanzig Jahre älter aus als an dem Tag, an dem ich ihn aus dem Wasser getragen hatte. Ich fühlte mich schuldig, dass ich noch so jung aussah, während sein gebrechlicher Körper ihm den Dienst versagte. Ich wollte alt sein wie er. Doch jetzt, da mich das Alter langsam einholt, sehe ich das natürlich anders.«

Kendra nahm noch einen Schluck von ihrer heißen Schokolade. Lenas Geschichte zog sie so sehr in den Bann, dass sie kaum etwas schmeckte. »Was haben Sie gemacht, nachdem er gestorben ist?«

»Ich habe mir meine Sterblichkeit zunutze gemacht. Ich hatte einen hohen Preis dafür bezahlt, also habe ich die Welt bereist, um zu sehen, was sie zu bieten hat. Europa, der Mittlere Osten, Indien, Japan, Südamerika, Afrika, Australien, die Pazifischen Inseln. Ich habe viele Abenteuer erlebt. Ich habe in Großbritannien einige Schwimmrekorde aufgestellt und hätte es auf diesem Gebiet noch weiter bringen können, aber ich habe mich zurückgehalten – ich wollte nicht zu viele Fragen provozieren. Ich habe als Malerin gearbeitet, als Köchin, als Geisha, als Trapezkünstlerin und als Krankenschwester. Viele Männer haben mir den Hof gemacht, aber ich habe mich nie wieder verliebt. Schließlich wurde das Reisen eintönig, also kehrte ich nach Hause zurück, zu dem Ort, den mein Herz nie verlassen hatte.«

»Gehen Sie manchmal noch zum See?«

»Nur in der Erinnerung. Es wäre unklug. Sie verachten mich dort, und ihr heimlicher Neid macht es nur noch schlimmer. Wie sie über mein Aussehen lachen würden! Sie sind keinen Tag gealtert. Aber ich habe vieles erlebt, das sie niemals kennenlernen werden. Manches schmerzlich, manches wundervoll.«

Kendra trank den letzten Schluck von ihrer Schokolade und wischte sich die Lippen ab. »Wie war es, eine Najade zu sein?«

Lena blickte aus dem Fenster. »Schwer zu sagen. Ich stelle mir selbst dieselbe Frage. Es war nicht nur mein Körper, der sterblich wurde; mein Geist hat sich ebenfalls verwandelt. Ich denke, ich ziehe dieses Leben vor, aber das könnte daran liegen, dass ich mich grundlegend verändert habe. Die Sterblichkeit ist ein vollkommen anderer Daseinszustand. Man wird sich der Zeit bewusster. Als Najade war ich absolut zufrieden. Ich habe über eine Zeit, die sich über Jahrtausende erstreckt haben muss, in einem unveränderten Zustand gelebt, habe niemals an die Zukunft oder die Vergangenheit gedacht, immer auf der Suche nach Erheiterung, die ich auch immer gefunden habe. Es gab so gut wie keine Selbstwahrnehmung. Es fühlt sich jetzt an wie ein Nebel. Nein, wie ein Wimpernschlag. Ein einziger Augenblick, der Tausende von Jahren gedauert hat.«

»Sie hätten ewig gelebt«, rief Kendra aus.

»Wir waren nicht ganz unsterblich. Wir alterten nicht, daher nehme ich an, dass einige von unserer Art für immer existieren könnten, wenn Seen und Flüsse für immer existieren würden. Schwer zu sagen. Wir haben nicht wirklich gelebt, nicht wie Sterbliche. Wir haben geträumt.«

»Wow.«

»Zumindest war das so, bis Patton kam«, sagte Lena, als spräche sie mit sich selbst. »Ich begann mich auf seine Besuche zu freuen und kehrte in der Erinnerung zu vergangenen Besuchen zurück. Ich nehme an, das war der Anfang vom Ende.«

Kendra schüttelte den Kopf. »Und ich dachte, Sie wären lediglich die halb chinesische Haushälterin.«

Sie lächelte. »Patton haben meine Augen immer gefallen.« Sie klimperte mit den Wimpern. »Er sagte, er habe ein Faible für Asiatinnen.«

»Was ist Dales Geschichte? Ist er ein Piratenkönig oder etwas in der Art?«

»Dale ist ein Mensch. Ein Cousin zweiten Grades deines Großvaters. Ein Mann, dem er vertraut.«

Kendra blickte in ihren leeren Becher. Auf dem Boden hatte sich ein runder Rest von Schokolade abgelagert. »Ich habe eine Frage«, sagte sie, »und ich möchte, dass Sie sie ehrlich beantworten.«

»Wenn ich kann.«

»Ist Oma Sørensen tot?«

»Wie kommst du auf diese Idee?«

»Ich denke, dass Opa faule Ausreden dafür erfindet, warum sie nicht hier ist. Dies ist ein gefährlicher Ort. Er hat auch wegen anderer Dinge gelogen. Ich habe zunehmend das Gefühl, dass er uns vor der Wahrheit schützt.«

»Ich frage mich oft, ob Lügen jemals vor etwas schützen können.«

»Sie ist tot, nicht wahr?«

»Nein, sie lebt.«

»Ist sie die Hexe?«

»Sie ist nicht die Hexe.«

»Besucht sie wirklich Tante Soundso in Missouri?«

»Das muss dir dein Großvater erzählen.«

Seth blickte über die Schulter. Bis auf die umherflatternden Feen wirkte der Garten ruhig. Opa und Dale waren schon lange weg. Lena war im Haus und wischte Staub. Kendra beschäftigte sich mit irgendwelchen langweiligen Dingen. Er hatte seine Notfallausrüstung dabei, zusammen mit einigen strategischen Ergänzungen. Die Operation *Coole Monster sehen* konnte beginnen.

Er trat zögernd vom Rand des Rasens in den Wald, wobei er halb damit rechnete, dass Werwölfe ihn anspringen würden. Vor sich sah er ein paar Feen, aber nicht so viele wie im Garten. Davon abgesehen wirkte alles ziemlich gleich.

Er marschierte in flottem Tempo los.

»Was glaubst du, wo du hingehst?«

Seth fuhr herum. Kendra kam aus dem Garten. Er ging zu ihr zurück bis zum Rand des Rasens. »Ich möchte sehen, was wirklich in dem See ist. Diese Najadingsdas und solche Sachen.«

»Bist du geistesgestört? Hast du kein Wort von dem gehört, was Opa uns gestern erzählt hat?«

»Ich bin ja vorsichtig! Ich werde nicht in die Nähe des Wassers gehen.«

»Du könntest getötet werden! Ich meine, wirklich getötet, nicht von einer Zecke gebissen. Opa hat diese Regeln aus einem guten Grund aufgestellt!«

»Erwachsene unterschätzen Kinder immer«, sagte Seth. »Sie wollen uns beschützen, weil sie uns für Babys halten. Denk darüber nach. Mom hat sich die ganze Zeit darüber aufgeregt, wenn ich auf der Straße gespielt habe. Aber ich habe es trotzdem immer gemacht. Und was ist passiert? Nichts. Ich habe aufgepasst. Wenn ein Auto kam, bin ich ihm aus dem Weg gegangen.«

»Das ist was total anderes!«

»Opa geht auch überall hin.«

Kendra ballte die Hände zu Fäusten. »Opa weiß, welche Stellen er meiden muss! Du weißt nicht einmal, womit du es zu tun hast. Außerdem, wenn Opa das rauskriegt, wirst du für den Rest unseres Aufenthalts hier auf dem Dachboden festsitzen.«

»Und wie soll er es rauskriegen?«

»Beim letzten Mal wusste er auch, dass wir im Wald waren! Er wusste, dass wir die Milch getrunken hatten!«

»Weil du dabei warst! Dein Pech hat auf mich abgefärbt. Woher wusstest du, wo ich hin wollte?«

»Deine Geheimagentenfähigkeiten brauchen noch ein wenig Schliff«, meinte Kendra. »Ein guter Anfang wäre vielleicht, wenn du nicht jedes Mal, wenn du auf Entdeckungsreise gehst, dein Tarnhemd anziehen würdest.«

»Ich muss mich vor den Drachen verstecken!«

»Klar. Du bist praktisch unsichtbar. Nur ein Kopf, der durch die Luft schwebt.«

»Ich habe meine Notfallausrüstung. Wenn mich irgendetwas angreift, kann ich es damit verscheuchen.«

»Mit Gummibändern?«

»Ich habe eine Pfeife. Ich habe einen Spiegel. Ich habe ein Feuerzeug. Ich habe Knaller. Sie werden denken, ich bin ein Zauberer.«

»Glaubst du das wirklich?«

»Und ich habe das da.« Er zog den kleinen Schädel in der Kristallkugel heraus, die auf Opas Schreibtisch gelegen hatte. »Wenn sie das sehen, werden sie es sich bestimmt zweimal überlegen.«

»Ein Schädel von der Größe einer Erdnuss?«

»Wahrscheinlich gibt es nicht mal irgendwelche Monster«, meinte Seth. »Wieso glaubst du, dass Opa diesmal die Wahrheit sagt?«

»Ich weiß nicht, vielleicht sind es die Feen?«

»Na spitze, gut gemacht. Du hast es vermasselt. Du kannst dir gratulieren. Jetzt kann ich nicht mehr gehen.«

»Ich werde es jedes Mal vermasseln. Nicht weil ich eine Nervensäge sein will, sondern weil du wirklich verletzt werden könntest.«

Seth trat gegen einen Stein und kickte ihn in den Wald. »Was soll ich jetzt machen?«

»Wie wär's, wenn du den riesigen Garten voller Feen erkunden würdest?«

»Das hab ich bereits. Ich kann sie nicht fangen.«

»Du sollst sie auch nicht fangen. Du sollst dir magische Geschöpfe ansehen, von deren Existenz sonst niemand etwas weiß. Komm.«

Widerstrebend schloss er sich ihr an.

»Oh, schau, noch eine Fee«, murmelte er. »Jetzt habe ich eine Million gesehen.«

»Vergiss nicht, den Schädel zurückzulegen.«

Als sie dem Ruf zum Abendessen folgten, saß neben Opa und Dale ein Fremder mit am Tisch. Als sie hereinkamen, stand der Fremde auf. Er war größer als Opa und viel breiter gebaut, mit lockigen, braunen Haaren. Mit seiner wuscheligen Pelzkleidung sah er aus wie ein Gebirgsbewohner. An einem seiner Ohrläppchen fehlte ein Stück.

»Kinder, das ist Maddox Fisk«, sagte Opa. »Maddox, darf ich dir meine Enkelkinder vorstellen, Kendra und Seth.« Kendra schüttelte die schwielige Hand des Mannes und staunte darüber, wie dick seine Finger waren.

»Arbeiten Sie auch hier?«, fragte Seth.

»Maddox ist ein Feenhändler«, sagte Opa.

»Unter anderem«, ergänzte Maddox. »Sagen wir, Feen sind meine Spezialität.«

»Sie verkaufen Feen?«, fragte Kendra, während sie sich hinsetzte.

»Ich fange sie, ich kaufe sie, ich tausche sie, ich verkaufe sie. Die ganze Palette.«

»Wie fangen Sie sie?«, fragte Seth.

»Ein Mann muss seine Geschäftsgeheimnisse für sich behalten«, antwortete Maddox und biss in seinen Schweinebraten. »Lass dir gesagt sein, es ist nicht einfach, Feen zu fangen. Das sind gewandte Biester. Der Trick ist, dass man ihre Eitelkeit ausnutzen muss. Und selbst dann muss man sehr genau wissen, was man tut.«

»Könnten Sie einen Lehrling gebrauchen?«, erkundigte sich Seth.

»Frag mich in sechs Jahren noch mal.« Maddox zwinkerte Kendra zu.

»Wer kauft Feen?«, fragte Kendra.

»Leute, die Reservate betreiben, wie dein Großvater. Einige Privatsammler. Andere Händler.«

»Gibt es viele Reservate?«, wollte Seth wissen.

»Dutzende«, erwiderte Maddox. »Es gibt welche auf allen sieben Kontinenten.«

»Sogar in der Antarktis?«, fragte Kendra.

»Zwei in der Antarktis, aber eins davon ist unterirdisch. Eine unwirtliche Gegend. Aber perfekt für bestimmte Spezies.«

Kendra schluckte ein Stück Schweinebraten herunter. »Wie wird verhindert, dass die Menschen die Reservate entdecken?«

»Es gibt ein Jahrtausende altes, weltweites Netzwerk von engagierten Menschen, die die Schutzgebiete geheim halten«, sagte Opa. »Sie verfügen für diesen Zweck über ein großes Vermögen aus alter Zeit. Es werden Bestechungsgelder bezahlt. Wenn nötig, werden Standorte verlegt.«

»Es hilft, dass die meisten Leute die kleinen Kreaturen ohnehin nicht sehen können«, warf Maddox ein. »Mit den richtigen Lizenzen kriegt man jeden Schmetterling durch den Zoll. Wenn das nicht klappt, gibt es andere Möglichkeiten, um über die Grenze zu kommen.«

»Die Reservate sind die letzte Zuflucht für viele uralte und wundervolle Spezies«, sagte Opa. »Unser Ziel ist es, zu verhindern, dass diese wunderbaren Wesen aussterben.«

»Amen«, erwiderte Maddox.

»Hatten Sie diese Saison einen guten Fang?«, fragte Dale.

»Was das Fangen der Feen betrifft, wird die Ausbeute von Jahr zu Jahr kleiner. Ich hab ein paar aufregende Funde in freier Wildbahn gemacht. Einer ist dabei, bei dem werdet ihr euren Augen nicht trauen. Ich hab mehrere seltene Exemplare in Reservaten in Südostasien und Indonesien aufgelesen. Ich bin sicher, dass wir ein paar Tauschgeschäfte machen können. Im Arbeitszimmer erzähl ich euch mehr.«

»Ihr dürft euch uns gern anschließen«, sagte Opa.

»Machen wir!«, jubelte Seth.

Kendra nahm noch einen Bissen von dem saftigen Schweinebraten. Alles, was Lena kochte, schmeckte hervorragend. Immer perfekt gewürzt und mit einer köstlichen Soße serviert. Kendra hatte keinen Grund zu klagen, was die Küche ihrer Mom betraf, aber Lena war eine Klasse für sich.

Opa sprach mit Maddox über Leute, die Kendra nicht kannte, Menschen, die mit der geheimen Welt der Feenliebhaber zu tun hatten. Sie fragte sich, ob Maddox sich nach Oma erkundigen würde, aber das Thema kam nicht zur Sprache.

Stattdessen erwähnte Maddox immer wieder den Abendstern. Opa schien diese Neuigkeiten mit besonderem Interesse zu hören. Gerüchte, dass der Abendstern sich wieder formierte. Eine Frau, die behauptete, der Abendstern habe versucht, sie zu rekrutieren. Getuschel über einen Angriff des Abendsterns.

Schließlich konnte sich Kendra nicht mehr zurückhalten: »Was ist der Abendstern? Es klingt so, als würdet ihr ein Codewort benutzen.«

Maddox blickte Opa fragend an, und Opa nickte.

»Die Gesellschaft des Abendsterns, kurz: GAS, ist eine Geheimorganisation, von der wir alle gehofft hatten, sie wäre vor

Jahrzehnten ausgestorben«, erklärte Maddox. »Im Laufe der Jahrhunderte war ihre Bedeutung mal größer, mal kleiner. Und gerade wenn man denkt, man hätte sie von hinten gesehen, kommen einem neue Gerüchte zu Ohren.«

»Sie haben sich zum Ziel gesetzt, die Reservate zu übernehmen, um sie für ihre eigenen, irregeleiteten Zwecke zu benutzen«, sagte Opa. »Die Mitglieder der Gesellschaft verkehren mit Dämonen und Leuten, die die schwarzen Künste ausüben.«

»Werden sie uns angreifen?«, fragte Seth.

»Unwahrscheinlich«, antwortete Opa. »Die Reservate werden von mächtigen Zaubern geschützt. Aber ich höre trotzdem genau hin, wenn mir Neuigkeiten zu Ohren kommen. Schadet nicht, vorsichtig zu sein.«

»Warum ›der Abendstern‹?«, wollte Kendra wissen. »Es ist so ein hübscher Name.«

»Der Abendstern läutet die Nacht ein«, sagte Maddox. Schweigend dachten sie über die Antwort nach. Maddox wischte sich mit einer Serviette über den Mund. »Tut mir leid. Kein sehr fröhliches Thema für den Esstisch.«

Nach dem Abendessen räumte Lena den Tisch ab, und sie gingen alle ins Arbeitszimmer. Maddox nahm mehrere Kisten und Käfige, die er in der Eingangshalle abgestellt hatte, mit hinein. Dale, Seth und Kendra halfen ihm. Die Kisten hatten Löcher, offenkundig, damit die Geschöpfe darin atmen konnten, aber Kendra konnte sie nicht sehen. Alle Behältnisse waren verschlossen.

Opa ließ sich hinter seinem wuchtigen Schreibtisch nieder, Dale und Maddox nahmen in den übergroßen Sesseln Platz, Lena lehnte sich an das Fenstersims, und Kendra und Seth setzten sich auf den Boden.

»Zuerst einmal«, begann Maddox, während er sich vorbeugte und eine große, schwarze Kiste aufschloss, »haben wir hier einige Feen aus einem Reservat auf Timor.« Er öffnete die Luke, und acht Feen kamen herausgeschwebt. Zwei winzige, nicht mehr als zwei Zentimeter groß, huschten auf das Fenster zu. Sie waren bernsteinfarben und hatten die Flügel von Fliegen. Eine drosch mit einer klitzekleinen Faust auf die Fensterscheibe ein. Eine mehr als zehn Zentimeter große Fee schwebte vor Kendra. Sie sah aus wie die Miniaturausgabe einer Bewohnerin der Pazifischen Inseln, mit Libellenflügeln auf dem Rücken und winzigen Flügeln an den Handgelenken.

Drei der Feen hatten kunstvolle Schmetterlingsflügel, die an Glasmalereien erinnerten. Eine andere hatte ölige, schwarze Flügel. Die der Letzten waren pelzig, und ihr Körper war mit hellblauem Flaum bedeckt.

»Wow!«, rief Seth. »Die ist aber behaart.«

»Ein Dauniger Quellgeist. Sie kommen nur auf der Insel Roti vor«, erklärte Maddox.

»Mir gefallen die Kleinen«, sagte Kendra.

»Eine verbreitetere Art – kommen von der malaiischen Halbinsel«, antwortete Maddox.

»Sie sind so schnell«, bemerkte Kendra. »Warum fliehen sie nicht?«

»Wenn man eine Fee einfängt, verliert sie ihre Macht«, sagte Maddox. »Halte sie in einem Käfig oder einem verschlossenen Raum wie diesem gefangen, und sie können ihre Magie nicht benutzen, um zu fliehen. In Gefangenschaft werden sie ziemlich fügsam und unterwürfig.«

Kendra runzelte die Stirn. »Woher weiß Opa, dass sie in seinem Garten bleiben werden, wenn er sie kauft?«

Maddox zwinkerte Kendra zu. »Du kommst direkt zur Sache. Feen sind sehr ortstreue Geschöpfe, sie wandern nicht. Wenn man sie in eine für sie geeignete Umgebung bringt, bleiben sie, wo sie sind. Vor allem an einem Ort wie Fabelheim, mit Gärten und reichlich Nahrung und anderen magischen Geschöpfen.«

»Ich bin davon überzeugt, dass ich für den Quellgeist etwas Passendes zum Tausch anbieten kann. Wir können die Einzelheiten später klären.«

Maddox schlug auf die Seite der Kiste, und die Feen kehrten zurück. Die Feen mit den Glasflügeln ließen sich Zeit und flatterten träge heran. Die Kleinen zischten förmlich herbei. Der Quellgeist schwebte in einer Ecke des Raums, direkt unter der Zimmerdecke. Maddox klopfte abermals auf die Kiste und zischte einen strengen Befehl in einer Sprache, die Kendra nicht verstand. Die pelzige Fee glitt in das Behältnis.

»Als Nächstes haben wir einige Albino-Nachtdiebe aus Borneo.« Aus einem Karton flogen drei milchig weiße Feen, deren mottenähnliche Flügel mit schwarzen Tupfen gesprenkelt waren.

Maddox zeigte ihnen noch einige weitere Spezies. Dann begann er, einzelne Feen zu zeigen. Einige von ihnen fand Kendra abstoßend. Eine hatte dornige Flügel und einen Schwanz. Eine andere sah aus wie ein Reptil und war am ganzen Körper mit Schuppen bedeckt. Sie konnte sich wie ein Chamäleon an verschiedene Hintergründe anpassen.

»Und jetzt zu meinem großen Fund«, sagte er schließlich und rieb sich die Hände. »Diese kleine Dame habe ich in einer Oase tief in der Wüste Gobi gefangen. Ich habe bisher nur eine einzige weitere Vertreterin ihrer Art zu Gesicht bekommen. Könnten wir das Licht etwas dämpfen?«

Dale sprang auf und machte das Licht aus.

»Zu welcher Art gehört sie?«, fragte Opa.

Als Antwort öffnete Maddox die letzte Schachtel. Heraus kam eine atemberaubende Fee mit Flügeln wie schimmernde Schleier aus Gold. Drei glänzende Federn flatterten unter ihrem Körper, elegante Bänder aus Licht. Umgeben von einer königlichen Aura schwebte sie in der Mitte des Raums.

»Eine Dschinnharfe?«, fragte Opa erstaunt.

»Ich bitte dich, unterhalte uns mit einem Lied«, sagte Maddox. Er wiederholte den Wunsch in einer anderen Sprache.

Die Fee leuchtete noch heller und sprühte Funken. Die Musik, die folgte, war hypnotisierend. Die Stimme beschwor in Kendra das Bild vibrierender Kristalle herauf. Das wortlose Lied hatte die Wucht einer Opernarie, gemischt mit der Süße eines Wiegenlieds. Es war sehnsüchtig, verlockend, hoffnungsvoll und herzzerreißend.

Alle lauschten sie wie gebannt, bis das Lied zu Ende war. Als die Fee schließlich verstummte, hätte Kendra gern applaudiert, aber der Augenblick wirkte zu heilig.

»Du bist ein wahres Wunder, meine Kleine«, sagte Maddox und wiederholte das Kompliment in einer fremden Sprache. Chinesisch? Er klopfte auf ihre Schachtel, und mit einer schwungvollen Verneigung verschwand die Fee.

Nachdem sie fort war, kam Kendra der Raum dunkel und trostlos vor. Sie versuchte, die funkelnden Nachbilder der Erscheinung wegzublinzeln.

»Wie hast du diesen Fang gemacht?«, fragte Opa staunend.

»In der Nähe der mongolischen Grenze habe ich ein paar regionale Legenden aufgeschnappt. Es hat mich fast zwei Monate unter brutalsten Lebensbedingungen gekostet, sie aufzuspüren.«

»Die einzige weitere bekannte Dschinnharfe hat ihren eigenen Schrein in einem tibetischen Heiligtum«, erklärte Opa. »Man hat sie bisher für einzigartig gehalten. Feenkenner kommen aus allen Winkeln der Erde angereist, um sie zu sehen.«

»Ich kann gut nachvollziehen, warum«, erwiderte Kendra.

»Was für ein atemberaubendes Erlebnis, Maddox! Danke, dass du sie hierhergebracht hast.«

»Ich zeige sie überall, bevor ich Angebote entgegennehme«, sagte Maddox.

»Ich will nicht so tun, als könnte ich sie mir leisten, aber lass es mich wissen, wenn sie zum Verkauf steht.« Opa stand auf, blickte auf die Uhr und klatschte in die Hände. »Sieht so aus, als wäre es für alle Anwesenden unter dreißig an der Zeit, ins Bett zu gehen.«

»Aber es ist doch noch früh!«, protestierte Seth.

»Kein Genörgel. Ich habe heute Nacht mit Maddox zu verhandeln. Da können wir keine jungen Leute gebrauchen. Ihr werdet in eurem Zimmer bleiben, ganz gleich, welchen Radau ihr auch von unten hört. Unsere, ähm, Verhandlungen könnten ein wenig lebhaft werden. Verstanden?«

»Ja«, sagte Kendra.

»Ich will auch verhandeln«, sagte Seth.

Opa schüttelte den Kopf. »Es ist eine langweilige Angelegenheit. Ihr solltet euch besser ordentlich ausschlafen.«

»Ganz gleich, was ihr vielleicht zu hören glaubt«, sagte Maddox, als Kendra und Seth das Arbeitszimmer verließen, »es geht ums Geschäft, nicht ums Vergnügen.«

KAPITEL 7

GEFANGENE IN EINEM GLAS

Die Bodendielen knarrten leise, als Kendra und Seth sich auf Zehenspitzen die Treppe hinunterschlichen. Frühmorgendliches Licht drang durch die geschlossenen Fensterläden und die zugezogenen Vorhänge. Im Haus herrschte vollkommene Stille. Ganz im Gegensatz zur vergangenen Nacht.

Unter ihren Decken auf dem dunklen Dachboden war es Kendra und Seth in der Nacht unmöglich gewesen, zu schlafen, während von unten heulendes Gelächter, Geräusche von splitterndem Glas, zwitschernden Flöten, zuschlagenden Türen und das ständige Getöse geschriener Gespräche an ihr Ohr drangen. Wenn sie die Tür öffneten, um zu spionieren, saß Lena am Fuß der Dachbodentreppe und las ein Buch.

»Geht wieder ins Bett«, sagte sie jedes Mal, wenn sie eine Erkundungsmission starten wollten. »Euer Großvater verhandelt noch.«

Schließlich war Kendra eingeschlafen. Sie glaubte, dass es die Stille war, die sie am Morgen weckte. Als sie sich aus dem Bett rollte, stand Seth ebenfalls auf. Sie stahlen sich die Treppe hinunter, in der Hoffnung, einen Blick auf die Nachwehen der nächtlichen Zecherei werfen zu können.

Der Mantelständer aus Messing war umgestürzt und umgeben von Glasscherben. Ein Gemälde lag mit der Vorderseite nach unten und gebrochenem Rahmen auf dem Boden. Jemand hatte mit orangefarbener Kreide ein primitives Symbol an die Wand gekritzelt.

Sie gingen leise ins Wohnzimmer. Tische und Stühle waren umgestürzt. Lampenschirme hingen schief oder waren zerrissen. Leere Gläser, Flaschen und Teller standen im Raum verstreut, mehrere davon zersplittert oder angebrochen. Um die Reste einer Pflanze herum lagen Teile eines Keramiktopfes und ein Häufchen Erde. Überall waren Fußabdrücke – geschmolzener Käse war in den Teppich hineingetreten, Tomatensoße trocknete auf der Armlehne des Sofas, und aus einem zerdrückten Eclair sickerte Eiercreme auf einen Diwan.

Opa Sørensen lag mit einem Vorhang als Decke schnarchend auf der Couch. Die Gardinenstange hing noch dran. Ein hölzernes Zepter hielt er wie einen Teddybären umschlungen. Der seltsame Stab war so geschnitzt, dass sich Weinreben darum zu ranken schienen, der Knauf sah aus wie ein großer Kiefernzapfen. Trotz all des Aufruhrs, den sie in der vergangenen Nacht gehört hatten, war Opa das einzige Zeichen von Leben.

Seth schlenderte zum Arbeitszimmer hinüber. Kendra wollte ihm gerade folgen, als sie einen Umschlag auf dem Tisch neben ihrem Großvater bemerkte. Das dicke Siegel aus blutrotem Wachs war gebrochen, und eine Ecke des zusammengefalteten Papiers ragte einladend heraus.

Kendra sah zu Opa Sørensen hinüber. Er lag mit dem Rücken zum Brief da und machte keine Anstalten, sich zu bewegen.

Wenn er nicht wollte, dass ein Brief gelesen wurde, sollte er ihn nicht offen herumliegen lassen, oder? Es war nicht so, als würde sie ihn ungeöffnet aus seinem Briefkasten stehlen. Außerdem hatte sie mehrere unbeantwortete Fragen, was Fabelheim betraf, und nicht zuletzt wollte sie wissen, was wirklich mit ihrer Oma los war.

Kendra schlich sich mit einem unangenehmen Gefühl im Magen zu dem Tisch hinüber. Spionieren war nicht gerade ihre Stärke. Vielleicht sollte sie Seth den Brief lesen lassen.

Dabei wäre es so einfach. Der Brief lag direkt vor ihr und ragte einladend aus dem offenen Umschlag heraus. Niemand würde es erfahren. Sie drehte den Umschlag um und stellte fest, dass weder eine Adresse noch ein Absender darauf vermerkt waren. Nichts. jemand hatte ihn persönlich überbracht. Maddox vielleicht? Wahrscheinlich.

Kendra überzeugte sich mit einem letzten Blick, dass Opa immer noch im Koma lag, dann zog sie das cremefarbene Papier aus dem Umschlag und faltete es auf. Die Nachricht war mit einer weit ausladenden Handschrift geschrieben.

Lieber Stanley,

ich hoffe, Du erhältst dieses Schreiben bei bester Gesundheit. Es ist uns zu Gehör gekommen, dass die GAS im Nordosten der Vereinigten Staaten ungewöhnliche Aktivität zeigt. Wir sind uns noch nicht sicher, ob es ihnen gelungen ist, den Standort von Fabelheim zu ermitteln, aber einem unbestätigten Bericht zufolge stehen sie mit einem oder mehreren Individuen in Deinem Reservat in Verbindung. Eine wachsende Zahl von Beweisen lässt darauf schließen, dass das Geheimnis offenbart ist.

Ich brauche Dich nicht an die versuchte Infiltration eines bestimmten Reservats im Inneren von Brasilien im vergangenen Jahr zu erinnern, oder an die spezielle Bedeutung dieses Reservats und des Deinen.

Wie Du sehr wohl weißt, hat es seit Jahrzehnten keine derart aggressiven Aktivitäten von Seiten der GAS mehr gegeben. Wir sind dabei, deinem Gebiet zusätzliche Mittel zur Verfügung zu stellen. Wie immer haben Geheimhaltung und Irreführung oberste Priorität. Sei wachsam.

Ich suche weiterhin eifrigst nach einer Lösung für die Situation mit Ruth. Lass die Hoffnung nicht fahren.

In immerwährender Treue,

S

Kendra las den Brief noch einmal. Ruth war der Name ihrer Oma, aber von welcher Situation war die Rede? Die GAS musste die Gesellschaft des Abendsterns sein. Wofür stand das »S« am Ende des Briefes? Die ganze Nachricht schien ein bisschen vage zu sein, was wahrscheinlich Absicht war.

»Sieh dir das an«, flüsterte Seth aus der Küche.

Kendra zuckte zusammen, und alle Muskeln in ihrem Körper spannten sich an. Opa schmatzte mit den Lippen, er bewegte sich. Eine Mischung von Schuldbewusstsein und Panik machte es Kendra vorübergehend unmöglich, sich von der Stelle zu rühren. Seth sah nicht zu ihr herüber. Er beugte sich über etwas in der Küche. Opa lag jetzt wieder still da.

Kendra faltete den Brief zusammen, schob ihn wieder in den Umschlag und versuchte, ihn so hinzulegen, wie sie ihn vorgefunden hatte. Dann schlich sie zu Seth hinüber, der über einem schlammigen Hufabdruck kauerte.

»Sind die hier drin geritten?«, fragte er.

»Das würde den Lärm erklären«, murmelte Kendra und versuchte, lässig zu klingen.

Lena erschien, bekleidet mit einem Bademantel und wirr abstehenden Haaren, in der Tür. »Seht euch diese Frühaufsteher an«, sagte sie leise. »Ihr habt uns erwischt, bevor wir aufräumen konnten.«

Kendra starrte Lena an und versuchte, eine undurchdringliche Miene aufzusetzen. Die Haushälterin ließ mit nichts erkennen, dass sie gesehen hatte, wie sie heimlich den Brief gelesen hatte.

Seth deutete auf die Hufabdrücke. »Was zum Kuckuck ist denn hier passiert?«

»Die Verhandlungen sind gut gelaufen.«

»Ist Maddox noch hier?«, fragte Seth hoffnungsvoll.

Lena schüttelte den Kopf. »Er ist vor etwa einer Stunde mit einem Taxi weg.«

Opa Sørensen kam mit Boxershorts, Socken und einem mit braunem Senf bekleckerten Unterhemd in die Küche geschlurft. Er blinzelte sie an. »Warum seid ihr zu dieser gottlosen Stunde schon alle auf den Beinen?«

»Es ist nach sieben«, sagte Seth.

Opa verdeckte ein Gähnen mit der Faust. In der anderen Hand hielt er den Umschlag. »Ich fühle mich heute ein wenig angeschlagen – vielleicht lege ich mich für ein Weilchen hin. Bis dann.« Er kratzte sich am Oberschenkel und schlurfte davon.

»Vielleicht könnt ihr heute Morgen draußen spielen«, sagte Lena. »Euer Großvater war bis vor vierzig Minuten noch wach. Er hatte eine lange Nacht.«

»Es wird mir schwerfallen, Opa ernst zu nehmen, wenn er uns erzählt, dass wir die Möbel mit Respekt behandeln sollen«, bemerkte Kendra. »Es sieht aus, als wäre er mit einem Traktor hier durchgefahren.«

»Von Pferden gezogen!«, ergänzte Seth.

»Maddox weiß ein Fest zu schätzen, und dein Großvater ist ein entgegenkommender Gastgeber«, erwiderte Lena. »Ohne eure Großmutter, die dem Frohsinn immer gewisse Schranken auferlegt, sind die Dinge ein wenig zu festlich geworden. Und die Satyre haben alles natürlich nur noch schlimmer gemacht.« Sie deutete auf die schlammigen Hufabdrücke.

»Satyre?«, fragte Kendra. »So was wie Ziegenmänner?«

Lena nickte. »Manch einer würde sagen, dass sie eine Party allzu sehr in Schwung bringen.«

»Das sind Ziegenabdrücke?«, fragte Seth.

»Satyrabdrücke, ja.«

»Ich wünschte, ich hätte sie gesehen«, klagte Seth.

»Deine Eltern wären froh, dass du sie nicht gesehen hast. Satyre würden dir nur schlechte Manieren beibringen. Ich glaube sogar, sie haben sie erfunden.«

»Ich bin traurig, dass wir die Party verpasst haben«, sagte Kendra.

»Das musst du nicht sein. Es war keine Party für junge Leute. Als Verwalter würde dein Großvater niemals trinken, aber für die Satyre kann ich mich nicht verbürgen. Wir werden eine richtige Party feiern, bevor ihr wieder fahrt.«

»Werden Sie Satyre einladen?«, fragte Seth.

»Wir werden sehen, was dein Großvater dazu sagt«, antwortete Lena zweifelnd. »Vielleicht einen.« Lena öffnete den Kühlschrank und schenkte zwei Gläser Milch ein. »Trinkt eure Milch und dann lauft. Ich habe schwere Aufräumarbeiten vor mir.«

Kendra und Seth nahmen ihre Gläser. Lena öffnete die Speisekammer, nahm einen Besen und eine Kehrschaufel heraus und verließ den Raum. Kendra trank ihre Milch mit mehreren tiefen Schlucken und stellte ihr leeres Glas auf die Theke. »Hast du Lust, schwimmen zu gehen?«, fragte sie.

»Ich komme nach«, sagte Seth. Er hatte noch Milch in seinem Becher.

Kendra ging.

Nachdem er seine Milch ausgetrunken hatte, spähte Seth in die Speisekammer. So viele Regale, auf denen sich so viel Essbares stapelte! Auf einem Regal befand sich nichts als große Gläser mit Eingekochtem. Bei näherer Erkundung zeigte sich, dass die Gläser in Dreierreihen hintereinanderstanden.

Seth ging rückwärts aus der Speisekammer und sah sich um. Dann trat er wieder ein, nahm sich ein großes Glas Brombeeren und zog eines aus der zweiten Reihe nach vorne, um die Lücke zu verbergen. Ein halb leeres Glas aus dem Kühlschrank würden sie vielleicht vermissen. Aber eins von vielen ungeöffneten Gläsern aus einer überfüllten Speisekammer? Unwahrscheinlich.

Er konnte listiger sein, als Kendra ahnte.

Die Fee balancierte auf einem Zweig, der aus einer niedrigen Hecke neben dem Pool herausragte. Die Arme zu beiden Seiten ausgestreckt, ging sie über den winzigen Ast und passte sich an seine Bewegungen an. Je weiter sie kam, desto wackliger wurde sie. Die Miniaturschönheitskönigin hatte platinblondes Haar, ein silbernes Kleid und glitzernde, durchschimmernde Flügel.

Seth sprang vor und ließ den Käscher niedersausen. Das blaue Netz umfing den Zweig, aber die Fee huschte im letzten Moment davon. Sie schwebte in der Luft und drohte Seth mit dem Finger. Er schwang den Käscher abermals, und die flinke Fee entging zum zweiten Mal einer Gefangennahme und flog außer Reichweite.

»Das solltest du nicht tun«, sagte Kendra vom Pool aus.

»Warum nicht? Maddox fängt sie doch auch.«

»Aber draußen in freier Wildbahn«, korrigierte Kendra ihn. »Diese hier gehören bereits Opa. Es ist so, als würdest du in einem Zoo Löwen jagen.«

»Vielleicht wäre es eine gute Übung, im Zoo Löwen zu jagen.«

»Am Ende wirst du es nur so weit bringen, dass die Feen böse auf dich sind.«

»Es macht ihnen nichts aus«, sagte er und schlich sich an eine Fee mit breiten, gazeähnlichen Flügeln an, die einige Zentimeter über einem Blumenbeet flatterte. »Sie fliegen einfach davon.« Langsam brachte er den Käscher in Position. Die Fee war direkt unter dem Netz, einen halben Meter entfernt von der Gefangenschaft. Mit einer schnellen Drehung seiner Handgelenke ließ er den Käscher hinunterschnellen. Die Fee wich ihm aus und glitt davon.

»Was willst du machen, wenn du eine fängst?«

»Wahrscheinlich lasse ich sie wieder frei.«

»Welchen Sinn hat das Ganze dann?«

»Ich will sehen, ob ich es kann.«

Kendra hievte sich aus dem Wasser. »Nun, offensichtlich kannst du es nicht. Sie sind zu schnell.« Tropfnass ging sie zu ihrem Handtuch hinüber. »Oh, meine Güte, sieh dir die hier an.« Sie zeigte auf den Fuß eines blühenden Buschs.

»Wo?«

»Genau da. Warte, bis sie sich bewegt. Sie ist praktisch unsichtbar.«

Er starrte den Busch an, unsicher, ob sie ihn aufzog oder nicht.

»Siehst du! Sie ist durchsichtig wie Glas.«

Seth schlich sich näher heran, den Käscher fest umklammert.

»Seth, nicht.«

Plötzlich stürmte er los, nachdem er sich diesmal für einen schnellen Angriff entschieden hatte. Die transparente Fee flog davon und verschwand vor dem Himmel. »Warum halten sie nicht still!«

»Sie sind magisch«, antwortete Kendra. »Es macht einfach nur Spaß, sie anzuschauen und all die vielen Arten zu sehen.«

»Toller Spaß. Ungefähr so toll, wie wenn Mom uns zwingt, mit ihr Autofahrten zu unternehmen, um zu sehen, wie die Blätter ihre Farbe wechseln.«

»Ich hol mir erst mal Frühstück. Ich bin halb verhungert.«

»Dann geh. Vielleicht hab ich ja mehr Glück, wenn du nicht da bist und dauernd rumkreischst.«

Kendra ging, eingehüllt in ihr Handtuch, zum Haus. Sie trat durch die Hintertür und sah, wie Lena einen zerbrochenen Couchtisch in die Küche schleppte. Ein großer Teil der Oberfläche des Tisches war aus Glas. Das meiste davon war zerbrochen.

»Brauchen Sie Hilfe?«, fragte Kendra.

»Ich komme gut zurecht.«

Kendra griff nach der anderen Seite des Tisches. Sie stellten ihn in eine Ecke der geräumigen Küche. Andere zerbrochene Gegenstände hatten ebenfalls den Weg dorthin gefunden, einschließlich der scharfkantigen Bruchstücke des Keramiktopfes, der Kendra zuvor aufgefallen war.

»Warum stellen Sie alles hier herein?«

»Weil hier die Wichtel hinkommen.«

»Wichtel?«

»Komm mit und sieh es dir an.« Lena führte Kendra zur Kellertür und deutete auf eine zweite kleine Tür am unteren Ende; sie war ungefähr so groß, dass eine Katze hindurchpasste. »Die Wichtel haben eine spezielle Luke, durch die sie in den Keller gelangen, und durch diese Tür kommen sie in die Küche. Sie sind die einzigen magischen Geschöpfe, die das Haus betreten dürfen, wie es ihnen beliebt. Die Wichteltore werden durch Magie gegen alle anderen Geschöpfe des Waldes geschützt.«

»Warum lassen Sie sie herein?«

»Wichtel sind nützlich. Sie reparieren Dinge. Sie machen Dinge. Sie sind bemerkenswerte Handwerker.«

»Werden sie die kaputten Möbel reparieren?«

»So gut sie können.«

»Warum?«

»Es ist ihre Natur. Sie wollen keine Belohnung.«

»Wie nett von ihnen«, sagte Kendra.

»Erinnere mich heute Abend daran, einige Kochzutaten draußen stehen zu lassen. Dann werden sie uns bis zum Morgen etwas Köstliches backen.«

»Was werden sie zubereiten?«

»Das weiß man nie. Man äußert keine Bitten. Man lässt einfach die Zutaten draußen stehen und wartet ab, was sie daraus machen.«

»Hört sich lustig an!«

»Ich werde eine ganze Menge draußen lassen. Ganz gleich, was für seltsame Kombinationen man stehen lässt, sie erfinden immer etwas Köstliches.«

»Es gibt so Vieles, was ich nicht über Fabelheim weiß«, meinte Kendra. »Wie groß ist es?«

»Das Reservat erstreckt sich über viele Kilometer. Es ist viel größer, als man vermuten würde.«

»Und gibt es überall magische Wesen?«

»Fast überall«, antwortete Lena. »Aber wie dein Großvater schon gesagt hat, einige dieser Kreaturen können tödlich sein. Es gibt viele Orte auf dem Besitz, wo nicht einmal er sich hinwagt.«

»Ich möchte mehr wissen. Alle Einzelheiten.«

»Hab Geduld. Lass die Dinge sich entfalten.« Sie drehte sich zum Kühlschrank um und wechselte das Thema. »Du musst Hunger haben.«

»Ein wenig.«

»Ich werde ein paar Eier in die Pfanne hauen. Will Seth auch etwas essen?«

»Wahrscheinlich«, sagte Kendra und lehnte sich an die Anrichte. »Eins wollte ich immer schon mal wissen: Ist alles aus der Mythologie wahr?«

»Erklär mir, was du meinst.«

»Ich habe Feen gesehen und Beweise dafür, dass es Satyre gibt. Existieren die anderen Wesen auch alle?«

»Keine Mythologie oder Religion, die ich kenne, enthält alle Antworten. Die meisten Religionen gründen sich auf Wahrheiten, aber sie sind auch verwässert durch die Philosophien und Fantasien der Menschen. Ich nehme an, dass deine Frage sich auf die griechische Mythologie bezieht. Gibt es ein Pantheon voll peinlicher Götter, die sich ständig zanken und sich in das Leben der Sterblichen einmischen? Ich weiß nichts von solchen Wesen. Steckt in all diesen alten Geschichten und Glaubensvorstellungen ein wahrer Kern? Offenkundig, ja. Schließlich sprichst du gerade mit einer ehemaligen Najade. Gerührt?«

»Was?«

»Die Eier.«

»Klar.«

Lena schlug Eier in einer Pfanne. »Viele der Wesen, die jetzt hier sind, lebten in Würde, als die Menschen noch in Stämmen lebten und durch die Wälder streiften. Wir haben sie die Geheimnisse von Feuer, Brot und Ton gelehrt. Aber die Menschen wurden im Laufe der Zeit blind für uns. Begegnungen mit Sterblichen wurden selten. Und dann begann die Menschheit uns einzuengen. Durch Bevölkerungsexplosion und Technologie haben wir viele unserer uralten Lebensräume verloren. Die Menschheit meinte es nicht wirklich böse mit uns, wir verblassten lediglich zu bunten Witzfiguren aus Mythen und Fabeln.

Es gibt stille Winkel auf der Welt, in der Unseresgleichen noch immer ungestört leben kann. Und doch wird unweigerlich der Tag kommen, an dem der einzige Raum, der uns noch verbleibt, diese Refugien sind, ein kostbares Geschenk von erleuchteten Sterblichen.«

»Das ist alles so traurig«, sagte Kendra.

»Du brauchst nicht traurig zu sein. Meinesgleichen verweilt nicht bei solchen Sorgen. Sie vergessen die Zäune, die die Reservate umschließen. Ich sollte nicht darüber sprechen, was früher einmal war. Mit meinem sterblichen Verstand sehe ich die Veränderungen viel deutlicher, als sie es tun. Ich spüre den Verlust schmerzlicher.«

»Opa hat gesagt, es steht uns eine Nacht bevor, in der alle Geschöpfe hier verrücktspielen.«

»Mitsommernacht. Die Festnacht.«

»Wie ist das so?«

»Das sollte ich lieber nicht sagen. Dein Großvater möchte nicht, dass ihr euch deswegen schlaflose Nächte macht, bevor es so weit ist. Er hätte euren Besuch lieber auf einen anderen Termin gelegt, damit ihr in der Mitsommernacht nicht hier seid.«

Kendra versuchte, möglichst unbekümmert zu klingen. »Werden wir in Gefahr sein?«

»Jetzt machst du dir doch Sorgen. Es wird euch nichts passieren, wenn ihr die Anweisungen befolgt, die euer Großvater euch gibt.«

»Was ist mit der Gesellschaft des Abendsterns? Maddox schien ihretwegen besorgt zu sein.«

»Die Gesellschaft des Abendsterns war schon immer eine Bedrohung«, gestand Lena. »Aber diese Reservate existieren seit Jahrhunderten, manche seit Jahrtausenden. Fabelheim ist gut geschützt, und euer Großvater ist kein Narr. Du brauchst dir wegen dieser Gerüchte nicht den Kopf zu zerbrechen. Ich werde nichts mehr zu dem Thema sagen. Möchtest du Käse in deinen Eiern?«

»Ja, bitte.«

Als Kendra fort war, holte Seth die Ausrüstung hervor, die er in sein Handtuch gewickelt hatte, einschließlich seiner Notfallausrüstung und des Glases, das er aus der Speisekammer geschmuggelt hatte. Das Glas war jetzt leer; er hatte es im Spülbecken im Badezimmer ausgewaschen. Er nahm sein Taschenmesser heraus und stach Löcher in den Deckel.

Schließlich schraubte er den Deckel auf, sammelte ein paar Grashalme, Blütenblätter, einen Zweig und einen Kiesel zusammen und legte sie in das Glas. Dann wanderte er vom Pool aus in den Garten, aber diesmal ohne den Käscher. Wenn Geschicklichkeit versagte, musste er eben List anwenden.

Er fand eine gute Stelle nicht weit von einem Springbrunnen entfernt, nahm den kleinen Spiegel aus seiner Müslischachtel und legte ihn in das Glas. Nachdem er das Glas auf eine Steinbank gestellt hatte, hockte er sich mit dem Deckel in der Hand ins Gras.

Die Feen brauchten nicht lange. Mehrere huschten um den Springbrunnen herum. Einige umkreisten träge das Glas. Nach wenigen Minuten landete eine kleine Fee mit Flügeln wie eine Biene auf dem Rand des Glases und starrte hinein. Anscheinend zufrieden, ließ sie sich in das Glas fallen und begann, sich in dem Spiegel zu bewundern. Schon bald gesellte sich eine weitere dazu. Und noch eine.

Seth schlich langsam näher, bis er das Glas in Reichweite hatte. Alle Feen kamen wieder herausgeflattert. Er wartete. Einige flogen davon. Neue kamen herbei. Eine kroch in das Glas, schnell gefolgt von zwei weiteren.

Seth machte einen Satz nach vorn und klatschte den Deckel auf das Glas. Die Feen waren so schnell! Er hatte gedacht, er könnte alle drei fangen, aber zwei sirrten heraus, kurz bevor der Deckel die Öffnung verschloss. Die im Glas verbliebene Fee drückte mit überraschender Kraft von innen gegen den Deckel. Er schraubte ihn zu.

Die Fee war nicht größer als sein kleiner Finger. Sie hatte feurig rotes Haar und schillernde Libellenflügel. Die erzürnte Fee hämmerte geräuschlos mit ihren winzigen Fäusten gegen das Glas. Überall um ihn herum hörte Seth das Klimpern von winzigen Glöckchen. Die anderen Feen deuteten auf die Gefangene und lachten. Die Fee in dem Glas schlug noch heftiger gegen das Glas, doch vergeblich.

Seth hatte es schließlich doch noch geschafft.

Großpapa tunkte den Plastikring in die Flasche und hob ihn an die Lippen. Als er sanft hindurchblies, bildeten sich mehrere Seifenblasen und schwebten über die Veranda.

»Man weiß nie, wovon sie sich faszinieren lassen«, sagte er. »Aber mit Seifenblasen klappt es fast immer.«

Opa saß in einem großen Bastschaukelstuhl. Kendra, Seth und Dale saßen um ihn herum. Die untergehende Sonne färbte den Horizont purpurrot.

»Ich versuche, keinen unnötigen modernen Schnickschnack hierherzubringen«, fuhr er fort und tunkte den Stiel mit dem Ring abermals in das Fläschchen. »Aber Seifenblasen kann ich einfach nicht widerstehen.« Er blies, und weitere Seifenblasen kamen zum Vorschein.

Eine Fee, die im verblassenden Tageslicht sanft leuchtete, näherte sich einer der Seifenblasen. Nachdem sie sie einen Moment lang betrachtet hatte, berührte sie sie, und die Blase färbte sich hellgrün. Eine weitere Berührung, und sie wurde tintenblau. Noch eine, und sie war golden.

Opa machte immer mehr Seifenblasen, und weitere Feen kamen auf die Veranda. Schon bald wechselten alle Seifenblasen die Farben. Die Schattierungen wurden immer leuchtender, während die Feen miteinander wetteiferten. Irgendwann zerplatzten die Seifenblasen in strahlendem Licht.

Eine Fee sammelte Seifenblasen, bis sie einen ganzen Strauß beisammen hatte, der aussah wie ein bunter Traubenstock. Eine andere Fee glitt in ihre Seifenblase hinein und blies sie von innen auf, bis sie auf die dreifache Größe angeschwollen war und mit einem violetten Blitz zerplatzte. Eine Seifenblase in Kendras Nähe schien voller blinkender Glühwürmchen zu sein. Eine verwandelte sich direkt vor Opas Nase zu Eis, fiel auf die Veranda und zerbarst.

Die Feen scharten sich um Opa, erpicht auf die nächsten Seifenblasen. Er machte immer neue, und die Feen stellten weiter ihre Kreativität zur Schau. Sie füllten Blasen mit schimmerndem Nebel. Sie verbanden sie zu Ketten. Sie verwandelten sie in Feuerbälle. Die Oberfläche einer Blase warf das Licht zurück wie ein Spiegel. Eine andere nahm die Form einer Pyramide an. Wieder eine andere knisterte elektrisch.

Als Opa die Seifenlösung beiseitestellte, zerstreuten die Feen sich allmählich. Die Sonne war fast untergegangen. Einige Feen tollten zwischen den Windspielen umher und machten leise Musik. »Obwohl es die meisten in der Familie nicht wissen«, sagte Opa, »haben mich einige eurer Vettern und Cousinen hier besucht. Keiner von ihnen ist auch nur ansatzweise dahintergekommen, was hier wirklich vor sich geht.«

»Hast du ihnen keine Hinweise gegeben?«, erkundigte sich Kendra.

»Nicht mehr oder weniger, als ich euch gegeben habe. Sie hatten nicht die richtige Einstellung.«

»War Erin dabei?«, fragte Seth. »Sie ist eine taube Nuss.«

»Sei nicht so gehässig«, tadelte Opa. »Was ich sagen will, ist Folgendes: Es imponiert mir, wie schnell ihr euch auf diesen ungewöhnlichen Ort eingestellt habt.«

»Lena sagte, wir könnten eine Party mit Ziegenleuten feiern«, meinte Seth.

»Ich würde mich an eurer Stelle nicht allzu sehr darauf freuen. Hat sie von den Satyren erzählt?«

»Wir haben Hufabdrücke in der Küche gefunden«, erklärte Kendra.

»Die Dinge sind gestern Nacht ein wenig außer Kontrolle geraten«, gestand Opa. »Glaub mir, Seth, das Letzte, was ein Junge deines Alters braucht, ist Umgang mit Satyren.«

»Warum hast du dann Umgang mit ihnen?«, fragte Seth.

»Ein Besuch von einem Feenhändler ist ein bedeutendes Ereignis und mit gewissen Erwartungen verbunden. Ich gebe zu, dass Frohsinn manchmal an Torheit grenzt.«

»Darf ich mal Seifenblasen machen?«, fragte Seth.

»Ein anderes Mal. Ich plane für morgen einen besonderen Ausflug für euch. Am Nachmittag muss ich zum Kornspeicher, und ich habe vor, euch mitzunehmen und euch mehr von dem Land hier zu zeigen.«

»Wir werden etwas anderes sehen als Feen?«, fragte Seth.

»Wahrscheinlich.«

»Das freut mich«, sagte Kendra. »Ich möchte alles sehen, das du uns zu zeigen bereit bist.«

»Alles zu seiner Zeit, meine Liebe.«

So wie Kendra atmete, war Seth sich ziemlich sicher, dass sie schlief. Er richtete sich langsam auf. Sie bewegte sich nicht. Er hüstelte leise. Sie zuckte nicht einmal.

Er schob sich aus dem Bett und ging durch das Zimmer zu seiner Kommode. Vorsichtig zog er die dritte Schublade von unten auf. Da war sie. Zweig, Gras, Kieselstein, Blumenblätter, Spiegel und alles. In der Dunkelheit erhellte ihr inneres Leuchten die ganze Schublade.

Ihre winzigen Hände gegen das Glas gepresst blickte sie verzweifelt zu ihm auf. Sie zirpte etwas in einer zwitschernden Sprache und bedeutete ihm, den Deckel zu öffnen.

Seth blickte über die Schulter. Kendra rührte sich nicht.

»Gute Nacht, kleine Fee«, flüsterte er. »Mach dir keine Sorgen. Morgen Früh werde ich dir etwas Milch geben.«

Er drückte die Schublade langsam zu. Die Fee schien in Panik zu geraten und verdoppelte ihre verzweifelten Anstrengungen. Es sah aus, als würde sie gleich zu weinen anfangen. Seth stutzte. Vielleicht würde er sie morgen freilassen.

»Es ist alles gut, kleine Fee«, sagte er sanft. »Schlaf jetzt. Wir sehen uns morgen früh.«

Sie faltete die Hände und schüttelte sie mit einer flehentlichen Geste, ihre Augen bettelten ihn an. Sie war so hübsch mit ihrem feurigroten Haar und der cremeweißen Haut. Das perfekte Schoßtier. Viel besser als eine Henne. Welches Huhn konnte schon Seifenblasen in Brand stecken?

Er schloss die Schublade endgültig und ging zurück in sein Bett.

KAPITEL 8

Vergeltung

Seth wischte sich den Schlaf aus den Augenwinkeln und starrte für einen Moment an die Decke. Als er sich umdrehte, sah er, dass Kendra nicht mehr in ihrem Bett lag. Es war schon heller Tag. Er streckte sich und drückte mit einem Seufzer seinen Rücken durch. Das Bett wollte ihn noch nicht freigeben. Vielleicht konnte er später aufstehen.

Nein, er wollte nach der Fee sehen. Er hoffte, dass ein wenig Schlaf sie beruhigt hatte. Nachdem er die verhedderten Decken abgeschüttelt hatte, eilte Seth zu der Kommode hinüber. Als er die Schublade mit dem Glas darin aufgezogen hatte, schnappte er nach Luft.

Die Fee war fort. In dem Glas hockte stattdessen eine behaarte Tarantel mit gestreiften Beinen und glänzenden, schwarzen Augen. Hatte die Tarantel die Fee gefressen? Er überprüfte den Deckel. Er saß immer noch fest auf dem Glas. Dann fiel ihm ein, dass er noch keine Milch getrunken hatte. Dies konnte die andere Form sein, in der die Fee erschien. Er hätte eine Libelle erwartet, vermutete aber, dass es durchaus auch eine Tarantel sein konnte.

Außerdem fiel ihm auf, dass der Spiegel in dem Glas zerbrochen war. Hatte sie ihn mit dem Kieselstein zerschlagen? Daran konnte sie sich schneiden. »Keine Verwüstungen«, schimpfte er sie. »Ich bin gleich wieder da.«

Ein runder Brotlaib lag auf dem Tisch, eine bunte Mischung aus weiß, schwarz, braun und orange. Während Lena ihn in Scheiben schnitt, nippte Kendra abermals an ihrer heißen Schokolade.

»Angesichts all der Zutaten, die ich draußen gelassen habe, dachte ich, sie würden vielleicht eine Pastete machen«, meinte Lena. »Aber Früchtebrot ist genauso köstlich. Probier mal ein Stück.« Sie reichte Kendra eine Scheibe.

»Den Topf haben sie wirklich gut hingekriegt«, sagte Kendra. »Und der Tisch sieht perfekt aus.«

»Besser als vorher«, stimmte Lena ihr zu. »Mir gefällt die neue Kante. Die Wichtel verstehen sich auf ihr Handwerk.«

Kendra inspizierte die Brotscheibe. Die eigenartige Färbung reichte bis in die Mitte hinein. Sie nahm einen Bissen. Zimt und Zucker dominierten den Geschmack. Eifrig biss sie noch einmal hinein. Es schmeckte wie Brombeermarmelade. Der nächste Bissen schmeckte wie Schokolade mit einer Spur Erdnussbutter. Der Bissen danach schien mit Vanillepudding durchtränkt zu sein. »Es hat so viele Geschmacksnoten!«

»Und sie beißen sich nie, wie man es erwarten sollte«, erwiderte Lena und nahm selbst einen Happen.

Mit nackten Füßen und abstehendem Haar kam Seth hereingetrottet. »Guten Morgen«, sagte er. »Frühstückt ihr?«

»Du musst dieses Früchtebrot mal probieren«, antwortete Kendra.

»Gleich«, erwiderte er. »Kann ich eine Tasse heiße Schokolade haben?«

Lena füllte eine Tasse.

»Danke«, sagte er. »Ich bin gleich wieder da. Ich hab oben was vergessen.« Er nahm den ersten Schluck und eilte davon.

»Er benimmt sich so komisch«, sagte Kendra und nahm einen Bissen von der Delikatesse, die jetzt wie Bananennussbrot schmeckte.

»Wenn du mich fragst, führt er irgendetwas im Schilde«, bemerkte Lena.

Seth stellte seine Tasse auf die Kommode. Dann holte er tief Luft und betete im Stillen, dass die Tarantel fort sein würde und die Fee wieder da war. Er zog die Schublade auf.

Ein abscheuliches kleines Geschöpf sah ihn mit funkelnden Augen an. Es bleckte die spitzen Zähne und fauchte. Bedeckt mit brauner, ledriger Haut, war es größer als sein Mittelfinger. Es war kahl, mit zerfledderten Ohren, einer schmalen Brust, einem dicken Bauch und verschrumpelten, spindeldürren Gliedern. Die Lippen sahen aus wie die eines Froschs, die Augen glänzten schwarz, und die Nase bestand nur aus zwei Schlitzen über dem Mund.

»Was hast du mit der Fee gemacht?«, fragte Seth.

Das hässliche Geschöpf fauchte abermals und drehte sich um. Über den knochigen Schulterblättern ragten zwei Stummel aus dem Rücken. Das Ding wackelte damit wie mit den Überresten amputierter Flügel.

»O nein! Was ist denn mit dir passiert?«

Die Kreatur streckte eine lange, schwarze Zunge heraus und ließ die schwieligen Hände gegen das Glas klatschen. Sie plapperte etwas in einer abscheulichen, schnarrenden Sprache.

Was war geschehen? Warum hatte die schöne Fee sich in einen hässlichen kleinen Teufel verwandelt? Vielleicht würde etwas Milch helfen.

Seth riss das Glas aus der Schublade, schnappte sich die Tasse von der Kommode und rannte die Treppe vom Dachboden in die Diele hinunter. Er flitzte ins Badezimmer und schloss die Tür hinter sich ab.

Die Tasse war noch zu einem Drittel gefüllt. Seth hielt das Glas über das Waschbecken und goss etwas von der heißen Schokolade auf den Deckel. Das meiste davon lief am Rand des Glases hinab, aber ein wenig tropfte durch die Löcher.

Ein Tropfen klatschte auf die Schulter der Kreatur. Sie bedeutete Seth wütend, den Deckel aufzuschrauben, dann zeigte sie auf die Tasse. Anscheinend wollte sie direkt aus der Tasse trinken.

Seth sah sich im Raum um. Das Fenster war geschlossen, die Tür zugesperrt. Er schob ein Handtuch in den Spalt unter der Tür. In dem Glas machte die Kreatur flehende Bewegungen und tat so, als würde sie aus einer Tasse trinken.

Seth schraubte den Deckel auf. Mit einem mächtigen Satz sprang die Kreatur heraus und landete auf dem Waschbecken. Sie duckte sich und fauchte Seth mit zornigem Blick an.

»Es tut mir leid, dass deine Flügel abgefallen sind«, sagte er. »Das hier könnte helfen.«

Er hielt dem hässlichen kleinen Ding die Tasse hin und fragte sich, ob sie an der Schokoladenmilch nippen oder einfach in die Tasse klettern würde. Stattdessen schnappte sie nach ihm und verfehlte dabei nur knapp seinen Finger. Seth riss die Hand zurück und kippte heiße Schokolade über das Spülbecken. Zischend ließ sich das quirlige Geschöpf auf den Boden fallen, rannte zur Badewanne hinüber und sprang hinein.

Bevor Seth reagieren konnte, war die Kreatur den Abfluss hinuntergekrabbelt. Ein letztes, verzerrtes Wehklagen kam aus dem dunklen Loch, dann war sie fort. Seth goss den Rest der heißen Schokolade in den Abfluss, für den Fall, dass sie der deformierten Fee doch irgendwie helfen würde.

Er blickte zu dem Glas hinüber. Bis auf ein paar verwelkende Blumenblätter war es jetzt leer. Er war sich nicht sicher, was er falsch gemacht hatte, aber er bezweifelte, dass Maddox allzu stolz auf ihn gewesen wäre.

Später am Morgen saß Seth im Baumhaus und versuchte, mit dem Puzzle weiterzumachen. Jetzt, da der Rand fertig war, war es eine echte Herausforderung, es fertigzumachen. Die verbliebenen Teile sahen alle gleich aus.

Er war Kendra den ganzen Morgen lang aus dem Weg gegangen. Ihm war nicht danach zumute, mit irgendjemandem zu reden. Er kam einfach nicht darüber hinweg, was mit der Fee geschehen war. Er war sich zwar nicht sicher, was er getan hatte, aber er wusste, dass es irgendwie seine Schuld war, irgendeine unbeabsichtigte Folge der Gefangenschaft. Das war auch der Grund, warum sie am Abend zuvor solche Angst gehabt hatte. Sie wusste, dass er sie dazu verdammt hatte, sich in ein hässliches kleines Ungeheuer zu verwandeln.

Die Puzzleteile begannen zu vibrieren. Schon bald zitterte das ganze Baumhaus. War das ein Erdbeben? Er hatte noch nie zuvor ein Erdbeben erlebt.

Seth lief zum Fenster. Überall schwebten Feen; sie hatten sich rund um das Baumhaus versammelt. Ihre Arme waren erhoben, und sie schienen zu singen.

Eine der Feen deutete auf Seth. Mehrere glitten näher ans Fenster heran. Eine streckte die Hand in seine Richtung aus, und die Scheibe zersplitterte mit einem Lichtblitz. Seth sprang zurück, und mehrere Feen kamen hereingeflogen.

Er rannte zu der Luke, aber das Baumhaus schlingerte so heftig, dass er zu Boden fiel. Das Rütteln wurde immer stärker. Der Boden war nicht länger waagrecht. Ein Stuhl kippte um, und die Luke fiel zu. Er kroch jetzt zum Ausgang. Etwas Heißes traf ihn im Nacken. Bunte Lichter blitzten auf.

Seth packte die Klappe, aber sie ließ sich nicht öffnen. Er zerrte daran. Etwas versengte ihm den Handrücken.

In Panik rannte er zum Fenster zurück und versuchte verzweifelt, das Gleichgewicht zu halten, während der Boden unter ihm bebte. Die Feen draußen sangen weiter. Er konnte ihre kleinen Stimmen hören. Mit einem lauten Krachen kippte das Baumhaus plötzlich zur Seite. Wenn er jetzt aus dem Fenster schaute, sah er nicht mehr die Feen, sondern den schnell näher kommenden Boden.

Seth war einen Augenblick lang schwerelos. Alle Gegenstände im Baumhaus schwebten, und Puzzleteile hingen in der Luft. Dann implodierte das Baumhaus.

Kendra schmierte sich Sonnencreme auf die Arme. Sie mochte das fettige Gefühl nicht, das die Lotion auf ihrer Haut hinterließ. Kendra war zwar schon leicht gebräunt, aber die Sonne war heute sehr heiß, und sie wollte kein Risiko eingehen.

Ihr Schatten war nur eine kleine Pfütze zu ihren Füßen. Es war fast Mittag. Bald gab es Essen, und dann würde Opa Sørensen sie zu dem Kornspeicher mitnehmen. Kendra hoffte im Stillen, dass sie ein Einhorn sehen würde.

Plötzlich hörte sie ein gewaltiges Krachen. Dann hörte sie Seth schreien.

Was konnte so einen ungeheuren Lärm gemacht haben? Sie lief nicht weit, da sah sie schon den Haufen Trümmer unter dem Baum.

Seth kam auf sie zu gerannt. Sein Hemd war zerrissen, und er hatte Blut im Gesicht. Dutzende von Feen schienen ihn zu verfolgen. Zuerst wollte sie einen Scherz darüber machen, dass die Feen wohl nach Rache trachteten, weil er versucht hatte, sie einzufangen – aber dann wurde ihr klar, dass das wahrscheinlich der Wahrheit entsprach. Hatten die Feen das Baumhaus eingerissen?

»Sie sind hinter mir her!«, schrie er.

»Spring in den Pool!«, rief Kendra.

Seth wechselte die Richtung, spurtete auf den Pool zu und begann, sein Hemd auszuziehen. Die drohende Wolke von Feen hatte keine Mühe, mit ihm mitzuhalten, und funkelnde Blitze schossen in alle Richtungen. Im nächsten Moment warf Seth sein Hemd beiseite und sprang ins Wasser.

»Die Feen sind hinter Seth her!«, schrie Kendra, während sie das Schauspiel mit Entsetzen beobachtete.

Die Feen schwebten über dem Pool. Nach einigen Sekunden kam Seth an die Oberfläche. In völligem Einklang stürzte sich die Wolke auf ihn. Flammende Lichtstrahlen flackerten auf, Seth brüllte und tauchte wieder unter Wasser. Die Feen jagten ihm hinterher.

Keuchend kam Seth an die Oberfläche. Das Wasser um ihn herum brodelte. Seth war mitten in einem Unterwasserfeuerwerk. Kendra lief zum Rand des Pools.

»Hilfe!«, rief er und streckte eine Hand aus dem Wasser. Die Finger waren zusammengeklebt wie eine Flosse.

Kendra schrie. »Sie greifen Seth an! Hilfe! Hört mich denn niemand! Sie greifen Seth an!«

Er wühlte sich bis zum Rand des Pools vor. Die brodelnde Masse von Feen sammelte sich abermals um Seth und zog ihn inmitten gespenstisch zuckender Blitze auf den Grund des Pools. Kendra packte den Käscher und schlug damit nach der unbarmherzigen Horde, doch so dicht der Schwarm auch schien, sie berührte kein einziges der Geschöpfe.

Seth tauchte am Rand des Pools wieder auf und warf die Arme auf die Pflastersteine, um sich aus dem Wasser zu ziehen. Kendra bückte sich, um ihm zu helfen, doch stattdessen kreischte sie auf. Der eine Arm war breit, flach und gummiartig. Kein Ellbogen, keine Hand. Eine Flosse, mit menschlicher Haut überzogen. Der andere Arm war lang und hatte keine Knochen, ein fleischiger Tentakel mit schlaffen Fingern am Ende.

Kendra sah in Seths Gesicht. Lange Stoßzähne ragten aus einem breiten, lippenlosen Mund. Einzelne Haarbüschel fehlten. Seths Augen waren glasig vor Entsetzen.

Die aufgebrachten Feen fielen abermals über ihn her, Seth verlor den Halt und verschwand wieder unter einer Salve farbiger Lichtblitze. Dampf zischte aus dem brodelnden Wasser.

»Was hat das zu bedeuten?«, brüllte Opa Sørensen, als er endlich angelaufen kam und den Pool erreichte. Lena folgte ihm. Das Wasser im Pool flackerte noch ein paar Mal. Die meisten Feen zischten davon. Einige wenige flogen zu Opa hinüber.

Eine Fee zirpte wie in Rage auf ihn ein. Sie hatte kurzes, blaues Haar und silbrige Flügel.

»Er hat was getan?«, fragte Opa.

Eine hässliche Kreatur hievte sich aus dem Wasser und lag

hechelnd auf den Steinen. Die deformierte Kreatur war vollkommen nackt. Lena setzte sich neben ihn und legte eine Hand auf seine Schulter.

»Er hatte keine Ahnung, dass das geschehen würde«, verteidigte sich Opa. »Es war keine Absicht!«

Die Fee zwitscherte ihre Missbilligung.

Kendra starrte die monströse Gestalt ihres Bruders an. Der größte Teil seiner Haare war ausgefallen; darunter kam eine knotige, mit Muttermalen übersäte Kopfhaut zum Vorschein. Sein Gesicht war breiter und flacher, mit eingefallenen Augen, und Stoßzähne so groß wie Bananen ragten aus seinem Mund. Zwischen seinen Schultern ragte ein missgestalteter Höcker auf. Unter dem Höcker, zwischen seinen Schulterblättern, hoben und senkten sich vier Atemlöcher. Seine Beine waren zu einem einzigen, plumpen Schwanz verschmolzen. Seth schlug mit seinem Flossenarm auf den Boden, und der Tentakel zuckte und krümmte sich wie eine Schlange.

»Ein unglückliches Missgeschick«, sagte Opa tröstend. »Überaus bedauerlich. Könnt ihr dem Jungen gegenüber nicht Gnade walten lassen?«

Die Fee zirpte wütend.

»Das tut mir leid. Was geschehen ist, ist furchtbar. Ich versichere euch, die Greueltat war unbeabsichtigt.«

Nach einem letzten Ausbruch von Kreischlauten schwirrte die Fee davon.

»Bist du in Ordnung?«, fragte Kendra, die immer noch neben Seth saß.

Er gab ein verzerrtes Stöhnen von sich, dann einen zweiten, noch verzweifelteren Klagelaut. Es klang wie ein Esel, der mit Mundwasser gurgelte.

»Schsch, Seth«, sagte Opa. »Du hast die Fähigkeit der Sprache verloren.«

»Ich werde Dale holen«, sagte Lena und eilte davon.

»Was haben sie ihm angetan?«, jammerte Kendra.

»Ein Akt der Rache«, erwiderte Opa grimmig.

»Weil er versucht hat, Feen zu fangen?«

»Weil er Erfolg hatte.«

»Er hat eine gefangen?«

»Ja.«

»Deshalb haben sie ihn in ein deformiertes Walross verwandelt? Ich dachte, sie könnten keine Magie gegen uns einsetzen!«

»Er hat mächtige Magie benutzt und die gefangene Fee in einen Kobold verwandelt. Womit er unwissentlich die Tür für magische Vergeltung geöffnet hat.«

»Seth kann nicht zaubern!«

»Ich bin davon überzeugt, dass es ein Versehen war«, sagte Opa. »Kannst du mich verstehen, Seth? Schlag dreimal mit deiner Flosse, wenn du begreifst, was ich sage.«

Die Flosse klatschte dreimal auf die Pflastersteine.

»Es war sehr töricht, eine Fee zu fangen, Seth«, fuhr Opa fort. »Ich habe dich gewarnt, dass sie nicht ungefährlich sind. Aber ein Teil der Schuld trifft mich. Wahrscheinlich hat Maddox dich auf die Idee gebracht, und du wolltest eine Karriere als Feenhändler beginnen.«

Seth nickte unbeholfen, wobei sein gesamter aufgeblähter Leib auf und ab hüpfte.

»Ich hätte es dir ausdrücklich verbieten sollen. Ich vergesse immer wieder, wie neugierig und waghalsig Kinder sein können. Und wie findig. Ich hätte nie für möglich gehalten, dass es dir tatsächlich gelingen könnte, eine zu fangen.«

»Was für eine Art von Magie hat er benutzt?«, fragte Kendra, einem hysterischen Anfall nahe.

»Wenn eine gefangene Fee von Sonnenuntergang bis Sonnenaufgang im Haus festgehalten wird, verwandelt sie sich in einen Kobold.«

»Was ist ein Kobold?«

»Eine gefallene Fee. Abscheuliche kleine Kreaturen. Kobolde verachten sich ebenso sehr, wie Feen sich bewundern. So, wie Feen sich zu Schönheit hingezogen fühlen, fühlen Kobolde sich zu Hässlichkeit hingezogen.«

»Ihre Persönlichkeit ändert sich so schnell?«

»Ihre Persönlichkeit bleibt die gleiche«, antwortete Opa. »Seicht und egozentrisch. Die Veränderung der äußeren Erscheinung offenbart die tragische Seite ihres Charakters. Eitelkeit gerinnt zu Elend. Sie werden gehässig und eifersüchtig und suhlen sich im Leid.«

»Was ist mit den Feen, die Maddox gefangen hat? Warum verwandeln sie sich nicht?«

»Er vermeidet es, die Käfige über Nacht im Haus zu lassen. Seine gefangenen Feen verbringen zumindest einen Teil der Nacht im Freien.«

»Man kann verhindern, dass sie zu Kobolden werden, einfach indem man den Behälter nach draußen stellt?«

»Manchmal bewirken simple Maßnahmen einen mächtigen Zauber.«

»Warum haben die anderen Feen Seth angegriffen? Warum kümmert sie das Schicksal ihrer Gefährtin, wenn sie so selbstsüchtig sind?«

»Es kümmert sie, eben weil sie selbstsüchtig sind. Jede Fee

macht sich Sorgen, dass sie die Nächste sein könnte. Ich habe gehört, dass Seth der Fee einen Spiegel ins Glas gelegt hat, so dass sie sich nach ihrer Verwandlung ansehen konnte. Die Feen betrachten dies als einen Akt besonderer Grausamkeit.«

Opa beantwortete ruhig jede Frage, ganz gleich, wie anklagend oder wütend Kendra sie stellte. Seine Gelassenheit half ihr, sich ein wenig zu beruhigen. »Ich bin davon überzeugt, dass es ein Unfall war«, sagte sie.

Seth nickte heftig, und sein Schwabbelspeck wackelte.

»Ich vermute keine Bosheit dahinter. Es war ein unglückliches Missgeschick. Aber die Feen interessieren sich herzlich wenig für seine Motive. Es ist ihr Recht, Vergeltung zu üben.«

»Du kannst ihn zurückverwandeln.«

»Das übersteigt meine Fähigkeiten bei weitem.«

Seth stieß ein langes, klagendes Brüllen aus. Kendra tätschelte seinen Höcker. »Wir müssen etwas tun!«

»Ja«, sagte Opa. Er legte die Hände über die Augen und zog sie dann über sein Gesicht. »Es wäre nicht leicht, deinen Eltern das zu erklären.«

»Wer kann ihn wieder in Ordnung bringen? Maddox?«

»Maddox ist kein Magier. Außerdem ist er schon lange wieder fort. Obwohl mir diese Lösung nicht gefällt, fällt mir nur eine einzige Person ein, die vielleicht in der Lage ist, den Zauber, mit dem dein Bruder belegt wurde, wieder aufzuheben.«

»Wer?«

»Seth hat sie bereits getroffen.«

»Die Hexe?«

Opa nickte. »Unter den gegebenen Umständen ist Muriel Taggart unsere einzige Hoffnung.«

Die Schubkarre holperte über eine Wurzel und geriet ins Schwanken. Dale konnte sie jedoch festhalten. Seth stöhnte. Er war nackt, bis auf ein weißes Handtuch, das sie ihm um die Hüften gebunden hatten.

»Tut mir leid, Seth«, sagte Dale. »Der Weg ist ganz schön uneben.«

»Sind wir bald da?«, fragte Kendra.

»Es ist nicht mehr sehr weit«, antwortete Opa.

Sie gingen im Gänsemarsch, Opa an der Spitze, gefolgt von Dale, der die Schubkarre schob, und dann Kendra. Was als ein fast unkenntlicher Pfad in der Nähe der Scheune begonnen hatte, verwandelte sich langsam in einen gut ausgetretenen Weg. Später waren sie auf einen kleineren Pfad abgebogen, der sich nicht mehr weiter verzweigte.

»Der Wald kommt mir so ruhig vor«, sagte Kendra.

»Er ist am ruhigsten, wenn man auf den Wegen bleibt«, erwiderte Opa.

»Er kommt mir zu ruhig vor.«

»Es liegt eine gewisse Anspannung in der Luft. Dein Bruder hat ein ernstes Vergehen begangen. Der Fall einer Fee ist eine schlimme Tragödie. Die Vergeltung der Feen war ebenso brutal. Jetzt warten begierige Augen, ob der Konflikt eskalieren wird.«

»Das wird er doch nicht, oder?«

»Ich hoffe es nicht. Wenn Muriel deinen Bruder heilt, könnten die Feen das als Beleidigung auslegen.«

»Würden sie ihn wieder angreifen?«

»Wahrscheinlich nicht. Zumindest nicht direkt. Die Strafe ist erteilt worden.«

»Können wir die Fee heilen?«

Opa schüttelte den Kopf. »Nein.«

»Könnte die Hexe es tun?«

»Seth wurde verzaubert. Aber die Möglichkeit, ein Kobold zu werden, ist ein fundamentaler Aspekt der Natur einer Fee. Sie hat sich in Übereinstimmung mit einem Gesetz verwandelt, das es schon so lange gibt, wie Feen Flügel haben. Muriel ist vielleicht in der Lage, den Zauber aufzuheben, der bei Seth gewirkt hat. Eine gefallene Fee wieder zurückzuverwandeln, würde ihre Fähigkeiten jedoch bei weitem überschreiten.«

»Arme Fee.«

Sie kamen an eine Gabelung. Opa wandte sich nach links. »Wir sind fast da«, sagte er. »Du solltest schweigen, während wir mit ihr reden.«

Kendra betrachtete die Büsche und Bäume ringsherum. Sie wartete geradezu darauf, in gehässige Augen zu blicken, die sie funkelnd anstarrten. Was für Geschöpfe würden zum Vorschein kommen, wenn das grüne Blätterwerk nicht da wäre? Was würde geschehen, wenn sie den Pfad verließ? Wie lange würde es dauern, bis irgendein hässliches Monster sie verschlang?

Opa blieb stehen und deutete auf die Bäume. »Da wären wir.«

Kendra sah den grün überwucherten Schuppen in der Ferne.

»Zuviel Unterholz für die Schubkarre«, sagte Dale und nahm Seth auf die Arme. Obwohl Seth jetzt so schwabbelig war, war er nicht größer als zuvor, und Dale trug ihn ohne große Mühe durch das Unterholz.

Sie gingen um den Schuppen herum bis vor den Eingang. Darinnen saß die schmutzige Hexe, mit dem Rücken an einen Baumstumpf gelehnt, und kaute an einem Knoten in einem borstigen Seil. Zwei Kobolde saßen auf dem Baumstumpf. Einer war mager, mit vorspringenden Rippen und langen, flachen Füßen. Der andere war gedrungen und rundlich.

»Hallo, Muriel«, sagte Opa.

Die Kobolde sprangen von dem Stumpf und huschten außer Sicht. Muriel blickte auf, und ein breites Grinsen offenbarte verfaulte Zähne. »Das ist doch nicht etwa Stan Sørensen?« Sie rieb sich theatralisch die Augen und blinzelte ihn an. »Nein, ich muss träumen. Stan Sørensen hat gesagt, dass er mich nie wieder besuchen würde!«

»Ich brauche Ihre Hilfe«, erklärte Opa.

»Und er hat Gesellschaft mitgebracht. Ich erinnere mich an Dale. Wer ist diese hübsche junge Dame?«

»Meine Enkeltochter.«

»Sieht dir kein bisschen ähnlich, die Glückliche. Mein Name ist Muriel, Liebes, und ich freue mich, dich kennenzulernen.«

»Ich bin Kendra.«

»Ja, natürlich. Du hast dieses entzückende, rosafarbene Nachthemd mit der Schleife auf der Brust.«

Kendra warf Opa einen Blick zu. Wie konnte diese verrückte Frau über ihren Schlafanzug Bescheid wissen?

»Ich weiß das eine oder andere«, fuhr Muriel fort und tippte sich an die Schläfe. »Fernrohre sind für Sterne, Liebes, nicht für Bäume.«

»Achte nicht auf sie«, sagte Opa. »Sie will dir den Eindruck vermitteln, sie könnte dich in deinem Schlafzimmer ausspionieren. Hexen weiden sich an Angst. Muriels Macht endet an den Wänden dieses Schuppens.«

»Wollt ihr auf einen Tee hereinkommen?«, fragte sie.

»Was sie an Neuigkeiten hat, kommt von den Kobolden«, fuhr Opa fort. »Und da die Kobolde aus dem Garten verbannt sind, kommen ihre Neuigkeiten von einem speziellen Kobold.«

Muriel stieß ein kreischendes Lachen aus. Das wahnsinnige Gegacker passte viel besser zu ihrem hexenhaften Aussehen als ihre Sprechstimme.

»Der Kobold hat dein Zimmer gesehen und von dem Ort, an dem Seth ihn versteckt hat, Gespräche mit angehört«, schlussfolgerte Opa. »Kein Grund zur Sorge.«

Muriel hob protestierend einen Finger. »Kein Grund zur Sorge, sagst du?«

»Nichts, was der Kobold gesehen oder gehört haben könnte, würde Schaden anrichten«, erklärte Opa.

»Abgesehen vielleicht von seinem eigenen Spiegelbild«, meinte Muriel. »Wer ist unser letzter Besucher? Diese arme, klumpige Missgeburt? Könnte es etwa sein, dass ... ?« Sie klatschte in die Hände und kicherte. »Hatte unser tapferer Abenteurer ein Missgeschick? Hat sein schlaues Mundwerk ihn zu guter Letzt verraten?«

»Sie wissen, was geschehen ist«, sagte Opa.

»Ich weiß, ich weiß«, gackerte sie. »Ich wusste, dass er unverschämt ist, aber solche Grausamkeit hätte ich ihm nicht zugetraut! Sperrt ihn in eine Scheune, sage ich. Um der Feen willen. Sperrt ihn gut ein.«

»Können Sie ihn zurückverwandeln?«, fragte Opa.

»Ihn wiederherstellen?«, rief die Hexe aus. »Nach dem, was er getan hat?«

»Es war ein Unfall, wie Sie sehr wohl wissen.«

»Warum bittest du mich nicht gleich, einen Mörder vor dem Strick zu retten? Einem Verräter seine Schmach zu ersparen?«

»Können Sie es tun?«

»Soll ich ihm auch noch einen Orden herbeizaubern? Ein Ehrenabzeichen für sein Verbrechen?«

»Können Sie es?«

Muriel hörte auf, sich zu verstellen. Sie musterte ihre Besucher mit einem verschlagenen Gesichtsausdruck. »Du kennst den Preis.«

»Ich werde keinen Knoten lösen«, sagte Opa.

Muriel warf ihre knorrigen Hände in die Luft. »Du weißt, dass ich die Energie des Knotens für den Zauber brauche«, erwiderte sie. »Bei ihm wirken mehr als siebzig verschiedene Zauber. Du müsstest siebzig Knoten lösen.«

»Wie wäre es mit ...«

»Kein Feilschen. Ein Knoten, und dein garstiger Enkel wird seine ursprüngliche Gestalt zurückerhalten. Ohne den Knoten wäre ich nicht in der Lage, den Zauber zu wirken. Das ist Feenmagie. Du kanntest den Preis, bevor du gekommen bist. Kein Gefeilsche.«

Opas Schultern sackten ein Stück nach unten. »Zeigen Sie mir das Seil.«

»Leg den Jungen auf meine Türschwelle.«

Dale tat wie ihm geheißen. Muriel stand in der Tür und hielt Opa das Seil hin. Es waren zwei Knoten darin. Beide waren verkrustet von getrocknetem Blut. Einer war noch feucht von Speichel. »Such dir einen aus«, sagte sie.

»Aus eigenem freien Willen löse ich diesen Knoten«, sagte Opa. Dann beugte er sich vor und blies sachte auf einen der beiden Knoten. Er entwirrte sich.

Die Luft erbebte. An heißen Tagen hatte Kendra die Luft in der Ferne flimmern sehen. Das hier sah ähnlich aus, spielte sich jedoch direkt vor ihren Augen ab. Sie spürte pulsierende Vibrationen, als stünde sie während eines lauten Konzerts direkt vor einem Basslautsprecher. Der Boden schien sich zu neigen.

Muriel hielt eine Hand über Seth und murmelte eine Beschwörungsformel. Sein Schwabbelspeck kräuselte sich, als würde er innerlich kochen. Es sah aus, als hätte er tausend Würmer unter der Haut, die sich einen Weg nach draußen bahnten. Faulige Dämpfe stiegen von ihm auf. Sein Fett schien zu verdampfen und sein unförmiger Körper zuckte.

Der Boden begann, noch mehr zu schwanken, und Kendra musste die Arme ausbreiten, um nicht hinzufallen. Dann wurde schlagartig alles finster, wie bei einem Blitz aus Dunkelheit statt Licht. Kendra stolperte und konnte nur mit Mühe das Gleichgewicht wahren.

Das eigenartige Gefühl verschwand. Die Luft klärte sich, und alles war wieder ruhig. Seth richtete sich auf. Er sah genauso aus wie vor der Rache der Feen. Keine Stoßzähne. Keine Flossen. Keine Atemlöcher. Nur ein elfjähriger Junge mit einem Handtuch um die Taille. Er rollte sich von dem Schuppen weg und rappelte sich hoch.

»Zufrieden?«, fragte Muriel.

»Wie fühlst du dich, Seth?«, erkundigte sich Opa.

Seth klopfte sich auf die nackte Brust. »Besser.«

Muriel grinste. »Danke, kleiner Abenteurer. Du hast mir heute einen großen Dienst erwiesen. Ich stehe in deiner Schuld.«

»Du hättest es nicht tun sollen, Opa«, sagte Seth.

»Es musste sein«, erwiderte er. »Wir gehen jetzt besser.«

»Bleibt doch noch ein Weilchen«, bot Muriel an.

»Nein danke«, sagte Opa.

»Sehr schön. Weist meine Gastfreundschaft nur zurück. Kendra, es war schön, dich kennenzulernen, mögest du weniger Glück haben, als du verdienst. Dale, du bist so stumm wie dein Bruder und fast genauso bleich. Seth, hab bitte bald ein weiteres Missgeschick. Stan, du hast nicht mal den Verstand eines Orang-Utans, gesegnet sei deine Seele. Lasst mal wieder was von euch hören.«

Kendra gab Seth Socken, Schuhe, Shorts und ein Hemd. Sobald er sie angezogen hatte, kehrten sie auf den Pfad zurück.

»Kann ich auf dem Rückweg in der Schubkarre sitzen?«, fragte Seth.

»Diesmal solltest du mich schieben«, grummelte Dale.

»Wie hat es sich angefühlt, ein Walross zu sein?«, fragte Kendra.

»Ist es das, was ich war?«

»Ein mutiertes, buckliges Walross mit einem unförmigen Schwanz«, erklärte sie.

»Wenn wir nur einen Fotoapparat gehabt hätten! Es war so komisch, durch den Rücken zu atmen. Und es war schwer, mich zu bewegen. Nichts fühlte sich mehr richtig an.«

»Es wäre besser, wenn ihr nicht so laut reden würdet«, bemerkte Opa.

»Ich konnte nicht sprechen«, sagte Seth leiser. »Ich hatte das Gefühl, als wüsste ich immer noch, wie es geht, aber die Worte kamen vollkommen verzerrt heraus. Mein Mund und meine Zunge waren irgendwie anders.«

»Was ist mit Muriel?«, wollte Kendra wissen. »Wenn sie diesen letzten Knoten aufbekommt, ist sie dann frei?«

»Sie war ursprünglich durch dreizehn Knoten gefesselt«, sagte Opa. »Sie kann sie aus eigener Kraft nicht lösen, was sie aber nicht daran zu hindern scheint, es zu versuchen. Aber andere Sterbliche können die Knoten lösen, indem sie einen Wunsch äußern und darauf blasen. Der Knoten wird durch mächtige Magie gehalten. Wenn man einen löst, kann Muriel diese Magie kanalisieren, um den Wunsch zu erfüllen.«

»Wenn du also jemals wieder ihre Hilfe benötigen solltest...«

»... werde ich mich anderswo umsehen«, beendete Opa ihren Satz. »Ich wollte nie, dass sie es bis zu einem Knoten schafft. Es kommt nicht in Frage, sie zu befreien.«

»Es tut mir leid, dass ich ihr geholfen habe«, sagte Seth.

»Hast du aus dem Martyrium irgendetwas gelernt?«, fragte Opa.

Seth ließ den Kopf hängen. »Ich fühl mich wirklich miserabel wegen der Fee. Sie hat nicht verdient, was mit ihr passiert ist.« Opa gab keine Antwort, und Seth betrachtete weiter seine Schuhe. »Ich hätte nicht mit magischen Geschöpfen herumspielen dürfen«, gestand er schließlich.

Opa legte ihm eine Hand auf die Schulter. »Ich weiß, dass du es nicht böse gemeint hast. An diesem Ort kann das, was du nicht weißt, zu einer Gefahr für dich werden. Und für andere. Wenn du gelernt hast, in der Zukunft vorsichtiger und mitfühlender zu sein und den Bewohnern dieses Reservats größeren Respekt entgegenzubringen, dann war das Ganze zumindest für etwas gut.«

»Ich habe auch etwas gelernt«, warf Kendra ein. »Menschen sollten sich nicht mit Walrossen einlassen.«

KAPITEL 9

Hugo

Kendra hatte das dreieckige Holzbrett auf dem Schoß. Sie betrachtete die Zapfen und dachte über ihren nächsten Sprung nach. Neben ihr wippte Lena sachte auf einem Schaukelstuhl und beobachtete, wie der Mond aufging. Von der Veranda aus konnte man nur wenige Feen durch den Garten schweben sehen, und Glühwürmchen leuchteten zwischen ihnen im silbernen Mondlicht.

»Nicht viele Feen unterwegs heute Abend«, bemerkte Kendra.

»Es könnte einige Zeit dauern, bis die Feen in größerer Zahl in unsere Gärten zurückkehren«, sagte Lena.

»Kannst du ihnen nicht alles erklären?«

Lena lachte. »Sie würden eher deinem Großvater zuhören als mir auch nur die geringste Beachtung zu schenken.«

»Warst du nicht sozusagen eine von ihnen?«

»Das ist ja das Problem. Pass auf.« Lena schloss die Augen und begann leise zu singen. Ihre hohe, trällernde Stimme ließ sehnsüchtige Melodie erklingen. Mehrere Feen huschten aus dem Garten herbei, bildeten einen Halbkreis um sie und unterbrachen den wunderschönen Gesang mit inbrünstigem Zirpen.

Lena hörte auf zu singen und sagte etwas in einer unverständlichen Sprache. Die Feen zirpten zurück. Lena machte eine letzte Bemerkung, und die Feen flogen davon.

»Was haben sie gesagt?«, fragte Kendra.

»Sie haben mir erklärt, dass ich mich schämen sollte, ein najadisches Lied zu singen«, antwortete Lena. »Sie werden nur äußerst ungern daran erinnert, dass ich einst eine Nixe war, vor allem, wenn ich gleichzeitig zu erkennen gebe, dass ich mit meiner Entscheidung im Reinen bin.«

»Sie wirkten ziemlich aufgeregt.«

»Einen großen Teil ihrer Zeit verbringen sie damit, Sterbliche zu verspotten. Wann immer eine von uns zu den Sterblichen überwechselt, fragen die anderen sich, was sie wohl verpassen. Vor allem, wenn wir einen zufriedenen Eindruck machen. Sie verspotten mich erbarmungslos.«

»Macht Ihnen das gar nichts aus?«

»Fast nichts. Sie wissen allerdings, wie sie mich piesacken können. Sie ziehen mich wegen meines Alters auf – wegen meinen Haaren, meinen Falten. Sie fragen, wie mir die Aussicht gefällt, in einer Kiste begraben zu werden.« Lena runzelte die Stirn und blickte nachdenklich in die Nacht. »Als du heute nach Hilfe gerufen hast, habe ich mein Alter deutlich gespürt.«

»Wie meinen Sie das?« Kendra versetzte einen Zapfen auf dem Spielbrett.

»Ich wollte dir schnell zu Hilfe eilen, und schon lag ich bäuchlings auf dem Küchenboden. Dein Großvater war noch vor mir bei dir, und er ist nicht gerade ein Athlet.«

»Es war nicht Ihre Schuld.«

»In meiner Jugend wäre ich in null Komma nichts bei dir gewesen. Ich war ziemlich gut bei Notfällen. Jetzt kann ich jemandem nur noch zu Hilfe humpeln.«

»Sie sind immer noch sehr fit.« Kendra gingen die Züge aus.

Ein Zapfen stand bereits allein auf weiter Flur und würde auf jeden Fall übrig bleiben.

Lena schüttelte den Kopf. »Auf dem Trapez oder dem Hochseil könnte ich mich keine Minute mehr halten. Früher war das kein Problem. Der Fluch der Sterblichkeit. Man verbringt den ersten Teil seines Lebens damit, Fertigkeiten zu erlernen, stärker zu werden. Und dann, ohne eigenes Verschulden, lassen deine Fähigkeiten wieder nach. Man fällt zurück. Starke Glieder werden schwach, scharfe Sinne werden stumpf, eine robuste Gesundheit verfällt. Schönheit verwelkt. Organe versagen einem den Dienst. Man erinnert sich an sich selbst in der Blüte seines Lebens und fragt sich, wo diese Person geblieben ist. Während deine Weisheit und Erfahrung immer größer werden, verwandelt sich dein verräterischer Körper in ein Gefängnis.«

Drei Zapfen waren noch übrig, und Kendra konnte keinen Sprung mehr machen. »So habe ich das noch nie betrachtet.«

Lena nahm Kendra das Brett ab und stellte die Zapfen neu auf. »In ihrer Jugend benehmen Sterbliche sich fast wie Nixen. Das Erwachsensein erscheint unendlich weit weg und noch ferner der Verfall des Alters. Aber ebenso schwerfällig wie unausweichlich kommt es herangehumpelt, bis es dich schließlich einholt. Es ist eine frustrierende und demütigende Erfahrung. Es macht mich rasend.«

»Aber bei einem unserer letzten Gespräche sagten Sie, Sie würden sich wieder genauso entscheiden«, rief Kendra ihr ins Gedächtnis.

»Das stimmt, wenn ich die Chance hätte, würde ich jederzeit wieder Patton wählen. Und jetzt, da ich erfahren habe, wie es ist, sterblich zu sein, glaube ich nicht, dass ich mit meinem früheren

Leben wieder zufrieden sein könnte. Aber die Freuden der Sterblichkeit, der Kitzel des Lebendigseins, haben einen Preis. Schmerz, Krankheit, der Verfall des Alters, der Verlust geliebter Menschen – auf diese Dinge könnte ich verzichten.«

Die Zapfen waren komplett aufgebaut. Lena machte den ersten Sprung. »Mich beeindruckt, wie ungezwungen die meisten Sterblichen mit dem Verfall des Körpers umgehen. Patton. Deine Großeltern. Viele andere. Sie akzeptieren es einfach. Ich habe immer Angst vor dem Altern gehabt. Seine Unausweichlichkeit verfolgt mich. Seit ich den See verlassen habe, ist die Aussicht auf den Tod zu einem bedrohlichen Schatten in meinen Gedanken geworden.«

Sie übersprang den vorletzten Zapfen, so dass nur noch ein einziger übrig blieb. Kendra hatte das schon einmal bei Lena gesehen, aber bisher war es ihr noch nicht gelungen, ihre Züge nachzuahmen.

Lena seufzte leise. »Aufgrund meiner Natur werde ich das Alter vielleicht viele Jahrzehnte länger ertragen müssen als gewöhnliche Menschen. Das demütigende Finale eines sterblichen Lebens.«

»Dafür sind Sie ein Genie im Zapfenspiel«, sagte Kendra.

Lena lächelte. »Der Trost meiner Winterjahre.«

»Sie können immer noch malen und kochen und alle möglichen Dinge tun.«

»Ich will mich nicht beklagen. Das sind keine Probleme, mit denen man einen jungen Menschen belasten sollte.«

»Ist schon in Ordnung. Sie machen mir keine Angst. Sie haben Recht. Ich kann mir nicht vorstellen, wie es ist, erwachsen zu sein. Ein Teil von mir fragt sich, ob ich die Highschool-Zeit jemals erleben werde. Manchmal denke ich, dass ich vielleicht jung sterbe.«

Die Tür zur Veranda ging auf, und Opas Kopf erschien. »Kendra, ich muss ein paar Worte mit dir und Seth reden.«

»Okay, Opa.«

»Kommt ins Arbeitszimmer.«

Lena stand auf und bedeutete Kendra, ihrem Großvater zu folgen. Kendra ging ins Haus und folgte Opa ins Arbeitszimmer. Seth saß bereits in einem der riesigen Sessel und trommelte mit den Fingern auf die Armlehne. Kendra setzte sich in den anderen, und Opa ließ sich hinter seinem Schreibtisch nieder.

»Übermorgen ist der 21. Juni«, sagte Opa. »Weiß einer von euch, was das bedeutet?«

Kendra und Seth sahen sich an. »Dein Geburtstag?«, riet Seth.

»Die Sommersonnenwende«, erklärte Opa. »Der längste Tag des Jahres. Die Nacht davor feiern die launenhaften Geschöpfe von Fabelheim ein Fest zügelloser Ausschweifungen. An vier Nächten im Jahr lösen sich die Grenzen auf, die den Wesen hier gesetzt sind. Ohne diese Nächte würden die Regeln, die hier sonst gelten, nicht funktionieren. In der Mittsommernacht sind die Mauern dieses Hauses die einzigen Grenzen, die der Bewegungsfreiheit und den Streichen einer jeden Kreatur gezogen sind. Wenn man sie nicht einlädt, können sie nicht eindringen.«

»Du meinst morgen Nacht?«, fragte Seth.

»Ich wollte euch keine Zeit geben, euch deswegen Sorgen zu machen. Solange ihr meinen Anweisungen folgt, wird die Nacht ohne Zwischenfälle vorübergehen. Es wird laut werden, aber euch wird nichts geschehen.«

»In welchen anderen Nächten schweifen sie so frei umher?«, fragte Kendra.

»Zur Wintersonnenwende und zu den beiden Tag- und Nachtgleichen. Die Mitsommernacht ist in der Regel die wildeste von allen.«

»Können wir vom Fenster aus zusehen?«, fragte Seth begierig.

»Nein«, antwortete Opa. »Und es würde euch auch nicht gefallen, was ihr sehen würdet. In den Festnächten nehmen Albträume Gestalt an und durchstreifen den Garten. Uralte, unvorstellbar böse Wesen lauern in der Dunkelheit auf Opfer. Ihr werdet bei Sonnenuntergang im Bett sein. Ihr werdet Ohrstöpsel tragen. Und ihr werdet nicht aufstehen, bis der Sonnenaufgang die Greuel der Nacht vertreibt.«

»Sollen wir in deinem Zimmer schlafen?«, fragte Kendra.

»Das Spielzimmer auf dem Dachboden ist der sicherste Ort im Haus. Der Raum ist mit zusätzlichen Schutzzaubern versehen, als Zuflucht für Kinder. Selbst wenn durch irgendein Missgeschick unerfreuliche Kreaturen ins Haus kämen, wäre euer Zimmer nach wie vor sicher.«

»Ist schon jemals etwas ins Haus gekommen?«, wollte Kendra wissen.

»Nichts Unerwünschtes hat je die Mauern dieses Hauses überwunden«, sagte Opa. »Trotzdem, wir können nie vorsichtig genug sein. Morgen werdet ihr helfen, einige Abwehrmaßnahmen vorzubereiten, die uns zusätzlichen Schutz verschaffen. Wegen des jüngsten Aufruhrs mit den Feen fürchte ich, dass dies eine besonders chaotische Mittsommernacht werden könnte.«

»Ist hier schon mal jemand gestorben?«, fragte Seth. »Auf deinem Land, meine ich?«

»Dieses Thema sollten wir uns für ein andermal aufsparen«, sagte Opa und stand auf.

»Der eine Bursche, der sich in Löwenzahnsamen verwandelt hat«, bemerkte Kendra.

»Sonst noch jemand?«, beharrte Seth.

Opa sah sie einen Moment lang ernst an. »Wie ihr langsam merkt, sind diese Reservate gefährliche Orte. Es hat in der Vergangenheit ein paar Unfälle gegeben. Diese Unfälle widerfahren im allgemeinen Menschen, die sich an Stellen wagen, an denen sie nichts zu suchen haben, oder sich in Angelegenheiten einmischen, die ihre Kenntnisse bei weitem übersteigen. Wenn ihr euch an meine Regeln haltet, habt ihr nichts zu befürchten.«

Die Sonne stand noch nicht hoch über dem Horizont, als Seth und Dale den zerfurchten Feldweg entlanggingen, der von der Scheune wegführte. Seth war der von Unkraut überwucherte Fahrweg nie aufgefallen. Er begann auf der dem Haus abgewandten Seite der Scheune und führte in den Wald. Nachdem er sich eine Weile zwischen den Bäumen hindurchgeschlängelt hatte, führte er sie über eine weite Wiese.

Nur vereinzelt hingen ein paar Wolkenfetzen am leuchtend blauen Himmel. Dale legte ein zügiges Tempo vor, und Seth schwitzte bereits. Der warme Tag versprach gegen Mittag richtig heiß zu werden.

Seth hielt Ausschau nach interessanten Geschöpfen. Er sah Vögel, Eichhörnchen und Kaninchen auf der Wiese – aber nichts Übernatürliches.

»Wo sind all die magischen Tiere?«, fragte er.

»Das ist die Ruhe vor dem Sturm«, antwortete Dale. »Ich gehe davon aus, dass die meisten von ihnen sich für heute Nacht ausruhen.«

»Welche Monster werden denn heute Nacht draußen sein?«

»Stan hat mich gewarnt, dass ihr versuchen könntet, Informationen aus mir herauszuholen. Es ist das Beste, nicht allzu neugierig zu sein, was diese Art von Dingen angeht.«

»Das ist es ja gerade, was mich so neugierig macht, dass mir niemand etwas erzählen will!«

»Es ist zu deinem eigenen Besten«, sagte Dale. »Zum Teil sagen wir euch deshalb nichts, weil ihr sonst vielleicht Angst bekommen würdet. Andererseits könnte es euch noch neugieriger machen, wenn wir euch etwas erzählen.«

»Wenn Sie es mir erzählen, verspreche ich auch, dass ich nicht mehr neugierig bin.«

Dale schüttelte den Kopf. »Was bringt dich auf die Idee, dass du dieses Versprechen einhalten kannst?«

»Ich kann unmöglich noch neugieriger werden, als ich es schon bin. Gar nichts zu wissen, ist das Schlimmste.«

»Nun, Tatsache ist, dass ich dir keine sehr befriedigende Antwort auf deine Frage geben kann. Habe ich in meiner Zeit hier merkwürdige Dinge gesehen, erschreckende Dinge? Darauf kannst du wetten. Nicht nur in den Festnächten. Habe ich in Festnächten einen Blick aus dem Fenster riskiert? Ein- oder zweimal, sicher. Aber ich habe gelernt, nicht mehr hinauszuschauen. Menschen sind nicht dazu bestimmt, dergleichen Dinge in ihrem Kopf zu haben. Es macht das Einschlafen schwer. Ich schaue nicht mehr hinaus. Ebenso wenig tut es Lena, oder dein Großvater, oder deine Großmutter. Und wir sind Erwachsene.«

»Was haben Sie gesehen?«

»Wie wär's, wenn wir das Thema wechseln?«

»Ich sterbe vor Neugier. Ich muss es wissen!«

Dale blieb stehen und sah ihn an. »Seth, du glaubst nur, dass du es wissen willst. An einem schönen Morgen, unterwegs mit einem Freund unter einem klaren, blauen Himmel, scheinen die Dinge harmlos. Aber was ist mit heute Nacht, wenn du allein in deinem

Zimmer bist, in der Dunkelheit, wenn die Nacht draußen erfüllt ist von unnatürlichen Geräuschen? Es könnte dir leid tun, dass ich dem, was draußen vor dem Fenster heult, ein Gesicht gegeben habe.«

Seth schluckte. Er sah Dale mit großen Augen an. »Was für eine Art Gesicht?«

»Wollen wir es dabei bewenden lassen. Ich bereue es bis zum heutigen Tag, wenn ich nach Einbruch der Dunkelheit draußen bin, dass ich hingesehen habe. Wenn du ein paar Jahre älter bist, wird ein Tag kommen, da dein Großvater dir die Gelegenheit geben wird, in einer Festnacht aus dem Fenster zu schauen. Spar dir deine Neugier bis dahin auf. Wenn ich es wäre, wenn ich zurückkönnte, würde ich überhaupt nicht hinausschauen.«

»Das ist leicht gesagt, nachdem Sie hinausgeschaut haben.«

»Es ist nicht leicht gesagt. Ich habe einen hohen Preis bezahlt. Viele schlaflose Nächte.«

»Was kann einem denn so viel Angst machen? Ich kann mir durchaus schlimme Dinge vorstellen.«

»Dasselbe habe ich auch gedacht. Mir war nicht klar, dass es zwei verschiedene Dinge sind, sich etwas vorzustellen oder etwas zu sehen.«

»Wenn Sie schon einmal hinausgeschaut haben, warum tun Sie es dann nicht nochmal?«

»Ich will nicht noch mehr sehen. Den Rest kann ich mir auch so vorstellen.« Dale ging weiter.

»Ich will es immer noch wissen«, beharrte Seth.

»Kluge Leute lernen aus ihren Fehlern. Aber die wirklich intelligenten lernen aus den Fehlern anderer. Zieh keinen Schmollmund; du wirst gleich etwas Beeindruckendes sehen.

Und es wird dir nicht einmal Albträume bescheren.«

»Was?«

»Siehst du diese Anhöhe dort drüben?«

»Ja.«

»Die Überraschung ist auf der anderen Seite.«

»Sind Sie sich sicher?«

»Absolut.«

»Ich hoffe bloß, es ist nicht wieder eine Fee«, meckerte Seth.

»Was ist falsch an Feen?«

»Ich hab schon eine Milliarde gesehen, und außerdem haben sie mich in ein Walross verwandelt.«

»Es ist keine Fee.«

»Auch kein Wasserfall oder so was in der Art?«, fragte Seth misstrauisch.

»Nein, es wird dir gefallen.«

»Gut, Sie machen mir Hoffnung. Ist es gefährlich?«

»Eigentlich ja, aber uns sollte nichts passieren.«

»Dann kommen Sie, beeilen wir uns.« Seth flitzte den Hügel hinauf. Er drehte sich zu Dale um, der gemächlich hinter ihm herging. Kein gutes Zeichen. Wenn die Überraschung gefährlich war, würde Dale ihn nicht vorauslaufen lassen.

Auf dem Gipfel der Anhöhe blieb Seth stehen und blickte auf den sanften Abhang, der auf der anderen Seite wieder hinunterführte. Keine hundert Meter entfernt stapfte ein riesiges Geschöpf mit zwei gigantischen Sensen durch ein Heufeld. Die mächtige Gestalt schnitt das Getreide schnell und in weiten Bögen. Beide Sensen zischten und sirrten ohne Pause.

Dale stellte sich neben Seth. »Was ist das?«, fragte Seth.

»Hugo, unser Golem. Komm mit und sieh ihn dir an.«

Dale verließ den Weg und ging querfeldein auf den schuftenden Goliath zu. »Was ist ein Golem?«, erkundigte sich Seth, während er hinterherstolperte.

»Pass auf.« Dale hob die Stimme. »Hugo, halt!«

Die Sicheln hielten mitten im Schwung inne.

»Hugo, komm!«

Der Feldarbeiter mit den herkulesmäßigen Proportionen drehte sich um und kam mit langen, federnden Schritten auf sie zu gelaufen. Seth konnte spüren, wie der Boden unter ihnen vibrierte, als Hugo näher kam. Die Sicheln noch immer fest gepackt, blieb der riesige Golem vor Dale stehen. Er überragte ihn bei weitem.

»Ist der aus Schlamm gemacht?«, fragte Seth.

»Erde, Ton und Stein«, sagte Dale. »Ein mächtiger Zauber haucht ihm so etwas Ähnliches wie Leben ein. Hugo wurde dem Reservat vor etwa zweihundert Jahren geschenkt.«

»Wie groß ist er?«

»Fast drei Meter, wenn er aufrecht steht. Meistens lässt er sich ein bisschen hängen, und dann sind es eher zwei Meter fünfzig.«

Seth beäugte den Koloss. Seiner Gestalt nach sah er eher einem Affen ähnlich. Abgesehen von seiner beeindruckenden Größe war Hugo breit, mit dicken Gliedmaßen und überproportional großen Händen und Füßen. Aus seinem irdenen Körper sprossen Grasbüschel und hie und da ein Löwenzahn. Er hatte einen rechteckigen Kopf mit kantigem Kinn. Grobe Züge ähnelten Nase, Mund und Ohren. Die Augen waren zwei leere Höhlen unter einer vorspringenden Stirn.

»Kann er reden?«

»Nein. Manchmal versucht er zu singen. Hugo, sing uns ein Lied!«

Der breite Mund begann sich zu öffnen und zu schließen, und eine Abfolge rauer Brüller, einige lang, andere kurz, kamen heraus. Das Getöse hatte nur wenig Ähnlichkeit mit Musik. Hugo neigte den Kopf vor und zurück, als bewege er sich zu der Melodie. Seth hatte alle Mühe, nicht laut loszulachen.

»Hugo, hör auf zu singen.«

Der Golem verfiel wieder in Schweigen.

»Der singt aber nicht besonders gut«, bemerkte Seth.

»Er ist ungefähr so musikalisch wie ein Erdrutsch.«

»Ist es ihm peinlich?«

»Er denkt nicht so wie wir. Er ist niemals glücklich oder traurig oder wütend oder gelangweilt. Er ist wie ein Roboter. Hugo gehorcht einfach Befehlen.«

»Kann ich ihm befehlen, irgendetwas zu tun?«

»Wenn ich ihm die Anweisung gebe, dir zu gehorchen«, sagte Dale. »Anderenfalls hört er nur auf mich, Lena und deine Großeltern.«

»Was kann er sonst noch tun?«

»Er ist sehr geschickt. Er führt alle möglichen handwerklichen Arbeiten durch. Es würde ziemlich viele Leute brauchen, um all die Arbeit zu erledigen, die er hier tut. Hugo schläft nie. Wenn man ihm eine Liste von Aufgaben gibt, arbeitet er die ganze Nacht hindurch.«

»Ich will ihm sagen, dass er etwas tun soll.«

»Hugo, leg die Sensen weg«, sagte Dale.

Der Golem legte die Sensen auf den Boden.

»Hugo, das ist Seth. Hugo, gehorche Seths nächstem Befehl.«

»Jetzt?«, fragte Seth.

»Sag zuerst seinen Namen, damit er weiß, dass du ihn ansprichst.«

»Hugo, schlag ein Rad.«

Hugo streckte die Hände aus und zuckte die Achseln.

»Er weiß nicht, was du meinst«, sagte Dale. »Kannst du ein Rad schlagen?«

»Ja.«

»Hugo, Seth wird dir zeigen, wie man ein Rad schlägt.«

Seth hob beide Hände, nahm Anlauf und schlug ein Rad. »Hugo«, sagte Dale, »gehorche Seths nächstem Befehl.«

»Hugo, schlag ein Rad.«

Der Golem hob die Arme, taumelte zu einer Seite und machte ein unbeholfenes Rad. Der Boden zitterte.

»Ziemlich gut für den ersten Versuch«, meinte Seth.

»Er hat dich nachgeahmt. Hugo, wenn du ein Rad schlägst, musst du deinen Körper gerade halten und die Anfangsrichtung genau einhalten. Hugo, schlag ein Rad!«

Diesmal legte Hugo ein fast perfektes Rad hin. Seine Hände hinterließen Abdrücke auf dem Feld. »Er lernt schnell«, rief Seth.

»Zumindest alles, was mit Bewegung zu tun hat.« Dale stemmte die Hände in die Hüften. »Ich bin es leid, zu gehen. Was würdest du dazu sagen, wenn wir uns von Hugo zu unserem nächsten Ziel bringen lassen?«

»Wirklich?«

»Wenn du lieber zu Fuß gehen willst, können wir auch...«

»Auf keinen Fall!«

Kendra musste eine Säge benutzen, um den nächsten Kürbis von der dicken Ranke zu schneiden. Lena schnitt derweil einen großen roten ab. Die Kürbisse nahmen fast die Hälfte des Gewächshauses ein, große und kleine, weiße, gelbe, orangefarbene, rote und grüne.

Sie hatten das Gewächshaus über einen kaum erkennbaren Pfad durch die Wälder erreicht. Neben den Kürbissen und anderen

Pflanzen gab es auch noch einen Generator, der die Lampen mit Strom versorgte.

»Müssen wir wirklich dreihundert abschneiden?«, fragte Kendra.

»Sei froh, dass du sie nicht verladen musst«, erwiderte Lena.

»Wer macht das?«

»Das ist eine Überraschung.«

»Sind Kürbislaternen wirklich so effektiv?«

»Ob sie funktionieren? Recht gut. Vor allem, wenn wir die Feen überzeugen können.«

»Sie zu verzaubern?«

»Die Nacht darin zu verbringen«, erklärte Lena. »Feenlaternen waren schon immer eine der sichersten Schutzmaßnahmen gegen Kreaturen mit zweifelhaften Absichten.«

»Aber ich dachte, das Haus wäre bereits sicher.« Kendra war gerade dabei, den Stiel eines großen, orangefarbenen Kürbisses anzusägen.

»Ein paar Extra-Sicherheitsmaßnahmen schaden bei Festnächten nie. Insbesondere in einer Mittsommernacht nach all dem Aufruhr in jüngster Zeit.«

»Wie sollen wir sie jemals alle vor heute Abend aushöhlen«

»Überlass das Dale. Er könnte sie alle allein aushöhlen und hätte noch Zeit übrig. Es werden nicht gerade Kunstwerke, aber dafür sehr, sehr viele. Du höhlst sie nur zum Spaß aus; er weiß, wie man es macht, wenn man muss.«

»Das Aushöhlen hat mir noch nie besonderen Spaß gemacht«, sagte Kendra.

»Ach nein?«, erwiderte Lena. »Ich liebe die schleimige Konsistenz und die Gelegenheit, mich bis zu den Ellbogen zu beschmieren. Es ist so, als würde man im Schlamm spielen. Und danach gibt es immer köstliche Pasteten.«

»Ist dieser weiße hier zu klein?«

»Vielleicht sparen wir ihn uns für den Herbst auf.«

»Glauben Sie, dass die Feen kommen werden?«

»Schwer zu sagen«, gestand Lena. »Einige werden mit Sicherheit kommen. Normalerweise haben wir keine Mühe, so viele Laternen zu füllen, wie da sind, aber heute Nacht könnte das anders sein.«

»Was ist, wenn sie nicht auftauchen?«, fragte Kendra.

»Wir werden auch ohne sie zurechtkommen. Künstliche Beleuchtung funktioniert auch, wenn auch nicht so gut wie die Feen. Mit den Feenlaternen bleibt der Aufruhr immer weiter vom Haus weg. Zusätzlich wird Stan noch Stammesmasken, Kräuter und andere Schutzvorrichtungen aufstellen.«

»Ist diese Nacht wirklich so schrecklich?«

»Ihr werdet jede Menge beunruhigender Geräusche hören.«

»Vielleicht hätten wir die Milch heute Morgen weglassen sollen.«

Lena schüttelte den Kopf, ohne den Blick von ihrer Arbeit abzuwenden. »Zu den gemeinsten Tricks, die heute Nacht zur Anwendung kommen werden, gehören List und Illusion. Ohne die Milch wärt ihr noch anfälliger dafür. Sie könnten ihre wahre Erscheinung nur noch besser verhüllen.«

Kendra schnitt einen weiteren Kürbis ab. »So oder so, ich werde nicht hinschauen.«

»Ich wünschte, wir könnten etwas von deiner Einsicht auf deinen Bruder übertragen.«

»Nach allem, was geschehen ist, bin ich sicher, dass er sich heute Nacht benehmen wird.«

Die Tür des Gewächshauses ging auf, und Dale steckte den Kopf herein. »Kendra, komm her, ich möchte dich mit jemandem bekannt machen.«

Von Lena gefolgt ging Kendra zur Tür. Auf der Schwelle blieb sie stehen und stieß ein leises Kreischen aus. Eine riesige, affenartige Kreatur marschierte auf das Gewächshaus zu; sie zog eine Art Rikscha von der Größe eines Wagens hinter sich her. »Was ist das?«

»Das ist Hugo«, krähte Seth, der in dem gigantischen Schubkarren hockte. »Er ist ein Roboter aus Schlamm!« Seth sprang aus dem Karren und lief zu Kendra hinüber.

»Ich bin vorausgegangen, damit du ihn näher kommen sehen konntest«, erklärte Dale.

»Hugo kann unglaublich schnell rennen, wenn man es ihm sagt«, schwärmte Seth. »Dale hat mir erlaubt, ihm Befehle zu geben, und er hat mir immer gehorcht. Siehst du? Er wartet auf Anweisungen.«

Hugo stand reglos neben dem Gewächshaus und hielt immer noch die Rikscha fest. Hätte sie Hugo nicht in Bewegung gesehen, hätte Kendra geglaubt, er wäre eine grob behauene Statue. Seth drängte sich an Kendra vorbei ins Gewächshaus.

»Was ist er für ein Geschöpf?«, fragte Kendra Lena.

»Ein Golem«, antwortete sie. »Belebte Materie mit rudimentärer Intelligenz. Er macht den größten Teil der schweren Arbeiten hier.«

»Er lädt die Kürbisse ein.«

»Und rollt sie in seinem Karren zum Haus hinüber.«

Seth verließ das Gewächshaus mit einem ziemlich großen Kürbis. »Darf ich ihr einen Befehl zeigen?«, fragte er.

»Natürlich«, sagte Dale. »Hugo, gehorche dem nächsten Befehl von Seth.«

Seth hob den Kürbis mit beiden Händen auf Hüfthöhe und lehnte sich ein Stück zurück, um nicht vornüber zu fallen, dann näherte er sich dem Golem. »Hugo, nimm diesen Kürbis und wirf ihn, so weit du kannst, in den Wald.«

Der erstarrte Golem erwachte zum Leben. Er nahm den Kürbis in seine gewaltige Hand, verdrehte den Leib wie ein Speerwerfer und ließ seinen Arm dann nach vorne schnellen. Der Kürbis schoss wie ein Diskus in den Himmel. Dale stieß einen leisen Pfiff aus, als der Kürbis in der Ferne immer kleiner wurde und schließlich außer Sicht geriet, nur noch ein orangefarbener Fleck, der hinter den Baumwipfeln verschwand.

»Hast du das gesehen?«, rief Seth. »Er ist besser als jeder Kugelstoßer!«

»Ein richtiggehendes Katapult«, murmelte Dale.

»Sehr beeindruckend«, pflichtete Lena ihnen trocken bei. »Verzeiht mir, wenn ich hoffe, einige unserer Kürbisse einer praktischeren Verwendung zuführen zu können. Ihr Jungs helft uns den Rest unserer Ernte abzuschneiden, damit wir sie füllen können.«

»Kann Hugo nicht noch ein paar Kunststücke vorführen?«, bettelte Seth. »Er kann ein Rad schlagen.«

»Für Unsinn werden wir später noch genug Zeit haben«, versicherte ihm Lena. »Wir müssen unsere Vorbereitungen für heute Abend abschließen.«

KAPITEL 10

MITTSOMMERNACHT

Opa stocherte mit einem Schüreisen im Kamin. Eines der Holzscheite barst, und ein Funkenregen stieg in den Kamin auf. Dale schenkte sich eine Tasse dampfenden Kaffee ein und schaufelte drei Löffel Zucker hinein. Lena spähte durch die Fensterläden nach draußen.

»Die Sonne wird gleich untergehen«, verkündete sie.

Kendra saß neben Seth auf dem Sofa und beobachtete, wie Opa das Feuer schürte. Die Vorbereitungen waren in vollem Gang. In den Eingängen des Hauses hingen und standen bereits jede Menge Kürbislaternen. Lena hatte Recht gehabt – Dale hatte mehr als zweihundert Kürbisse ausgehöhlt. Nicht ganz dreißig Feen hatten sich zum Dienst gemeldet, viel weniger, als Opa erwartet hatte, selbst angesichts der momentan angespannten Beziehungen.

Acht von den Feenlaternen waren auf dem Dach vor dem Dachboden platziert worden, vier an jedem Fenster. In den übrigen Kürbissen befanden sich je zwei Leuchtstäbe. Opa Sørensen bestellte sie offensichtlich kistenweise.

»Wird es gleich nach Sonnenuntergang losgehen?«, fragte Seth.

»Die Dinge werden erst richtig in Gang kommen, wenn die Dämmerung vorüber ist«, antwortete Opa und stellte das Schüreisen neben den Kamin. »Aber für euch Kinder ist es an der Zeit, euch in euer Zimmer zurückzuziehen.«

»Ich will mit dir aufbleiben«, sagte Seth.

»Das Schlafzimmer auf dem Dachboden ist der sicherste Ort im Haus«, entgegnete Opa.

»Warum bleiben wir dann nicht alle auf dem Dachboden?«, fragte Kendra.

Opa schüttelte den Kopf. »Die Zauber, die den Dachboden schützen, funktionieren nur, wenn Kinder darin sind. Ohne Kinder, oder wenn Erwachsene mit im Raum sind, verlieren die Barrieren ihre Wirkung.«

»Ist nicht eigentlich das ganze Haus sicher?«, wollte Kendra wissen.

»Ich glaube, ja, aber in einem Zauberreservat ist nichts jemals gewiss. Ich mache mir Sorgen, weil sich heute Nachmittag so wenige Feen gemeldet haben. Ich fürchte, es wird eine besonders wilde Mittsommernacht werden. Vielleicht die schlimmste, seit ich hier lebe.«

Ein langgezogenes, klagendes Heulen unterstrich Opa Sørensens Bemerkung. Ein weiteres Heulen erschallte, lauter und näher; es endete in einem Gackern. Kendra bekam eine Gänsehaut.

»Die Sonne ist untergegangen«, meldete Lena vom Fenster aus. Sie kniff die Augen zusammen und schlug sich eine Hand auf den Mund. Lena verriegelte die Fensterläden und trat zurück. »Sie kommen bereits in den Garten.«

Kendra beugte sich vor. Lena wirkte tatsächlich beunruhigt. Sie war sichtlich blass geworden. Ihre dunklen Augen sahen bestürzt aus.

Opa runzelte die Stirn. »Probleme?«

Sie nickte.

Opa klatschte in die Hände. »Auf den Dachboden mit euch.«

Die Anspannung im Raum hinderte Kendra daran, zu protestieren, und Seth schien es genauso zu gehen. Opa Sørensen folgte ihnen die Treppe hinauf durch die Diele und in ihr Schlafzimmer.

»Deckt euch zu«, sagte er.

»Was ist das, das da bei den Betten liegt?«, fragte Seth und untersuchte den Boden.

»Kreise aus besonderem Salz«, antwortete Opa. »Eine zusätzliche Schutzmaßnahme.«

Kendra stieg sorgfältig über das Salz, schlug die Decken auf und stieg ins Bett. Die Laken fühlten sich kühl an. Opa reichte ihr zwei kleine, schwammähnliche Zylinder.

»Ohrenstöpsel«, sagte er und gab Seth auch ein Paar davon. »Ich schlage vor, ihr steckt sie euch in die Ohren, damit ihr schlafen könnt.«

»Man stopft sie sich einfach in die Ohren?«, fragte Seth, während er einen der Stöpsel argwöhnisch beäugte.

»Dafür sind sie gedacht«, antwortete Opa.

Im Garten brach plötzlich schrilles Gelächter aus. Kendra und Seth sahen sich besorgt an. Opa setzte sich auf Kendras Bettkante.

»Ich möchte, dass ihr heute Nacht tapfer und verantwortungsbewusst seid«, sagte er.

Sie nickten schweigend.

»Ihr solltet wissen«, fuhr er fort, »dass ich euch nicht einzig und allein deshalb habe herkommen lassen, um euren Eltern einen Gefallen zu tun. Eure Großmutter und ich werden langsam alt. Der Tag wird kommen, an dem andere sich um dieses Reservat kümmern sollten. Wir müssen Erben finden. Dale ist ein guter Mann, aber er hat kein Interesse daran, den Betrieb zu leiten.

Ihr habt mich bisher beeindruckt. Ihr seid klug, abenteuerlustig und mutig.

Das Leben hier hat einige unerfreuliche Seiten. Festnächte sind ein gutes Beispiel dafür. Vielleicht fragt ihr euch, warum wir die Nacht nicht einfach alle in einem Hotel verbringen; wenn wir das täten, wäre das Haus bei unserer Rückkehr nur noch eine Ruine. Unsere Anwesenheit ist von größter Wichtigkeit für die Magie, die diese Mauern schützt. Falls ihr jemals etwas mit den Aufgaben in diesem Reservat zu tun haben solltet, werdet ihr lernen müssen, mit gewissen unerfreulichen Realitäten fertigzuwerden. Betrachtet die heutige Nacht als Test. Wenn das chaotische Treiben draußen zu viel für euch ist, dann gehört ihr nicht hierher. Das ist keine Schande. Menschen, die hierhergehören, sind selten.«

»Wir kommen schon zurecht«, meinte Seth.

»Das glaube ich auch. Hört jetzt gut zu, wenn ich euch meine letzten Anweisungen gebe. Sobald ich die Tür hinter mir schließe, verlasst ihr nicht mehr eure Betten, ganz gleich, was ihr hört, und ganz gleich, was geschieht. Wir werden nicht vor dem Morgen zurückkommen, um nach euch zu sehen. Ihr werdet vielleicht denken, dass ihr mich oder Dale oder Lena bitten hört, hereinkommen zu dürfen. Seid gewarnt. Es wird keiner von uns sein.

Dieser Raum ist uneinnehmbar, es sei denn, ihr öffnet ein Fenster oder eine Tür. Bleibt in euren Betten, und es wird euch nichts geschehen. Mit den Feenlaternen an euren Fenstern stehen die Chancen gut, dass sich nichts diesem Teil des Hauses nähern wird. Versucht, den Tumult der Nacht zu ignorieren, und wir werden uns morgen ein ganz besonderes Frühstück gönnen. Irgendwelche Fragen?«

»Ich habe Angst«, sagte Kendra. »Geh nicht weg.«

»Ihr seid ohne mich sicherer. Wir werden die ganze Nacht unten Wache halten. Alles wird gut gehen. Schlaft einfach.«

»Schon okay, Opa«, sagte Seth. »Ich werde ein Auge auf sie haben.«

»Hab auch eins auf dich selbst«, erwiderte Opa streng. »Du gehorchst mir heute Nacht. Das ist kein Spiel.«

»Geht in Ordnung.«

Draußen begann der Wind durch die Bäume zu pfeifen. Der Tag war ruhig gewesen, aber jetzt rüttelte eine heulende Böe an dem Haus. Die Schindeln über ihnen klapperten, und die Bretter knarrten.

Opa ging zur Tür. »Eigenartige Winde heute. Ich gehe jetzt besser nach unten. Gute Nacht, schlaft schön, ich sehe euch bei Sonnenaufgang.« Er schloss die Tür. Der Wind verebbte. Goldlöckchen gackerte leise.

»Du machst Witze, oder?«, sagte Kendra.

»Ich weiß«, erwiderte Seth. »Ich mache praktisch ins Bett.«

»Ich glaube nicht, dass ich heute Nacht auch nur ein Auge zutun werde.«

»Ich weiß, dass ich es nicht tun werde.«

»Wir sollten es besser versuchen«, meinte Kendra.

»In Ordnung.«

Kendra steckte die Stöpsel in die Ohren. Sie schloss die Augen, zog die Beine an und kuschelte sich in ihre Decke. Jetzt brauchte sie nur noch einzuschlafen, um den erschreckenden Geräuschen der Nacht zu entkommen. Sie zwang sich, zu entspannen. Kendra ließ ihren Körper schlaff werden und versuchte, ihre Gedanken freizumachen.

Es war schwer, nicht daran zu denken, wie es wäre, den Besitz zu erben. Niemals würde sie ihn Seth allein überlassen! Nach fünf Minuten würde alles in die Luft fliegen! Wie es wohl wäre, all die rätselhaften Geheimnisse von Fabelheim zu kennen? Es konnte beängstigend sein, wenn sie allein war. Sie würde das Geheimnis mit ihren Eltern teilen müssen, damit sie bei ihr leben konnten.

Nach einigen Minuten rollte sie sich auf die Seite, um in die andere Richtung zu blicken. Es fiel ihr immer schwer, einzuschlafen, wenn sie zu erpicht darauf war. Sie versuchte, an nichts zu denken, versuchte, sich auf ihren Atem zu konzentrieren. Seth sagte etwas, aber durch die Ohrenstöpsel konnte sie ihn nicht verstehen. Kendra zog sie heraus.

»Was?«

»Ich hab gesagt, die Spannung bringt mich um. Benutzt du die Ohrenstöpsel etwa wirklich?«

»Natürlich. Du nicht?«

»Ich will nichts verpassen.«

»Bist du verrückt?«

»Ich bin kein bisschen müde«, sagte er. »Und du?«

»Nicht besonders.«

»Glaubst du, ich traue mich, aus dem Fenster zu schauen!«

»Red nicht solchen Blödsinn!«

»Die Sonne ist gerade erst untergegangen. Jetzt wäre die beste Zeit!«

»Wie wäre es mit nie?«

»Du bist feiger als Goldlöckchen.«

»Du hast weniger Hirn als Hugo.«

Der Wind schwoll wieder an und nahm stetig an Kraft zu. Zitterndes Stöhnen hallte in der Brise wider, ächzte in verschiedenen

Tonlagen und vereinte sich zu gespenstischen, disharmonischen Klängen. Ein langgezogener, vogelähnlicher Schrei übertönte den geisterhaften Refrain; das Geräusch fing auf der einen Seite des Hauses an, zog über das Dach hinweg und verhallte schließlich. In der Ferne begann eine Glocke zu läuten.

Seth schien nicht mehr ganz so mutig zu sein. »Vielleicht sollten wir doch versuchen, etwas zu schlafen«, meinte er und steckte sich die Stöpsel in die Ohren.

Kendra tat das Gleiche. Die Geräusche waren jetzt zwar gedämpft, aber immer noch zu hören: Der heulende Wind klagte, das Haus bebte, und es erklangen immer neue Schreie und wilde Ausbrüche von gackerndem Gelächter. Das Kissen wurde warm, und Kendra drehte es auf die kalte Seite.

Bis jetzt war der Raum vom letzten Tageslicht erhellt worden. Als das Zwielicht verschwand, wurde es dunkel im Zimmer. Kendra presste beide Hände auf die Ohren, um die dämpfende Wirkung der Ohrenstöpsel zu verstärken. Sie sagte sich, dass die Geräusche nur von dem Sturm kamen.

Ein tiefes, rhythxnisches Wummern stimmte in die Kakophonie ein. Es wurde immer lauter und schneller, und darüber erhob sich ein klagender Gesang. Kendra widerstand geisterhaften Bildern von wilden Dämonen auf der Jagd.

Zwei Hände legten sich um ihre Kehle. Sie zuckte zusammen, ruderte wild mit den Armen und schlug Seth mit dem Handrücken auf die Wange.

»Meine Güte!«, beklagte Seth sich und taumelte zurück.

»Das hast du dir selbst zuzuschreiben! Was ist bloß los mit dir?«

»Du hättest dein Gesicht sehen sollen«, lachte er, als er sich von der Ohrfeige erholt hatte.

»Geh wieder ins Bett.«

Er setzte sich auf den Rand von Kendras Bett. »Du solltest deine Ohrenstöpsel rausnehmen. Nach einer Weile ist der Lärm gar nicht mehr so schlimm. Er erinnert mich an diese CD, die Dad immer an Halloween spielt.«

Sie nahm ihr Stöpsel heraus. »Nur dass der Lärm das ganze Haus erschüttert. Und er ist echt.«

»Willst du nicht aus dem Fenster schauen?«

»Nein ! Hör auf, davon zu reden!«

Seth beugte sich vor und knipste die Nachttischlampe an – eine leuchtende Snoopy-Figur. »Ich sehe nicht ein, warum das so eine große Sache sein soll. Ich meine, da draußen kann man wahrscheinlich gerade alle möglichen coolen Sachen sehen. Was ist dagegen einzuwenden, einen kleinen Blick zu riskieren?«

»Opa hat gesagt, wir sollen das Bett nicht verlassen!«

»Opa erlaubt den Leuten, hinzuschauen, wenn sie älter sind«, erwiderte Seth. »Dale hat es mir erzählt. Also kann es nicht so gefährlich sein. Opa denkt lediglich, ich wäre ein Idiot.«

»Ja, und er hat Recht!«

»Denk doch mal nach. In freier Wildbahn würdest du einem Tiger nicht über den Weg laufen wollen. Du würdest dich zu Tode ängstigen. Aber in einem Zoo? Da kann dich der Tiger nicht erwischen. Dieser Raum ist sicher. Wenn wir aus dem Fenster schauen, ist das wie in einem Zoo voller Monster!«

»Es wäre wohl eher wie ein Blick aus einem Käfig, der einen vor den Haifischen schützen soll.«

Ein plötzliches, donnerndes Stakkato erschütterte das Dach, als galoppierte ein Pferdegespann über die Schindeln. Seth zuckte zusammen und hob schützend die Arme über den Kopf.

Kendra hörte das Rattern von Wagenrädern.

»Willst du nicht sehen, was das war?«, fragte Seth.

»Versuchst du, mir zu erzählen, das hätte dir keine Angst gemacht?«

»Ich will doch Angst haben. Das ist ja der ganze Sinn der Sache!«

»Wenn du nicht wieder ins Bett gehst«, warnte Kendra ihn, »werde ich es Opa morgen früh erzählen.«

»Willst du nicht sehen, wer da draußen trommelt?«

»Seth, ich mache keine Witze. Du wirst wahrscheinlich nicht mal etwas sehen können.«

»Wir haben ein Fernrohr.«

Draußen brüllte etwas, ein donnernder Schrei von bestialischer Wildheit. Genug, um das Gespräch zum Verstummen zu bringen. Die Nacht tobte weiter. Das Brüllen war nochmal zu hören, nur noch mit größerer Intensität, und einen Moment lang übertönte es alles andere.

Kendra und Seth musterten einander. »Ich wette, es ist ein Drache«, sagte er atemlos und rannte zum Fenster hinüber.

»Seth, nein!«

Seth zog den Vorhang beiseite. Die vier Kürbislaternen warfen ein sanftes Licht über den Teil des Daches, der direkt unter dem Fenster lag. Einen Moment lang glaubte Seth, in der Dunkelheit am Rand des Lichts etwas kreiseln zu sehen, eine wirbelnde Masse aus schwarzem Seidenstoff. Dann sah er nur noch Dunkelheit.

»Keine Sterne«, vermeldete er.

»Seth, geh da weg.« Kendra hatte sich die Decke bis über die Augen gezogen.

Seth spähte noch einen Moment lang aus dem Fenster. »Zu dunkel; ich kann nichts sehen.« Eine schimmernde Fee schwebte aus einer der Kürbislaternen und blinzelte Seth durch die leicht gewölbte Fensterscheibe an. »He, eine Fee ist herausgekommen.« Die winzige Fee schwenkte einen Arm, und drei weitere gesellten sich zu ihr. Eine schnitt Seth eine Grimasse, und dann flogen alle vier in die Nacht davon.

Jetzt konnte Seth gar nichts mehr sehen. Er schloss den Vorhang und ging rückwärts vom Fenster weg. »Also, jetzt hast du hinausgeschaut«, sagte Kendra. »Bist du nun zufrieden?«

»Die Feen aus den Kürbislaternen sind weggeflogen«, erwiderte er.

»Gut gemacht. Wahrscheinlich haben sie gesehen, wen sie da beschützen.«

»Wahrscheinlich hast du sogar Recht. Eine hat mir eine Grimasse geschnitten.«

»Geh zurück ins Bett«, befahl Kendra.

Das Trommeln ließ nach, ebenso der Gesang. Der geisterhafte Wind wurde still. Das Heulen und Schreien und Lachen wurde leiser und seltener. Etwas klopfte auf das Dach. Dann ... Stille.

»Irgendetwas stimmt da nicht«, flüsterte Seth.

»Sie haben dich wahrscheinlich gesehen; geh zurück ins Bett.«

»Ich hab eine Taschenlampe in meiner Notfallausrüstung«. Er ging an den Nachttisch neben seinem Bett und nahm eine kleine Taschenlampe aus der Müslischachtel.

Kendra trat ihre Decken weg, stürzte sich auf Seth und drückte ihn auf sein Bett. Sie entwendete ihm die Taschenlampe und stieß ihn zurück, als er wieder aufstehen wollte. Er versuchte es noch einmal, aber sie benutzte seinen Schwung nur, um ihn wieder aufs Bett zu stoßen.

»Hör auf damit, Seth, oder ich gehe sofort zu Opa!«

»Ich hab nicht angefangen!« Seine Miene war der Inbegriff beleidigten Schmollens. Sie hasste es, wenn er sich aufführte wie das Opfer, nachdem er Ärger gemacht hatte.

»Ich auch nicht.«

»Zuerst schlägst du mich, und dann springst du mich an?«

»Du hörst auf, die Regeln zu brechen, oder ich gehe sofort nach unten.«

»Du bist schlimmer als die Hexe. Opa sollte einen Schuppen für dich bauen.«

»Geh ins Bett.«

»Gib mir meine Taschenlampe. Ich hab sie von meinem eigenen Geld gekauft.«

Sie wurden von dem Weinen eines Babys unterbrochen. Es klang nicht verzweifelt, sondern war nur wie ein aufgeregtes Kleinkind. Das Weinen schien von vor dem Fenster zu kommen.

»Ein kleines Baby«, sagte Seth.

»Nein, das ist irgendeine List.«

»Maaamaaaaaa«, jammerte das Baby.

»Klingt ziemlich echt«, sagte Seth. »Lass mich einen Blick darauf werfen.«

»Es ist bestimmt ein Skelett oder so etwas.«

Seth griff nach der Taschenlampe. Kendra gab sie ihm nicht, aber sie hinderte ihn auch nicht daran, sie zu nehmen. Seth lief zum Fenster und drückte sie gegen die Scheibe. Dann schaltete er sie ein.

»Oh mein Gott,« sagte er. »Es ist wirklich ein Baby!«

»Siehst du sonst noch was?«

»Nur ein weinendes Baby.« Das Weinen brach ab. »Jetzt sieht es mich an.«

Kendra konnte nicht länger widerstehen. Sie trat hinter Seth. Dort auf dem Dach, direkt hinter dem Fenster, stand ein tränenüberströmter kleiner Junge, gerade alt genug, um stehen zu können. Das Baby trug Stoffwindeln und sonst nichts. Er hatte flauschige, blonde Locken und ein kleines, rundes Bäuchlein mit einem nach außen stehenden Bauchnabel. Mit tränenerfüllten Augen reckte das Kind die pummeligen Ärmchen zum Fenster.

»Das muss ein Trick sein«, sagte Kendra. »Eine Illusion.«

Von der Taschenlampe angestrahlt, machte der Kleine einen Schritt auf das Fenster zu und fiel auf alle viere. Er zog einen Schmollmund und war offenkundig drauf und dran, von neuem in Tränen auszubrechen. Dann stand er auf und versuchte einen weiteren wackeligen Schritt. Seine Brust und seine Arme waren mit Gänsehaut überzogen.

»Er sieht echt aus«, meinte Seth. »Was, wenn er echt ist?«

»Wie sollte ein Baby auf das Dach kommen?«

Das Baby trottete zum Fenster und drückte eine rundliche Hand auf das Glas. Etwas glitzerte im Licht hinter ihm. Seth drehte die Taschenlampe und leuchtete zwei grünäugige Wölfe an, die sich verstohlen vom Rand des Dachs näherten. Als das Licht auf sie fiel, blieben sie stehen. Sie sahen räudig und mager aus. Einer der Wölfe fletschte die Zähne, und Schaum troff aus seinem Maul. Dem anderen fehlte ein Auge.

»Sie wollen das Baby!«, schrie Seth.

Der Kleine blickte zu den Wölfen hinüber, dann drehte es sich wieder zu Seth und Kendra um und heulte mit erneuter Inbrunst. Frische Tränen strömten ihm über die Wangen, und er schlug mit seinen winzigen Händen gegen die Fensterscheiben. Die Wölfe stürzten los. Der kleine Junge jammerte.

Goldlöckchen gackerte wie wild in ihrem Käfig.

Seth riss das Fenster auf.

»Nein!«, rief Kendra, obwohl sie instinktiv dasselbe tun wollte.

Sobald das Fenster geöffnet war, wehte Wind in den Raum, als hätte die Luft selbst darauf gewartet, zuzustoßen. Das Baby sprang durchs Fenster und rollte sich mit einem geschickten Purzelbaum auf dem Boden ab. Dann verwandelte es sich auf groteske Weise, und an die Stelle des Kindes trat ein hämisch grinsender Kobold mit gelben Schlitzen als Augen, einer runzeligen Nase und einem Gesicht wie eine getrocknete Melone. Der Kopf war kahl und verschorft, umrahmt von langem, spinnennetzartigem Haar. Die krummen Arme waren schlaksig, die Hände lang und ledrig und mit Krallen bewehrt. Rippen, Schlüsselbein und Becken ragten schauerlich hervor. Überall zeichneten sich Adern unter dem braunen Fleisch ab.

Mit übernatürlicher Schnelligkeit kamen auch die Wölfe durch das Fenster gesprungen, noch bevor Seth sich bewegen konnte, um es wieder zu schließen. Kendra stieß Seth beiseite und schlug das Fenster gerade noch rechtzeitig zu, um nicht auch noch einer in wallende, schwarze Gewänder gehüllten Frau Eintritt zu gewähren. Das dunkle Haar der kalten Schönheit wogte wie Dunst in einer Brise. Ihr bleiches Gesicht war durchschimmernd. Als Kendra in diese leeren, sengenden Augen blickte, erstarrte sie. Plapperndes Wispern erfüllte ihren Geist. Ihr Mund fühlte sich trocken an. Sie konnte nicht schlucken.

Seth riss die Vorhänge zu und zog Kendra zum Bett. Was immer sie vorübergehend versteinert hatte, löste sich auf. Orientierungslos rannte sie neben Seth her zum Bett und spürte nur, dass etwas sie verfolgte. Als sie auf die Matratze sprangen, flammte hinter ihnen ein grelles Licht auf, begleitet von einem Krachen wie von Sylvesterknallern.

Kendra fuhr herum. Der Kobold stand nicht weit vom Bett und hielt sich die knochige Schulter. Das finster dreinblickende Geschöpf war ungefähr so groß wie Dale. Zögernd streckte es eine knochige Hand nach ihr aus, und ein weiterer leuchtender Blitz warf die Kreatur auf den Rücken.

Der Kreis aus Salz! Im ersten Moment hatte sie nicht begriffen, warum Seth sie zum Bett gezerrt hatte. Wenigstens konnte einer von ihnen noch klar denken! Als Kendra auf den Boden blickte, sah sie, dass der fünf Zentimeter hohe Wall aus Salz tatsächlich die Barriere war, die der Kobold nicht überqueren konnte.

Ein über vier Meter langer Tausendfüßler mit drei Flügelpaaren und klauenbewehrten Füßen schlängelte sich durch die Luft. Ein plumpes Ungeheuer mit deutlichem Unterbiss und Panzerplatten über dem Rücken schleuderte einen Schrank durchs Zimmer. Die Wölfe hatten ihre Tarnung also ebenfalls abgestreift.

Der kastanienbraune Kobold hüpfte im Raum herum, stieß Bücherregale um, leerte Spielzeugtruhen aus und brach das Horn des Schaukelpferds ab. Er packte Goldlöckchens Käfig und schleuderte ihn gegen die Wand. Die zierlichen Riegel zerbrachen, und die Tür sprang auf. Das zu Tode erschreckte Huhn flatterte in einer Wolke goldener Federn unbeholfen durch die Luft.

Goldlöckchen torkelte auf das Bett zu. Der geflügelte Tausendfüßler schlug nach der aufgeregten Henne und verfehlte sie knapp. Der braune Dämon machte einen akrobatischen Satz und packte das Huhn an beiden Beinen. Goldlöckchen gackerte und zappelte in Todesangst.

Seth sprang vom Bett. Er hockte sich hin, griff sich zwei Hände voll von dem Salz und griff den drahtigen Kobold an. Der hohngrinsende Kobold hielt das Huhn jetzt in einer Hand und stürzte sich ihm entgegen. Einen Augenblick, bevor die ausgestreckte Hand des Dämons ihn erreichte, schleuderte Seth ihm eine Handvoll Salz entgegen. Der Dämon ließ Goldlöckchen los, prallte zurück und wurde von einer grellen Flamme versengt.

Das Huhn hielt direkt auf das Bett zu, und Seth streute den Rest des Salzes in einem hohen Bogen durch die Luft, um ihren Rückzug zu decken, wobei er den fliegenden Tausendfüßler versengte. Das riesige Geschöpf versuchte, das Bett vor Seth zu erreichen, kam aber zu spät und erhielt einen heftigen Schlag, als es gegen die unsichtbare Barriere prallte. Zurück auf dem Bett, hielt Seth Goldlöckchen fest umklammert, und seine Arme zuckten wie von Krämpfen geschüttelt.

Der braune Dämon knurrte. Sein Gesicht und seine Brust waren von dem Salz verbrannt, und Rauchfäden stiegen über den Brandwunden auf. Er drehte sich um, zog ein Buch aus dem Regal und riss es in zwei Hälften.

Die Tür flog auf, und Dale richtete eine Schrotflinte auf das Ungeheuer mit dem Unterbiss. »Ihr bleibt, wo ihr seid, ganz gleich, was geschieht!«, rief er. Alle drei Ungeheuer stürzten auf die Tür zu. Dale zog sich auf die Treppe zurück. Der geflügelte Tausendfüßler jagte über die Köpfe der anderen hinweg zur Tür hinaus.

Sie hörten einen Schuss aus der Halle. »Schließt die Tür und bleibt, wo ihr seid!«, brüllte Dale.

Kendra rannte durchs Zimmer und schlug die Tür zu, dann spurtete sie zurück zu ihrem Bett. Seth, dem die Tränen über die Wangen strömten, hielt Goldlöckchen im Arm. »Ich wollte nicht, dass das passiert«, wimmerte er.

»Es wird schon gut gehen.«

Von unten erklangen wiederholt Schüsse. Knurren, Brüllen, Kreischen, splitterndes Glas, berstendes Holz. Draußen setzte der kakophonische Lärm wieder ein, diesmal lauter denn je. Buschtrommeln, ätherische Chöre, Stammesgesänge, heulendes Wehklagen, kehliges Knurren, widernatürliches Heulen und durchdringende Schreie vereinten sich zu einem ohrenbetäubenden Inferno.

Kendra, Seth und Goldlöckchen saßen auf dem Bett und warteten auf die Morgendämmerung. Kendra musste ständig gegen Bilder von der Frau mit den wogenden, schwarzen Gewändern ankämpfen. Sie bekam die Erscheinung nicht aus dem Kopf. Als sie in diese seelenlosen Augen geblickt hatte, war sie davon überzeugt gewesen, dass es kein Entkommen gab, obwohl die Frau hinter dem Fenster gewesen war.

Spät in der Nacht ebbte der Radau schließlich ab, und an seine Stelle traten noch beunruhigendere Geräusche. Wieder begannen Babys hinter dem Fenster zu weinen und nach Mama zu rufen. Als dies keine Reaktion herbeiführte, flehten die Stimmen kleiner Kinder um Hilfe.

»Kendra, bitte, beeil dich, sie kommen!«

»Seth, Seth, mach auf, hilf uns! Seth, lass uns nicht hier draußen!«

Nachdem sie die Rufe eine Weile ignoriert hatten, hörten sie Knurrlaute und Schreie, als würden die jungen Bittsteller getötet. Dann flehten wieder andere Stimmen um Rettung.

Am schlimmsten aber war vielleicht der Augenblick, als Opa sie zum Frühstück hinunter bat. »Wir haben es geschafft, Kinder, die Sonne geht auf! Kommt, Lena hat Kuchen gebacken.«

»Woher wissen wir, dass du unser Opa bist?«, fragte Kendra, mehr als ein wenig argwöhnisch.

»Weil ich euch liebe. Beeilt euch, das Essen wird kalt.«

»Ich glaube nicht, dass die Sonne schon aufgegangen ist«, erwiderte Seth.

»Es ist nur ein wenig neblig heute Morgen.«

»Geh weg«, sagte Kendra.

»Lasst mich einfach herein; ich möchte euch einen Guten-Morgen-Kuss geben.«

»Unser Opa küsst uns nie, du Spinner«, brüllte Seth. »Verschwinde aus unserem Haus!«

Auf den Wortwechsel folgte ein wildes Hämmern an der Tür, das geschlagene fünf Minuten anhielt. Die Angeln zitterten, aber die Tür hielt.

Die Nacht dauerte an. Kendra saß gegen das Kopfteil ihres Betts gelehnt, während Seth an ihrer Seite döste. Trotz des Krachs wurden ihre Lider langsam schwer.

Plötzlich schreckte sie aus dem Schlaf auf. Graues Licht sickerte durch die Vorhänge. Goldlöckchen wackelte über den Dachboden und pickte an den Körnern aus ihrem umgestoßenen Futtereimer.

Als die Vorhänge unverkennbar Sonnenlicht durchließen, stieß Kendra Seth an. Er sah sich blinzelnd um, dann schlich er zum Fenster hinüber und spähte hinaus.

»Die Sonne ist offiziell aufgegangen«, verkündete er. »Wir haben es geschafft.«

»Ich habe Angst, nach unten zu gehen«, flüsterte Kendra.

»Es ist niemandem was passiert«, sagte Seth lässig.

»Warum sind sie uns dann nicht holen gekommen?«

Seth gab keine Antwort. Kendra hatte ihn während der Nacht absichtlich verschont. Die Folgen seiner Fensteraktion waren brutal genug gewesen. Und Seth hatte sich wirklich reuig gezeigt. Aber jetzt wurde er langsam wieder zu dem Idioten, der er war.

Kendra funkelte ihn an. »Dir ist doch klar, dass du sie vielleicht alle umgebracht hast.«

Er verzog das Gesicht und drehte sich weg; seine Schultern wurden von Schluchzern geschüttelt. Dann vergrub er sein Gesicht in den Händen. »Es geht ihnen wahrscheinlich gut«, quiekte er. »Dale hatte ein Gewehr und alles. Sie wissen, wie sie mit so etwas fertigwerden.«

Als Kendra sah, dass Seth sich offenkundig ebenfalls Sorgen machte, fühlte sie sich miserabel. Sie ging zu ihm und versuchte, ihn zu umarmen. Er stieß sie weg. »Lass mich in Ruhe.«

»Seth, was immer passiert ist, es ist nicht deine Schuld.«

»Natürlich ist es meine Schuld!« Seine Nase war jetzt völlig verstopft, und er schniefte.

»Ich meine, sie haben uns überlistet. Irgendwie wollte ich auch das Fenster aufmachen, als ich diese Wölfe gesehen habe. Du weißt schon, für den Fall, dass es doch kein Trick war.«

»Ich wusste, dass es eine List sein könnte«, schluchzte er. »Aber das Baby sah so echt aus. Ich dachte, sie hätten es vielleicht gekidnappt, um es als Köder zu benutzen. Ich dachte, ich könnte es retten.«

»Du hast versucht, das Richtige zu tun.« Sie machte abermals Anstalten, ihn zu umarmen, aber er stieß sie wieder weg.

»Lass das«, blaffte er.

»Ich wollte dir keine Vorwürfe machen«, sagte Kendra. »Du hast dich nur so benommen, als wäre es dir völlig egal.«

»Natürlich ist es mir nicht egal! Glaubst du, ich hätte keine Angst, nach unten zu gehen und zu sehen, was ich angerichtet habe?«

»Du hast gar nichts angerichtet. Sie haben dich überlistet. Wenn du es nicht getan hättest, hätte ich das Fenster geöffnet.«

»Wenn ich im Bett geblieben wäre, wäre nichts von alledem passiert«, jammerte Seth.

»Vielleicht geht es ihnen gut.«

»Klar. Und sie lassen ein Monster ins Haus und bis zu unserer Tür kommen. Ein Monster, das so tut, als wäre es Opa.«

»Vielleicht mussten sie sich im Keller oder irgendwo verstecken.«

Seth weinte nicht mehr. Er griff nach einer Puppe und wischte sich an ihrem Kleid die Nase ab. »Ich hoffe es.«

»Nur für den Fall, dass tatsächlich etwas Schlimmes passiert ist, darfst du dir keine Vorwürfe machen. Du hast nur ein Fenster geöffnet. Wenn diese Ungeheuer etwas Schlimmes getan haben, ist es ihre Schuld.«

»Zum Teil.«

»Opa, Lena und Dale wissen alle, dass es riskant ist, hier zu leben. Ich bin sicher, dass es ihnen gut geht, aber wenn es ihnen nicht gut geht, darfst du dir keine Vorwürfe machen.«

»Vielleicht.«

»Ich meine es ernst.«

»Ich mag es lieber, wenn du lustig bist.«

»Weißt du, was toll war?«, fragte Kendra.

»Was?«

»Wie du Goldlöckchen gerettet hast.«

Er lachte und prustete ein wenig durch seine verstopfte Nase. »Hast du gesehen, wie übel das Salz diesen Kerl verbrannt hat?«

Er griff abermals nach der Puppe und wischte sich noch einmal die Nase an ihrem Kleid ab.

»Das war wirklich mutig.«

»Ich bin nur froh, dass es funktioniert hat.«

»Das war ein echter Geistesblitz.«

Seth blickte zur Tür und dann wieder zurück zu Kendra. »Ich glaube, wir sollten runtergehen und uns den Schaden ansehen.«

»Wenn du es sagst.«

KAPITEL 11

Nachspiel

Kendra wusste, dass sie Schlimmes erwartete, sobald sie die Tür öffnete. Die Wände neben der Treppe waren von gezackten Rillen zerfurcht. Primitive Piktogramme verschandelten die Außenseite der Tür, daneben waren dutzende weniger ordentlicher Kerben und Kratzer zu sehen. Unten beim Treppenabsatz war die Wand mit einer verkrusteten, braunen Substanz verschmiert.

»Ich schnappe mir etwas Salz«, sagte Seth. Er kehrte zu dem Ring rund um das Bett zurück und füllte seine Hände und Taschen mit dem Salz, das in der Nacht zuvor den Eindringling versengt hatte.

Als Seth sich wieder zu ihr gesellte, ging Kendra die Treppe hinunter. Die Stufen knarrten laut in dem stillen Haus. Die Halle am Fuß der Treppe war noch schlimmer zugerichtet als der Treppenaufgang. Auch hier waren tiefe Kratzer von Klauen in den Wänden. Die Badezimmertür war aus den Angeln gerissen und hatte drei zersplitterte Löcher. Teile des Teppichs waren verbrannt und besudelt.

Kendra ging den Flur entlang, entsetzt über die Folgen der gewalttätigen Nacht. Ein zerschmetterter Spiegel. Eine zerbrochene Lampe. Ein Tisch, der nur noch als Brennholz zu gebrauchen war. Und am Ende der Halle ein klaffendes Rechteck anstelle eines Fensters.

»Sieht so aus, als hätten sie noch andere reingelassen«, sagte Kendra.

Seth untersuchte gerade angesengte Haare in einer kleinen Lache auf dem Boden. »Opa?«, rief er. »Ist irgendjemand hier?«

Die Stille war eine unheilverkündende Antwort.

Kendra ging die Treppe zur Eingangshalle hinunter. Teile des Geländers waren verschwunden. Die Haustür hing schief, und ein Pfeil ragte aus dem Rahmen. Primitive Zeichnungen verschandelten die Wände, einige waren hineingebrannt, andere einfach hingekritzelt.

Wie in Trance durchstreifte Kendra die unteren Räume des Hauses. Das ganze Haus war förmlich ausgeweidet. Fast alle Fenster waren zerstört. Eingeschlagene Türen lagen weit entfernt von ihren Rahmen. Aus übel zugerichteten Möbeln quoll Füllmaterial auf zerfetzte Teppiche. Ruinierte Vorhänge baumelten in Fetzen von den Gardinenstangen. Kronleuchter lagen in Scherben auf dem Boden. Von einem verkohlten Sofa war nur noch die Hälfte übrig.

Kendra ging zur hinteren Veranda. Windspiele lagen verheddert auf dem Boden. Die Möbel lagen über den ganzen Garten verteilt. Ein zerbrochener Schaukelstuhl hing kopfüber auf einem Springbrunnen. Aus einer Hecke ragte ein Bastsofa hervor.

Zurück im Haus, fand Kendra Seth in Opas Arbeitszimmer. Es sah aus, als wäre ein Amboss auf den Schreibtisch gefallen. Pulverisierte Erinnerungsstücke übersäten den Boden.

»Sie haben alles verwüstet«, sagte Seth.

»Es sieht so aus, als wäre ein Abrisstrupp mit Vorschlaghammern hier durchgekommen.«

»Oder mit Handgranaten.« Seth deutete auf eine Stelle, an der jemand Teer auf die Wand geschmiert zu haben schien. »Ist das Blut?«

»Es sieht zu dunkel für menschliches Blut aus.«

Seth bahnte sich einen Weg um den zersplitterten Schreibtisch herum zu dem leeren Fenster. »Vielleicht sind sie rausgekommen.«

»Ich hoffe es.«

»Da draußen auf dem Rasen!«, sagte Seth. »Ist das ein Mensch?«

Kendra trat ans Fenster. »Dale?«, rief sie.

Die auf dem Boden liegende Gestalt rührte sich nicht. »Komm«, sagte Seth und eilte durch die Trümmer.

Kendra folgte ihm durch die Eingangstür und um das Haus herum. Sie rannten zu der Gestalt hinüber, die reglos neben einer umgestürzten Vogeltränke lag.

»Oh nein!«, stieß Seth hervor.

Es war eine bemalte, detailgetreue Kopie von Dale. Nur die Farben wirkten nicht natürlich. Dales Kopf war zur Seite gedreht, die Augenlider fest zusammengepresst, die Arme schützend erhoben. Die Proportionen stimmten genau. Er trug dieselben Sachen, die er in der vergangenen Nacht getragen hatte.

Kendra berührte die Figur. Sie war aus Metall, genau wie die Kleider. Bronze vielleicht? Blei? Stahl? Sie klopfte mit den Knöcheln auf den Unterarm. Er klang massiv. Kein hohles Echo.

»Sie haben ihn in eine Statue verwandelt«, sagte Seth.

»Glaubst du, er ist es wirklich?«

»Er muss es sein!«

»Hilf mir, ihn umzudrehen.«

Sie wanden beide ihre ganze Kraft auf, aber Dale rührte sich nicht. Er war zu schwer.

»Ich hab's wirklich vermasselt«, sagte Seth und drückte sich die Hände auf die Schläfen. »Was hab ich nur angerichtet?«

»Vielleicht können wir ihn zurückverwandeln.«

Seth kniete nieder und beugte sich dicht über Dales Ohr. »Wenn Sie mich hören können, geben Sie uns ein Zeichen!«, brüllte er.

Die Metallfigur reagierte nicht.

»Glaubst du, Opa und Lena sind hier auch irgendwo?«, fragte Kendra.

»Wir werden sie suchen müssen.«

Kendra legte die Hände an den Mund. »Opa! Opa Sørensen! Lena! Könnt ihr mich hören?«

»Sieh dir das an«, sagte Seth und hockte sich neben die umgestürzte Vogeltränke. Sie lag in einem Blumenbeet. In dem Beet war ein deutlicher Fußabdruck zu sehen – drei große Zehen und eine schmale Ferse. Der Abdruck war so groß, dass er von einer Kreatur stammen musste, die mindestens so groß war wie ein erwachsener Mensch.

»Ein Riesenvogel?«

»Schau dir das Loch hinter der Ferse an.« Seth steckte den Finger in ein Cent-Stück-großes Loch. »Mindestens zehn Zentimeter tief.«

»Unheimlich.«

Seth war aufgeregt. »Es muss ein spitzes Ding hinten an der Ferse haben, einen Sporn oder so was.«

»Was was bedeutet?«

»Wir können es wahrscheinlich aufspüren.«

»Aufspüren?«

Seth bewegte sich weiter in die Richtung, in die die Zehen deuteten. Er suchte den Boden ab. »Sieh mal!« Er ging in die Hocke und deutete auf ein Loch im Rasen. »Dieser Sporn hinterlässt tiefe Löcher. Das sollte eine klare Spur ergeben.«

»Und was geschieht, wenn du einholst, was immer diese Spuren hinterlassen hat?«

Er klopfte auf seine Taschen. »Ich werfe mit Salz und rette Opa.«

»Woher weißt du, ob es Opa geholt hat?«

»Ich weiß es nicht«, gab er zu. »Aber es ist zumindest ein Anfang.«

»Was ist, wenn es dich in eine bemalte Statue verwandelt?«

»Ich werd es nicht direkt ansehen. Nur im Spiegel.«

»Woher hast du denn *das* nun schon wieder?«

»Geschichte.«

»Du weißt nicht einmal, wovon du da redest«, sagte Kendra.

»Wir werden's ja sehen. Ich hol besser mein Tarnhemd.«

»Lass uns zuerst nachsehen, ob nicht noch andere Statuen im Garten liegen.«

»Schön, und dann bin ich hier weg. Ich will nicht, dass die Fährte kalt wird.«

Nachdem sie den Garten eine halbe Stunde lang abgesucht hatten, waren Kendra und Seth an unerwarteten Orten auf verschiedene Möbelstücke aus dem Haus oder von der Veranda gestoßen, aber sie hatten keine weiteren lebensgroßen, bemalten Statuen gefunden. Schließlich standen sie vor dem Swimmingpool.

»Hast du die Schmetterlinge bemerkt?«, fragte Kendra.

»Ja.«

»Ist irgendetwas Besonderes an ihnen?«

Seth schlug sich mit der Hand auf die Stirn. »Wir haben heute noch keine Milch getrunken!«

»Genau. Keine Feen, nur Insekten.«

»Wenn die Feen klug sind, werden sie sich hier nicht blicken lassen«, knurrte Seth.

»Ja, du wirst es ihnen zeigen. In was willst du diesmal verwandelt werden? In eine Giraffe?«

»Nichts von dem hier wäre geschehen, wenn sie weiter das Fenster bewacht hätten.«

»Aber du hast eine von ihnen gefoltert«, entgegnete Kendra.

»Sie haben mich zurückgefoltert! Wir sind quitt!«

»Was wir auch tun, wir sollten zuerst etwas von der Milch trinken.«

Sie gingen ins Haus. Der Kühlschrank lag auf der Seite. Gemeinsam drückten sie die Tür auf. Einige der Milchflaschen waren zerbrochen, aber ein paar waren unversehrt geblieben. Kendra schnappte sich eine, schraubte sie auf und nahm einen Schluck. Seth trank als Nächster.

»Ich brauche meine Sachen«, sagte er und flitzte zur Treppe.

Kendra machte sich daran, nach Hinweisen zu suchen. Hätte Opa nicht versucht, ihnen eine Nachricht zu hinterlassen? Vielleicht hatte er keine Zeit dazu gehabt. Sie ging durch die Räume, fand aber nichts, das einen Hinweis auf das Schicksal von Lena oder Opa gegeben hätte.

Seth tauchte in seinem Tarnhemd auf. Er hatte die Müslischachtel in der Hand. »Ich hab versucht, die Schrotflinte zu finden. Du hast sie nicht zufällig gesehen?«

»Nein. Neben der Haustür liegt ein Pfeil. Du könntest ihn nach dem Monster werfen.«

»Ich denke, ich halte mich an das Salz.«

»Wir haben überhaupt nicht im Keller nachgesehen«, meinte Kendra.

»Einen Versuch wär es wert.«

Sie öffneten die Tür neben der Küche und blickten in die Finsternis hinab. Kendra wurde bewusst, dass dies so ziemlich die einzige unbeschädigte Tür im Haus war. Steinstufen führten in die Dunkelheit hinunter.

»Wie wäre es mit deiner Taschenlampe?«, sagte Kendra.

»Kein Lichtschalter?«, fragte Seth. Sie konnten keinen finden. Er stöberte in der Müslischachtel und zog die Taschenlampe heraus.

Mit ein wenig Salz in der einen Hand und der Taschenlampe in der anderen ging Seth voran. Die Treppe war länger, als man es normalerweise von einer Kellertreppe erwarten würde – mehr als zwanzig steile Stufen. Am Fuß der Treppe leuchtete Seth mit der Taschenlampe in einen kurzen, kahlen Flur, der an einer Eisentür endete.

Sie traten vor die Tür. Unter der Klinke war ein Schlüsselloch. Seth zog an der Klinke, aber die Tür war verschlossen. Am Fuß der Tür befand sich eine kleine Klappe.

»Was ist das?«, fragte er.

»Das ist für die Wichtel, damit sie hereinkommen und Dinge reparieren können.«

Er drückte die Luke auf. »Opa! Lena! Ist da jemand?«

Sie warteten vergeblich auf eine Antwort. Er rief noch einmal, bevor er sich aufrichtete und mit seiner Lampe in das Schlüsselloch leuchtete.

»Von deinen Schlüsseln passt wohl keiner in dieses Schlüsselloch?«, fragte er.

»Sie sind viel zu klein.«

»In Opas Schlafzimmer könnte ein Schlüssel versteckt sein.«

»Wenn sie hier unten wären, würden sie bestimmt antworten.«

Kendra und Seth gingen wieder die Treppe hinauf. Oben angekommen, hörten sie ein lautes, tiefes Stöhnen, das mindestens zehn Sekunden andauerte. Das durchdringende Geräusch kam von draußen. Es war viel zu laut, um von einem Menschen stammen zu können. Sie rannten auf die hintere Veranda zurück. Das Stöhnen hatte aufgehört. Es war schwer zu sagen, aus welcher Richtung es gekommen war.

Sie warteten ab und sahen sich um. Sie dachten, dass das ungewöhnliche Geräusch sich wiederholen würde. Nach ein oder zwei angespannten Minuten brach Kendra das Schweigen. »Was war das?«

»Ich wette, es war das, was Opa und Lena geholt hat, was immer es sein mag«, meinte Seth. »Es hat sich nicht weit weg angehört.«

»Es klang groß.«

»Ja.«

»Walfischgroß.«

»Wir haben das Salz«, rief Seth ihr ins Gedächtnis. »Wir müssen dieser Spur folgen.«

»Bist du dir sicher, dass das eine gute Idee ist?«

»Hast du eine bessere?«

»Keine Ahnung. Abwarten, ob sie auftauchen? Vielleicht werden sie entkommen.«

»Wenn das bis jetzt nicht passiert ist, wird es auch nicht mehr passieren. Wir müssen vorsichtig sein, und wir müssen vor Einbruch der Dunkelheit zurück sein. Wir werden schon zurechtkommen. Wir haben das Salz. Dieses Zeug wirkt wie Säure.«

»Wer rettet uns, wenn etwas schiefgeht?«, fragte Kendra.

»Du brauchst nicht mitzukommen. Aber ich gehe.«

Seth eilte die Verandastufen hinunter und durchquerte den Garten. Kendra folgte ihm widerstrebend. Sie waren sich nicht sicher, wie die Rettungsmission aussehen sollte, falls das Salz bei dem Monster nicht wirkte, aber in einem Punkt hatte Seth Recht – sie konnten Opa nicht einfach im Stich lassen.

Kendra holte Seth bei dem Blumenbeet ein, wo sie die Abdrücke gefunden hatten. Gemeinsam durchkämmten sie das Gras und folgten einer Reihe mittelgroßer Löcher quer über den Rasen. Die Löcher lagen etwa anderthalb Meter auseinander und folgten einer mehr oder weniger geraden Linie. Sie führten an der Scheune vorbei und dann über einen schmalen Pfad in Richtung Wald.

Dort wurde die Fährte nicht mehr von Gras verdeckt, und es war noch leichter, ihr zu folgen. Sie passierten zwei Weggabelungen, aber die Spur war immer eindeutig. Die Abdrücke der Kreatur, die die Löcher hinterlassen hatte, waren unverkennbar. Sie kamen schnell voran. Kendra blieb wachsam und suchte die Bäume nach magischen Tieren ab, entdeckte aber nichts Spektakuläreres als einen Goldfinken und einige Streifenhörnchen.

»Ich bin halb verhungert«, jammerte Seth.

»Ich nicht. Aber ich werde langsam müde.«

»Denk einfach nicht daran.«

»Ich kriege langsam Halsweh«, fuhr Kendra fort. »Wir sind jetzt seit fast dreißig Stunden wach.«

»Ich bin gar nicht so müde«, erwiderte Seth, »nur hungrig. Wir hätten Essen aus der Speisekammer mitnehmen sollen. Es kann nicht alles zermatscht sein.«

»Wir können nicht allzu großen Hunger haben, wenn wir bei unserem Aufbruch nicht daran gedacht haben.«

Plötzlich blieb Seth wie angewurzelt stehen. »Oh-oh.«

»Was?«

Seth ging ein paar Schritte weiter. Dicht über den Boden gebeugt, kam er zu Kendra zurück und lief an ihr vorbei, wobei er mit dem Fuß Blätter und Zweige beiseiteschob. Kendra begriff das Problem, bevor Seth es aussprach. »Keine Löcher mehr.«

Sie half ihm, den Boden abzusuchen. Zusammen untersuchten sie mehrmals den gleichen Abschnitt des Pfades, bevor Seth seine Suche weiter ausdehnte. »Das könnte übel sein«, bemerkte er.

»Das Unterholz ist ziemlich dicht«, stimmte Kendra ihm zu.

»Wenn wir auch nur ein einziges Loch finden würden, wüssten wir, in welche Richtung es gegangen ist.«

»Wenn es den Pfad verlassen hat, können wir ihm niemals folgen.«

Seth kroch auf Händen und Knien am Rand des Pfades entlang und arbeitete sich langsam durch die Vegetation. Kendra griff nach einem Stock und stocherte damit in der Erde herum.

»Mach keine Löcher«, ermahnte Seth sie.

»Ich schiebe nur die Blätter zur Seite.«

»Das kannst du auch mit den Händen machen.«

»Wenn ich Insektenstiche und Ausschlag kriegen will.«

»Hey, da ist eins.« Er zeigte Kendra ein Loch, das etwa anderthalb Meter von dem Pfad entfernt war. »Es ist nach links abgebogen.«

»Diagonal.« Sie deutete in die neue Richtung, die weiter in den Wald führte.

»Aber es könnte noch einmal die Richtung geändert haben«, meinte Seth. »Wir sollten noch ein Loch suchen.«

Sie brauchten fast fünfzehn Minuten, bis sie das nächste Loch fanden. Es stellte sich heraus, dass das Geschöpf fast genau quer von dem Weg nach links abgebogen war.

»Was ist, wenn es immer wieder die Richtung gewechselt hat?«, fragte Kendra.

»Wenn es sich noch mehr gedreht hat, wäre es praktisch den gleichen Weg wieder zurückgegangen.«

»Vielleicht wollte es Verfolger abschütteln.«

Seth ging noch einmal anderthalb Meter weiter und fand fast sofort das nächste Loch. Der neue Kurs verlief eindeutig rechtwinklig zu dem Pfad.

»Hier ist das Unterholz nicht so dicht«, bemerkte Seth.

»Trotzdem würde es den ganzen Tag dauern, es zwanzig Schritte weit zu verfolgen.«

»Ich hab nicht die Absicht, es zu verfolgen. Ich will nur für eine Weile in diese Richtung gehen. Vielleicht kreuzt die Spur einen neuen Pfad, und wir können die Fährte wieder aufnehmen. Oder vielleicht lebt es ganz in der Nähe.«

Kendra schob eine Hand in ihre Tasche und tastete nach dem Salz. »Mir gefällt der Gedanke nicht, den Pfad zu verlassen.«

»Mir auch nicht. Wir werden nicht weit gehen. Aber dieses Ding scheint Pfade zu mögen. Es ist die ganze Strecke weit einem gefolgt. Wir stehen vielleicht kurz vor einer Entdeckung. Wir sollten noch ein wenig weitergehen und nachsehen.«

Kendra starrte ihren Bruder an. »Okay, und was ist, wenn wir auf eine Höhle stoßen?«

»Dann sehen wir uns um.«

»Was ist, wenn wir etwas in der Höhle atmen hören?«

»Du brauchst nicht hineinzugehen. Ich werde selbst nachschauen. Schließlich geht es darum, Opa zu finden.«

Kendra biss sich auf die Zunge. Sie hätte beinahe gesagt, dass sie hier draußen wahrscheinlich nur noch Überreste von ihm finden würden. »In Ordnung, noch ein klein wenig weiter.«

Sie entfernten sich in einer geraden Linie von dem Pfad. Gleichzeitig suchten sie den Boden ab, entdeckten aber keine weiteren Löcher mehr. Es dauerte nicht lange, bis sie ein trockenes, felsiges Flussbett überquerten. Nicht weit dahinter kamen sie auf eine kleine Wiese. Die Büsche und Wildblumen auf der Wiese reichten ihnen fast bis zur Taille.

»Ich sehe keine anderen Wege«, bemerkte Kendra. »Oder irgendwelche Monsterhäuser.«

»Wir sollten uns gründlich auf der Wiese umschauen«, meinte Seth. Er unterzog die gesamte Wiese einer genauen Untersuchung, fand aber weder Löcher noch Pfade.

»Sehen wir den Tatsachen ins Auge«, sagte Kendra. »Wir können weitergehen, haben aber keine Ahnung, wohin.«

»Wie wäre es, wenn wir auf diesen Hügel klettern?«, schlug Seth vor und deutete auf die höchste Stelle, die sie in der Umgebung ausmachen konnten. Sie war vielleicht vierhundert Meter entfernt. »Wenn ich mich hier in der Nähe häuslich niederlassen würde, dann wäre es dort drüben. Außerdem, wenn wir dort hinaufgehen, haben wir einen besseren Blick auf die Umgebung. Durch diese Bäume sieht man ja kaum was.«

Kendra presste die Lippen aufeinander. Der Hügel war nicht steil; es wäre ein Leichtes, hinaufzusteigen. Und er war nicht allzu weit entfernt. »Wenn wir dort nichts finden, kehren wir um?«

»Abgemacht!«

Also marschierten sie auf den Hügel zu. Während sie sich ihren Weg durch das dichte Unterholz bahnten, brach neben ihnen ein Zweig ab. Sie hielten inne und lauschten.

»Ich bin langsam ziemlich nervös«, sagte Kendra leise.

»Wir kommen schon zurecht. Wahrscheinlich ist nur ein Kiefernzapfen runtergefallen.«

Kendra versuchte, die Bilder der bleichen Frau mit den wogenden, schwarzen Gewändern zu verdrängen. Sie bekam eine Gänsehaut. Wenn sie der Frau hier draußen im Wald begegnen sollte, fürchtete Kendra, dass sie sich einfach auf dem Boden zusammenrollen und von ihr gefangen nehmen lassen würde.

»Ich verliere allmählich die Orientierung«, sagte sie. Jetzt, da sie wieder von Bäumen umgeben waren, sah man weder den Hügel noch die Wiese, von der sie gekommen waren.

»Ich habe meinen Kompass dabei.«

»Wenn alles andere schiefgeht, können wir also immer noch zum Nordpol gehen?«

»Der Pfad, dem wir gefolgt sind, verlief in nordwestlicher Richtung«, entgegnete Seth. »Dann sind wir nach Südwesten gegangen. Der Hügel liegt im Westen, die Wiese im Osten.«

»Klingt ziemlich gut.«

»Der Trick dabei ist, dass man aufpassen muss.«

Es dauerte nicht lange, bis die Bäume weniger wurden und sie den Hügel hinaufgingen. Jetzt, da die Bäume weiter auseinanderstanden, wurde das Unterholz dichter und die Büsche größer.

»Riechst du das?«, fragte Seth.

Kendra blieb stehen. »Als würde jemand kochen.«

Der Geruch war schwach, aber jetzt, da sie ihn bemerkt hatte, unverkennbar. Kendra sah sich ängstlich um. »Ach du meine Güte«, sagte sie und ging in die Knie.

»Was?«

»Duck dich!«

Seth kniete sich neben sie. Kendra wies zum Gipfel des Hügels; seitlich davon erhob sich eine dünne Rauchsäule.

»Ja«, flüsterte er. »Vielleicht haben wir es gefunden.«

Wieder musste Kendra sich auf die Zunge beißen. Sie hoffte, dass da nicht irgendjemand Opa kochte. »Was machen wir jetzt?«

»Bleib hier«, sagte Seth. »Ich gehe nachsehen.«

»Ich will nicht allein bleiben.«

»Dann folg mir einfach, aber bleib ein bisschen hinter mir. Wir wollen nicht beide gleichzeitig gefangen werden. Und halte das Salz bereit.«

Die letzte Anweisung wäre nicht nötig gewesen. Kendras einzige Sorge, was das Salz betraf, war die, dass es in ihren verschwitzten Händen zu Brei werden könnte.

Mit den Büschen als Tarnung kroch Seth dicht über dem Boden weiter auf die blassen Rauchschwaden zu. Kendra ahmte seine Bewegungen nach. Sie war dankbar, dass die vielen Stunden, die er Soldat gespielt hatte, sich doch noch auszahlten. Trotzdem hatte sie die größten Bedenken bezüglich ihres Plans. Sich an die Kochstelle eines Monsters heranzupirschen, zählte zu den Aktivitäten, auf die sie verzichten konnte. Sollten sie nicht in die *entgegengesetzte* Richtung schleichen?

Sie kamen der flimmernden Rauchfahne immer näher. Seth winkte sie zu sich heran. Sie kauerte sich neben ihn hinter einen Busch, der doppelt so groß war wie sie selbst, und versuchte, beim Atmen möglichst wenig Geräusche zu machen. Er legte die Lippen an ihr Ohr. »Ich werde um diesen Busch herumkriechen, damit ich sehen kann, was da drüben los ist. Wenn ich gefangen werde oder irgendetwas anderes passiert, werd ich versuchen zu schreien. Halte dich bereit!«

Sie legte den Mund auf sein Ohr. »Wenn du mir einen Streich spielst, verspreche ich, dass ich dich umbringen werde. Ich tue es wirklich.«

»Keine Bange. Ich hab auch Angst.«

Er kroch vorwärts. Kendra versuchte sich zu beruhigen. Das Warten war die reinste Folter. Sie erwog den Gedanken, sich um den Busch herumzuschleichen, um etwas sehen zu können, aber sie konnte den Mut nicht aufbringen. Die Stille war ein gutes Zeichen, oder? Wenn Seth nicht aus dem Hinterhalt mit einem Giftpfeil erschossen worden war.

Die Pause zog sich unbarmherzig in die Länge. Dann hörte sie Seth zurückkommen; er bewegte sich weniger vorsichtig als auf dem Hinweg. Als er um den Busch herumkam, ging er aufrecht und sagte: »Komm her, das musst du sehen.«

»Was ist da?«

»Nichts Beängstigendes.«

Immer noch angespannt, ging sie mit ihm um den Busch herum. Über ihr sah sie auf einer freien Fläche in der Nähe des Gipfels die Quelle des dünnen Rauchs – ein hüfthoher Zylinder aus Stein mit einer hölzernen Winde, an dem ein Eimer baumelte. »Ein Brunnen?«

»Ja. Komm und nimm mal eine Nase.«

Sie traten an den Brunnen. Selbst aus der Nähe betrachtet, blieb der Rauch dunstig und undeutlich. Kendra beugte sich vor und starrte in die tiefe Dunkelheit. »Riecht gut.«

»Wie Suppe«, sagte Seth. »Fleisch, Gemüse, Gewürze.«

»Das riecht köstlich.«

»Find ich auch. Sollen wir etwas davon probieren?«

»Den Eimer hinunterlassen?«, fragte Kendra skeptisch.

»Warum nicht?«, erwiderte Seth.

»Da unten könnten irgendwelche Kreaturen sein.«

»Das glaub ich kaum«, erwiderte Seth.

»Du denkst, das ist einfach ein Brunnen voller Eintopf«, meinte Kendra höhnisch.

»Wir befinden uns immerhin in einem magischen Reservat.«

»Soweit wir wissen, könnte die Suppe giftig sein.«

»Es kann nicht schaden, einen Blick darauf zu werfen«, beharrte Seth. »Ich bin halb verhungert. Außerdem ist nicht alles hier schlecht. Ich wette, das ist der Ort, zu dem die Feenleute zum Abendessen gehen. Siehst du, es gibt sogar eine Kurbel.« Er begann die Winde zu drehen und ließ den Eimer in die Dunkelheit hinab.

»Ich stehe Schmiere«, sagte Kendra.

»Gute Idee.«

Kendra fühlte sich schutzlos. Sie waren so weit vom Gipfel entfernt, dass sie die andere Seite des Hügels nicht einsehen konnte, und auf ihrer Seite gab es jede Menge Bäume und undurchdringliches Gebüsch. Sie selbst konnten aber gesehen werden, falls irgendwelche Augen aus dem Verborgenen sie beobachten sollten.

Seth drehte weiter an der Kurbel und ließ den Eimer immer tiefer hinunter. Schließlich hörte er ihn auf den Grund des Brunnens platschen. Das Seil lockerte sich ein wenig. Nach kurzem Zögern kurbelte er den Eimer wieder herauf.

»Beeil dich«, sagte Kendra.

»Das tu ich ja. Das Ding ist ziemlich tief.«

»Ich habe Angst, dass alles im Wald uns sehen kann.«

»Da ist er schon.« Er hörte auf zu kurbeln und zog den Eimer den letzten Meter von Hand herauf, bevor er ihn auf den Rand des Brunnens stellte.

Kendra gesellte sich zu ihm. In dem hölzernen Eimer schwammen in einer duftenden, gelben Brühe Fleischstückchen, geschnittene Möhren, zerkleinerte Kartoffeln und Zwiebeln. »Sieht aus wie ein ganz normaler Eintopf«, meinte Kendra.

»Besser als normal. Ich probier ihn mal.«

»Tu das nicht!«, warnte sie.

»Hab dich nicht so.« Er fischte ein Stück tropfendes Fleisch heraus und kostete es. »Schmeckt gut!«, verkündete er. Er schob sich eine Kartoffel in den Mund und gab einen ähnlichen Kommentar. Dann kippte er den Eimer und schlürfte etwas von der Brühe. »Erstaunlich!«, sagte er. »Du musst es probieren.«

Etwas kam hinter dem Busch hervor, den sie als letztes Versteck benutzt hatten. Von der Taille aufwärts sah es aus wie ein Mann ohne Hemd und einer außerordentlich behaarten Brust sowie zwei spitzen Hörnern auf der Stirn. Von der Taille abwärts war es eine zottige Ziege. Der Satyr schwang ein Messer und galoppierte direkt auf sie zu.

Beim Schlag seiner Hufe drehten Kendra und Seth sich erschrocken um. »Das Salz!«, stieß Seth hervor und griff in seine Taschen.

Während Kendra nach dem Salz tastete, spurtete sie um den Brunnen herum, um ihn zwischen sich und den Angreifer zu bringen. Nicht so Seth. Er blieb stehen, und als der Satyr nur noch zwei Schritte entfernt war, schleuderte er dem Ziegenmann eine Faust voll Salz entgegen.

Der Satyr blieb ebenfalls stehen, offensichtlich überrascht von der Salzwolke. Seth warf eine zweite Hand voll und tastete in seinen Taschen nach Nachschub. Das Salz sprühte keine Funken, und es zischte auch nicht. Stattdessen wirkte der Satyr verwirrt.

»Was machst du da?«, fragte er mit gedämpfter Stimme.

»Dasselbe könnte ich Sie fragen«, erwiderte Seth.

»Nein, kannst du nicht. Du verdirbst unsere Operation.« Der Satyr stürzte an Seth vorbei und durchschnitt mit seinem Messer das Seil. »Sie kommt.«

»Wer?«

»Ich würde mir die Fragen für später aufheben«, sagte der Satyr. Er wickelte das Seil auf, packte den Eimer und galoppierte den Hügel hinunter, wobei er immer wieder Suppe verschüttete. Von der gegenüberliegenden Seite des Hügels hörte Kendra raschelndes Blätterwerk und knackende Zweige. Sie folgten dem Satyr.

Der Satyr schlüpfte hinter den Busch, hinter dem Kendra zuvor gehockt hatte. Kendra und Seth gingen neben ihm in Deckung.

Einen Augenblick sahen sie eine riesige, hässliche Frau, die sich zielstrebig dem Brunnen näherte. Sie hatte ein breites, flaches Gesicht mit schlaffen Ohrläppchen, die ihr fast bis auf die stämmigen Schultern herabhingen. Ihr unansehnlicher Hängebusen war nur unzureichend von einem selbstgesponnenen Gewand verhüllt. Ihre avocadofarbene Haut hatte Rillen wie ein Cordanzug, und ihr graues Haar war zottig und verfilzt. Der Brunnen reichte ihr kaum bis zu den Knien; sie musste also deutlich größer sein als Hugo. Sie wankte beim Gehen von einer Seite zur anderen und atmete keuchend durch den Mund.

Am Brunnen beugte sie sich vor, betastete die Wand und strich mit den Fingern über die hölzerne Winde. »Die Ogerin ist fast blind«, flüsterte der Satyr.

Als er das sagte, riss sie den Kopf hoch. Sie plapperte etwas in einer kehligen Sprache. Nachdem sie einige Schritte von dem Brunnen weggetrottet war, hockte sie sich hin und beschnupperte den Boden an der Stelle, wo Seth das Salz hingeworfen hatte. »Hier waren Leute«, sagte sie anklagend mit heiserer Stimme und starkem Akzent. »Wo seid ihr Leute hin?«

Der Satyr legte einen Finger auf die Lippen. Kendra verhielt sich mucksmäuschenstill und versuchte trotz ihrer Angst, möglichst leise zu atmen. Sie überlegte, in welche Richtung sie rennen würde.

Die Ogerin stolperte den Hang hinunter auf ihr Versteck zu, wobei sie immer wieder in der Luft und am Boden schnupperte. »Ich habe Leute gehört. Ich habe Leute geriecht. Und ich rieche mein Eintopf. Leute waren wieder an mein Eintopf. Ihr kommt jetzt raus und entschuldigt euch.«

Der Satyr schüttelte heftig den Kopf, und um seinen Worten Nachdruck zu verleihen, fuhr er sich mit den Fingern über die Kehle wie mit einem Messer. Seth schob eine Hand in die Tasche. Der Satyr berührte seinen Arm und schüttelte abermals vehement den Kopf.

Die Ogerin hatte bereits die Hälfte der Strecke bis zu dem Busch zurückgelegt. »Ihr Leute mögt mein Eintopf so gern, vielleicht nehmt ihr ein Bad darin.«

Kendra widerstand dem Drang wegzurennen. Die Ogerin würde in wenigen Augenblicken bei ihnen sein. Aber der Satyr schien zu wissen, was er tat. Er hob eine Hand und gebot ihnen stillschweigend, sich ruhig zu verhalten. Ohne Vorwarnung begann etwa zwanzig Meter zu ihrer Rechten etwas durch die Büsche zu brechen. Die Ogerin fuhr herum und stolperte mit schnellen, plumpen Schritten auf den Lärm zu.

Der Satyr nickte. Sie kamen aus ihrem Versteck hervor und liefen den Hügel hinunter. Hinter ihnen blieb die Ogerin unbeholfen stehen und wechselte die Richtung, um sie zu verfolgen. Der Ziegenmann warf den Eimer mit Eintopf in ein verheddertes Dornengestrüpp und sprang über einen umgestürzten Baumstamm. Kendra und Seth spurteten hinter ihm her.

Vorwärtsgetrieben von dem Gefälle machte Kendra größere Schritte, als sie wollte. Wann immer ihre Füße den Boden berührten, bot sich eine neue Gelegenheit, das Gleichgewicht zu verlieren und den Hügel hinunterzupurzeln. Seth war einige Schritte vor ihr, und der schnelle Satyr baute seinen Vorsprung immer weiter aus.

Ungeachtet jedweder Hindernisse verfolgte die Ogerin sie lärmend, zertrampelte Büsche und zwängte sich zwischen Zweigen hindurch. Sie atmete in feuchten, schnaufenden Zügen und fluchte ständig in ihrer unverständlichen Muttersprache. Trotz ihrer Schwerfälligkeit und offenkundigen Erschöpfung kam die hässliche Ogerfrau schnell näher.

Das Gelände wurde wieder flach. Hinter Kendra stürzte die Ogerin, und das Unterholz zerbarst prasselnd unter ihrem Aufprall wie ein Feuerwerk. Kendra schaute sich kurz um und sah, wie ihre Verfolgerin sich wieder hochrappelte.

Der Satyr führte sie in eine kleine Schlucht, der sie bis zum Eingang eines breiten, dunklen Tunnels folgten. »Hier entlang«, sagte er und verschwand in dem Tunnel. Obwohl der Eingang so groß wirkte, als ob die Ogerin ebenfalls hindurchpassen würde, folgten Seth und Kendra dem Satyr, ohne Fragen zu stellen. Der Satyr wirkte zuversichtlich, und bisher hatte er damit Recht behalten.

Der Tunnel wurde immer dunkler, je weiter sie vordrangen. Schwere Schritte folgten ihnen. Kendra blickte zurück. Die Ogerin füllte den unterirdischen Gang komplett aus und verdeckte einen großen Teil des Lichtes, das durch die Öffnung fiel.

Der Satyr vor ihnen war kaum noch zu sehen. Der Tunnel wurde langsam schmaler. Dicht hinter Kendra ächzte und hustete die Ogerin. Hoffentlich würde sie einen Herzinfarkt bekommen und zusammenbrechen.

Für eine Weile wurde die Dunkelheit undurchdringlich. Dann wurde es langsam heller. Der Tunnel schrumpfte weiter zusammen. Schon bald musste Kendra in die Hocke gehen, und gleichzeitig konnte sie die Wände links und rechts berühren. Der Satyr verlangsamte sein Tempo und drehte sich mit einem schelmischen Grinsen zu ihnen um. Kendra blickte ebenfalls über ihre Schulter zurück.

Die keuchende Ogerin kroch inzwischen schnaufend und ächzend auf dem Bauch. Als sie sich nicht weiter durch den Tunnel schieben konnte, stieß sie einen frustrierten, kehligen Schrei aus. Dann hörten sie ein Geräusch, als erbreche sie sich.

Vor ihnen kroch der Satyr weiter durch den Gang, der jetzt sanft nach oben abbog. Durch einen schmalen Spalt gelangten sie schließlich ins Freie. Sie befanden sich in einer schüsselförmigen Mulde, und ein zweiter Satyr wartete bereits auf sie. Er hatte rötlicheres Haar als der erste und eine Spur längere Hörner. Er bedeutete ihnen, ihm zu folgen.

Zu viert rannten sie noch einige Minuten quer durch den Wald. Als sie eine Lichtung mit einem winzigen Teich erreichten, blieb der rothaarige Satyr stehen und drehte sich zu den anderen um.

»Was fällt euch ein, unsere Operation zu durchkreuzen?«, fragte er.

»Sehr ungeschicktes Vorgehen«, stimmte der andere Satyr ihm zu.

»Wir wussten es nicht«, verteidigte sich Kendra. »Wir dachten, es wäre ein Brunnen.«

»Ihr habt einen Schornstein für einen Brunnen gehalten?«, tadelte sie der Rotschopf. »Ich nehme an, ihr verwechselt auch Eiszapfen mit Möhren? Oder einen Campinganhänger mit einem mobilen Toilettenhäuschen?«

»Er hatte eine Eimerwinde«, sagte Seth.

»Und er war in der Erde«, fügte Kendra hinzu.

»Sie haben nicht ganz Unrecht«, bemerkte der andere Satyr.

»Ihr wart auf dem Dach der Höhle der Ogerin«, erklärte der Rotschopf.

»Jetzt kapieren wir es ja«, erwiderte Seth. »Wir dachten, es wäre ein Hügel.«

»Es ist nichts dagegen einzuwenden, ein wenig Suppe aus ihrem Kessel zu klauen«, fuhr der Rotschopf fort. »Wir versuchen, großzügig mit unseren Pfründen zu sein. Aber ihr müsst euch ein wenig mehr Raffinesse aneignen. Wartet zumindest, bis die alte Dame schläft. Wer seid ihr eigentlich?«

»Seth Sørensen.«

»Kendra.«

»Ich bin Newel«, sagte der Rotschopf. »Das ist Doren. Euch ist doch klar, dass wir jetzt wahrscheinlich eine komplett neue Winde errichten müssen?«

»Sie wird die alte einreißen«, erklärte Doren.

»Das macht fast mehr Arbeit, als selber zu kochen«, schnaubte Newel.

»Wir bekommen ihn einfach nicht so hin wie sie«, jammerte Doren.

»Sie ist besonders begabt«, stimmte Newel ihm zu.

»Es tut uns leid«, sagte Kendra. »Wir hatten uns verirrt.«

Doren hob die Hand. »Keine Sorge. Wir plustern uns nur gern ein wenig auf. Wenn ihr unseren Wein verdorben hättet, wäre das eine ganz andere Geschichte.«

»Trotzdem«, sagte Newel, »ein Mann muss essen, und kostenloser Eintopf ist kostenloser Eintopf.«

»Wir werden versuchen, eine Möglichkeit zu finden, euch zu entschädigen«, sagte Kendra.

»Dasselbe werden wir tun«, meinte Newel.

»Ihr habt nicht zufällig ... Batterien?«, fragte Doren.

»Batterien?«, fragte Seth verblüfft zurück.

»Größe C«, erklärte Newel.

Kendra verschränkte die Arme vor der Brust. »Warum wollt ihr Batterien?«

»Sie glänzen«, sagte Newel und stieß Doren mit dem Ellbogen an.

»Wir beten sie an«, sagte Doren und nickte bedeutungsvoll. »Für uns sind sie kleine Götter.«

Die Kinder starrten die Ziegenmänner ungläubig an; sie wussten nicht, wie sie das Gespräch fortsetzen sollten. Die beiden logen offenkundig.

»Okay«, sagte Newel. »Wir haben einen tragbaren Fernseher.«

»Erzählt Stan nichts davon.«

»Wir hatten einen ganzen Berg von Batterien, aber jetzt sind sie uns ausgegangen.«

»Und unser Lieferant ist nicht mehr hier angestellt.«

»Wir könnten zu einer Vereinbarung kommen« Newel breitete diplomatisch die Hände aus. »Ein paar Batterien als Wiedergutmachung für die Störung unserer Eintopf-Operation –«

»Und noch ein paar mehr im Tausch gegen was anderes. Gold,

Schnaps, was ihr wollt.« Doren senkte seine Stimme etwas. »Natürlich müsste das Arrangement unter uns bleiben.«

»Stan sieht es nicht gern, wenn wir in die Glotze gucken«, meinte Newel.

»Sie kennen unseren Opa?«, fragte Seth.

»Wer kennt ihn nicht?«, erwiderte Newel.

»Haben Sie ihn kürzlich mal gesehen?«, fragte Kendra.

»Klar, letzte Woche erst«, sagte Doren.

»Ich meine, seit gestern Nacht.«

»Nein, warum?«, fragte Newel.

»Haben Sie es denn nicht gehört?«, fragte Seth.

Die Satyre sahen einander achselzuckend an. »Was gibt's denn für Neuigkeiten?«, erkundigte sich Newel.

»Unser Opa wurde gestern Nacht entführt.«

»Irgendwelche Kreaturen sind ins Haus eingedrungen und haben ihn und unsere Haushälterin mitgenommen.«

»Dale nicht?«, wollte Doren wissen.

»Wir glauben, nein«, sagte Seth.

Newel schüttelte den Kopf. »Armer Dale. Er war nie besonders beliebt.«

»Kein Sinn für Humor«, pflichtete Doren ihm bei. »Zu still.«

»Ihr wisst nicht, wer sie entführt haben könnte?«, fragte Kendra.

»In der Mittsommernacht?«, sagte Newel und warf die Hände in die Luft. »Jeder. Da kann man nur raten.«

»Könnten Sie uns helfen, ihn zu finden?«, fragte Seth.

Die Satyre tauschten einen beklommenen Blick aus. »Tja, hm«, begann Newel unbehaglich, »in dieser Woche sieht es schlecht aus bei uns.«

»Jede Menge Verpflichtungen«, bestätigte Doren und zog sich einen Schritt zurück.

»Wisst ihr, wenn ich noch einmal darüber nachdenke«, sagte Newel, »wir hätten vielleicht ohnehin ein neues Gerüst für den Schornstein gebraucht. Wie wär's, wenn wir ab jetzt jeder seiner Wege gehen und einfach sagen, wir sind quitt?«

»Nehmt es nicht persönlich«, warf Doren ein. »War alles nur Satire.«

Seth ging einen Schritt auf sie zu. »Wissen Sie etwas, das Sie uns nicht verraten?«

»Darum geht es nicht«, erwiderte Newel, der seinen langsamen Rückzug fortsetzte. »Es ist nur Mittsommertag. Wir sind ausgebucht.«

»Danke, dass Sie uns geholfen haben, der Ogerin zu entkommen«, sagte Kendra.

»War uns ein Vergnügen«, antwortete Newel.

»Gehört alles zum Service«, fügte Doren hinzu.

»Könnten Sie uns zumindest sagen, in welche Richtung wir gehen müssen, wenn wir wieder nach Hause wollen?«, bat Seth.

Die Satyre blieben stehen. Doren streckte einen Arm aus. »Da drüben ist ein Pfad.«

»Wenn ihr ihn erreicht, geht nach rechts«, sagte Newel.

»Das ist zumindest die richtige Richtung.«

»Grüßt Stan schön von uns, wenn er wieder auftaucht.«

Die Satyre drehten sich hastig um und wenige Augenblicke später waren sie zwischen den Bäumen verschwunden.

KAPITEL 12

In der Scheune

Kendra und Seth fanden den Weg, den die Satyre gemeint hatten, und trafen schon bald wieder auf die centgroßen Löcher, die sie wie ein roter Faden zum Haus zurückführten. »Diese Ziegentypen waren Idioten«, meinte Seth.

»Aber sie haben uns vor der Ogerin gerettet«, rief Kendra ihm ins Gedächtnis.

»Sie hätten uns helfen können, Opa zu retten, aber sie haben uns abgewimmelt.« Stirnrunzelnd ging er weiter.

Als sie sich dem Garten näherten, hörten sie wieder das unmenschliche Stöhnen. Es war dasselbe Geräusch, das sie gehört hatten, als sie aus dem Keller gekommen waren, nur noch lauter. Sie blieben stehen. Der Laut kam von irgendwo vor ihnen. Ein langgezogener, klagender Seufzer, fast wie ein Nebelhorn. Seth nahm etwas von dem verbliebenen Salz in die Hand und eilte voraus. Schon bald hatten sie die Grenze des Gartens erreicht. Alles wirkte normal. Sie sahen kein mächtiges Ungetüm, das zu den gewaltigen Geräuschen, die sie gehört hatten, gepasst hätte.

»Dieses Salz hat bei dem Satyr nicht viel bewirkt«, flüsterte Kendra.

»Es verbrennt wahrscheinlich nur die bösen Geschöpfe«, erwiderte Seth.

»Ich glaube, die Riesendame hat etwas davon in die Hand genommen.«

»Da war es aber schon mit Erde vermischt. Du hast doch gesehen, wie es diese Burschen letzte Nacht versengt hat.«

Sie zögerten, den Garten zu betreten. »Was jetzt?«, fragte Kendra.

Ein mächtiges Stöhnen hallte durch den Garten. Es war jetzt noch näher und lauter. Die Schindeln auf dem Dach der Scheune klapperten.

»Es kommt aus der Scheune«, meinte Seth.

»Da haben wir noch gar nicht nachgesehen!«, rief Kendra.

»Hab nicht dran gedacht.«

Das monströse Stöhnen erklang ein drittes Mal. Die Scheune erbebte. Vögel flogen von der Regenrinne auf.

»Glaubst du, dass irgendetwas Opa und Lena in die Scheune gesperrt hat?«, fragte Kendra.

»Klingt so, als wäre dieses Etwas immer noch dort.«

»Opa hat uns verboten, die Scheune zu betreten.«

»Ich denke, ich habe bereits Stubenarrest«, sagte Seth.

»Nein, ich meine, was ist, wenn er dort drin wilde Kreaturen hält? Es hat vielleicht gar nichts mit seinem Verschwinden zu tun.«

»Es ist unsere letzte Chance. Wo sollten wir sonst noch suchen? Wir haben keine anderen Hinweise. Die Spuren waren eine Sackgasse. Wir sollten zumindest mal einen Blick hineinwerfen.«

Seth ging auf die Scheune zu, und Kendra folgte ihm widerstrebend. Das Gebäude war so hoch wie ein fünfstöckiges Haus, und über dem First wehte eine Wetterfahne in Gestalt eines Bullen. Kendra hatte die Scheune bisher noch nie auf Eingänge abgesucht. Jetzt sah sie eine große Doppeltüre an der Vorderfront und einige kleinere Eingänge an der Seite.

Die Scheune knarrte, dann begann sie zu zittern, als bebe die Erde. Das Geräusch splitternder Bretter erfüllte die Luft, gefolgt von einem weiteren klagenden Stöhnen.

Seth drehte sich zu Kendra um. Etwas Riesiges war dort drin. Einige Augenblicke später wurde es still in der Scheune.

Die Doppeltüren vorne waren durch Ketten und ein schweres Vorhängeschloss gesichert, deshalb ging Seth auf die Seite des Gebäudes und versuchte leise, eine der kleineren Türen zu öffnen. Sie waren ebenfalls verschlossen. Die Scheune hatte mehrere Fenster, aber das niedrigste befand sich drei Stockwerke hoch über dem Boden.

Verstohlen umkreisten sie das ganze Gebäude, fanden aber keine unversperrten Türen. Es gab nicht einmal Risse in den Wänden oder Gucklöcher. »Opa hat diese Scheune ziemlich gut gesichert«, flüsterte Kendra.

»Wahrscheinlich wird es ein bisschen Lärm machen, wenn wir da rein wollen«, sagte Seth. Er begann das Gebäude von neuem abzusuchen.

»Ich bin mir nicht sicher, ob das klug wäre.«

»Ich werde warten, bis die Scheune wieder zu wackeln anfängt.« Seth setzte sich vor eine kleine Tür, die kaum mehr als einen Meter hoch war. Minuten verstrichen.

»Glaubst du, es weiß, dass wir warten?«, fragte Kendra.

»Du bist wirklich keine Hilfe.«

»Hör auf, so was zu sagen.«

Eine Fee schwebte über sie hinweg. Seth versuchte, sie wegzuscheuchen. »Verschwinde hier.« Die Fee wich seinen Händen mühelos aus. Je heftiger er versuchte, sie zu verscheuchen, desto näher kam sie.

»Hör auf damit, du stachelst sie nur an«, zischte Kendra.

»Ich bin die Feen leid.«

»Dann ignoriere sie, vielleicht verschwindet sie dann von ganz alleine.«

Er hörte auf, die Fee zu beachten. Sie flog direkt hinter seinen Kopf. Als das keine Reaktion bewirkte, landete sie auf seinem Kopf. Seth schlug nach ihr, verfehlte sie jedoch, und sie umkreiste spielerisch seine wild rudernden Arme. Gerade als er aufsprang, um ihr nachzujagen, erklang das dröhnende Stöhnen abermals. Die kleine Tür zitterte.

Seth setzte sich wieder auf den Boden und trat mit beiden Füßen gegen die Tür. Das Stöhnen übertönte beinahe den Lärm, den er dabei machte. Beim fünften Tritt zersplitterte das Schloss der kleinen Tür, und sie schwang auf.

Seth rollte sich von der Öffnung weg, und Kendra ging ebenfalls zur Seite. Dann grub Seth in seinen Taschen und holte den Rest des Salzes heraus. »Willst du auch was?« Er formte die Worte lautlos mit den Lippen.

Kendra nahm etwas Salz. Ein oder zwei Sekunden später hörte das ohrenbetäubende Stöhnen auf. Seth bedeutete Kendra zu warten. Er kroch durch die kleine Tür. Kendra blieb draußen und hielt verzweifelt das Salz in ihrer Hand umklammert.

Kurze Zeit später kam Seth mit einem undeutbaren Gesichtsausdruck wieder heraus. »Das musst du sehen«, sagte er.

»Was?«

»Keine Bange. Komm und schau es dir an.«

Kendra duckte sich durch die kleine Tür. Die riesige Scheune bestand nur aus einem einzigen Raum mit ein paar Schränken an den Seiten. Der ganze Raum war ausgefüllt von einer einzigen, riesigen Kuh.

»Nicht ganz das, was ich erwartet habe«, murmelte Kendra ungläubig.

Sie starrte das riesige Rind erstaunt an. Der monumentale Kopf erreichte fast die Dachsparren in zwölf oder fünfzehn Metern Höhe. Ein Heuboden, der sich über die gesamte Seite des Gebäudes erstreckte, diente als Futterkrippe. Die Hufe der Kuh waren so groß wie Badewannen. Ihr gewaltiges Euter war zum Bersten gefüllt. Milch tropfte aus den Zitzen, die fast so groß waren wie Zementsäcke.

Die Riesenkuh neigte den Kopf und betrachtete die Neuankömmlinge neugierig. Sie stieß ein langes Muhen aus, das die ganze Scheune erzittern ließ.

»Heilige Kuh«, murmelte Kendra.

»Das kannst du laut sagen. Zumindest wird Opa in nächster Zeit die Milch nicht ausgehen.«

»Wir sind Freunde«, rief Kendra zu der Kuh hinauf. Das riesige Tier warf den Kopf in den Nacken und begann von dem Heu zu fressen.

»Warum haben wir dieses Ding noch nie gehört?«, überlegte Seth laut.

»Sie muht wahrscheinlich nie. Ich denke, sie hat Schmerzen«, meinte Kendra. »Siehst du, wie geschwollen das Euter ist? Ich wette, mit der Milch könnte man einen Swimmingpool füllen.«

»Aber locker.«

»Wahrscheinlich wird sie normalerweise jeden Morgen gemolken.«

»Und heute hat das niemand getan«, erwiderte Seth.

Sie standen da und starrten die Kuh an. Die Kuh kaute gemächlich weiter. Seth zeigte auf die hintere Seite der Scheune.

»Sieh dir den Mist an!«

»Krank!«

»Der weltgrößte Kuhfladen!«

»Typisch, dass dir so was auffällt.«

Die Kuh stieß einen weiteren brüllenden Klagelaut aus, den längsten bisher. Sie hielten sich die Ohren zu, bis das Muhen aufhörte.

»Wir sollten versuchen, sie zu melken«, meinte Kendra.

»Wie sollen wir das denn anstellen?«, rief Seth.

»Es muss eine Möglichkeit geben. Sie machen es ja auch ständig.«

»Wir kommen nicht mal an ihre Dinger ran.«

»Ich wette, diese Kuh könnte die Scheune in Stücke reißen, wenn sie wollte. Ich meine, sieh sie dir an! Sie wird immer unruhiger. Ihr Euter sieht so aus, als würde es gleich platzen. Wer weiß, was für Kräfte sie hat. Schließlich verleiht ihre Milch Menschen die Fähigkeit, Feen zu sehen. Das Letzte, was wir jetzt gebrauchen können, ist eine magische Riesenkuh, die hier frei herumläuft. Dann wäre das Chaos endgültig perfekt.«

Seth verschränkte die Arme vor der Brust und dachte über die bevorstehende Aufgabe nach. »Es ist unmöglich.«

»Wir müssen die Schränke durchsuchen. Vielleicht haben sie irgendwelche speziellen Werkzeuge.«

»Was ist mit Opa?«

»Wir haben keine Hinweise mehr«, erwiderte Kendra. »Wenn wir diese Kuh nicht melken, haben wir am Ende womöglich noch eine weitere Katastrophe am Hals.«

In den Schränken fanden sie eine Vielzahl von Werkzeugen und Ausrüstungsgegenständen, aber nichts, was sich offenkundig dazu eignete, Riesenkühe zu melken. Überall standen leere Fässer, und

Kendra vermutete, dass sie wohl für die Milch da waren. In einem Schrank entdeckte Kendra zwei Stehleitern. »Die da sind vielleicht alles, was wir brauchen«, sagte sie.

»Wie sollen wir mit unseren Händen überhaupt um diese Dinger rumkommen?«

»Gar nicht.«

»Es muss hier irgendwo eine gigantische Melkmaschine geben«, meinte Seth.

»Ich sehe aber nichts in der Art. Vielleicht könnten wir einfach die Arme um die Zitzen legen und uns fallen lassen.«

»Bist du verrückt geworden?«

»Warum nicht?«, fragte Kendra und deutete auf das Euter. »Es ist nicht allzu weit von den Zitzen bis zum Boden.«

»Sollten wir keine Fässer benutzen?«

»Nein, wir können die Milch ruhig versickern lassen. Fässer wären nur im Weg. Wir müssen lediglich den Druck lindern.«

»Was ist, wenn sie auf uns draufsteigt?«

»Sie hat kaum Platz, um sich zu bewegen. Wenn wir unter dem Euter bleiben, wird uns nichts passieren.«

Sie brachten die beiden Leitern in die richtige Position, eine links und die andere rechts von dem Rieseneuter. Dann kletterten sie hinauf. Sie mussten sich auf die vorletzte Sprosse stellen, damit sie die Zitzen möglichst weit oben packen konnten.

Seth stand wartend da, während Kendra versuchte, sich in Position zu bringen. »Fühlt sich ganz schön wackelig an«, sagte sie.

»Du musst balancieren.«

Zögernd stellte sie sich aufrecht hin. Es kam ihr viel höher vor, als es vom Boden aus ausgesehen hatte. »Bist du bereit?«

»Nein. Du etwa?«

»Wir müssen es zumindest versuchen.«

»Die Arme um das Ding legen und runterrutschen?«, fragte Seth.

»Wir werden uns abwechseln, erst du, dann ich, dann du, dann ich. Dann machen wir das Gleiche bei den anderen Zitzen.«

»Wie wär's, wenn du anfangen würdest?«

»Du bist besser in solchen Sachen«, antwortete Kendra.

»Stimmt, ich melke oft Riesenkühe. Ich werd dir irgendwann mal meine Pokale zeigen.«

»Im Ernst, du fängst an«, drängte Kendra.

»Was machen wir, wenn es ihr weh tut?«

»Ich glaube nicht, dass wir groß genug sind, um ihr weh zu tun. Ich mache mir eher Sorgen, dass wir keine Milch herausbekommen werden.«

»Also sollte ich so fest pressen, wie ich kann«, folgerte Seth.

»Klar.«

»Sobald ich angefangen hab, kommst du dran, und dann machen wir weiter, so schnell wir können.«

»Und wenn ich jemals einen Pokal für das Melken einer Riesenkuh sehe, werde ich ihn dir kaufen«, meinte Kendra.

»Mir wäre es lieber, wenn das unser kleines Geheimnis bleiben würde. Bist du so weit?«

»Leg los.«

Zögernd drückte Seth eine Hand auf die gewaltige Zitze. Die Kuh muhte, und er zuckte zurück. Seth musste sich mit beiden Händen an der Leiter festhalten, um nicht herunterzupurzeln. Kendra fiel vor Lachen fast von der Leiter. Schließlich verebbte das Nebelhornmuhen.

»Ich hab's mir anders überlegt«, sagte Seth.

»Ich werde bis drei zählen«, erwiderte Kendra.

»Du zuerst, oder ich mache nicht mit. Ich wäre fast von der Leiter gefallen und hab mir dabei gleichzeitig beinah in die Hose gemacht.«

»Eins ... zwei... drei!«

Seth nahm all seinen Mut zusammen und umarmte die Zitze. Er rutschte daran entlang und fiel auf den Boden, begleitet von einem beeindruckenden Strahl Milch. Kendra machte es ihm nach und legte ebenfalls die Arme um die Zitze. Obwohl sie fest zudrückte, rutschte sie schneller ab, als sie erwartet hatte. Als sie auf dem Boden landete, war ihre Jeans bereits von warmer Milch durchnässt.

Seth war wieder auf dem Weg die Leiter hinauf. »Mich ekelt's jetzt schon«, sagte er, trat von der Leiter und rutschte wieder hinunter. Diesmal kam er auf den Füßen auf. Kendra kletterte ebenfalls wieder hinauf, umklammerte die Zitze, so fest sie konnte, und glitt ein wenig langsamer zu Boden, fiel aber dennoch abermals der Länge nach hin. Alles war voll mit Milch.

Schon bald fanden sie in einen gewissen Rhythmus, und beide landeten sie meistens auf den Füßen. Das pralle Euter hing tief herunter, und mittlerweile hatten sie ihre Klammertechnik so weit verfeinert, dass sie ihren Fall gut abbremsen konnten. Die Milch floss in Strömen, und die Zitzen spritzten wie Feuerwehrschläuche. Sie mussten jeder mindestens siebzig Stürze absolviert haben, bevor der Milchstrom zu verebben begann.

»Andere Seite«, keuchte Kendra völlig außer Atem.

»Meine Arme sind tot«, jammerte Seth.

»Wir müssen uns beeilen.«

Sie schoben die Leitern vor die andere Zitze und wiederholten die ganze Prozedur. Kendra versuchte, sich einzureden, sie wäre auf einem wunderlichen Spielplatz, auf dem die Kinder in

Milch statt durch Sand wateten und an dicken, fleischigen Stangen herunterrutschten.

Beim ersten Anzeichen, dass der Milchstrom auch auf dieser Seite verebbte, brachen sie erschöpft zusammen und scherten sich nicht darum, dass sie in Milchpfützen lagen; ihre Kleider und Haare waren ohnehin bereits vollkommen durchnässt. Beide rangen sie verzweifelt nach Luft. Kendra legte sich eine Hand auf den Hals. »Mein Herz schlägt wie ein Presslufthammer.«

»Ich dachte, ich würde kotzen, so widerlich war das«, jammerte Seth.

»Mir macht die Müdigkeit mehr zu schaffen als die Übelkeit.«

»Denk doch mal nach. An uns tropft warme, rohe Milch herunter, und wir sind ungefähr hundert Mal mit dem Gesicht über einen Kuhnippel gerutscht.«

»Mehr als hundert Mal.«

»Wir haben die ganze Scheune überflutet«, ergänzte Seth. »Ich werde nie wieder Milch trinken.«

»Und ich werde nie wieder einen Spielplatz betreten«, schwor Kendra.

»Was?«

»Schwer zu erklären.«

Seth begutachtete den Bereich unter der Kuh. »Der Boden hat Abflussrinnen, aber ich glaube nicht, dass viel von der Milch hinunterfließt.«

»Ich habe einen Schlauch gesehen. Ich bezweifle stark, dass es der Kuh gefallen würde, wenn hier überall vergammelnde Milch rumschwimmen würde.« Kendra richtete sich auf und wrang Milch aus ihrem Haar. »Das war das härteste Training, das ich je gemacht habe. Ich bin tot.«

»Wenn ich das jeden Tag machen würde, würde ich bald aussehen wie Herkules«, meinte Seth.

»Hast du was dagegen, die Leitern wegzuräumen?«

»Nicht wenn du das Abspritzen übernimmst.«

Der Schlauch war lang und hatte einen guten Wasserdruck, und die Abflussrinnen schienen reichlich Kapazität zu haben. Das Wegspritzen der Milch entpuppte sich als der angenehmste Teil der ganzen Prozedur. Seth ließ sich von Kendra abspritzen und machte dann das Gleiche mit ihr.

Von dem Zeitpunkt an, da das Melken ernsthaft begonnen hatte, hatte die Kuh keinen Laut mehr von sich gegeben und anscheinend keine weitere Notiz mehr von Kendra und Seth genommen. Jetzt riefen sie in der Scheune nach Opa und Lena, nur um ganz sicherzugehen. Sie begannen ganz leise, um die Kuh nicht zu erschrecken, aber bald schrien sie aus voller Kehle. Doch wie es schon den ganzen Tag über ihr Los gewesen war, blieben ihre Rufe unbeantwortet.

»Sollen wir zurück ins Haus gehen?«, fragte Kendra.

»Ich schätze, ja. Es wird bald dunkel werden.«

»Ich bin müde. Und ich habe Hunger. Wir sollten uns auf die Suche nach etwas Essbarem machen.«

Sie verließen die Scheune. Der Tag näherte sich seinem Ende.

»Du hast einen großen Riss in deinem Hemd«, sagte Kendra.

»Das ist passiert, als wir vor der Ogerin davongelaufen sind.«

»Ich habe ein pinkfarbenes T-Shirt, das ich dir leihen kann.«

»Mit dem hier geht's auch«, erwiderte Seth, »sobald es wieder trocken ist.«

»Mit dem rosafarbenen kannst du dich genauso gut verstecken wie mit deinem albernen Tarnhemd«, beharrte Kendra.

»Sind eigentlich alle Mädchen so hirnverbrannt wie du?«

»Du willst mir erzählen, dass ein grünes Hemd dich für Monster unsichtbar macht?«

»Nein. *Weniger* sichtbar. Weniger, das ist der Punkt. Weniger als das blaue, das du anhast.«

»Ich schätze, ich sollte mir vielleicht auch ein grünes anziehen.«

KAPITEL 13

Eine unerwartete Botschaft

Kendra saß auf dem Boden im Esszimmer und nahm einen Bissen von ihrem zweiten Sandwich mit Erdnussbutter und Marmelade. Nachdem sie und Seth die Küche durchstöbert hatten, hatten sie genug zu essen gefunden, um ganze Wochen damit auszukommen. In der Speisekammer waren Dosen mit Obst und Gemüse, unversehrt gebliebene Gläser mit Eingemachtem, Brot, Hafermehl, Cracker, Thunfisch und viele andere Sachen. Der Kühlschrank funktionierte noch, obwohl er auf der Seite lag, und sie räumten die Glasscherben beiseite, so gut sie konnten. Es waren noch reichlich Milch, Käse und Eier da, und in der Tiefkühltruhe gab es Unmengen Fleisch.

Kendra nahm noch einen Bissen und lehnte sich zurück. Zuerst hatte sie Hunger auf ein zweites Sandwich gehabt, aber jetzt bezweifelte sie, dass sie es würde aufessen können. »Ich bin fix und fertig«, sagte sie.

»Ich auch«, erwiderte Seth. Er belegte einen Cracker mit einem Stück Käse und gab noch eine in Senfsoße getränkte Sardine obendrauf. »Meine Augen brennen.«

»Mein Hals kratzt«, ergänzte Kendra. »Die Sonne ist noch nicht mal untergegangen.«

»Was machen wir wegen Opa?«

»Ich denke, wir sollten uns erst mal ausruhen. Das ist das Beste, was wir tun können. Morgen früh können wir wieder klarer denken.«

»Wie lange haben wir gestern Nacht geschlafen?«, fragte Seth.

»Ungefähr eine halbe Stunde«, schätzte Kendra.

»Wir sind seit fast zwei Tagen auf!«

»Und jetzt wirst du zwei Tage lang schlafen.«

»Ach was«, erwiderte Seth.

»Doch. Deine Drüsen werden einen Kokon um dich spinnen.«

»So leichtgläubig bin ich nun auch wieder nicht.«

»Das ist auch der Grund, warum du solchen Hunger hast. Du lagerst Fett für den Winterschlaf ein.«

Seth aß den Cracker auf. »Du solltest mal eine Sardine probieren.«

»Ich esse keine Fische, an denen noch die Köpfe dranhängen.«

»Die Köpfe sind das Beste! Du kannst spüren, wie die Augen knacken, wenn du...«

»Das reicht.« Kendra stand auf. »Ich muss ins Bett.«

Seth erhob sich ebenfalls. »Ich auch.«

Sie gingen die Treppe hoch, durch den verwüsteten Flur und stiegen dann die Stufen zum Dachboden hinauf. Ihr Zimmer hatte einiges abbekommen, nur die Betten waren unversehrt geblieben. Goldlöckchen stolzierte in einer Ecke umher und gackerte aufgeregt. Ihr Futter lag über den Boden verstreut.

»Du hast Recht, dass das Salz anscheinend nicht funktioniert hat«, sagte Seth.

»Vielleicht funktioniert es nur hier drin.«

»Sie waren zwar Mistkerle, aber diese Ziegentypen waren trotzdem ziemlich witzig.«

»Man nennt sie Satyre«, korrigierte Kendra.

»Ich muss ein paar C-Batterien auftreiben. Sie haben gesagt, sie würden uns Gold geben.«

»Sie haben aber nicht gesagt, wie viel.«

»Trotzdem, Batterien gegen Gold eintauschen! Ich könnte Millionär werden.«

»Ich bin mir nicht sicher, ob ich diesen Burschen trauen würde.« Kendra ließ sich auf ihr Bett fallen und drückte das Gesicht auf ihr Kissen. »Weshalb gackert Goldlöckchen die ganze Zeit?«

»Ich wette, sie vermisst ihren Käfig.« Seth durchquerte den Raum und ging zu der aufgeregten Henne hinüber. »Kendra, du solltest besser herkommen und dir das ansehen.«

»Kann ich es mir nicht morgen früh anschauen?«, antwortete sie mit gedämpfter Stimme durch ihr Kissen.

»Du musst es dir jetzt ansehen.«

Kendra stemmte sich vom Bett hoch und ging zu Seth hinüber. In der Ecke lagen mehr als hundert Futterkörner auf dem Boden, sie bildeten sieben Buchstaben:

ICHBN OM

»Du machst einen Scherz«, sagte Kendra. Sie bedachte Seth mit einem argwöhnischen Blick. »Hast du das geschrieben?«

»Nein! Wirklich nicht!«

Kendra hockte sich vor Goldlöckchen hin. »Du bist meine Oma Sørensen?«

Die Henne nickte mit dem Kopf, wie zur Bestätigung.

»War das ein Ja?«

Die Henne nickte abermals.

»Gib mir ein Nein, damit ich sicher sein kann«, sagte Kendra.

Goldlöckchen schüttelte den Kopf.

»Wie ist das passiert?«, fragte Seth. »Hat jemand dich verwandelt?«

Das Huhn nickte.

»Wie verwandeln wir dich zurück?«, fragte Kendra.

Goldlöckchen hielt still.

»Warum hat Opa sie nicht zurückverwandelt?«, fragte Seth.

»Hat Opa Sørensen versucht, dich zurückzuverwandeln?«, gab Kendra die Frage weiter.

Goldlöckchen nickte, dann schüttelte sie den Kopf.

»Ja und nein?«

Die Henne nickte.

»Er hat es versucht, aber nicht geschafft«, riet Kendra.

Die Henne bestätigte ihre Worte.

»Kennst du eine Möglichkeit, wie wir dich zurückverwandeln können?«, fragte Kendra.

Ein weiteres Nicken.

»Ist es etwas, das wir im Haus tun können?«, wollte Kendra wissen.

Kopfschütteln.

»Müssen wir dich zu der Hexe bringen?«, versuchte Seth es.

Goldlöckchen nickte. Dann flatterte die Henne mit den Flügeln und hüpfte davon.

»Warte, Oma!« Kendra wollte nach ihr greifen, aber der Vogel wich ihr verängstigt aus. »Sie dreht durch.«

Seth bekam sie schließlich zu fassen. »Oma«, sagte er, »kannst du uns noch hören?«

Die Henne ließ mit nichts erkennen, dass sie ihn verstanden hatte.

»Oma«, sagte Kendra, »kannst du noch antworten?«

Das Huhn zappelte. Seth hielt sie fest, aber das Huhn pickte nach seiner Hand, und er ließ es fallen. Sie beobachteten Goldlöckchen. Einige Minuten lang tat sie nichts, das auf irgendeine Art von Intelligenz schließen ließ, und sie reagierte auch nicht mehr auf ihre Fragen.

»Vorher hat sie uns doch noch geantwortet, oder?«, meinte Kendra.

»Sie hat uns eine Botschaft geschrieben!«, sagte Seth und zeigte auf die Körner in der Ecke.

»Sie muss irgendwie kurz die Möglichkeit gehabt haben, sich mit uns in Verbindung zu setzen«, überlegte Kendra. »Jetzt hat sie die Botschaft übermittelt und überlässt alles Weitere uns.«

»Warum hat sie nicht schon früher mit uns gesprochen?«

»Ich weiß nicht. Vielleicht hat sie es versucht, und wir haben sie nie verstanden.«

Seth neigte nachdenklich den Kopf und zuckte dann mit den Achseln. »Bringen wir sie morgen früh zu der Hexe?«

»Ich weiß nicht. Muriel hat nur noch einen Knoten übrig.«

»Ganz gleich, was geschieht, wir dürfen den letzten Knoten nicht öffnen. Aber vielleicht könnten wir einen Handel mit ihr machen.«

»Und womit willst du handeln?«, fragte Kendra.

»Wir könnten ihr Nahrungsmittel bringen. Oder andere Sachen. Dinge, die es ihr in dem Schuppen bequemer machen.«

»Ich glaube nicht, dass sie darauf eingehen wird. Sie merkt bestimmt, dass wir Oma unbedingt wieder zurückhaben wollen.«

»Wir werden ihr keine andere Wahl lassen.«

Kendra biss sich auf die Unterlippe. »Was ist, wenn sie nicht nachgibt? Bei Opa hat sie es auch nicht getan. Lassen wir Muriel frei, wenn sie Oma zurückverwandelt?«

»Auf keinen Fall!«, schnaubte Seth. »Was hindert sie daran, uns alle in Hühner zu verwandeln, wenn sie frei ist?«

»Opa hat gesagt, man könnte hier keine Magie gegen andere benutzen, wenn sie es nicht zuvor getan haben. Wir haben Muriel nie irgendeinen Schaden zugefügt, oder?«

»Aber sie ist eine Hexe«, wandte Seth ein. »Warum ist sie eingesperrt, wenn sie nicht gefährlich ist?«

»Ich sage nicht, dass ich sie gehen lassen will. Ich sage nur, dass das vielleicht eine Notsituation ist, in der wir keine anderen Möglichkeiten haben. Es könnte das Risiko wert sein, um Oma zurückzubekommen, damit sie uns helfen kann.«

Seth dachte darüber nach. »Was ist, wenn wir sie dazu bringen können, uns zu verraten, wo Opa ist?«

»Oder beides«, sagte Kendra aufgeregt. »Ich wette, sie würde so ziemlich alles tun, um freizukommen. Zumindest diese beiden Dinge würde sie sicher tun. Dann kämen wir vielleicht aus diesem Schlamassel heraus.«

»Es stimmt, dass wir nicht allzu viele Möglichkeiten haben.«

»Wir sollten erst einmal darüber schlafen«, meinte Kendra. »Wir sind beide vollkommen erledigt. Morgen früh können wir entscheiden, was wir tun wollen.«

»In Ordnung.«

Kendra stieg in ihr Bett, kroch unter die Decke, ließ den Kopf in das Kissen sinken und schlief ein, noch bevor sie an irgendetwas anderes denken konnte.

»Vielleicht hätten wir die Milch nicht aus unseren Kleidern waschen sollen«, sagte Seth. »Dann könnten wir Butter machen, während wir gehen.«

»Igitt!«

»Vielleicht hätte ich dann jetzt Joghurt unter den Achseln.«

»Du bist ein Psycho«, erwiderte Kendra.

»Dann könnten wir ein bisschen von Lenas Marmelade dazumischen und hätten Fruchtjoghurt.«

»Hör auf damit!«

Seth schien zufrieden mit sich zu sein. Goldlöckchen hockte in einem Jutesack, den er in der Speisekammer gefunden hatte. Sie hatten versucht, den Käfig wieder geradezubiegen, konnten die Tür aber nicht befestigen. Sie hatten den Sack so weit zugebunden, dass die Henne nur ihren Kopf herausstrecken konnte.

Es war schwer, sich das Huhn als Oma Sørensen vorzustellen. Die Henne hatte den ganzen Morgen lang keine einzige großmütterliche Tat vollbracht. Sie zeigte keine Reaktion auf die Ankündigung, dass sie zu Muriel gehen würden, und während der Nacht hatte sie ein Ei auf Kendras Bett gelegt.

Kendra und Seth waren kurz vor Sonnenaufgang aufgewacht. Aus der Scheune hatten sie die Schubkarre geholt, mit der sie Goldlöckchen transportieren wollten. Sie stellten es sich leichter vor, als die Henne den ganzen Weg zu dem Efeuschuppen zu tragen.

Kendra war an der Reihe, die Schubkarre zu schieben. Die Henne wirkte gelassen. Wahrscheinlich genoss sie die frische Luft. Das Wetter war angenehm – sonnig und warm, aber nicht zu heiß.

Kendra fragte sich, wie die Verhandlungen mit Muriel wohl laufen würden. Sie hatten beschlossen, erst einmal abzuwarten, welche Bedingungen sie mit der Hexe aushandeln konnten, um dann ihre endgültige Entscheidung zu treffen. Sie hatten Essen, Kleider, Werkzeuge und andere Gerätschaften in die Schubkarre geladen, für den Fall, dass Muriel sich auf einen Tauschhandel einlassen würde. Die meisten Kleidungstücke ihrer Großeltern waren in der Mittsommernacht zerstört worden, aber sie hatten einige unversehrte Sachen für Oma gefunden, die sie tragen konnte, falls es ihnen gelang, sie zurückzuverwandeln. Außerdem hatten sie dem Huhn in der Früh Milch gegeben und auch selbst welche getrunken.

Der Weg zu dem Schuppen war nicht schwer wiederzufinden, und schon bald sahen sie den efeuüberwucherten Schuppen, in dem die Hexe lebte. Seth ließ die Schubkarre stehen und trug das Huhn, Kendra raffte einen Arm voll Tauschware zusammen. Sie hatte Seth bereits ermahnt, ruhig zu bleiben und höflich zu sein, ganz gleich, was geschah, aber sie wiederholte ihre Worte lieber noch einmal.

Als sie sich dem Schuppen näherten, hörten sie eigenartige Musik, als würde jemand auf einem Gummiband spielen und dazu mit Kastagnetten klappern. Als sie die Vordertür erreichten, sahen sie, dass die schmuddelige alte Hexe mit der einen Hand eine Maultrommel spielte, während sie mit der anderen ihre Stockpuppe tanzen ließ.

»Ich hätte nicht gedacht, dass ich so bald schon wieder Besuch bekommen würde«, lachte die Hexe, nachdem sie ihr Lied beendet hatte. »Ein Jammer, das mit Stanley.«

»Was wissen Sie über unseren Opa?«, fragte Seth.

»Der Wald summt nur so von der Nachricht über seine Entführung«, antwortete Muriel. »Die najadische Haushälterin ebenfalls, wenn man den Gerüchten glauben darf. Ein ziemlicher Skandal.«

»Wissen Sie, wo sie sind?«

»Man sehe sich nur die hübschen Geschenke an, die ihr mir

mitgebracht habt«, schwärmte die Hexe und klatschte in die Hände. »Die Decke ist entzückend, aber sie würde in meinem bescheidenen Heim nur vor die Hunde gehen. Ich werde nicht zulassen, dass ihr eure Großzügigkeit auf mich verschwendet; ich wüsste gar nicht, was ich mit so hübschen Dingen anfangen soll.«

»Wir haben diese Dinge mitgebracht, um einen Tausch auszuhandeln«, warf Kendra ein.

»Einen Tausch?«, fragte die Hexe theatralisch und schmatzte mit den Lippen. »Für meinen Tee? Unsinn, Kind, ich würde nicht im Traum daran denken, ein Entgelt für meine Gastfreundschaft zu verlangen. Kommt herein, und wir drei werden zusammen etwas trinken.«

»Wir wollen nicht gegen Tee tauschen«, sagte Seth und hielt Goldlöckchen hoch. »Wir wollen, dass Sie unsere Oma zurückverwandeln.«

»Im Austausch für ein Huhn?«

»Sie ist das Huhn«, erklärte Kendra.

Die Hexe grinste und strich sich übers Kinn. »Kam mir auch irgendwie bekannt vor, das Tier«, meinte sie. »Ihr armen Kleinen, ein Beschützer in die Nacht davongetragen, der andere in Federvieh verwandelt.«

»Wir können Ihnen eine Decke anbieten, einen Bademantel, eine Zahnbürste und jede Menge selbstgemachtes Essen«, sagte Kendra.

»So zauberhaft das wäre«, erwiderte Muriel, »ich brauche die Energie des Knotens, um einen Zauber zu wirken, der eurer Großmutter ihre ehemalige Gestalt zurückgeben könnte.«

»Wir können Ihren letzten Knoten nicht lösen«, wandte Seth ein. »Opa wäre fuchsteufelswild.«

Die Hexe zuckte die Achseln. »Ich kann's nicht ändern. Eingesperrt in diesen Schuppen, sind meine Fähigkeiten beschränkt. Das hat nichts mit mangelnder Kompromissbereitschaft zu tun – das Dilemma ist, dass ich nur diese eine Lösung anbieten kann, um eure Bitte zu erfüllen: Ich muss dazu die Macht freisetzen, die in dem letzten Knoten liegt. Die Entscheidung liegt in euren Händen. Ich habe keine anderen Alternativen.«

»Wenn wir den letzten Knoten aufbinden, werden Sie uns dann auch sagen, wo Opa hingebracht worden ist?«, fragte Kendra.

»Kind, ich würde nichts lieber tun, als euch mit eurem verschwundenen Großvater wiederzuvereinen. Aber die Wahrheit ist, dass ich nicht die leiseste Ahnung habe, wo er hingebracht wurde. Auch das würde das Lösen eines Knotens erfordern, um ausreichende Macht heraufzubeschwören, damit ich seinen Aufenthaltsort bestimmen kann.«

»Könnten Sie Opa finden und Oma zurückverwandeln, und das mit der Macht nur eines Knotens?«,fragte Kendra.

»Beklagenswerterweise kann ich nur das eine oder das andere vollbringen. Beides lässt sich nicht machen.«

»Wenn Sie keinen Weg finden, werden Sie auch keine Gelegenheit bekommen, nur eins von beidem zu tun«, sagte Seth.

»Dann haben wir anscheinend eine Pattsituation«, meinte die Hexe entschuldigend. »Wenn du mir damit sagen willst, dass wir nur ins Geschäft kommen, wenn ich das Unmögliche möglich mache, dann gibt es eben kein Geschäft. Ich kann eine von euren Bitten erfüllen, aber nicht beide.«

»Wenn wir Oma von Ihnen zurückverwandeln lassen«, fragte Kendra, »könnten Sie uns dann helfen, Opa zu finden, sobald Sie frei sind?«

»Vielleicht«, überlegte die Hexe, »wenn auch ohne Garantie. Aber sobald ich frei wäre, könnte ich wahrscheinlich meine Fähigkeiten nutzen, um Licht in das Rätsel um den Aufenthaltsort eures Großvaters zu bringen.«

»Woher wissen wir, dass Sie nicht auf uns losgehen, wenn wir Sie freilassen?«, fragte Seth.

»Eine angemessene Frage«, sagte Muriel. »Ich mag durch lange Jahre der Gefangenschaft verbittert sein und eifrig darauf bedacht, Unheil zu stiften, sobald ich wieder frei bin. Ich gebe euch jedoch mein Wort als Ausübende der alten Kunst, dass ich nach meiner Befreiung aus der Gefangenschaft weder euch noch eurer Großmutter Schaden zufügen werde. Wenn ich irgendwelchen Groll hege, dann gegen die, die meine Gefangenschaft initiiert haben; gegen Feinde, die schon vor Jahrzehnten aus diesem Leben geschieden sind, und nicht gegen jene, die mich befreit haben. Wenn überhaupt, würde ich mich meinen Befreiern verpflichtet fühlen.«

»Und Sie würden versprechen, uns zu helfen, Opa Sørensen zu finden?«, hakte Kendra nach.

»Eure Großmutter wird meine Hilfe vielleicht zurückweisen. Sie und euer Großvater haben nie viel von mir gehalten. Aber wenn sie meine Unterstützung bei der Suche nach Stan annimmt, werde ich sie nicht verwehren.«

»Wir müssen uns unter vier Augen besprechen«, sagte Kendra.

»Meinetwegen gern«, erwiderte Muriel.

Sie gingen zum Pfad zurück, und Kendra ließ ihre Tauschwaren in die Schubkarre fallen. Sie sprach in einem leisen Flüsterton. »Ich glaube nicht, dass wir eine andere Wahl haben.«

»Mir gefällt nicht, dass sie so nett ist«, meinte Seth. »Es ist fast noch beängstigender als zuvor. Ich glaube, sie ist ziemlich heiß darauf, freizukommen.«

»Ich weiß. Aber wir sind genauso heiß darauf, Oma wiederzubekommen und vielleicht Opa zu finden.«

»Sie ist eine Lügnerin«, warnte Seth. »Ich glaube nicht, dass wir uns auf ihre Versprechungen verlassen können.«

»Wahrscheinlich nicht.«

»Wir sollten darauf gefasst sein, dass sie uns angreifen wird, sobald sie frei ist. Wenn nicht, wunderbar. Aber ich habe Salz mitgebracht, was auch immer das nützen mag.«

»Wenn Oma zurückverwandelt ist, kann sie uns helfen, mit ihr fertigzuwerden«,meinte Kendra.

»Oma weiß vielleicht gar nicht, wie man gegen Hexen kämpft.«

»Ich bin mir sicher, dass sie den einen oder anderen Trick beherrscht. Lass uns versuchen, sie zu fragen.«

Seth hielt die Henne hoch. Kendra strich ihr sanft über den Kopf. »Oma Sørensen«, begann Kendra. »Ruth. Du musst mir jetzt gut zuhören. Wenn du mich verstehen kannst, musst du uns antworten. Das ist sehr wichtig.« Die Henne schien zuzuhören. »Sollen wir den letzten Knoten lösen, damit Muriel Taggart dich zurückverwandeln kann?«

Der Kopf nickte.

»War das ein Ja?«

Der Kopf nickte abermals.

»Kannst du uns ein Nein geben?«

Die Henne reagierte nicht.

»Oma, Ruth. Kannst du den Kopf schütteln, damit wir sicher sein können, dass du uns verstehst?«

Auch diesmal regte das Huhn sich nicht.

»Vielleicht hat sie all ihre Kraft gebraucht, um deine erste Frage zu beantworten«, spekulierte Seth.

»Es sah tatsächlich so aus, als hätte sie genickt«, erwiderte Kendra. »Und ich weiß nicht, was wir sonst tun könnten. Die Hexe zu befreien ist ein hoher Preis, aber es wäre wahrscheinlich noch schlimmer, keine Hoffnung zu haben, Opa zu finden, und mit ansehen zu müssen, wie Oma für immer in der Gestalt eines Huhns gefangen bleibt.«

»Wir sollten sie befreien.«

Kendra dacht nach. War das wirklich ihre einzige Möglichkeit? Es sah ganz so aus. »Lass uns zurückgehen«, stimmte sie zu.

Sie gingen wieder zu dem Schuppen. »Wir wollen, dass Sie Oma zurückverwandeln«,sagte Kendra.

»Ihr werdet aus freien Stücken meinen letzten Knoten lösen, meine letzte Fessel, wenn ich eurer Großmutter ihre menschliche Gestalt wiedergebe?«

»Ja. Was müssen wir tun?«

»Sagt einfach: ›Aus freiem Willen löse ich diesen Knoten‹ und dann müsst ihr daraufblasen. Ihr solltet ein paar Kleider für eure Großmutter bereitlegen. Sie wird nichts anhaben.«

Kendra lief zu der Schubkarre und kam mit dem Bademantel und einem Paar Pantoffeln zurück. Muriel stand in der Tür und hielt das Seil umklammert. »Legt eure Großmutter auf meine Türschwelle«, wies sie die Kinder an.

»Ich will auf den Knoten blasen«, sagte Seth.

»Klar«, antwortete Kendra.

»Und du holst Oma aus dem Sack.«

Kendra ging in die Hocke und zog den Sack weit auf. Muriel hielt Seth das Seil hin. Die Henne blickte auf, sträubte ihre Federn und schlug mit den Flügeln. Kendra versuchte, sie festzuhalten, gleichzeitig angeekelt von dem Gefühl schlanker Knochen, die sich unter ihren Händen bewegten.

»Aus freiem Willen löse ich diesen Knoten«, sagte Seth, und Goldlöckchen gackerte laut. Er blies, und der Knoten löste sich.

Muriel hielt beide Hände über die erregte Henne und begann leise, unverständliche Worte zu singen. Die Luft flimmerte. Kendra presste die Henne fest an sich. Zuerst fühlte es sich an, als würde das Fleisch des Vogels kleine Blasen werfen; dann verschoben sich die zarten Knochen. Kendra ließ Goldlöckchen fallen und ging einen Schritt zurück.

Sie sah alles wie in Zerrspiegeln. Muriel dehnte sich zuerst in die Breite, dann in die Höhe. Seth wurde zu einem Stundenglas mit einem riesigen Kopf, einer spindeldürren Taille und Clownsfüßen. Kendra rieb sich die Augen, doch sie sah ihre Umgebung immer noch verzerrt. Als sie nach unten schaute, wölbte sich der Boden in alle Richtungen. Sie ruderte mit den Armen, um nicht das Gleichgewicht zu verlieren.

Das Bild von Muriel begann sich zu kräuseln, genau wie das von Goldlöckchen, die ihre Federn abwarf und langsam menschliche Gestalt annahm. Dann wurde alles düster, als hätten sich Wolken vor die Sonne geschoben, und eine dunkle Aura verdichtete sich um Muriel und Oma. Die Dunkelheit dehnte sich aus, und einen Moment lang konnte sie nichts sehen. Dann stand Oma vor ihnen, vollkommen nackt. Kendra legte ihr den Bademantel um die Schultern.

Aus dem Innern des Schuppens kam ein Geräusch wie das Heulen eines fürchterlichen Windes. Der Boden rumorte. »Legt euch hin«, sagte Oma und zog Kendra zu sich herab. Seth ließ sich flach auf den Boden fallen.

Eine mächtige Sturmböe riss die Wände des Schuppens auseinander. Trümmer des Dachs flogen in die Baumkronen. Der Baumstumpf spaltete sich in der Mitte. Kleinholz und Efeu schossen in alle Richtungen davon, prallten gegen Stämme und durchsiebten das Blätterwerk.

Kendra hob den Kopf. Muriel stand in ihren Lumpen da und sah sich voller Staunen um. Noch immer regneten Holzsplitter vom Himmel wie Hagelkörner, dazwischen flatternde Fetzen Efeu. Muriel grinste. Ihre verfaulten Zähne und das entzündete Zahnfleisch waren deutlich zu sehen. Sie begann zu kichern, und Tränen stiegen in ihre Augen. Dann breitete sie die runzeligen Arme weit aus. »Freiheit!«, rief sie. »Endlich Gerechtigkeit!«

Oma Sørensen erhob sich. Sie war kleiner und stämmiger als Muriel, und ihr Haar hatte die Farbe von Zimt und Zucker. »Sie müssen diesen Besitz unverzüglich verlassen.«

Muriel funkelte Oma an, und die Freude in ihrem Blick wurde verdrängt von Boshaftigkeit. Eine Träne entkam und rollte über ihre faltige Wange. »Ist das der Dank dafür, dass ich deinen Fluch aufgehoben habe?«

»Sie haben die Belohnung für die Dienste, die Sie geleistet haben, bereits erhalten. Sie sind der Gefangenschaft entronnen. Die Verbannung aus diesem Reservat ist nur die notwendige Konsequenz früherer Fehltritte.«

»Meine Schulden sind beglichen. Du bist nicht die Verwalterin.«

»Ich habe die gleichen Befugnisse wie mein Mann. In seiner Abwesenheit bin ich die Verwalterin. Ich fordere Sie auf, fortzugehen und nie mehr zurückzukehren.«

Muriel drehte sich um und stapfte davon. »Es ist meine Sache, wo ich mich niederlasse.« Sie blickte nicht zurück.

»Nicht in meinem Reservat.«

»In *deinem* Reservat, ach ja? Ich erhebe Einspruch gegen deine Besitzansprüche.« Muriel hatte sich noch immer nicht umgedreht. Oma ging ihr nach – eine alte Frau in einem Bademantel, die eine alte Frau in Lumpen verfolgte.

»Neue Vergehen werden neue Strafen nach sich ziehen«, warnte Oma.

»Du wirst dich noch wundern, wer hier die Strafen verteilt.«

»Provozieren Sie keine neue Feindschaft. Scheiden Sie in Frieden.« Oma beschleunigte ihren Schritt und packte Muriel am Arm.

Muriel riss sich los und drehte sich zu Oma um. »Vorsicht, Ruth. Wenn du hier und jetzt und vor den Kleinen Streit anfängst, so werde ich mich deinem Wunsch beugen. Aber ich warne dich, dies ist nicht der geeignete Augenblick, um sich auf das überholte Protokoll eines veralteten Gründungsvertrags zu verlassen. Die Dinge haben sich drastischer verändert, als du dir vorstellen kannst. Ich schlage vor, du verschwindest, bevor ich hier wieder das Sagen habe.«

Seth lief auf sie zu. Oma machte einen Schritt zur Seite, und er schleuderte eine Handvoll Salz nach der Hexe. Es hatte keine Wirkung. Muriel zeigte mit dem Finger auf ihn. »Du wirst deine Strafe noch bekommen, mein frecher kleiner Frischling. Ich habe ein gutes Gedächtnis.«

»Ihre Missetaten werden Vergeltung nach sich ziehen«, warnte Oma.

Muriel hatte sich wieder zum Gehen gewandt. »Du predigst tauben Ohren.«

»Sie haben gesagt, Sie würden uns erzählen, wie wir unseren Opa finden können«, rief Kendra.

Muriel lachte nur, ohne sich umzublicken.

»Seid still, Kinder«, sagte Oma. »Muriel, ich habe Ihnen befohlen, fortzugehen. Ihr Ungehorsam ist ein kriegerischer Akt.«

»Du erlässt einen Bann, nur um einen Verstoß zu provozieren, damit du eine Rechtfertigung für Vergeltungsmaßnahmen hast«, entgegnete Muriel. »Ich habe keine Angst vor einer Fehde mit dir.«

Oma wandte sich von Muriel ab. »Kendra, komm her.« Sie umarmte die beiden Kinder und zog sie fest an sich. »Es tut mir leid, dass ich euch hierhergebracht habe. Ich hätte euch nicht zu Muriel führen dürfen. Mir war nicht klar, dass dies ihr letzter Knoten war.«

»Wie meinst du das?«, fragte Kendra. »Du hast uns doch reden gehört.«

Oma lächelte traurig. »Für ein Huhn ist das Denken eine anstrengende Aufgabe. Mein Geist war umnebelt. Es hat mich ungeheure Konzentration gekostet, auch nur einen Moment lang wie ein Mensch mit euch zu kommunizieren.«

Seth deutete mit dem Kopf auf Muriel. »Sollen wir sie aufhalten? Ich wette, zu dritt könnten wir sie schaffen.«

»Wenn wir angreifen, kann sie sich mit Magie verteidigen«, sagte Oma. »Wir würden den Schutz durch die Gründungserklärung verlieren.«

»Haben wir es vermasselt?«, fragte Seth. »Ich meine, indem wir sie freigelassen haben.«

»Die Dinge standen auch so schon nicht zum Besten«, antwortete Oma. »Die Tatsache, dass sie jetzt auf freiem Fuß ist, verkompliziert die Situation natürlich. Ob meine Hilfe ihre Freilassung aufwiegen kann, bleibt abzuwarten.« Oma wirkte nervös. Sie fächelte sich Luft zu. »Euer Großvater hat uns in eine ziemlich üble Zwangslage gebracht.«

»Es war nicht seine Schuld«, sagte Seth.

Oma beugte sich vor und stütze die Hände auf die Knie. Kendra hielt sie am Oberarm. »Mir geht es gut, Kendra. Mir ist nur ein wenig schwummerig.« Sie versuchte, sich aufzurichten. »Erzählt mir, was geschehen ist. Ich weiß, dass unerfreuliche Wesen ins Haus eingedrungen sind und Stan mitgenommen haben.«

»Sie haben auch Lena mitgenommen, und ich glaube, sie haben Dale in eine Statue verwandelt«, berichtete Kendra. »Wir haben ihn im Garten gefunden.«

Oma nickte. »Als Verwalter ist Stan eine wertvolle Trophäe. Das Gleiche gilt für eine gefallene Nymphe. Dale dagegen war zu unscheinbar, deshalb haben sie ihn zurückgelassen. Habt ihr irgendwelche Hinweise, wer sie mitgenommen haben könnte?«

»Wir haben in der Nähe von Dale Fußabdrücke gefunden«, erwiderte Seth.

»Haben sie euch irgendwo hingeführt?«

»Nein«, sagte Seth.

»Habt ihr eine Idee, wo Opa und Lena festgehalten werden?«

»Nein.«

»Muriel wird es wahrscheinlich wissen«, meinte Oma. »Sie hat ein Bündnis mit den Kobolden.«

»Da wir gerade von Muriel sprechen«, warf Kendra ein, »wohin ist sie gegangen?«

Sie schauten sich um. Muriel war nicht mehr zu sehen. Oma runzelte die Stirn. »Wahrscheinlich verfügt sie über spezielle Möglichkeiten der Tarnung und der Fortbewegung. Aber egal. Wir sind jetzt nicht dazu ausgerüstet, mit ihr fertigzuwerden.«

»Was tun wir dann?«, fragte Seth.

»Unsere wichtigste Aufgabe ist, euren Opa zu finden. Zuerst

müssen wir herausfinden, wo er sich aufhält, dann wissen wir, wie wir am besten vorgehen.«

»Wie stellen wir das an?«

Oma seufzte. »Unsere beste Chance wäre Nero.«

»Wer?«, fragte Kendra.

»Ein Klippentroll. Er hat einen sehenden Stein. Wenn es uns gelingt, einen Handel mit ihm abzuschließen, müsste er uns Stans Aufenthaltsort offenbaren können.«

»Kennst du ihn gut?«, fragte Seth.

»Ich bin ihm nie begegnet. Euer Großvater hatte einmal mit ihm zu tun. Es wird gefährlich werden, aber im Augenblick ist das die beste Alternative. Wir sollten uns beeilen. Ich werde euch unterwegs mehr erzählen.«

KAPITEL 14

Omas Trollerei

»Habt ihr jemals ein Gespräch mit angehört, während ihr eingeschlafen seid?«, fragte Oma. »Die Worte kommen wie aus weiter Ferne, und man begreift nur mit Mühe ihre Bedeutung.«

»Das ist mir einmal in einem Motel passiert, als wir auf Reisen waren«, antwortete Kendra. »Mom und Dad haben sich unterhalten. Ich bin eingeschlafen, und ihr Gespräch verwandelte sich in einen Traum.«

»Dann kannst du bis zu einem gewissen Grad meinen Geisteszustand als Huhn nachvollziehen. Ihr sagt, es ist Juni. Meine letzten klaren Erinnerungen sind von Februar, als ich verzaubert wurde. Während der ersten paar Tage war mein Geist noch recht wach. Aber im Laufe der Zeit verfiel ich in eine Art Dämmerzustand, ich konnte nicht mehr klar denken und nahm meine Umgebung nicht mehr so wahr, wie ein Mensch es tun würde.«

»Unheimlich«, sagte Seth.

»Ich habe euch erkannt, als ihr angekommen seid, aber es war, wie wenn man von der verkehrten Seite durch ein Fernrohr schaut. Mein Geist ist erst wieder erwacht, als diese Kreaturen durchs Fenster kamen. Der Schock hat mich aus meiner Benommenheit gerissen. Es war sehr schwierig, mein wiedererwachtes Bewusstsein festzuhalten. Ich kann gar nicht beschreiben, wie viel Konzentration es mich gekostet hat, diese Botschaft an euch zu schreiben. Mein Geist wollte entschlüpfen, sich entspannen. Ich wollte die köstlichen Körner essen, statt sie zu seltsamen Mustern zu arrangieren.«

Sie gingen über einen breiten Schotterweg. Statt zum Haus zurückzukehren, waren sie dem Pfad hinter dem Efeuschuppen gefolgt und hatten sich tiefer in den Wald hineinbegeben. Danach waren sie an eine Gabelung gekommen und schließlich zu dem Schotterweg, den sie jetzt entlanggingen. Die Sonne brannte auf sie herab, die Luft war schwer und feucht, und der Wald um sie herum blieb unnatürlich still.

Kendra und Seth hatten eine Jeans mitgebracht, aber wie sich herausstellte, stammte sie aus Omas schlankeren Tagen und passte nicht einmal ansatzweise. Die Tennisschuhe gehörten Opa und waren mehrere Nummern zu groß. Also trug Oma jetzt einen Badeanzug unter ihrem Morgenmantel, und ihre Füße steckten nach wie vor in Pantoffeln.

Oma hob die Hände, öffnete und schloss sie immer wieder und starrte sie dabei unentwegt an. »Eigenartig, wieder richtige Finger zu haben«, murmelte sie.

»Wie bist du überhaupt ein Huhn geworden?«, fragte Seth.

»Mein Stolz hat mich unvorsichtig gemacht«, antwortete Oma. »Eine ernüchternde Erinnerung daran, dass keiner von uns gegen die Gefahren dieses Reservats gefeit ist, selbst wenn wir glauben, wir hätten die Oberhand. Sparen wir uns die Einzelheiten für ein andermal.«

»Warum hat Opa dich nicht zurückverwandelt?«, wollte Kendra wissen.

Omas Augenbrauen schnellten in die Höhe. »Wahrscheinlich, weil ich ihm Frühstückseier gelegt habe. Ich will fast meinen, dass ich, wenn er mich gleich zu Muriel gebracht hätte, all diesen Unsinn hätte verhindern können. Aber ich nehme an, er hat nach einer anderen Lösung gesucht, um mich wieder zurückzuverwandeln.«

»Nach einer anderen Möglichkeit als der, Muriel zu fragen?«, meinte Seth.

»Genau.«

»Warum hat er dann mich von Muriel verwandeln lassen?«

»Er wusste, dass eure Eltern bald zurückkommen würden, deshalb blieb nicht genug Zeit, um lange nach einer anderen Möglichkeit zu suchen.«

»Wusstest du, dass Seth zu einem Walross mutiert war und von Muriel zurückverwandelt wurde?«, fragte Kendra.

»Das alles habe ich nicht mitbekommen«, sagte Oma. »Als Henne sind mir die meisten Einzelheiten entgangen. Als ich euch gedrängt habe, mich zu Muriel zu bringen, habe ich angenommen, dass sie noch immer zwei Knoten übrig hat. Erst als ich aufblickte und den einzelnen Knoten sah, wurde mir das ganze Dilemma bewusst. Aber da war es bereits zu spät. Übrigens, wie bist du eigentlich zum Walross geworden?«

Seth und Kendra erzählten, wie Seth ungewollt eine Fee in einen Kobold verwandelt hatte, und von der Vergeltung, die ihn daraufhin ereilte. Oma hörte zu und fragte bei einigen Punkten genauer nach.

Als der Weg um ein hohes Dickicht bog, kam vor ihnen eine überdachte Brücke in Sicht. Sie war aus dunklem Holz gemacht und führte über eine Schlucht. Sie sah alt und verwittert aus, schien aber in einigermaßen gutem Zustand zu sein.

»Wir nähern uns unserem Ziel«, sagte Oma.

»Ist es hinter der Brücke?«, fragte Kendra nach.

»Unten in der Schlucht.« Oma blieb stehen und musterte das Blätterwerk zu beiden Seiten des Weges. »Die Stille macht mich argwöhnisch. Heute liegt eine große Anspannung über Fabelheim.« Sie ging weiter.

»Wegen Opa?«, fragte Seth.

»Ja, und wegen deiner Feindschaft mit den Feen. Aber ich mache mir Sorgen, dass noch mehr dahinterstecken könnte. Ich kann es kaum erwarten, mit Nero zu sprechen.«

»Wird er uns helfen?«, fragte Kendra.

»Er würde uns wohl eher Schaden zufügen. Trolle können gewalttätig und unberechenbar sein. Ich würde keine Informationen von ihm erbitten, wenn unsere Situation nicht so ernst wäre.«

»Wie sieht dein Plan aus?«, fragte Seth.

»Unsere einzige Chance ist ein kluger Handel. Klippentrolle sind schlau und unbarmherzig, aber man kann sich ihre Raffgier zunutze machen.«

»Raffgier?«, fragte Seth.

»Ja. Klippentrolle sind geizige Kauze. Sie horten Schätze. Außerdem sind sie sehr schlau, was Verhandlungen betrifft. Sie genießen den Kitzel, einen Gegner zu bezwingen. Ganz gleich, zu welcher Übereinkunft wir gelangen, wir müssen Nero das Gefühl geben, dass er der unbestrittene Sieger bei der Sache ist. Ich hoffe nur, wir finden etwas, das er haben will und das wir entbehren können.«

»Und wenn wir nichts finden?«, fragte Kendra.

»Wir müssen etwas finden. Wenn wir nicht zu einer Übereinkunft gelangen, wird Nero uns nicht ungeschoren davonkommen lassen.«

Sie erreichten den Rand der Schlucht. Kendra legte eine Hand auf die Brücke und beugte sich vor, um hinabzuschauen. Es ging überraschend weit hinunter. Zaghafte Vegetation klammerte sich an die steilen Wände, und am Grund der Schlucht plätscherte ein schmaler Fluss. »Wie kommen wir dort hinunter?«

»Mit Vorsicht«, sagte Oma und setzte sich auf die Felskante. Dann rollte sie sich auf den Bauch und begann mit den Füßen voran den Abstieg.

»Wenn wir stürzen, rollen wir ganz bis nach unten«, bemerkte Kendra.

»Ein guter Grund, nicht zu stürzen«, stimmte Oma ihr zu, während sie sich langsam vorwärtstastete. »Kommt, es sieht schlimmer aus, als es ist. Sucht euch einfach immer wieder festen Halt, einen Schritt nach dem anderen.«

Seth folgte Oma, und Kendra, die sich verzweifelt an den Rand der Schlucht klammerte, kam als Letzte. Zaghaft tastete sie nach einer Stelle, auf der ihr Fuß Halt fand. Aber Oma hatte Recht. Sobald sie sich in Bewegung gesetzt hatte, war der Abstieg weniger schwierig, als sie erwartet hatte. Es gab mehr zum Festhalten, als sie angenommen hatte, vor allem tief im Hang verwurzelte, knorrige Büsche, und nach dem zögerlichen Beginn wurde ihr Abstieg immer schneller.

Als Kendra unten angekommen war, hockte Seth neben lauter blühenden Blumen am Ufer des Flusses. Oma Sørensen stand in der Nähe. »Das hat ja ganz schön gedauert«, sagte Seth.

»Ich war nur vorsichtig.«

»Ich habe noch nie zuvor jemanden gesehen, der sich mit einer Geschwindigkeit von zwei bis drei Zentimetern pro Stunde vorwärtsbewegt hat.«

»Keine Zeit für Zankereien«, unterbrach Oma. »Kendra hat ihre Sache gut gemacht, Seth. Wir müssen uns beeilen.«

»Mir gefällt der Geruch dieser Blumen«, sagte Seth.

»Komm da weg«, beharrte Oma.

»Warum!? Sie riechen großartig, schnupper mal.«

»Diese Blumen sind gefährlich. Und wir haben es eilig.« Oma bedeutete ihm, ihr zu folgen, dann bahnte sie sich vorsichtig einen Weg über den steinigen Boden der Schlucht.

»Warum sind sie gefährlich?«, fragte Seth, nachdem er sie eingeholt hatte.

»Es handelt sich um eine besondere Art von Lotos. Ihr Geruch ist berauschend, der Geschmack göttlich. Ein winziger Bissen von einem einzigen Blütenblatt trägt dich davon in eine apathische Trance, die von lebhaften Halluzinationen begleitet wird.«

»Wie bei Drogen?«

»Sie machen noch schneller süchtig als die meisten Drogen. Wenn man von einer Lotosblüte kostet, erwacht ein Verlangen, das man niemals befriedigen kann. Viele haben ihr Leben damit vergeudet, nach den Blättern dieser Zauberblumen zu suchen und sie zu verzehren.«

»Ich wollte keins essen.«

»Nein? Wenn du ein paar Minuten sitzen bleibst und an ihnen riechst, hast du schon ein Blatt im Mund, bevor du überhaupt weißt, wie dir geschieht.«

Sie legten schweigend einige hundert Meter zurück. Die Wände der Schlucht wurden immer steiler und felsiger, je weiter sie kamen, und sie sahen noch mehr von den berauschenden Lotosblüten.

»Wo ist Nero?«, fragte Kendra.

Oma ließ den Blick über die Wand der Schlucht gleiten. »Es ist nicht mehr weit. Er lebt oben auf einem Felsvorsprung.«

»Wir müssen zu ihm hinaufklettern?«

»Stan hat gesagt, Nero würde eine Strickleiter herunterlassen.«

»Was ist das?«, fragte Seth und deutete nach vorn.

»Ich bin mir nicht sicher«, antwortete Oma. Ein gutes Stück vor ihnen führten ungefähr zwanzig senkrecht stehende Baumstämme wie eine Treppe vom Flussufer zur Felswand hinüber. Neben dem höchsten Baumstamm war ein Felsvorsprung in der Wand zu erkennen. »Das könnte unser Ziel sein. Aber es sieht anders aus, als Stan es beschrieben hat.«

Sie erreichten die Baumstämme. Der niedrigste war etwa einen Meter hoch, der nächste zwei Meter, dann drei Meter, und so ging es weiter bis ganz nach oben. Die Stämme waren jeweils einen knappen Meter voneinander entfernt und etwa einen halben Meter dick. Oben waren sie gerade abgeschnitten.

Oma formte mit den Händen einen Trichter um den Mund und rief zu dem Felsvorsprung hinauf: »Nero! Wir hätten gerne eine Unterredung mit dir!«

»Kein guter Tag«, antwortete eine tiefe, seidenweiche Stimme. »Versucht es nächste Woche nochmal.« Sie konnten den Sprecher nicht sehen.

»Wir müssen uns heute treffen oder nie«, beharrte Oma.

»Wer hat etwas so Dringendes zu besprechen?«, erkundigte sich die Stimme.

»Ruth Sørensen und ihre Enkelkinder.«

»Ruth Sørensen? Was ist dein Anliegen?«

»Wir müssen Stan finden.«

»Den Verwalter? Ja, ich denke, ich könnte seinen Aufenthaltsort ermitteln. Kommt die Treppe hinauf, und wir werden über die Bedingungen sprechen.«

Oma sah sich um. »Du meinst doch nicht diese Baumstämme?«, rief sie.

»Und ob ich die meine.«

»Stan hat gesagt, du hättest eine Leiter.«

»Das war, bevor ich diese Baumstämme aufgestellt habe. Kein kleines Unterfangen.«

»Es sieht gefährlich aus.«

»Betrachte es als einen Test«, sagte Nero. »Eine Möglichkeit, sicherzustellen, dass jene, die meine Dienste suchen, es ernst meinen.«

»Dann müssen wir also über die Baumstämme hinaufkommen für das Privileg, mit dir zu sprechen? Wie wär's, wenn wir uns von hier unten unterhalten würden?«

»Inakzeptabel.«

»Deine Treppe ist genauso inakzeptabel«, erklärte Oma entschieden.

»Wenn euer Anliegen dringend ist, werdet ihr sie überwinden«, entgegnete der Troll.

»Was hast du mit der Leiter gemacht?«

»Ich habe sie noch.«

»Dürften wir sie bitte benutzen? Ich bin nicht für ein Hindernisrennen gekleidet. Es würde sich auch für dich lohnen.«

»Wie wäre es mit einem Kompromiss? Einer von euch kommt über die Baumstämme hinauf. Dann werde ich für die beiden anderen die Leiter herunterlassen. Mein letztes Angebot. Nehmt es an, oder holt euch eure Informationen woanders.«

»Ich mach es«, sagte Seth.

Oma sah ihn an. »Wenn irgendjemand über diese Baumstämme hinaufgeht, dann werde ich das sein. Ich bin größer und komme besser von einem Stamm zum nächsten.«

»Und ich habe kleinere Füße, also fühlen sich die Baumstämme für mich größer an, und das macht es für mich leichter, das Gleichgewicht zu halten.«

»Tut mir leid, Seth. Das ist etwas, das ich tun muss.«

Seth flitzte zu dem ersten Baumstamm, erklomm ihn ohne große Mühe, machte einen Satz wie beim Bockspringen und landete sitzend auf dem zweiten Baumstamm. Oma eilte zu ihm hinüber. »Komm da runter!«

Seth stand zittrig auf. Dann beugte er sich vor und legte die Hände auf den dritten Baumstamm. Er reichte ihm fast bis an die Brust. Ein weiterer Sprung, und er saß auf dem drei Meter hohen Baumstamm. »Ich schaff das schon«, sagte er.

»Wenn du höher kommst, wird es nicht mehr so einfach sein«, warnte Oma. »Komm herunter, und lass mich es tun.«

»Auf keinen Fall. Ich hab schon eine tote Großmutter.« Kendra beobachtete das Ganze schweigend. Seth brachte beide Knie unter seinen Körper und erhob sich unsicher. Dann sprang er auf den nächsten Baumstamm und war für Oma nicht mehr zu erreichen. Kendra war insgeheim froh, dass Seth diese Aufgabe übernommen hatte. Sie konnte sich nicht vorstellen, dass Oma es geschafft hätte, noch dazu in Bademantel und Pantoffeln. Und wenn sie daran dachte, wo sich Oma überall Splitter einziehen konnte! Außerdem konnte sie sich Oma Sørensen deutlich als einen leblosen Körper am Sockel eines Baumstamms vorstellen.

»Seth Andrew Sørensen, gehorche deiner Großmutter! Ich will, dass du da herunterkommst.«

»Hör auf, mich abzulenken«, sagte er.

»Es mag bei diesen niedrigeren Baumstämmen noch recht lustig sein, aber je höher du kommst ...«

»Ich klettere ständig auf irgendwelche hohen Sachen«, beharrte Seth. »Meine Freunde und ich klettern immer auf dem Tribünengerüst in der Highschool herum. Wenn wir da abstürzen würden, wären wir auch tot.« Er stellte sich auf die Füße. Er schien immer besser zu werden. Seth landete auf dem nächsten Baumstamm und blieb einen Moment lang rittlings darauf sitzen, bevor er sich auf die Knie hochzog.

»Sei vorsichtig«, sagte Oma. »Denk nicht an die Höhe.«

»Ich weiß, du willst mir nur helfen«, erwiderte Seth. »Aber hör bitte auf zu reden.«

Oma stellte sich neben Kendra. »Kann er das schaffen?«, flüsterte sie.

»Er hat gute Chancen. Er ist ganz schön mutig und ziemlich sportlich. Die Höhe wird ihm vielleicht nichts ausmachen. Ich würde durchdrehen.«

Kendra wollte den Blick abwenden. Sie wollte ihn nicht fallen sehen. Aber sie konnte ihren Bruder nicht aus den Augen lassen, während er von Baumstamm zu Baumstamm hüpfte, immer höher und höher. Als er auf etwa dreizehn Meter Höhe angelangt war, neigte er sich gefährlich zu einer Seite. Ein kalter Schauder überlief Kendra, als wäre sie diejenige, die das Gleichgewicht verlor. Seth klammerte sich mit den Beinen fest und hatte im Nu die Balance wiedergefunden. Kendra konnte weiteratmen.

Vierzehn, fünfzehn, sechzehn. Kendra sah Oma an. Er schaffte es! Siebzehn. Seth stand auf, torkelte ein wenig und streckte die Arme zur Seite aus. »Die hohen wackeln ein bisschen«, rief er herunter.

Seth sprang auf den nächsten Baumstamm, kam schräg auf und neigte sich sehr weit zu einer Seite. Einen Moment lang sah es so aus, als würde er das Gleichgewicht verlieren. Jeder Muskel in Kendras Körper krampfte sich vor Entsetzen zusammen, dann stürzte Seth rudernd in den Abgrund. Kendra kreischte. Sie konnte den Blick nicht abwenden.

Etwas zuckte hinter der Felskante hervor – eine dünne, schwarze Kette mit einer Metallkugel am Ende. Die Kette wickelte sich um Seths Beine, und statt bis zum Boden zu fallen, prallte er klatschend gegen die Felswand.

Zum ersten Mal konnte Kendra Nero sehen. Der Troll hatte die Statur eines Mannes, aber reptilienartige Gesichtszüge. Sein schwarz glänzender Körper war mit leuchtend gelben Flecken gesprenkelt. Die Hand, in der er die Kette hielt, an der Seth baumelte, hatte Schwimmhäute. Als Nero Seth auf den Felsvorsprung hinaufzog, sah man deutlich seine mächtigen Muskeln. Dann waren die beiden außer Sicht, und kurz darauf wurde eine Strickleiter zu ihnen heruntergelassen.

»Ist alles in Ordnung mit dir?«,rief Kendra zu Seth hinauf.

»Mir geht's gut«, antwortete er. »Mir ist nur für einen Moment der Atem weggeblieben.«

Oma kletterte die Leiter hinauf, und Kendra folgte ihr. Sie kämpfte gegen den Impuls an, in die Tiefe zu schauen, und zwang sich, sich auf die nächste Sprosse zu konzentrieren. Endlich erreichte sie den Felsvorsprung. Sie machte sofort ein paar Schritte von der Kante weg; in der Felswand vor ihr klaffte der niedrige Eingang zu einer dunklen Höhle. Eine kühle Brise wehte ihnen ins Gesicht.

Aus der Nähe wirkte Nero noch furchterregender. Winzige, glatte Schuppen bedeckten seinen geschmeidigen Körper. Obwohl er nicht viel größer war als Oma, ließ sein muskulöser Körperbau ihn riesig erscheinen. Seine Nase sah eher aus wie eine Schnauze, und er hatte hervortretende Augen, die niemals blinzelten. Von der Mitte der Stirn verlief eine Reihe spitzer Stacheln über den Kopf bis hinab zur Taille.

»Danke, dass du Seth gerettet hast«, sagte Oma.

»Ich habe mir gesagt, wenn der Junge fünfzehn Baumstämme schafft, werde ich ihm helfen, falls er fällt. Ich gestehe, ich bin neugierig, zu hören, was dir der Aufenthaltsort deines Mannes wert ist.« Seine Stimme klang voll und melodisch.

»Erzähl uns, was dir vorschwebt«, sagte Oma.

Eine lange, graue Zunge zuckte aus seinem Mund und leckte über sein rechtes Auge. »Du willst, dass ich zuerst spreche? So sei es. Ich verlange nicht viel, eine unbedeutende Kleinigkeit für die Verwalterin dieses illustren Reservats. Sechs Truhen Gold, zwölf Fässer Silber, drei Schatullen mit ungeschliffenen Juwelen und einen Eimer Opale.«

Kendra sah Oma erstaunt an. War sie wirklich so reich?

»Eine vernünftige Summe«, meinte Oma. »Bedauerlicherweise haben wir keine derartigen Schätze dabei.«

»Ich kann warten, während ihr die Bezahlung herbeischafft, wenn ihr das Mädchen inzwischen als Pfand dalasst.«

»Bedauerlicherweise mangelt es uns an der nötigen Zeit, die Bezahlung herbeizuschaffen, es sei denn, du würdest Stans Aufenthaltsort preisgeben, bevor du deine Entlohnung erhältst.«

Nero leckte sein linkes Auge und grinste. Ein grässlicher Anblick, bei dem Doppelreihen nadelspitzer Zähne zum Vorschein kamen. »Ich muss restlos bezahlt werden, bevor ich eure Bitte erfüllen kann.«

Oma verschränkte die Arme vor der Brust. »Wie ich gehört habe, besitzt du bereits große Reichtümer. Es überrascht mich, dass eine so magere finanzielle Gabe, wie ich sie beisteuern könnte, dich zu einem Handel verlockt.«

»Sprich weiter«,sagte er.

»Du bietest uns einen Dienst an. Vielleicht sollten wir ihn dir ebenfalls mit einem Dienst vergelten.«

Nero nickte nachdenklich. »Möglich. Der Junge hat Mut. Gib ihn mir für fünfzig Jahre in die Lehre.«

Seth sah Oma verzweifelt an.

Oma runzelte die Stirn. »Ich möchte mir nicht die Möglichkeit für zukünftige Geschäfte verbauen, deshalb möchte ich dich nicht gerne hinters Licht führen. Der Junge hat Mut, aber kaum Talent. Du würdest die Last auf dich nehmen, ihn zu deinem Diener auszubilden, und doch ständig an seine Grenzen stoßen. Du würdest seinem Leben mehr Wert verleihen, als er es dir durch die geleisteten Dienste zurückzugeben vermag.«

»Ich weiß deine Ehrlichkeit zu schätzen«, sagte Nero. »Obwohl du noch viel zu lernen hast, was das Feilschen betrifft. Ich frage mich langsam, ob du überhaupt irgendetwas von Wert zu bieten hast. Wenn nicht, wird unsere Unterredung kein gutes Ende nehmen.«

»Du sprichst von Wert«, sagte Oma. »Ich frage dich, welchen Wert hat ein Schatz für einen wohlhabenden Troll? Je mehr Reichtümer er besitzt, desto geringer ist der Wertgewinn durch einen neuen Schatz. Ein Goldbarren bedeutet einem Armen tausendmal mehr als einem König. Außerdem frage ich mich, welchen Wert hat ein schwächlicher menschlicher Diener für einen Herrn, der unendlich viel weiser und tüchtiger ist? Betrachte es doch einmal so. Wir wollen, dass du uns einen Dienst erweist, der einen hohen Wert für uns hat, etwas, das wir selbst nicht zu tun vermögen. Du solltest für dich selbst nichts Geringeres verlangen.«

»Da stimme ich dir zu. Aber hüte dich. Deine Worte spinnen ein Netz um deine Füße.« Eine tödliche Schärfe hatte sich in seine Stimme geschlichen.

»Das ist wahr, es sei denn, ich wäre ausgebildet, dir einen Dienst von außerordentlichem Wert zu leisten. Hast du jemals eine Massage bekommen?«

»Ist das dein Ernst? Der Gedanke kam mir immer lächerlich vor.«

»Die Idee scheint nur denen absurd, die nicht eingeweiht sind. Hüte dich vor vorschnellen Urteilen. Wir alle streben nach Wohlstand, und jene, die am meisten haben, können sich gewisse Annehmlichkeiten leisten, die für die anderen unerreichbar sind. Der größte Luxus jedoch ist die unbeschreibliche Entspannung durch eine Massage aus den Händen dessen, der diese Kunst beherrscht.«

»Und du behauptest, in dieser sogenannten Kunst versiert zu sein?«

»Ausgebildet von einem wahren Meister. Meine Fähigkeiten sind so außerordentlich, dass sie fast unbezahlbar sind. Die einzige Person auf der Welt, die je eine Ganzkörper-Massage von mir erhalten hat, ist der Verwalter selbst, und das, weil ich seine Frau bin. Ich könnte dir eine Ganzkörper-Massage geben und jeden Muskel in deinem Körper kneten und entspannen. Die Erfahrung würde deine Auffassung von Wohlbehagen neu definieren.«

Nero schüttelte den Kopf. »Es wird mehr brauchen als blumige Worte und großartige Versprechungen, um mich zu überzeugen.«

»Du musst mein Angebot unter dem richtigen Aspekt betrachten«, sagte Oma. »Die Menschen bezahlen ungeheure Summen für eine sachkundige Massage. Du wirst deine unentgeltlich erhalten, lediglich im Austausch gegen eine Dienstleistung. Wie lange würdest du brauchen, um Stans Aufenthaltsort zu ermitteln?«

»Wenige Augenblicke.«

»Eine Massage wird mich dreißig anstrengende Minuten kosten. Und du wirst etwas Neues erfahren, eine Wonne, wie du sie in all deinen langen Jahren noch nie erlebt hast. Eine ähnliche Gelegenheit wird sich dir vielleicht nie wieder bieten.«

Nero leckte sich ein Auge. »Nun gut, ich habe noch nie eine Massage bekommen. Ich könnte viele Dinge benennen, die ich noch nie getan habe, zumeist deshalb, weil ich kein Interesse daran habe, sie zu tun. Ich habe menschliches Essen gekostet und es für unzureichend befunden. Ich bin nicht davon überzeugt, dass ich eine Massage als so befriedigend empfinden werde, wie du es beschreibst.«

Oma musterte den Troll. »Drei Minuten. Ich werde dir eine dreiminütige Kostprobe geben. Das wird dir nur einen kleinen Vorgeschmack auf die unaussprechliche Wonne geben, die dich erwartet, aber es sollte dich in die Lage versetzen, eine angemessene Entscheidung zu treffen.«

»Also schön. Eine Demonstration kann nicht schaden.«

»Gib mir deine Hand.«

»Meine Hand?«

»Ich werde dir eine Hand massieren. Du wirst deine Fantasie benutzen müssen, um dir vorzustellen, wie sich das auf deinem ganzen Körper anfühlen würde.«

Er streckte eine Hand aus. Oma Sørensen nahm sie und begann mit ihren Daumen seine Handfläche zu kneten. Zuerst versuchte er, eine ungerührte Miene zu machen, aber schon bald begann sein Mund zu zucken, und seine Augen verdrehten sich. »Wie fühlt sich das an?«, fragte Oma. »Zu fest?«

Seine dünnen Lippen bebten. »Genau richtig«, schnurrte er.

Oma fuhr fort, seine Handfläche zu bearbeiten, und er begann zwanghaft seine Augen zu lecken. An seinen Fingern schloss sie die Massage ab. »Die Demonstration ist zu Ende«, verkündete sie.

»Dreißig Minuten davon sagst du, auf meinem ganzen Körper?«

»Die Kinder werden mir helfen«, erwiderte Oma. »Wir werden eine Dienstleistung gegen eine Dienstleistung eintauschen.«

»Aber ich könnte meinen Dienst für etwas Dauerhafteres eintauschen! Für einen Schatz! Eine einzige Massage ist viel zu flüchtig.«

»Das Gesetz des verminderten Ertrags gilt für Massagen ebenso wie für die meisten anderen Dinge. Die erste ist die beste und alles, was du im Grunde brauchst. Außerdem kannst du deine Dienste jederzeit für einen Schatz geben. Dies könnte deine einzige Chance sein, in den Genuss einer professionellen Massage zu kommen.«

Er streckte die andere Hand aus. »Noch eine weitere Demonstration, um mir bei meiner Entscheidung zu helfen.«

»Keine Kostproben mehr.«

»Du bietest nur eine einzige Massage an? Wie wäre es, wenn du für zwölf Jahre als meine persönliche Masseuse hierbleiben würdest?«

Omas Miene wurde streng. »Ich bitte dich nicht, für viele Fragen viele Male in deinen Stein zu blicken. Ich verlange nur eine einzige Information. Ein Dienst für einen Dienst. Das ist mein Angebot, und es ist zu deinen Gunsten. Die Massage dauert dreißig Minuten, während du nur wenige Augenblicke brauchst, um deinen Stein zu befragen.«

»Aber du brauchst die Information«, rief Nero ihr ins Gedächtnis. »Ich brauche keine Massage.«

»Die Befriedigung von Bedürfnissen ist die Last der Armen. Die Wohlhabenden und Mächtigen können es sich leisten, ihren Launen und Wünschen nachzugeben. Wenn du diese Gelegenheit ungenutzt verstreichen lässt, wirst du dich immer fragen, was du versäumt hast.«

»Tu es nicht, Oma«, sagte Kendra. »Gib ihm einfach den Schatz.«

Nero hob einen Finger. »Dieser Vorschlag ist unkonventionell und gegen mein besseres Wissen, aber der Gedanke an eine Massage fasziniert mich, und ich bin selten fasziniert. Allerdings sind dreißig Minuten zu kurz. Sagen wir... zwei Stunden.«

»Sechzig Minuten«, erklärte Oma entschieden.

»Neunzig«, konterte Nero.

Oma rang die Hände. Sie verschränkte die Arme vor der Brust, ließ sie wieder sinken und verschränkte sie abermals. Sie rieb sich die Stirn.

»Neunzig Minuten sind zu lang«, sagte Kendra. »Selbst Opa hat nie mehr als eine einstündige Massage bekommen!«

»Halt den Mund, Kind«, blaffte Oma.

»Neunzig Minuten oder wir kommen nicht ins Geschäft«, erklärte Nero.

Oma seufzte resigniert. »Na schön... neunzig Minuten.«

»Sehr gut, ich nehme das Angebot an. Aber wenn mir nicht die ganze Massage gefällt, ist das Geschäft geplatzt.«

Oma schüttelte den Kopf. »Keine Hintertürchen. Eine einzige Neunzig-Minuten-Massage im Gegenzug für den Aufenthaltsort von Stan Sørensen. Du wirst die Erinnerung daran bis ans Ende deiner Tage wie einen Schatz hüten.«

Nero beäugte Kendra und Seth, bevor er Oma mit einem durchtriebenen Blick ansah. »Einverstanden. Wie gehen wir jetzt vor?«

Die beste Liege, die Oma finden konnte, war ein ziemlich schmales Felssims neben dem Höhleneingang. Nero streckte sich darauf aus, und Oma zeigte Kendra und Seth, wie man Beine und Füße massiert. Sie demonstrierte auch, wie und wo sie ihre Knöchel und die Handballen benutzen mussten.

»Er ist sehr stark«, sagte sie, während sie die Unterseite seines Fußes knetete. »Lehnt euch mit so viel Gewicht auf ihn, wie ihr wollt.« Sie legte sein Bein ab und trat neben seinen Kopf. »Die Kinder haben ihre Anweisungen, Nero. Die Massage beginnt.«

Kendra legte zögernd die Hände auf die muskelbepackte Wade des Trolls. Obwohl sie nicht nass waren, fühlten die Schuppen sich schleimig an. Sie hatte schon einmal eine Schlange in der Hand gehalten, und die Beschaffenheit von Neros schuppiger Haut war ganz ähnlich.

Während Nero der Länge nach ausgestreckt dalag, machte Oma sich daran, seinen Nacken und die Schultern zu bearbeiten. Sie presste und knetete und rieb auf verschiedenste Art und Weise – mit den Daumen, mit den Handflächen, mit der Faust und sogar mit den Ellbogen. Schließlich kniete sie auf seinem Rücken, wobei sie sorgsam den Stacheln entlang seiner Wirbelsäule auswich.

Nero war offenkundig in Ekstase. Er schnurrte und stöhnte vor Verzückung. Von seinen Lippen floss ein stetiger Strom schläfriger Worte der Begeisterung. Träge forderte er sie auf, fester zu massieren.

Kendra wurde langsam müde, und Oma zeigte ihr und Seth immer wieder andere Techniken. Vor Neros Füßen graute es Kendra am meisten, vor den rauen, rissigen Fersen, den schwammigen Schwielenpolstern und seinen knotigen Fußballen. Aber sie tat ihr Bestes, Omas unermüdlichem Beispiel zu folgen. Oma half ihnen bei den Beinen und Füßen und machte sich zwischendurch an seinem Kopf und seinem Hals zu schaffen, an den Schultern, dem Rücken, den Armen, den Händen, der Brust und dem Becken.

Als sie endlich fertig waren, richtete Nero sich mit einem euphorischen Lächeln auf. Alle Verschlagenheit war aus seinen Glupschaugen gewichen. Er sah so aus, als sei er bereit für das erholsamste Nickerchen seines Lebens.

»Fast hundert Minuten«, erklärte Oma. »Aber ich wollte anständige Arbeit leisten.«

»Danke«, sagte Nero schläfrig. »So etwas hätte ich mir nie träumen lassen.« Er stand auf und musste sich an die Felswand lehnen, um nicht umzufallen. »Du hast dir deine Belohnung redlich verdient.«

»Ich habe noch nie jemanden mit so vielen Knoten und Verspannungen gesehen«, bemerkte Oma.

»Aber jetzt fühle ich mich ganz locker«, antwortete der Troll und ließ die Arme baumeln. »Ich werde gleich mit der Information zurück sein, die du erbeten hast.« Nero verschwand in der Höhle.

»Ich möchte seinen magischen Stein sehen«, murmelte Seth.

»Du wartest hier«, wies Oma ihn zurecht und wischte sich den Schweiß von der Stirn.

»Du musst vollkommen erschöpft sein«, sagte Kendra.

»Ich bin im Moment nicht besonders fit«, gab Oma zu. »Diese Massage hat mich eine Menge Kraft gekostet.« Sie senkte die Stimme. »Aber auf jeden Fall besser als Fässer voller Schätze, die wir nicht haben.«

Seth schlenderte zum Rand des Felsvorsprungs hinüber und starrte in die Schlucht hinab. Oma setzte sich auf das Sims, auf dem sie den Troll massiert hatten, und Kendra wartete neben ihr.

Es dauerte nicht lange, bis Nero wieder auftauchte. Er wirkte immer noch umgänglich und entspannt, wenn auch nicht mehr ganz so entrückt wie zuvor. »Stan ist im Keller der Vergessenen Kapelle angekettet.«

Oma biss sich auf die Unterlippe. »Bist du dir sicher?«

»Es war nicht ganz einfach, ihn zu finden und genau genug hinzusehen, wenn man bedenkt, wer außer ihm noch dort ist, aber ja, ich bin mir sicher.«

»Geht es ihm gut?«

»Er lebt.«

»War Lena bei ihm?«

»Die Najade? Klar, die habe ich auch gesehen.«

»War Muriel in der Nähe?«

»Muriel? Warum sollte sie... Oh, das war es also! Ruth, die Vereinbarung galt für eine einzige Information. Aber, nein, ich habe sie nirgends gesehen. Ich glaube, damit ist unser Tauschgeschäft abgeschlossen.« Er deutete auf die Leiter. »Wenn ihr mich entschuldigen würdet, ich muss mich hinlegen.«

KAPITEL 15

Das andere Ende des Dachbodens

Oma weigerte sich zu reden, während sie durch die Schlucht zurückgingen. Sie trug eine griesgrämige, nachdenkliche Miene zur Schau und verbat sich jedweden Versuch, ein Gespräch in Gang zu bringen. Kendra wartete, bis sie wieder bei der überdachten Brücke waren, bis sie es erneut versuchte.

»Oma ...«, begann Kendra.

»Nicht hier«, ermahnte Oma sie. »Wir dürfen unsere Lage nicht draußen im Freien besprechen.« Sie bedeutete ihnen, näher heranzurücken, und fuhr mit gedämpfter Stimme fort. »Lassen wir es bei Folgendem bewenden. Wir müssen heute noch zu eurem Opa gehen. Morgen könnte es bereits zu spät sein. Wir werden unverzüglich zum Haus zurückkehren, uns die nötige Ausrüstung holen und zu dem Ort gehen, an dem er festgehalten wird. Ich werde euch seinen genauen Aufenthaltsort sagen, sobald wir im Haus sind. Muriel weiß vielleicht noch nicht, wo er ist, und selbst wenn sie es weiß, soll sie nicht erfahren, dass wir es ebenfalls wissen.«

Oma hörte auf zu flüstern und scheuchte sie den Weg entlang. »Tut mir leid, wenn ich etwas ungesellig bin, seit wir Neros Höhle verlassen haben«, sagte sie, nachdem sie einige Minuten schweigend nebeneinander hergegangen waren. »Ich muss mir einen Plan zurechtlegen. Ihr beiden habt wirklich vorzügliche Arbeit geleistet. Niemand sollte einen Nachmittag damit verbringen müssen, die Füße eines Trolls zu kneten. Seth, du warst ein Held auf den Baumstämmen, und Kendra, du hast während den Verhandlungen genau zur richtigen Zeit gut geblufft. Ihr habt beide meine Erwartungen bei weitem übertroffen.«

»Ich wusste gar nicht, dass du Masseuse bist«, sagte Kendra.

»Ich habe es von Lena gelernt. Sie hat rund um den Globus Erfahrungen gesammelt. Wenn ihr jemals eine Chance bekommt, euch von ihr massieren zu lassen, dann lasst sie euch nicht entgehen.« Oma schob sich einige zerzauste Haarsträhnen hinters Ohr. Einen Augenblick später war sie wieder reserviert, schürzte die Lippen und blickte in die Ferne, während sie weiterging. »Ich habe einige Fragen an euch beide, Dinge, über die wir im Freien reden können. Seid ihr einem Mann namens Warren begegnet?«

»Warren?«, wiederholte Seth.

»Gut aussehend und still? Weißes Haar und weiße Haut? Dales Bruder.«

»Nein«, antwortete Kendra.

»Sie könnten ihn am Mittsommerabend ins Haus geholt haben«, hakte Oma nach.

»Wir waren bis nach Sonnenuntergang mit Opa, Dale und Lena zusammen, aber jemand anderen haben wir nicht gesehen«, sagte Seth.

»Ich habe noch nicht einmal von ihm gehört«, fügte Kendra hinzu.

»Ich auch nicht«, bestätigte Seth.

Oma nickte. »Dann muss er in der Hütte geblieben sein. Habt ihr Hugo kennengelernt?«

»Ja!«, sagte Seth. »Er ist toll. Ich frage mich, wo er hingegangen ist.«

Oma sah Seth zögernd an. »Er hat sicher seine Arbeiten in der Scheune erledigt.«

»Ich glaube nicht«, sagte Kendra. »Wir mussten gestern die Kuh melken.«

»Ihr habt Viola gemolken?«, fragte Oma, völlig erstaunt. »Wie?«

Kendra erzählte, wie sie die Leitern aufgestellt hatten und an den Zitzen heruntergerutscht waren. Seth steuerte Einzelheiten darüber bei, wie verschmiert sie anschließend gewesen waren.

»Was für schlaue Kinder ihr seid!«, rief Oma. »Stan hatte euch nichts von ihr erzählt?«

»Wir haben sie gefunden, weil sie so laut gemuht hat«, erklärte Seth. »Die ganze Scheune hat gezittert.«

»Es sah aus, als würde ihr Euter gleich explodieren«, ergänzte Kendra.

»Viola ist unsere Milchkuh«, erklärte Oma. »Jedes Reservat hat ein solches Tier, obwohl es nicht immer Rinder sind. Sie ist älter als das Reservat selbst, das im Jahr 1711 gegründet wurde. Zu jener Zeit hat man sie mit dem Schiff von Europa hierhergebracht. Sie war der Abkömmling einer Milchkuh in einem Reservat in den Pyrenäen und ungefähr hundert Jahre alt, als sie die Reise hierher antrat, und sie war schon damals größer als ein Elefant. Seither ist sie hier und wird mit jedem Jahr noch ein Stückchen größer.«

»Dann wird sie wohl bald nicht mehr in die Scheune passen«, bemerkte Seth.

»Ihr Wachstum hat sich im Laufe der Jahre verlangsamt. Aber, ja, sie könnte eines Tages zu groß sein für ihr gegenwärtiges Zuhause.«

»Von ihr stammt die Milch, die die Feen trinken«, sagte Kendra.

»Nicht nur die Feen trinken ihre Milch. Alle Geschöpfe des Feenreichs verehren diese uralte Rinderrasse und hegen und pflegen sie. Sie belegen ihr Futter täglich mit Zaubern und bringen ihr geheime Opfer dar, um sie zu ehren und zu nähren. Im Gegenzug wirkt die Milch dieser Rasse wie ein göttlicher Trank, der unabdingbar für das Überleben der Feen ist. Es ist kein Wunder, dass Kühe an manchen Orten der Welt immer noch als heilig angesehen werden.«

»Sie muss tonnenweise Dung produzieren«, meinte Seth.

»Ein weiterer Segen. Ihr Mist ist der beste Dünger der Welt und lässt Pflanzen schneller wachsen als gewöhnlich; manchmal erreichen sie dadurch unglaubliche Ausmaße. Durch die Kraft ihres Dungs können wir mehrere Ernten pro Jahr einfahren, und viele tropische Pflanzen in diesem Reservat würden ohne Violas Mist eingehen. Habt ihr Milch für die Feen nach draußen gestellt?«

»Nein«, sagte Seth. »Wir haben alles in den Abfluss gegossen. Wir wollten vor allem die Kuh beruhigen.«

»Ist nicht so wichtig. Wenn keine Milch da ist, werden die Feen zwar ein wenig übellaunig, aber sie werden darüber hinwegkommen. Wir werden dafür sorgen, dass sie spätestens morgen etwas bekommen.«

»Also wird Viola normalerweise von Hugo gemolken«, schlussfolgerte Kendra.

»Richtig. Das gehört zu seinen festen Aufgaben. Daher muss es einen Grund geben, warum er sie während der vergangenen zwei Tage nicht ausgeführt hat. Ihr habt ihn seit der Mittsommernacht nicht mehr gesehen?«

»Nein.«

»Er hat wahrscheinlich den Auftrag bekommen, über Warren und die Hütte zu wachen, bis er einen anderen Befehl erhält. Er müsste kommen, wenn wir nach ihm rufen.«

»Könnte ihm etwas zugestoßen sein?«, wollte Seth wissen.

»Ein Golem mag als kaum mehr erscheinen als belebte Materie mit rudimentärer Intelligenz. Aber die meisten Geschöpfe in diesem Reservat fürchten Hugo. Nur wenige könnten ihm etwas antun, selbst wenn sie es versuchten. Er wird unser wichtigster Verbündeter bei der Rettung eures Großvaters sein.«

»Was ist mit Warren?«, fragte Kendra. »Wird er uns auch helfen?«

Oma legte die Stirn in Falten. »Ihr seid ihm deshalb nicht begegnet, weil sein Geist zerstört wurde. Dale ist vor allem in diesem Reservat geblieben, um für ihn zu sorgen. Warren ist in eine katatonische Starre verfallen. Fabelheim hat viele Geschichten. Seine Geschichte ist die Tragödie eines Menschen, der sich in Bereiche gewagt hat, in denen er nichts zu suchen hatte. Warren wird uns keine Hilfe sein.«

»Ist sonst noch jemand da?«, fragte Seth. »Die Satyre vielleicht?«

»Satyre?«, rief Oma aus. »Wann habt ihr mit Satyren zu tun gehabt? Ich werde wohl ein Wörtchen mit eurem Großvater reden müssen, wenn wir ihn finden.«

»Wir sind ihnen zufällig im Wald begegnet«, beschwichtigte Kendra. »Wir haben Eintopf aus etwas genommen, das aussah wie ein Brunnen, und sie haben uns erklärt, dass wir in Wirklichkeit eine Ogerin bestehlen.«

»Diese Schurken wollten eher ihre niederträchtigen Absichten schützen als euch«, schnaubte Oma. »Sie stehlen schon seit Jahren den Eintopf der Ogerin. Die Tunichtgute wollten nicht, dass sie ihre Diebstahlvorrichtung neu bauen müssen – das hätte ihnen wahrscheinlich zu sehr nach Arbeit gerochen. Die Satyre verbringen ihr Leben im Leichtsinn. Freunde sind sie nur in guten Tagen. Euer Großvater und ich bringen einigen Wesen in diesem Reservat großen Respekt entgegen, und sie uns, dennoch gibt es hier nicht viel mehr Loyalität, als man sie auch in freier Wildbahn finden würde. Die Herde sieht ungerührt zu, wenn kranke oder verletzte Geschöpfe von Raubtieren erlegt werden. Wenn euer Großvater gerettet werden soll, müssen wir schnell handeln, und niemand außer Hugo wird uns dabei helfen.«

Es war später Nachmittag, als sie den Garten erreichten. Oma stand da, hatte die Hände in die Hüften gestemmt und ließ den Anblick auf sich wirken. Das zerstörte Baumhaus, die geschändeten Möbelstücke, die überall im Garten verstreut lagen, und die glaslosen Fensterrahmen.

»Ich habe Angst, hineinzugehen«, murmelte sie.

»Erinnerst du dich nicht daran, wie schlimm es ist?«, fragte Kendra.

»Sie war ein Huhn, weißt du noch?«, erwiderte Seth. »Wir haben ihre Eier gegessen.«

Auf Omas Stirn erschienen Falten. »Es fühlt sich an wie ruchloser Verrat, das eigene Heim so verwüstet zu sehen«, sagte sie leise. »Ich weiß, dass finstere Kreaturen in den Wäldern hausen, aber so weit sind sie noch nie gegangen.«

Kendra und Seth folgten Oma durch den Garten und die Verandastufen hinauf. Oma bückte sich und hob eine kupferne Triangel auf. Früher hatte sie – daran erinnerte Kendra sich noch – zwischen den Windspielen gehangen. An einer Perlenkette baumelte ein kurzer Kupferstab, und Oma schlug damit die Triangel an. »Das sollte Hugo herbeiholen«, erklärte sie. Oma blieb noch einmal in der Tür stehen, bevor sie hineinging. »Es sieht so aus, als wären wir ausgebombt worden«, murmelte sie. »Was für ein sinnloser Vandalismus!«

Sie durchstreifte das ausgeweidete Haus mit düsterer, geistesabwesender Miene und hielt gelegentlich inne, um einen zersplitterten Bilderrahmen aufzuheben und das zerrissene Foto darin zu betrachten oder mit der Hand über die Überreste eines geliebten Möbelstücks zu streichen. Dann ging sie die Treppe hinauf und in ihr Zimmer. Kendra und Seth beobachteten, wie sie den Kleiderschrank durchstöberte und schließlich eine metallene Lunchbox hervorholte.

»Wenigstens die ist heil geblieben«, sagte Oma.

»Hast du solchen Hunger?«, fragte Seth.

Kendra schlug ihm mit der Hand auf den Rücken. »Was ist das, Oma?«

»Folgt mir.«

Unten in der Küche öffnete Oma die Lunchbox. Sie nahm eine Hand voll Fotografien heraus. »Helft mir, sie richtig hinzulegen.«

Es waren Fotos vom Haus. Jeder Raum wurde aus verschiedenen Winkeln gezeigt. Auch die Fassade war aus vielen Perspektiven abgebildet. Insgesamt waren es mehr als hundert Fotos. Oma und Die drei Kinder machten sich daran, sie auf dem Küchenboden auszubreiten.

»Wir haben diese Bilder gemacht, für den Fall, dass das Unvorstellbare jemals geschehen sollte«, sagte Oma.

Kendra begriff plötzlich. »Für die Wichtel?«

»Kluges Mädchen«, erwiderte Oma. »Ich bin mir nicht sicher, ob sie der Aufgabe gewachsen sind, wenn man das Ausmaß des

Schadens bedenkt. Aber sie haben schon öfter wahre Wunder gewirkt. Es tut mir leid, dass uns dieses Unglück ausgerechnet während eures Aufenthalts hier widerfahren ist.«

»Es braucht dir nicht leid zu tun«, sagte Seth. »Das ist alles nur meinetwegen passiert.«

»Du darfst dir nicht allein die Schuld geben«, entgegnete Oma.

»Was können wir sonst noch tun?«, fragte Kendra. »Wir haben das Ganze verursacht.«

»Kendra hat nichts gemacht«, erklärte Seth. »Sie hat versucht, mich aufzuhalten. Was geschehen ist, ist allein meine Schuld.«

Oma musterte Seth nachdenklich. »Du hattest nicht die Absicht, Opa Schaden zuzufügen. Aber du hast ihn durch deinen Ungehorsam angreifbar gemacht. Wenn ich recht verstehe, hattet ihr die Anweisung, nicht aus dem Fenster zu schauen. Hättest du dem Befehl Folge geleistet, wärst du nicht versucht gewesen, das Fenster zu öffnen, und sie hätten deinen Großvater nicht geholt. Du musst dich dieser Tatsache stellen und daraus lernen. Aber wir können dir nicht die ganze Verantwortung für unsere missliche Lage in die Schuhe schieben. Dein Großvater und ich sind die Verwalter dieses Besitzes. Wir sind verantwortlich für die Taten jener, die wir hierherbringen, insbesondere wenn es sich um Kinder handelt. Stan hat euch erlaubt, herzukommen, um euren Eltern einen Gefallen zu tun, aber auch deshalb, weil wir anfangen müssen, unser Geheimnis an unsere Nachfahren weiterzugeben. Wir werden nicht für immer da sein. Auch wir wurden einst eingeweiht, und es kam der Tag, da uns die Verantwortung für dieses magische Refugium übertragen wurde. Eines Tages werden wir die Verantwortung an andere weitergeben müssen.«

Sie fasste Seth und Kendra an den Händen und sah sie liebevoll an. »Ich weiß, dass deine Fehler nicht aus Vorsatz oder Bosheit entstanden sind. Dein Großvater und ich haben selbst viele Fehler gemacht, genau wie alle Menschen, die je hier gelebt haben, ganz gleich, wie weise oder vorsichtig sie waren. Dein Großvater trägt einen Teil der Verantwortung, weil er euch in diese Situation gebracht hat. Ihr habt das Fenster mit den besten Absichten geöffnet. Und in jedem Fall trifft die Ungeheuer, die ihn entführt haben, die größte Schuld.«

Kendra und Seth schwiegen. Seth verzog das Gesicht. »Wenn ich nicht gewesen wäre, würde es Opa jetzt gut gehen«, sagte er und gab sich alle Mühe, nicht zu weinen.

»Und ich wäre immer noch ein Huhn in einem Käfig«, erwiderte Oma. »Denken wir darüber nach, wie wir das Problem lösen können, statt Schuldzuweisungen zu machen. Verzweifelt nicht. Ich weiß, dass wir die Dinge in Ordnung bringen können. Führt mich jetzt zu Dale.«

Seth nickte, schniefte und fuhr sich mit dem Unterarm über die Nase. Dann ging er voran über die hintere Veranda und durch den Garten zu der umgestürzten Statue.

»Es sind wirklich nicht viele Feen da«, stellte Oma fest. »Ich habe den Garten noch nie so verlassen gesehen.«

»Seit dem Angriff auf Seth waren es viel weniger«, erklärte Kendra. »Und seit Opa verschwunden ist, sind fast gar keine mehr da.«

Als sie vor der bemalten, lebensgroßen Statue standen, schüttelte Oma den Kopf. »Diesen speziellen Zauber habe ich noch nie gesehen, aber das ist ganz eindeutig Dale.«

»Kannst du ihm helfen?«, fragte Kendra.

»Vielleicht, wenn ich genügend Zeit habe. Um einen Zauber aufheben zu können, muss man wissen, wer ihn auf welche Weise gewirkt hat.«

»Wir haben Spuren gefunden«, sagte Seth. Er zeigte Oma den Abdruck in dem Blumenbeet. Obwohl er mittlerweile ein wenig verwischt war, war er immer noch zu erkennen.

Oma runzelte die Stirn. »Dieser Abdruck kommt mir nicht bekannt vor. In Festnächten laufen viele Geschöpfe frei herum, denen wir ansonsten nie begegnen – was auch der Grund ist, warum wir im Haus Zuflucht suchen. Der Abdruck hat vielleicht gar keine so große Bedeutung. Er könnte von dem Übeltäter stammen oder von seinem Reittier, vielleicht ist das Wesen aber auch nur rein zufällig irgendwann während der Nacht hier gewesen.«

»Also ignorieren wir Dale für den Augenblick einfach?«, fragte Kendra.

»Ich fürchte, wir haben keine andere Möglichkeit. Die Zeit ist knapp. Wir können nur hoffen, dass euer Großvater Licht in die Angelegenheit bringen kann. Vielleicht finden wir dann einen Weg, den Fluch wieder aufzuheben. Kommt mit.«

Sie kehrten ins Haus zurück. Oma sprach über die Schulter gewandt weiter, während sie die Treppe zum ersten Stock hinaufgingen. »Es gibt innerhalb des Hauses mehrere speziell geschützte Orte. Einer davon ist der Raum, in dem ihr gewohnt habt. Doch es gibt noch einen zweiten Raum auf der anderen Seite des Dachbodens.«

»Ich wusste es!«, rief Kendra. »Ich konnte von draußen sehen, dass da noch mehr auf dem Dachboden sein muss. Aber ich habe nie einen Eingang gefunden.«

»Du hast wahrscheinlich am falschen Ort gesucht«, sagte Oma

und führte sie durch den Flur in ihr Zimmer. »Die beiden Hälften des Dachbodens sind nicht miteinander verbunden. Sobald wir oben sind, werde ich euch in meine Strategie einweihen.« Oma hockte sich hin und durchsuchte einen zerschmetterten Nachttisch. Sie nahm ein paar Haarnadeln heraus und band ihr Haar zu einem matronenhaften Dutt zusammen. Sie suchte noch eine Weile weiter und hielt schließlich einen Schlüssel in der Hand. Dann gingen sie ins Hauptbadezimmer, wo Oma mit dem Schlüssel eine Schranktür aufsperrte.

Statt Handtüchern oder dergleichen kam eine zweite Tür zum Vorschein. Sie war aus Stahl und hatte ein großes Kombinationsschloss in der Mitte. Eine Tresortür. Oma begann an dem Rad zu drehen. »Vier Drehungen nach rechts auf zwei, drei nach links auf 28, drei nach rechts auf drei, eine nach links auf 31, und eine halbe Umdrehung nach rechts auf 18.«

Sie zog an einem Hebel, und die schwere Tür schwang auf. Eine mit Teppich ausgelegte Treppe führte zu einer weiteren Tür hinauf. Oma ging voraus. Seth und Kendra folgten ihr auf den Dachboden.

Oma legte einen Schalter um, und mehrere Lampen verscheuchten die Dunkelheit. Der Raum war noch größer als das Spielzimmer. An einem Ende stand eine große Werkbank, über der jede Menge Werkzeuge hingen. Die Wände wurden von hübschen Holzschränkchen gesäumt. Außerdem befanden sich in dem Raum verschiedene ungewöhnliche Gegenstände – ein Vogelkäfig, ein Grammophon, eine Streitaxt, eine Balkenwaage, eine Schaufensterpuppe und ein Globus mit über einem Meter Durchmesser. Truhen und Kisten waren in Reihen auf dem Boden geordnet und ließen gerade genug Platz, um zwischen ihnen hindurchzugehen. Schwere Vorhänge verdeckten die Fenster.

Oma bedeutete ihnen, zu der Werkbank hinüberzugehen, wo sie sich auf einen Hocker setzten. »Was ist in all den Kisten?«, erkundigte sich Seth.

»Viele Dinge, die meisten davon gefährlich. Dies ist der Ort, an dem wir unsere kostbarsten Waffen und Utensilien aufbewahren. Zauberbücher, Zutaten für Tränke, all die guten Sachen.«

»Kannst du uns jetzt mehr über Opa erzählen?«, fragte Kendra.

»Ja. Ihr habt gehört, wie Nero gesagt hat, dass Stan und Lena in der Vergessenen Kapelle festgehalten werden. Wir müssen einen kurzen Ausflug in die Geschichte unternehmen, damit ihr versteht, was es damit auf sich hat. Vor langer Zeit wurde dieses Land von einem mächtigen Dämon namens Bahumat heimgesucht. Jahrhundertelang hat er die Bewohner dieser Region terrorisiert. Sie lernten, gewisse Bereiche zu meiden, doch selbst mit diesen Vorsichtsmaßnahmen war kein Ort hier wirklich sicher. Die Menschen brachten dem Dämon alle Opfer dar, die er nur verlangen mochte, und dennoch lebten sie in Furcht. Schließlich boten ein paar Europäer an, den Dämon zu stürzen, wenn sie dafür das bisher von ihm heimgesuchte Land erhielten, und die Anführer der Ureinwohner erklärten sich einverstanden. Mit der Hilfe von mächtigen Verbündeten und kraftvoller Magie gelang es den Europäern, den Dämon zu bezwingen und einzukerkern. Einige Jahre später gründeten sie Fabelheim auf dem Land, das sie Bahumat abgerungen hatten. Jahre verstrichen. Anfang des neunzehnten Jahrhunderts hatte sich auf diesem Land eine Gemeinschaft gebildet, die größtenteils aus einem einzigen Familienclan bestand. Sie errichteten rund um das ursprüngliche Herrenhaus eine Anzahl weiterer, kleinerer Häuser. Damals gab es dieses Haus und Violas große Scheune noch nicht. Das alte Herrenhaus steht noch, tief in diesem Besitz verborgen, aber die meisten der kleineren Bauten sind dem Zahn der Zeit und den Elementen zum Opfer gefallen. Nur ein weiteres Bauwerk aus dieser Epoche hat hier die Zeiten überdauert – eine Kirche. Im Jahr 1826 wäre Bahumat dank menschlicher Unfähigkeit und Torheit beinahe entkommen, und um ein Haar hätte es eine Katastrophe gegeben, denn keiner von denen, die in diesem Reservat verblieben waren, besaß die Mittel oder die Kenntnisse, mit einem Wesen von seiner Macht fertigzuwerden. Obwohl Bahumats Ausbruch verhindert werden konnte, war der Vorfall für die meisten, die hier lebten, zu beunruhigend, und der größte Teil der Menschen verließ das Land. Außerdem war das Gefängnis des Dämons beschädigt, und Bahumat wurde mit Hilfe von außen in ein neues Verlies im Keller der Kirche verlegt. Einige Monate danach wurden die Gottesdienste dort eingestellt, und seither hat sich für die Kirche der Name ›Vergessene Kapelle‹ eingebürgert.«

»Also ist Bahumat noch dort?«, fragte Kendra nach.

»Glaub mir, wir hätten es gemerkt, wenn Bahumat befreit worden wäre. Ich bezweifle, dass irgendjemand auf der Welt dieses Ungeheuer wieder einfangen kann, sollte es sich tatsächlich befreien. Seinesgleichen ist schon zu lange von der Bildfläche verschwunden, eingekerkert oder vernichtet. Jene, die wussten, wie man einen solchen Feind besiegt, sind tot, und niemand ist an ihre Stelle getreten – was mich zu meiner größten Sorge bringt: Dass Muriel versuchen könnte, Bahumat zu befreien.«

»Würde sie etwas so Dummes tun?«, rief Seth.

»Muriel ist eine Adeptin des Bösen. Sie wurde eingekerkert, weil sie sich mit diesen Dingen beschäftigt hat. Wenn sie die Vergessene Kapelle vor uns erreicht, was durchaus bereits geschehen sein könnte, falls ihre Kobolde sie über die Situation in Kenntnis gesetzt haben, werden wir sie ausschalten müssen, um euren Großvater zu retten. Wenn es ihr gelingt, Bahumat zu befreien, sind wir alle auf Rettung angewiesen. Und deshalb muss ich unverzüglich versuchen, sie aufzuhalten.«

»Nicht nur du«, sagte Seth.

»Hugo und ich werden das übernehmen. Ihr habt bereits genug getan.«

»Was?«, rief Seth. »Auf keinen Fall!«

»Es sollte nicht allzu schwierig sein, euren Großvater zu retten. Aber wenn es zum Schlimmsten kommt und ich scheitere, könnte Fabelheim fallen. Bahumat hat dem Vertrag, der dieses Reservat schützt, nie zugestimmt. Keiner von Seinesgleichen hat das getan. Er erhebt Anspruch auf dieses Land und verfügt über ausreichend Macht, um sich über den Vertrag hinwegzusetzen und das Reservat in eine endlose Dunkelheit zu stürzen. Jeder Tag würde so werden wie diese schrecklichen Festnächte, und niemand würde mehr hier leben können – außer den Mächten der Finsternis. Jeder Sterbliche, der hier gefangen wäre, würde Greueln zum Opfer fallen, die zu schrecklich sind, um sie sich auszumalen.«

»Könnte das wirklich geschehen?«, fragte Kendra leise.

»Es wäre nicht das erste Mal«, antwortete Oma. »Seit dem Tag ihrer Gründung sind immer wieder Reservate gefallen. Die Gründe sind mannigfaltig, und meistens rühren sie von menschlicher Torheit. Einige Reservate wurden zurückerobert. Andere waren nicht mehr zu retten. Im Moment gibt es auf der Welt mindestens dreißig gefallene Reservate. Aber am beunruhigendsten sind vielleicht die jüngsten Gerüchte über die Gesellschaft des Abendsterns.«

»Maddox hat uns davon erzählt«, meinte Seth.

»Opa hat einen Brief bekommen, in dem er gewarnt wurde, auf der Hut zu sein«, fügte Kendra hinzu.

»Der Fall eines Reservats war immer ein eher ungewöhnliches Ereignis. Es fielen vielleicht ein oder zwei pro Jahrhundert. Vor etwa zehn Jahren begannen Gerüchte die Runde zu machen, dass die Gesellschaft des Abendsterns wieder etwas im Schilde führte. Ungefähr zur gleichen Zeit begannen Reservate in erschreckendem Tempo zu fallen. Allein während der letzten fünf Jahre waren es vier.«

»Wie kann jemand ein Interesse an so was haben?«, fragte Kendra.

»Es haben schon viele nach einer Antwort auf diese Frage gesucht«, erklärte Oma. »Um Reichtümer zu erwerben? Macht? Wir, die wir die Reservate hüten, sind im Grunde genommen Naturschützer. Wir wollen nicht, dass die prachtvollen magischen Geschöpfe dieser Welt aussterben. Wir versuchen, nicht voreingenommen zu sein gegen Kreaturen der Finsternis – wir wollen, dass sie ebenfalls überleben. Aber wir isolieren sie, wenn nötig. Die Mitglieder der Gesellschaft des Abendsterns verdunkeln ihre wahren Absichten mit hehren Worten und behaupten, dass wir die Geschöpfe der Finsternis unberechtigterweise gefangen halten.«

»Tut ihr das?«, fragte Seth.

»Die gewalttätigsten und bösartigsten Dämonen sind eingekerkert, ja, aber das dient dem Schutz der Menschenwelt. Auf ihrem brutalen Feldzug zur Errichtung eines Reichs des Chaos sind sie schon früh mit guten Menschen und Geschöpfen des Lichts aneinandergeraten, und sie bezahlen einen hohen Preis für ihre

Niederlage. Viele andere finstere Wesen wurden nur unter der Bedingung in den Reservaten aufgenommen, dass sie sich gewissen Beschränkungen unterwerfen; diese Übereinkünfte sind sie aus freien Stücken eingegangen. Eine der Auflagen besagt, dass es ihnen nicht gestattet ist, das Reservat zu verlassen. Deshalb betrachtet die Gesellschaft des Abendsterns viele dieser Geschöpfe ebenfalls als eingekerkert. Sie argumentiert, dass die Gründungsvereinbarungen der Reservate künstliche Regeln aufstellen, die gegen die natürliche Ordnung der Dinge verstoßen. Sie betrachten den größten Teil der Menschheit als entbehrlich. Chaos und Blutvergießen sind ihnen lieber als Vorschriften. Wir sind anderer Meinung.«

»Denkst du, dass die Abendsternleute etwas mit Opas Entführung zu tun haben?«, fragte Kendra.

Oma zuckte die Achseln. »Möglich. Ich hoffe es nicht. Wenn ja, haben sie es mit großer Raffinesse eingefädelt. Wer nicht hierher gehört, muss enorme Hindernisse überwinden, um in das Reservat einzudringen, und das unsere kennen nur die Wenigsten.«

Oma öffnete eine Schublade und nahm eine Pergamentrolle heraus. Es war eine Weltkarte. Nur die allergrößten Städte waren eingezeichnet, außerdem noch ein paar dicke Punkte und Kreise.

»Die Kreise markieren gefallene Reservate«, erklärte Oma, »und die Punkte aktive Reservate.«

»Fabelheim ist nicht markiert«, meinte Kendra.

»Gut erkannt«, sagte Oma. »Auf der Karte sind siebenunddreißig aktive Reservate vermerkt. Fünf sind nicht markiert, und Fabelheim ist eins davon. Selbst von den Mitgliedern unserer Gemeinschaft, die das größte Vertrauen genießen, wissen nur sehr wenige über die unmarkierten Reservate Bescheid. Niemand kennt sie alle.«

»Warum?«, fragte Seth.

»In diesen fünf Reservaten sind besondere Artefakte von großer Macht verborgen.«

»Was für Artefakte?«, fragte Seth aufgeregt.

»Das kann ich nicht sagen. Die meisten Einzelheiten kenne nicht einmal ich selbst. Das Artefakt hier in Fabelheim befindet sich nicht in unserem Besitz. Es wird an einer geheimen Stelle auf dem Grundstück bewacht. Tunichtgute, insbesondere die Gesellschaft des Abendsterns, würden sich über nichts mehr freuen als über eine Gelegenheit, sich der Artefakte aus den verborgenen Reservaten zu bemächtigen.«

»Also gibt es viele Gründe, warum Fabelheim geschützt werden muss«, sagte Kendra.

Oma nickte. »Dein Großvater und ich sind bereit, wenn nötig, unser Leben dafür zu geben.«

»Vielleicht sollten wir Opa nicht selbst suchen«, meinte Kendra. »Können wir nicht Hilfe holen?«

»Es gibt Menschen, die uns zu Hilfe kommen würden, wenn wir sie rufen, aber ich muss Muriel heute noch aufhalten und deinen Großvater finden. Niemand könnte uns schnell genug erreichen. Fabelheim wird vor allem auch durch Geheimhaltung geschützt. In Zeiten wie diesen kann das zum Problem werden. Ich weiß nicht, welche Zauber Bahumat fesseln, aber ich bin davon überzeugt, dass Muriel sie aufheben kann, wenn sie genügend Zeit dafür hat. Ich muss sofort handeln.«

Oma stand auf und holte aus einer Truhe eine kunstvoll mit Blumenranken verzierte Schatulle. Darin befand sich eine kleine Armbrust, nicht viel größer als eine Pistole, und ein kurzer Pfeil mit schwarzen Federn, Elfenbeinschaft und einer Spitze aus Silber.

»Cool«, rief Seth. »Ich will auch so eine!«

»Wenn er die richtige Stelle trifft, tötet dieser Pfeil jedes Wesen, das einmal sterblich war, einschließlich der Verzauberten und Untoten.«

»Welche Stelle ist denn die richtige?«, fragte Kendra.

»Das Herz und das Gehirn sind am sichersten. Bei Hexen weiß man das nie ganz genau, aber dies ist der einzige Zauber, von dem ich sicher bin, dass er Muriel töten wird.«

»Du wirst sie töten?«, flüsterte Kendra.

»Nur als letzte Option. Zuerst werde ich versuchen, sie von Hugo fangen zu lassen. Aber das Risiko ist zu hoch, als dass wir ohne einen Notfallplan vorgehen könnten. Wenn der Golem unerwarteterweise versagen sollte, kann ich Muriel nicht allein bezwingen. Glaub mir, das Letzte, was ich will, ist ihr Blut an meinen Händen. Einen Sterblichen zu töten, ist kein gar so schweres Verbrechen wie das Töten eines magischen Wesens, aber es würde dennoch den Schutz aufheben, den mir der Vertrag gewährt. Ich würde mich wahrscheinlich selbst aus dem Reservat verbannen müssen.«

»Aber sie versucht, das ganze Reservat zu vernichten!«, warf Seth ein.

»Aber nicht, indem sie selbst jemanden tötet«, erwiderte Oma. »Die Kapelle ist neutraler Boden. Wenn ich dort hingehe und sie töte, werde ich nie wieder den Schutz des Vertrages genießen, selbst wenn ich die Tat rechtfertigen kann.«

»In der Nacht, in der die Kreaturen durch unser Fenster kamen, habe ich gehört, wie Dale eine Schrotflinte und andere Waffen abgefeuert hat«, wandte Kendra ein.

»Die Kreaturen sind auf unser Territorium vorgedrungen«, erklärte Oma. »Ungeachtet des Grundes verwirken sie, indem sie in dieses Haus kommen, all ihre Rechte. Unter diesen Umständen konnte Dale sie ohne Furcht vor Vergeltung töten, was bedeutet, dass sein Status unter dem Vertrag gesichert blieb. Dasselbe Prinzip würde gegen euch zur Anwendung kommen, wenn ihr euch in verbotene Bereiche von Fabelheim wagen solltet. Wenn ihr euch auf diese Weise über den Vertrag hinwegsetzen würdet, wäre die Jagdsaison auf Kendra und Seth eröffnet – was auch genau der Grund ist, warum diese Gebiete verboten sind.«

»Ich kapiere nicht, wer dich bestrafen sollte, wenn du Muriel tötest«, sagte Seth.

»Die magischen Barrieren, die mich schützen, würden aufgehoben, und die Vergeltung würde auf dem Fuße folgen. Versteht ihr, als Sterbliche können wir die Regeln aus freiem Willen brechen. Die magischen Geschöpfe, die hier Asyl suchen, haben diesen Luxus nicht. Viele würden die Regeln brechen, wenn sie könnten, aber sie sind gebunden. Solange ich den Regeln gehorche, bin ich in Sicherheit. Aber sobald ich den Schutz des Vertrages verliere, bin ich verwundbar.«

»Bedeutet das also, dass Opa mit Sicherheit noch lebt?«, fragte Kendra mit angespannter Stimme. »Sie können ihn nicht töten oder so was?«

»Stan hat die Regeln, die für Blutvergießen gelten, nie gebrochen. Deshalb waren die dunklen Kreaturen dieses Reservates selbst in ihrer Festnacht nicht in der Lage, ihn zu töten. Ebenso wenig können sie ihn dazu zwingen, an einen Ort zu gehen, der es ihnen möglich machen würde, ihn zu töten. Eingekerkert, gefoltert, in den Wahnsinn getrieben, in Blei verwandelt – vielleicht. Aber er ist mit Sicherheit am Leben. Und ich muss ihn finden.«

»Und ich muss mit dir kommen«, erklärte Seth. »Du brauchst Verstärkung.«

»Hugo ist meine Verstärkung.«

Seth verzog das Gesicht und kämpfte mit den Tränen. »Ich will euch nicht verlieren, erst recht nicht, wenn es meine Schuld ist.«

Oma Sørensen umarmte Seth. »Mein lieber Seth, ich weiß deinen Mut zu schätzen, aber ich werde es nicht riskieren, ein Enkelkind zu verlieren.«

»Wären wir hier nicht in genauso großer Gefahr wie bei dir?«, fragte Kendra. »Wenn der Dämon befreit wird, sind wir alle geliefert.«

»Ich habe die Absicht, euch wegzuschicken, fort aus dem Reservat«, erwiderte Oma.

Kendra verschränkte die Arme vor der Brust. »Wir warten also draußen vor dem Tor, bis unsere Eltern zurückkommen, erzählen ihnen, dass ihr von einem Dämon umgebracht wurdet, und bestehen darauf, dass wir nicht ins Haus gehen können, weil das hier in Wirklichkeit ein gefallenes magisches Reservat ist?«

»Eure Eltern kennen die wahre Natur dieses Ortes nicht«, sagte Oma. »Und sie würden es auch nicht glauben, ohne es gesehen zu haben.«

»Genau!«, antwortete Kendra. »Wenn du scheiterst, wird Dad als Erstes in euer Haus gehen und Nachforschungen anstellen. Nichts, was wir sagen könnten, würde ihn aufhalten. Und er wird wahrscheinlich die Polizei rufen, und die ganze Welt wird von diesem Ort erfahren.«

»Sie würden nichts Ungewöhnliches sehen«, entgegnete Oma. »Aber viele Menschen würden auf unerklärliche Weise sterben.

Sie würden höchstens die Kuh entdecken, denn Viola ist trotz ihrer magischen Milch ein sterbliches Wesen.«

»Bei dem Troll haben wir dir doch auch geholfen«, beharrte Seth. »Und ganz gleich, was du sagst, ich werde dir sowieso folgen.«

Oma warf die Hände in die Luft. »Im Ernst, Kinder, ich denke, es wird alles gut gehen. Ich weiß, das Szenario, das ich beschrieben habe, klingt schrecklich. Aber Dinge wie diese geschehen ab und zu in Reservaten, und normalerweise bekommen wir sie immer in den Griff. Ich sehe keinen Grund, warum es diesmal anders sein sollte. Hugo wird alles ohne ernsthafte Zwischenfälle wieder in Ordnung bringen, und wenn es so weit kommen sollte, bin ich eine verdammt gute Schützin mit der Armbrust. Wartet gleich hinter den Toren auf mich, und ich werde euch schon bald holen kommen.«

»Aber ich will sehen, wie Hugo Muriel fertigmacht«, beharrte Seth.

»Wenn wir diesen Ort eines Tages erben sollten, wirst du uns auch nicht länger beschützen können«, warf Kendra ein. »Wäre es nicht eine gute Erfahrung für uns, zu sehen, wie Hugo die Situation handhabt? Vielleicht könnten wir sogar helfen?«

»Eine Exkursion!«, rief Seth.

Oma sah sie liebevoll an. »Ihr werdet so schnell groß«, seufzte sie.

KAPITEL 16

Die vergessene Kapelle

Die Sonne näherte sich zögernd dem Horizont, und Kendra blickte aus der Rikscha und beobachtete, wie die Bäume vorbeizogen. Sie erinnerte sich daran, wie sie auf dem Weg zum Reservat aus dem Fenster des SUV geschaut hatte. Diesmal war es viel lauter, holpriger und windiger. Und das Ziel viel erschreckender.

Hugo zog sie. Kendra bezweifelte, dass ein Pferdegespann es mit seiner Geschwindigkeit hätte aufnehmen können.

Sie erreichten offenes Gelände, und Kendra sah die hohe Hecke, hinter der der See mit der Pavillonpromenade lag. Es war eine eigenartige Vorstellung, dass Lena einst als Najade dort gelebt hatte.

Bevor sie in die Rikscha gestiegen waren, hatte Oma Hugo befohlen, jedwede Anweisungen von Kendra und Seth zu befolgen. Falls etwas schiefgehen würde, sollten die Kinder möglichst schnell mit Hugo fliehen. Außerdem hatte Oma sie ermahnt, vorsichtig mit dem zu sein, was sie Hugo auftrugen. Da er keinen eigenen Willen besaß, würden die Strafen für seine Taten diejenigen ereilen, die ihm den Befehl dazu gaben.

Oma hatte sich inzwischen umgezogen und trug jetzt ausgewaschene Jeans, Arbeitsstiefel und ein grünes Hemd, das sie auf dem Dachboden aufgestöbert hatte. Seth hatte sich über die Wahl des grünen Oberteils sehr erfreut gezeigt.

Seth hielt mit beiden Händen einen Lederbeutel umklammert.

Oma hatte ihm erklärt, dass darin ein besonderer Staub war, der unerwünschte Kreaturen von ihnen fernhalten würde. Er funktionierte ganz ähnlich wie das Salz aus dem Spielzimmer. Außerdem hatte Oma ihn ermahnt, den Staub nur als letzte Möglichkeit zu benutzen. Im Falle ihres Scheiterns würde jedwede Magie, die sie einsetzten, die zu erwartende Vergeltung nur schlimmer machen. Oma hatte ebenfalls einen Beutel mit Staub.

Kendra war mit leeren Händen in den Wagen gestiegen. Da sie noch keine Magie benutzt hatte, meinte Oma, dass es ein Fehler wäre, wenn sie jetzt damit anfangen würde. Anscheinend war der Schutz des Vertrages bei denen, die vollkommen auf Magie verzichteten und auch sonst keinen Unfug trieben, ziemlich stark.

Sie holperten über eine besonders unebene Stelle. Seth musste sich festhalten, um nicht herauszufallen. Lächelnd blickte er über die Schulter. »Nur fliegen ist schöner.«

Kendra wünschte, sie könnte die gleiche Ruhe an den Tag legen. Sie bekam langsam ein flaues Gefühl im Magen. Es erinnerte sie an das erste Mal, als sie in der Schule allein vorsingen musste. In der vierten Klasse. Die Proben waren immer gut gelaufen, aber als sie durch die Vorhänge einen Blick auf das Publikum geworfen hatte, breitete sich ein flaues Gefühl in ihrem Magen aus, und sie war überzeugt, dass sie sich übergeben müsste. Bei ihrem Stichwort trat sie auf die hell erleuchtete Bühne, blickte in die düstere Menge und konnte ihre Eltern in dem Gedränge nicht finden. Der Auftakt zu ihrem Lied wurde gespielt, und als sie zu singen begann, löste die Furcht sich in nichts auf, und die Übelkeit verflog.

Würde es heute genauso sein? War das Warten immer schlimmer als das Ereignis selbst? Sobald sie dort ankamen, würde sie zumindest etwas tun können. Im Moment konnte sie sich nur Sorgen machen.

Wie weit entfernt war diese verrückte Kirche? Oma hatte gesagt, dass Hugo nicht mehr als fünfzehn Minuten bis dorthin brauchen würde, da es den ganzen Weg lang bergab ging. Kendra hielt nach Einhörnern Ausschau, konnte aber keine fantastischen Geschöpfe sehen. Alle versteckten sich.

Die Sonne hatte den Horizont erreicht und ging langsam unter. Oma deutete nach vorn. Vor ihnen stand mitten auf einer Lichtung ein altertümliches Gotteshaus. Es war ein einfacher Bau, kastenförmig mit einer Reihe großer, kaputter Fenster, und mit einem Türmchen, in dem vielleicht eine Glocke hing. Das Dach war eingesackt, und die Farbe war schon lange von den Holzwänden abgeblättert, die jetzt grau und rissig waren. Welche Farbe die Kirche ursprünglich gehabt haben mochte, war nicht mehr zu erkennen. Einige ausgetretene Treppenstufen führten zum Eingang hinauf, in dem früher einmal Doppeltüren in ihren Angeln gehangen hatten. Ein perfekter Ort für Fledermäuse und Zombies.

Hugo verlangsamte sein Tempo, und sie blieben vor dem dunklen Eingang stehen. In der Kirche war alles still. Nichts ließ darauf schließen, dass irgendjemand während der letzten hundert Jahre hier gewesen war.

»Bei Tageslicht wäre mir wohler zumute, aber zumindest ist es noch ein bisschen hell«, bemerkte Oma. Mit einem Werkzeug spannte sie die Sehne der kleinen Armbrust und legte den Pfeil mit der Silberspitze ein. »Lasst es uns so schnell wie möglich hinter uns bringen. Das Böse mag die Dunkelheit.«

»Warum eigentlich?«, fragte Seth.

Oma dachte einen Moment lang über die Frage nach, bevor sie antwortete. »Weil das Böse sich gern versteckt.«

Kendra gefiel die Gänsehaut nicht, die sie bekam, als Oma das sagte. »Warum reden wir nicht einfach über schöne Dinge?«, schlug sie vor, während sie aus dem Wagen stiegen.

»Weil wir Jagd auf Hexen und Monster machen«, erwiderte Seth.

»Kendra hat Recht«, sagte Oma. »Es nützt uns nichts, düsteren Gedanken nachzuhängen. Wir wollen nur so schnell wie möglich wieder hier weg, auf jeden Fall bevor es ganz dunkel geworden ist.«

»Ich finde immer noch, wir hätten ein paar Gewehre mitnehmen sollen«, meinte Seth.

»Hugo!«, rief Oma. »Führe uns leise in den Keller. Beschütze uns vor Bösem, aber töte nicht.«

Allein der Anblick des riesigen Goliath aus Erde und Stein tröstete Kendra. Mit Hugo als ihrem Beschützer konnte sie sich nicht vorstellen, dass sie in irgendwelche größeren Schwierigkeiten geraten würden.

Die Stufen ächzten, als Hugo hinaufstieg. Vorsichtig trat er in den großen Eingang. Die anderen folgten und hielten sich ganz dicht hinter ihrem imposanten Leibwächter. Oma legte ein rotes Tuch über die Armbrust, anscheinend um sie zu verbergen.

Bitte, mach, dass Muriel nicht hier ist, betete Kendra schweigend. Bitte, lass uns Opa und Lena finden und nichts anderes!

Von innen sah die Kirche noch gruseliger aus als von außen. Die vermoderten Bänke waren zerschlagen und umgekippt, die Kanzel war heruntergerissen worden, und die Wände waren mit braunen Kritzeleien beschmiert. Spinnweben hingen vom Dachstuhl herab wie Dämonenbanner. Durch die zersprungenen Fenster und ein paar Löcher im Dachstuhl fiel das bernsteinfarbene Licht des Sonnenuntergangs, aber nicht genug, um die Dunkelheit ganz zu vertreiben. Nichts wies darauf hin, dass dies einmal ein Gotteshaus gewesen war. Es war nur ein großer, verfallener, leerer Raum.

Die Dielenbretter knarrten, als Hugo auf Zehenspitzen zu einer Tür auf der gegenüberliegenden Seite der Kapelle schlich. Kendra machte sich Sorgen, dass der Boden nachgeben und Hugo eine abrupte Abkürzung in den Keller nehmen könnte. Er musste mindestens eine halbe Tonne wiegen.

Hugo zog die halb verfaulte Tür auf. Der Eingang war für normale Menschen gedacht, und er musste sich ducken und zur Seite drehen, um sich hindurchzuzwängen.

»Es wird alles gut«, sagte Oma und legte Kendra zur Beruhigung eine Hand auf die Schulter. »Bleib immer hinter mir.«

Die Treppe schlängelte sich hinab und endete an einem Eingang ohne Tür. Aus dem Raum dahinter fiel Licht ins Treppenhaus. Kendra spähte an Hugo vorbei, während er sich seitlich durch den Eingang schob, und sie sah, dass sie nicht mehr allein waren. Doch erst als sie Oma Sørensen in den geräumigen Keller folgte, begriff sie langsam, in was sie da hineingeraten waren.

Der Raum wurde von nicht weniger als zwei Dutzend hellen Laternen fröhlich beleuchtet. Er hatte eine hohe Decke und spartanische Möbel. Opa Sørensen und Lena waren beide mit gespreizten Gliedern an die Wand gekettet.

Eine eigenartige Gestalt stand vor Opa und Lena. Gänzlich aus glattem, dunklem Holz, sah sie aus wie eine primitive Marionette, die genauso groß war wie Opa. Statt durch Gelenke waren die hölzernen Einzelteile durch goldene Haken miteinander verbunden. Der Kopf erinnerte Kendra an die Maske eines Eishockeytorwarts, nur dass das Gesicht der Holzmarionette viel gröber und einfacher war. Die seltsame Schaufensterpuppe vollführte einen kleinen Tanz; ihre Arme kreisten durch die Luft, ihre Füße stampften auf den Boden, und ihr Blick war auf das hintere Ende des Kellers gerichtet.

»Ist das nicht ihre Stockpuppe?«, fragte Seth leise.

Natürlich! Es war Muriels unheimliche Tanzmarionette, nur viel größer, und sie bewegte sich von selbst!

Am hinteren Ende des Kellers befand sich eine große Nische. Es sah aus, als wäre sie einmal mit Brettern vernagelt gewesen, bis sich jemand mit Gewalt Zugang verschafft hatte. Ein Netz aus miteinander verknoteten Seilen spannte sich über die Nische, und dahinter ragte eine dunkle Gestalt auf. Eine hochgewachsene, schöne Frau mit einer leuchtenden Aura honigblonden Haares stand neben der Nische und blies auf einen der vielen Knoten. Sie trug ein atemberaubendes, azurblaues Kleid, das ihre verführerische Figur betonte.

Um die Frau herum standen Wesen, die aussahen wie menschengroße Versionen der Kobolde, die Kendra in Muriels Schuppen gesehen hatte. Sie waren zwischen anderthalb und zwei Meter groß, einige waren fett, manche dünn, ein paar wenige muskulös. Manche hatten einen Buckel und Hörner oder Fühler auf dem Kopf. Wieder andere hatten hervortretende Geschwüre oder Schwänze. Manchen fehlten Gliedmaßen oder ein Ohr. Alle hatten Narben und eine wettergegerbte, ledrige Haut sowie Stummel anstelle von Flügeln. Zu Füßen der menschengroßen Kobolde tummelte sich eine Vielzahl ihrer kleinen Geschwister. Alle waren sie der Nische zugewandt und starrten auf den Boden.

Die Luft flimmerte. Aus der Nische entfaltete sich ein Paar schwarzer Flügel aus Rauch und Schatten. Kendra überkam die gleiche Art von Schwindelgefühl, das sie bei Omas Verwandlung überwältigt hatte. Es schien, als würde die Nische sich entfernen, als betrachte sie die Szene durch das falsche Ende eines Fernrohrs. Ein schwarzer Blitz verdrängte einen Moment lang das stete Leuchten der Laternen, und plötzlich wuchs dort, wo all die Kobolde hinstarrten, ein neuer menschengroßer Kobold.

Kendra schlug sich beide Hände auf den Mund. Die schöne Frau musste Muriel sein. Bahumat wurde von einem Netz verknoteter Seile festgehalten, ähnlich dem Seil, mit dem Muriel gefesselt gewesen war. Jetzt benutzte sie die Energie der sich lösenden Knoten, um die Kobolde auf Menschengröße wachsen zu lassen, und der Dämon würde bald frei sein.

»Hugo«, sagte Oma leise. »Mach die Kobolde kampfunfähig und nimm Muriel gefangen, schnell.«

Hugo stürzte vorwärts.

Ein Kobold drehte sich um und stieß ein widerwärtiges Jaulen aus. Daraufhin wirbelten auch die anderen herum, und die Eindringlinge sahen ihre grausamen, teuflischen Gesichter. Die Augen der zauberhaften Blondine weiteten sich vor Überraschung. »Ergreift sie!«, kreischte sie.

Es waren mehr als zwanzig große Kobolde und zehnmal so viele kleine. Geführt von dem größten und muskulösesten von allen, stürzten sie sich auf Hugo, ein buntgescheckter Mob hässlicher Ungeheuer.

Hugo stellte sich ihnen in der Mitte des Raums entgegen. Mit anmutiger Präzision packte er den Anführer mit einer Hand um die Taille, mit der anderen an den Beinen und bog ihn zuerst in die eine, dann in die andere Richtung zusammen. Er warf den heulenden Anführer beiseite, während die anderen weiter auf ihn einstürmten.

Mit fliegenden Fäusten schleuderte Hugo die Kobolde in alle Richtungen. Sie versuchten ihm auf die Schulter zu springen und seinen Kopf zu zerkratzen. Aber Hugo wirbelte weiter herum und schwang die Fäuste, ein gewalttätiger Tanz, der ebenso viele Kobolde durch den Raum katapultierte, wie auf ihn einstürzten.

Einige der Kobolde wichen geschickt aus, um sich Oma, Kendra und Seth zu widmen. Hugo drehte sich um und rannte ihnen nach. Er packte zwei von ihnen an den Knien und schwenkte sie wie Keulen, um mit ihnen auf die anderen einzuschlagen.

Die Widerstandskraft der Kobolde war beeindruckend. Wenn Hugo einen gegen die Wand schleuderte, erhob sich das zähe Geschöpf wieder auf die Füße und kam zurück, um sich noch eine weitere Abreibung zu holen. Selbst der stämmige Anführer war noch immer mitten im Getümmel und stolperte auf zermalmten Beinen unbeholfen einher.

Als Kendra an dem Tumult vorbeischaute, sah sie, wie Muriel auf einen weiteren Knoten blies. »Oma, sie führt etwas im Schilde.«

»Hugo«, rief Oma. »Überlass die Kobolde uns und nimm Muriel gefangen.«

Hugo warf den Kobold, den er gerade hielt, in hohem Bogen von sich. Das wimmernde Geschöpf schrammte die Decke entlang, bis es mit einem ekelerregenden Klatschen gegen die Wand prallte. Der Golem stürzte sich auf Muriel.

»Mendigo, beschütze mich!«, schrie Muriel. Die Holzpuppe, die noch immer in der Nähe von Opa und Lena tanzte, spurtete los, um Hugo abzufangen.

Ohne die unermüdlichen Angriffe des Golems versammelten sich die verletzten Kobolde jetzt um Oma, die sich vor Kendra und Seth gestellt hatte. Oma schwenkte den Beutel in ihrer Hand, und eine funkelnde Staubwolke stob daraus hervor. Als die Wolke die Kobolde erreichte, war ein elektrisches Knistern zu hören, und sie wurden zurückgeschleudert. Einige wenige sprangen in die Wolke hinein und versuchten, sich einen Weg hindurchzubahnen – mit dem Erfolg, dass noch hellere Blitze aufloderten und sie umso unbarmherziger durcheinanderwarfen. Oma verteilte noch mehr Staub in der Luft.

Große, dunkle Flügel streckten sich aus der Nische. Die Luft warf Wellen. Kendra fühlte sich, als betrachte sie den Keller von weiter Ferne durch einen schmalen Tunnel. Hugo hatte Muriel fast erreicht. Die übergroße Marionette stürzte sich auf die Füße des Golems und schlang Arme und Beine um Hugos Knöchel. Der Golem fiel der Länge nach hin. Hugo schüttelte die hölzerne Marionette ab, und Mendigo schlitterte über den Boden. Dann erhob Hugo sich auf die Knie und griff nach Muriel. Seine ausgestreckten Hände waren nur wenige Zentimeter von ihr entfernt, als ein Donnerschlag den Keller erschütterte, begleitet von einem schwarzen Blitz. Der gewaltige Golem löste sich in einen Haufen Schutt auf.

Mit irrem Blick stieß Muriel einen heulenden Triumphschrei aus, überglücklich darüber, dass sie Hugo so knapp entkommen war. Auf der anderen Seite des Raums richtete Mendigo sich wieder auf. Die Marionette hatte einen Arm verloren, den sie nun aufhob und sich wieder einhängte.

Muriels Augen funkelten vor Siegesgewissheit. »Bringt sie alle zu mir«, befahl sie.

Das rote Tuch flatterte zu Boden. Mit einer Hand hob Oma Sørensen die Armbrust, während sie mit der anderen den Rest des Staubes in ihrem Beutel in die Luft warf. Dann ließ sie den Beutel fallen, trat in die glitzernde Staubwolke und umfasste die Armbrust mit beiden Händen.

Der Pfeil sirrte durch die Luft. Mendigo sprang vorwärts und versuchte verzweifelt, den Pfeil abzuwehren, aber Hugo hatte die Marionette zu weit fortgeschleudert. Muriel kreischte, taumelte gegen das Netz aus verknoteten Seilen und fasste sich mit einer Hand an die Schulter. Dann fiel sie vornüber auf die Knie. Zwischen ihren schlanken Fingern ragten schwarze Federn hervor. »Für diesen Schuss wirst du bezahlen!«, schrie sie.

»Lauft!«, rief Oma Sørensen den Kindern zu.

Zu spät. Mit geschlossenen Augen und sich lautlos bewegenden Lippen streckte Muriel eine blutverschmierte Hand aus, und ein Lufthauch verwehte den glitzernden Staub. Die verletzten Kobolde preschten vorwärts und packten Oma Sørensen.

Seth sprang vor und warf eine Handvoll Staub über Oma und die Kobolde. Blitze knisterten, und die Kobolde taumelten zurück.

»Mendigo, bring mir den Jungen!«, rief Muriel.

Der hölzerne Diener raste auf allen Vieren auf Seth zu. Die Kobolde hatten sich im Raum verteilt. Einige waren vor der Tür in Stellung gegangen, um ein Entkommen unmöglich zu machen. Mendigo sprang und Seth warf eine Hand voll Staub in die Luft. Die elektrische Wolke stieß die Marionette zurück. Zur gleichen Zeit griff ein Kobold ihn von hinten an und riss ihm den Beutel aus der Hand.

Der hochgewachsene Kobold drehte Seth um, packte ihn an den Oberarmen und hob ihn hoch, so dass sie einander in die

Augen starrten. Der Kobold zischte, sein Mund stand offen, und eine schwarze Zunge baumelte grotesk heraus.

»He«, sagte Seth, als er die Kreatur erkannte. »Du bist die Fee, die ich gefangen habe!«

Der Kobold warf sich Seth über die Schulter und lief zu Muriel hinüber. Ein anderer Kobold packte Oma und brachte sie ebenfalls zu der Hexe.

Kendra stand vor Entsetzen erstarrt da. Sie war von Kobolden umringt, an Entkommen war nicht zu denken. Hugo war nur noch ein Haufen Erde und Steine. Oma hatte nicht richtig getroffen, und Muriel war zwar verletzt, aber nicht tot. Seth hatte sein Bestes gegeben, und trotzdem waren er und Oma gefangen genommen worden. Es gab keine Verteidigung mehr, keine Tricks. Nichts zwischen Kendra und den Greueln, die Muriel und ihre Kobolde ihr antun könnten.

Nur hatten die Kobolde sie seltsamerweise immer noch nicht ergriffen. Sie standen um sie herum, schienen jedoch außerstande, die Hände auszustrecken und sie zu packen. Sie hoben die Arme ein Stück weit an und hielten dann inne, als verweigerten ihre Gliedmaßen den Gehorsam.

»Mendigo, bring mir das Mädchen«, befahl Muriel.

Mendigo drängte die Kobolde beiseite. Seine Hände näherten sich ihr und blieben mitten in der Bewegung stehen. Seine hölzernen Finger zuckten, und die goldenen Haken klirrten leise.

»Sie können dir nichts tun, Kendra«, rief Opa, der immer noch an der Wand gefesselt war. »Du hast keinen Zauber benutzt und niemandem Schaden zugefügt. Lauf, Kendra, sie können dich nicht aufhalten!«

Kendra zwängte sich zwischen zwei Kobolden hindurch und rannte auf die Tür zu. Dann blieb sie plötzlich stehen. »Kann ich euch denn gar nicht helfen?«

»Muriel ist nicht durch die Gesetze gebunden, die ihre Handlanger daran hindern, dich zu ergreifen!«, rief Opa. »Lauf den ganzen Weg bis nach Hause, direkt bis zu dem Weg, über den ihr gekommen seid, und stell unterwegs nichts an! Weiche nicht von dem Pfad ab! Dann verlass das Reservat und versperre das Tor mit meinem Pickup! Fabelheim wird fallen! Einer von uns muss überleben!«

Muriel, die ihre verletzte Schulter umklammert hielt, verfolgte sie bereits. Kendra hastete die Treppe hinauf und raste durch die Kapelle zur Vordertür.

»Kind, warte!«, rief die Hexe.

Kendra hielt auf der Türschwelle der Kirche inne und drehte sich um. Muriel lehnte in der Tür, die zum Keller führte. Sie sah bleich aus. Blut durchtränkte den Ärmel ihres Gewandes.

»Was wollen Sie?«, fragte Kendra und bemühte sich, mutig zu klingen.

»Warum willst du so eilig aufbrechen? Bleib, wir können darüber reden.«

»Das sieht nicht besonders gut aus.«

»Diese Kleinigkeit? Das Lösen eines einzigen Knotens wird das in Ordnung bringen.«

»Warum haben Sie es dann noch nicht getan?«

»Ich wollte reden, bevor du wegläufst«, säuselte die Hexe mit sanfter Stimme.

»Was gibt es da zu reden? Lassen Sie meine Familie gehen!«, schrie Kendra.

»Das werde ich vielleicht auch tun ... Wenn die Zeit reif ist. Kind, du willst doch nicht zu dieser späten Stunde in den Wald rennen. Wer weiß, was für Schrecken dort auf dich warten?«

»Sie können nicht schlimmer sein als das, was hier vorgeht. Warum wollen sie diesen Dämon freilassen?«

»Das würdest du nie begreifen«, sagte Muriel.

»Denken Sie, er wird Ihr Freund werden? Bald werden Sie zusammen mit all den anderen an der Wand angekettet sein.«

»Sprich nicht über Dinge, die deinen Horizont bei weitem übersteigen«, keifte Muriel. »Ich habe Vereinbarungen getroffen, die mir unermessliche Macht verleihen werden. Nachdem ich so lange Jahre abgewartet habe, spüre ich, dass die Stunde meines Triumphes nah ist. Der Abendstern geht auf.«

»Der Abendstern?«, wiederholte Kendra.

Muriel grinste. »Mein Ehrgeiz reicht weit über die Eroberung eines einzelnen Reservats hinaus. Ich bin Teil einer Bewegung mit viel höher gesteckten Zielen.«

»Die Gesellschaft des Abendsterns.«

»Du könntest dir niemals vorstellen, was alles bereits im Gang ist. Ich war jahrelang eingesperrt, ja, aber nicht ohne Verbindung zur Außenwelt.«

»Die Kobolde.«

»Und andere Kollaborateure. Bahumat hat diesen Tag seit seiner Gefangennahme geplant. Die Zeit war unser Verbündeter. Wir haben beobachtet und gewartet und im Stillen unsere Befreiung vorbereitet. Kein Gefängnis steht für immer. Manche unserer Bemühungen haben nur wenig Früchte getragen. Bei anderen Gelegenheiten haben wir mit einem einzigen Stoß viele Dominosteine zu Fall gebracht. Und als es Ephira in der Mittsommernacht gelang, euch dazu zu bringen, das Fenster zu öffnen, konnten wir hoffen, dass die Ereignisse sich ziemlich genau so entwickeln würden, wie sie es dann auch getan haben.«

»Ephira?«

»Du hast ihr in die Augen gesehen.«

Kendra zuckte innerlich zusammen. Sie wollte nicht gern an die durchscheinende Frau in den gazeartigen, schwarzen Gewändern erinnert werden.

Muriel nickte. »Sie und andere werden dieses Reservat übernehmen, ein wesentlicher Schritt auf dem Weg zu unserem Ziel. Nach Jahrzehnten des Ausharrens kann mich jetzt nichts mehr aufhalten.«

»Warum lässt du meine Familie dann nicht einfach frei?«, flehte Kendra.

»Sie würden versuchen, sich einzumischen. Nicht dass sie das an dieser Stelle noch könnten – sie haben ihre Chance gehabt und sind gescheitert –, aber ich werde keine Risiken eingehen. Komm, stelle dich dem Ende an der Seite deiner Familie, und nicht allein in der Nacht.«

Kendra schüttelte den Kopf.

Muriel streckte ihren unverletzten Arm aus. Die von ihrem eigenen Blut roten Finger verkrümmten sich unnatürlich. Die Hexe sprach in einer seltsam verzerrten Sprache, die Kendra an das wütende Flüstern von Männern erinnerte. Kendra rannte aus der Kirche, die Stufen hinunter und hinüber zu der Rikscha. Dann blieb sie stehen, um sich noch einmal umzudrehen. Muriel war nicht zu sehen. Welchen Zauber die Hexe auch zu wirken versucht hatte, er hatte offensichtlich nicht funktioniert.

Kendra rannte die Schotterstraße hinunter. Es war noch immer ziemlich hell. Sie waren nur wenige Minuten in der Kirche gewesen. Tränen begannen ihre Sicht zu trüben, aber sie lief immer weiter in der Angst, dass sie doch verfolgt wurde.

Ihre ganze Familie war verloren! Alles war so schnell gegangen! Gerade noch hatte Oma ihr Zuversicht und Trost gegeben, und schon im nächsten waren Hugo vernichtet und Seth und Oma gefangen genommen worden. Kendra hätte ebenfalls gefangen genommen werden sollen, nur dass sie seit ihrer Ankunft in Fabelheim so übervorsichtig gewesen war, dass sie anscheinend noch immer den vollen Schutz des Vertrages genoss. Die Kobolde hatten sie nicht berühren können, und Muriel war zu schwer verletzt gewesen, um sie zu verfolgen.

Kendra blickte zurück über die leere Schotterstraße. Die Hexe hatte ihre Verletzung mittlerweile sicher geheilt, würde ihr aber wahrscheinlich erst folgen, nachdem sie Bahumat befreit hatte, da Kendra bereits einen zu großen Vorsprung hatte.

Andererseits konnte Muriel wahrscheinlich Magie benutzen, um sie einzuholen. Aber Kendra vermutete, dass es Muriel wahrscheinlich ein weit wichtigeres Anliegen war, den Dämon zu befreien, als Kendra nachzujagen.

Sollte sie umkehren? Versuchen, ihre Familie zu retten? Aber wie? Kendra konnte sich nichts anderes vorstellen, als dass sie mit Sicherheit gefangen genommen werden würde, sollte sie tatsächlich zurückkehren.

Aber sie musste etwas tun! Sobald der Dämon frei war, war der Vertrag wertlos, und Seth würde sterben, zusammen mit Opa, Oma und Lena!

Sie sah nur eine einzige Möglichkeit: Sie musste ins Haus zurückkehren und versuchen, auf dem Dachboden eine Waffe zu finden. Konnte sie sich an die Kombination der Tresortür erinnern? Sie hatte vor einer Stunde zugesehen, wie Oma sie öffnete, hatte gehört, wie sie die Zahlen laut aussprach. Sie konnte sich nicht genau an die Kombination erinnern, hatte aber das Gefühl, dass ihre Erinnerung zurückkehren würde, sobald sie die Tresortür sah.

Kendra wusste, dass es keine Hoffnung mehr gab. Das Haus war viele Kilometer entfernt. Wie viele? Acht, zehn, vielleicht zwölf? Es war unwahrscheinlich, dass sie es bis dorthin schaffen, geschweige denn wieder zurückkehren konnte, bevor Bahumat frei war. Es waren viele Knoten, und es hatte so ausgesehen, als könne Muriel immer nur einen nach dem anderen lösen. Jeder Knoten schien mehrere Minuten in Anspruch zu nehmen. Aber trotzdem, selbst bei diesem Tempo war es nur eine Frage von Stunden, nicht von Tagen, bis der Dämon frei war.

Aber sie konnte zumindest im Haus nach einer Waffe suchen. Ganz gleich, wie schlecht die Chancen standen, dieser Plan gab ihr zumindest eine Richtung vor, die sie einschlagen konnte, einen Grund, zu handeln. Doch was für eine Waffe sollte das sein, wie musste man sie benutzen, und würde sie überhaupt auf den Dachboden hinaufgelangen? Aber es war wenigstens ein Plan. Zumindest konnte sie sich sagen, dass es einen guten Grund gab, um wegzulaufen.

KAPITEL 17

Ein verzweifelter Versuch

Kendras Angst vor dem Einbruch der Nacht verhinderte leider nicht, dass es dennoch dunkel wurde. Die Dämmerung verblasste langsam, bis Kendra nur noch das Licht des Halbmonds blieb. Die Nacht wurde kühler, aber nicht kalt. Der Wald war in düstere Schatten gehüllt. Gelegentlich hörte sie beunruhigende Geräusche, aber sie bekam die Wesen, von denen die Laute stammten, nie zu sehen. Sie drehte sich immer wieder um, aber der Weg blieb hinter ihr genauso verlassen wie vor ihr.

Mal ging Kendra, mal lief sie. Ohne Orientierungspunkte war schwer festzustellen, wie weit sie inzwischen gekommen war. Die unbefestigte Straße schien sich bis in alle Ewigkeit zu erstrecken.

Sie machte sich Sorgen um Oma Sørensen. Seit sie Muriel angeschossen und Hugo befohlen hatte, die Kobolde kampfunfähig zu machen, war sie wahrscheinlich nicht mehr durch den Vertrag geschützt. Kendra begann sich zu wünschen, sie hätte Muriels Aufforderung, bei ihrer Familie in der Kirche zu bleiben, angenommen. Das Schuldgefühl, als Einzige davongekommen zu sein, war fast unerträglich.

Es war schwer, die verstrichene Zeit abzuschätzen. Die Nacht zog sich dahin, genauso endlos wie die Straße. Der Mond wanderte langsam über den Himmel. Oder war es die Straße, die die Richtung änderte? Kendra war sicher, dass sie schon seit Stunden unterwegs war, als sie eine große Lichtung erreichte. Im Mondlicht schimmerte ein kaum erkennbarer Pfad, der von der Straße abzweigte. Er führte zu einer hohen, dunklen Hecke.

Der See mit den Pavillons! Endlich ein Orientierungspunkt. Sie konnte nicht mehr als eine halbe Stunde von dem Haus entfernt sein, und von der Morgendämmerung war immer noch nichts zu sehen.

Wie lange würde es dauern, bis Bahumat freikam? Vielleicht war der Dämon bereits frei. Würde sie merken, wenn es geschah, oder würde sie es erst herausfinden, wenn sie von Monstern gejagt wurde?

Kendra rieb sich die Augen. Sie war erschöpft. Ihre Beine wollten nicht mehr weitergehen. Sie merkte, dass sie großen Hunger hatte. Sie blieb stehen und streckte sich. Dann begann sie zu laufen. Sie konnte den Rest des Weges laufen, nicht wahr? Es war nicht mehr allzu weit.

Als sie den schmalen Pfad erreichte, der von der Straße abzweigte, blieb Kendra schlitternd stehen. Der Anblick der Hecke hatte sie auf eine Idee gebracht.

Die Feenkönigin hatte einen Schrein auf der Insel in der Mitte des Sees. War sie nicht angeblich das mächtigste Geschöpf in der ganzen Feenwelt? Vielleicht konnte Kendra versuchen, sie um Hilfe zu bitten.

Kendra verschränkte die Arme. Sie wusste so wenig von der Feenkönigin. Abgesehen von der Information, dass die Königin sehr mächtig war, hatte sie noch gehört, dass es den sicheren Tod bedeutete, auch nur einen Fuß auf ihre Insel zu setzen. Der Einzige, der es jemals versucht hatte, war in eine Wolke von Pusteblumensamen verwandelt worden.

Aber warum hatte er es versucht? Kendra glaubte nicht, dass man ihr einen besonderen Grund genannt hatte, nur dass er ein verzweifeltes Anliegen gehabt hatte. Aber die Tatsache, dass er es versuchte, bedeutete, dass er einen Erfolg zumindest für möglich hielt. Vielleicht war sein Anliegen nicht dringend genug gewesen.

Kendra dachte über ihr Anliegen nach. Ihre Großeltern und ihr Bruder sollten getötet werden. Und Fabelheim sollte zerstört werden. Das wäre doch auch für die Feen schlecht, oder etwa nicht? Oder war es ihnen egal? Vielleicht würden sie einfach irgendwo anders hingehen.

Unentschlossen betrachtete Kendra den undeutlichen Pfad. Welche Waffe hoffte sie im Haus zu finden? Vermutlich gar keine. Also musste sie höchstwahrscheinlich über das Tor steigen und fliehen, bevor Bahumat und Muriel sie einholten und töteten. Und ihre Familie würde sterben.

Aber die Idee mit der Feenkönigin könnte funktionieren. Wenn die Königin so mächtig war, könnte sie vielleicht Muriel und sogar Bahumat aufhalten. Kendra brauchte einen Verbündeten. Trotz ihrer lauteren Absichten konnte sie keine Möglichkeit entdecken, wie sie es allein schaffen sollte.

Seit ihr die Idee gekommen war, fühlte Kendra sich irgendwie anders. Das Gefühl kam so unerwartet, dass es einen Moment dauerte, bis sie es als Hoffnung erkannte. Sie würde keine Kombinationsschlösser knacken müssen. Sie brauchte sich lediglich auf Gedeih und Verderb einem allmächtigen Wesen auszuliefern und um das Leben ihrer Familie zu flehen.

Was war das Schlimmste, das geschehen konnte? Der Tod, aber aus ihrem eigenen Entschluss heraus. Keine blutrünstigen Monster. Keine Hexen. Keine Dämonen. Nur ein großer Knall, und sie wäre eine Wolke Löwenzahnflaum.

Was war die beste Möglichkeit? Die Feenkönigin könnte Muriel in Löwenzahnsamen verwandeln und ihre Familie retten.

Kendra bog auf den Pfad ein. Sie hatte Schmetterlinge im Bauch. Es war eine anstachelnde Art von Nervosität, dem Grauen eines sicheren Fehlschlags bei weitem vorzuziehen. Sie fing an zu rennen.

Diesmal kroch sie nicht unter der Hecke hindurch. Der Pfad führte zu einem Bogengang. Kendra lief hindurch und auf den gepflegten Rasen dahinter.

Im Mondlicht waren die weiß getünchten Pavillons und Wege noch malerischer als tagsüber. Kendra konnte sich jetzt tatsächlich vorstellen, dass auf der Insel in der Mitte des stillen Sees eine Feenkönigin lebte. Natürlich lebte sie nicht wirklich dort. Es war nur ein Schrein. Kendra würde ihre Bitte formulieren und darauf hoffen, dass die Königin antwortete.

Die erste Herausforderung war die Frage, wie sie auf die Insel gelangen sollte. Der See war voller Najaden, die gern Menschen ertränkten, was bedeutete, dass sie ein stabiles Boot brauchte.

Kendra eilte über den Rasen auf den nächsten Pavillon zu. Sie versuchte, die verhuschten Schatten zu ignorieren, die sie vor sich sah – verschiedenste Kreaturen, die alle vor ihr zurückwichen. Sie schob alle Furcht beiseite. Würde Opa sich umdrehen und fliehen? Würde Oma es tun? Oder Seth? Oder würden sie ihr Bestes geben, um sie zu retten?

Sie rannte zu dem Bohlenweg. Ihre Schritte hallten auf den

Brettern wider und zerrissen die nächtliche Stille. Kendras Ziel, das Bootshaus, lag drei Pavillons entfernt.

Die Oberfläche des Sees war ein schwarzer Spiegel, der das Mondlicht reflektierte. Einige funkelnde Feen schwebten direkt über dem Wasser. Davon abgesehen deutete nichts auf irgendwelches Leben hin.

Kendra erreichte den dritten Pavillon, lief die Treppe hinunter und stand schließlich vor der Tür des Bootshauses. Sie war natürlich verschlossen. Die Tür war nicht groß, wirkte aber ziemlich stabil.

Kendra versetzte ihr einen heftigen Tritt. Der Schmerz des Aufpralls fuhr durch ihr ganzes Bein, und sie zuckte zusammen. Sie warf sich mit der Schulter gegen die Tür, und wieder fügte sie nur sich selbst Schaden zu, statt der Tür.

Sie macht einen Schritt zurück. Das Bootshaus war im Wesentlichen ein großer Schuppen, der auf dem Wasser schwamm. Es hatte keine Fenster. Sie hoffte, dass überhaupt ein Boot darin war. Wenn ja, dann würde es im Wasser schwimmen, umgeben von Wänden und einem Dach, aber nicht von einem Boden. Wenn sie in den See sprang, konnte sie in dem Bootshaus auftauchen und in das Boot klettern.

Sie beäugte das Wasser. Die schwarze, spiegelnde Oberfläche war undurchdringlich. Es konnten dort hundert Najaden lauern oder keine einzige – es war unmöglich zu erkennen.

Der ganze Plan war sinnlos, wenn sie ertrank, bevor sie die Insel erreichte. Nach dem, was sie von Lena gehört hatte, warteten die Najaden nur darauf, dass sie sich zu nah ans Wasser wagte. Wenn sie hineinsprang, konnte sie ebenso gut Selbstmord begehen.

Sie setzte sich hin und begann mit beiden Füßen gegen die Tür zu treten, die gleiche Methode, die Seth benutzt hatte, um in die Scheune einzubrechen. Sie machte eine Menge Lärm, aber die Tür rührte sich kein bisschen. Je heftiger sie dagegentrat, desto mehr schmerzten ihre Beine.

Sie brauchte ein Werkzeug. Oder einen Schlüssel. Oder Dynamit.

Kendra lief zurück zum Pavillon und suchte nach etwas, mit dem sie die Tür aufstemmen konnte. Sie fand nichts. Wenn doch nur irgendwo ein Vorschlaghammer herumliegen würde.

Sie versuchte, sich zu beruhigen. Sie musste nachdenken! Wenn sie sie weiter bearbeitete, würde die Tür irgendwann nachgeben. So etwas wie Erosion. Aber bisher hatte die Tür sich keinen Zentimeter bewegt, und sie hatte nicht die ganze Nacht Zeit. Es musste eine bessere Lösung geben. Aber ihr wollte einfach nichts einfallen. Nichts, das ihr geholfen hätte. Und sie war mutterseelenallein. Bis auf einige schattenhafte Kreaturen, die sich versteckten, sobald sie näher kam.

»Okay, hört mal her!«, rief sie. »Ich weiß, dass ihr mich hören könnt. Ich muss in das Bootshaus. Eine Hexe will Bahumat freilassen, und ganz Fabelheim wird zerstört werden. Ich bitte niemanden, sich Bahumat in den Weg zu stellen. Ich brauche lediglich jemanden, der die Tür zum Bootshaus aufbricht. Mein Großvater ist der Verwalter hier, und ich gebe euch die Erlaubnis dazu. Ich werde mich umdrehen und die Augen schließen. Wenn ich die Tür brechen höre, werde ich zehn Sekunden warten, bevor ich die Augen wieder aufmache.«

Kendra drehte sich um und schloss die Augen. Sie hörte nichts. »Ihr könnt die Tür jetzt aufbrechen. Ich verspreche, ich werde nicht hinsehen.«

Sie hörte ein leises Platschen und ein Klimpern.

»Okay! Es klingt so, als hätten wir einen Kandidaten! Brich einfach die Tür auf.«

Sie hörte nichts. Plötzlich wurde ihr bewusst, dass sich etwas aus dem Wasser gestohlen haben und sie beobachten könnte. Außerstande, noch länger zu widerstehen, drehte sie sich um und riskierte einen Blick.

Es waren keine tropfenden Kreaturen in Sicht. Alles war still. Die Oberfläche des zuvor spiegelglatten Sees kräuselte sich ein wenig. Und auf dem Steg vor dem Bootshaus lag ein Schlüssel.

Kendra eilte die Treppe hinunter und hob den Schlüssel auf. Er war nass, verrostet und länger als ein gewöhnlicher Schlüssel. Er sah altmodisch aus.

Sie wischte ihn an ihrer Bluse ab, ging damit zum Bootshaus und schob ihn in das Schlüsselloch. Er passte. Sie drehte den Schlüssel, und die Tür schwang nach innen auf.

Kendra schauderte. Eine beunruhigende Schlussfolgerung drängte sich ihr auf. Anscheinend hatte eine Najade ihr den Schlüssel hingelegt. Sie wollten sie draußen auf dem Wasser haben.

Das Bootshaus war fast völlig dunkel, erhellt einzig von dem Licht, das durch die Tür fiel. Blinzelnd konnte Kendra drei Boote erkennen: Zwei große Ruderboote, von denen eins eine Spur breiter war als das andere, und ein kleines Tretboot. Kendra war einmal auf einem See in einem Park mit einem solchen Boot gefahren.

An einer Wand hingen mehrere Ruder von verschiedener Länge. In der Nähe der Tür befanden sich eine Kurbel und ein Hebel. Kendra versuchte, die Kurbel zu drehen, aber sie rührte sich nicht. Sie zog an dem Hebel. Nichts geschah. Sie versuchte es noch einmal mit der Kurbel, und diesmal ließ sie sich drehen.

Eine Schiebetür am anderen Ende des Bootshauses öffnete sich und ließ mehr Licht ein. Kendra kurbelte weiter, erleichtert, dass sie direkt aus dem Bootshaus auf den See würde hinausfahren können.

Während sie in dem düsteren Bootshaus stand und durch die geöffnete Tür auf den See hinausblickte, kamen Kendra Zweifel. Ihr war schlecht vor Angst. War sie wirklich bereit, in den Tod zu gehen? Sich von Najaden ertränken zu lassen oder einem Zauber zum Opfer zu fallen, der eine verbotene Insel schützt?

Opa und Oma Sørensen waren ziemlich gewieft. Vielleicht waren sie bereits entkommen. Machte sie das alles hier vielleicht ganz umsonst?

Kendra erinnerte sich an einen Tag vor drei Jahren im Freibad. Sie hatte sich verzweifelt gewünscht, ganz oben vom Sprungturm zu hüpfen. Ihre Mom hatte sie gewarnt, dass er höher sei, als er aussah, aber nichts hatte sie von ihrem Vorhaben abbringen können. Viele Kinder sprangen, etliche davon in ihrem Alter oder jünger.

Sie stand in einer Schlange am Fuß der Leiter. Als die Reihe an sie kam, machte sie sich auf den Weg nach oben und war erstaunt, wie viel höher sie mit jedem Schritt zu kommen schien. Oben angekommen hatte sie das Gefühl, auf einem Wolkenkratzer zu stehen. Sie wollte sich umdrehen, aber dann hätten alle Kinder in der Schlange gewusst, dass sie Angst hatte. Außerdem sahen ihre Eltern zu.

Sie ging über das Sprungbrett. Es wehte eine leichte Brise. Ob die Menschen auf dem Boden den Wind auch spüren konnten? Vom Ende des Brettes starrte sie auf das sich kräuselnde Wasser hinunter, bis auf den Grund des Pools. Hinunterspringen schien mit einem Mal gar kein so verlockendes Erlebnis mehr.

Dann wurde ihr klar, dass sie umso mehr Aufmerksamkeit erregen würde, je länger sie zögerte. Also hatte sie sich schnell umgedreht und war die Leiter hinuntergestiegen, unter strenger Vermeidung jeden Blickkontakts mit denen, die unten in der Schlange gewartet hatten. Seither war sie auf keinem Sprungturm mehr gewesen. In Wahrheit ging sie selten irgendwelche Risiken ein.

Wieder einmal stand sie vor etwas Furchterregendem. Aber diesmal war es anders. Diesmal würde wahrscheinlich ihre Familie sterben, wenn sie nicht handelte. Sie musste ungeachtet der Konsequenzen zu ihrer früheren Entscheidung stehen und ihren Plan ausführen.

Kendra betrachtete die Riemen. Sie hatte noch nie ein Boot gerudert und konnte sich leicht vorstellen, wie sie sich würde quälen müssen, vor allem, wenn böse Najaden ihr zusetzten. Sie begutachtete das Tretboot. Es war für einen Insassen bestimmt, aber breiter, als es dafür nötig gewesen wäre. Vermutlich, um dem Boot zusätzliche Stabilität zu verleihen. Es war nicht annähernd so groß wie die beiden Ruderboote, und sie wäre sehr nahe am Wasser, aber zumindest hatte Kendra das Gefühl, dass sie es manövrieren konnte.

Kendra seufzte. Sie kniete sich hin, band das kleine Boot los und warf die Leine auf den Sitz. Das Boot schaukelte, als sie einstieg, und sie musste in die Hocke gehen und sich mit den Händen abstützen, um nicht ins Wasser zu fallen.

Nachdem sie sich hinter das Lenkrad gesetzt hatte, schlug sie das Ruder scharf nach einer Seite ein und trat rückwärts in die Pedale. Langsam löste sich das Boot von dem kleinen Steg. Dann drehte Kendra das Steuer in die andere Richtung und fuhr vorwärts. Langsam glitt das Boot aus dem Bootsschuppen.

Es war nicht allzu weit bis zu der Insel, vielleicht achtzig Meter, und Kendra trat jetzt schneller. Sie kam ihrem Ziel immer näher, bis sie plötzlich merkte, dass sich das Boot wieder von der Insel wegbewegte.

Sie trat noch fester in die Pedale, aber das Boot fuhr weiter schräg nach hinten. Irgendetwas hatte sie in Schlepp genommen. Dann fing das Boot an sich zu drehen. Sie konnte am Lenkrad drehen und treten, wie sie wollte, es nützte nichts. Jetzt neigte sich das Boot plötzlich gefährlich zur Seite. Irgendjemand versuchte es zum Kentern zu bringen!

Kendra lehnte sich in die andere Richtung, aber dann neigte das Boot sich sofort auf eben diese Seite. Rasch verlagerte Kendra ihr Gewicht wieder und versuchte verzweifelt, das Gleichgewicht zu halten. Sie sah, wie nasse Finger ihr Boot an der Seite gepackt hielten, und schlug nach ihnen, was mit einem Kichern quittiert wurde.

Das Boot begann sich zu drehen. »Lasst mich in Ruhe!«, schrie Kendra. »Ich muss zu der Insel.« Die Antwort war ein langer Chor von Gekicher.

Kendra trat in die Pedale, so schnell und kräftig sie konnte, ohne etwas damit zu erreichen. Das Boot drehte sich weiter und wurde in die falsche Richtung geschleppt. Dann begannen die Najaden wieder, das Boot aufzuschaukeln. Dank des niedrigen Schwerpunktes des Bootes reichte es, wie Kendra nach einer Weile herausfand, sich zur richtigen Seite zu lehnen, um ein Kentern des Bootes zu verhindern, aber die Najaden waren erbarmungslos in ihren Bemühungen. Sie versuchten, sie abzulenken, indem sie von unten gegen den Bootsrumpf schlugen oder ihr zuwinkten. Das Boot neigte sich ein wenig, schaukelte und wurde herumgewirbelt, und dann machten die Najaden plötzlich wieder Ernst und versuchten erneut, es zu kentern. Sie hatten es darauf abgesehen, sie in einem Augenblick der Unaufmerksamkeit zu überraschen. Doch jedes Mal reagierte Kendra sofort und verlagerte ihr Gewicht, und die Versuche, das Boot zum Kentern zu bringen, scheiterten. Bisher stand der Kampf unentschieden.

Die Najaden zeigten sich nicht. Kendra hörte sie lachen und sah ihre Hände, aber kein einziges Gesicht.

Dann beschloss sie, mit dem Treten aufzuhören. Es nützte ohnehin nichts, und sie verschwendete damit nur ihre Kraft. Sie wollte ihre ganze Aufmerksamkeit darauf richten, ein Kentern des Bootes zu verhindern.

Die Angriffe der Najaden ließen in ihrer Häufigkeit nach. Kendra sagte nichts, reagierte nicht auf das herausfordernde Kichern und ignorierte die Hände an den Seiten des Bootes. Sie verlagerte einfach nur ihr Gewicht, wie es gerade nötig war. Langsam bekam sie Übung darin, und das Boot geriet erst gar nicht mehr in allzu ernsthafte Schräglage.

Dann hörten die Versuche ganz auf. Nachdem etwa eine Minute lang nichts passiert war, begann Kendra wieder zu treten und Kurs auf die Insel zu nehmen. Doch kurz darauf wurde sie wieder belästigt. Sofort stellte sie das Treten ein, und die Najaden drehten das Boot wieder ein paar Mal im Kreis und schaukelten es hin und her.

Kendra wartete. Nach einer weiteren Minute der Ruhe paddelte sie wieder. Wieder zogen die Najaden sie zurück. Aber nicht mehr so eifrig wie am Anfang. Sie spürte, dass sie kurz davor waren, aufzugeben. Sie langweilten sich.

Als sie diese Technik zum achten Mal anwandte, verloren die Najaden anscheinend endgültig das Interesse. Die Insel kam näher. Zwanzig Meter. Zehn Meter. Kendra wartete darauf, dass die Najaden sie im letzten Augenblick aufhalten würden, doch sie taten es nicht. Der Bug ihres Bootes schrammte ans Ufer. Alles blieb still.

Der Augenblick der Wahrheit war gekommen. Es gab zwei Möglichkeiten: Entweder würde sie sich in eine Wolke Löwenzahnsamen verwandeln, sobald sie einen Fuß auf die Insel setzte, und davonwehen, oder eben nicht.

Inzwischen war es ihr beinahe gleichgültig, und sie sprang einfach ans Ufer. Es schien nichts Magisches oder sonst irgendwie Besonderes zu geschehen, und sie wurde auch nicht verwandelt.

Allerdings ertönte hinter ihr schallendes Gelächter. Kendra drehte sich gerade noch rechtzeitig um, um ihr Tretboot von der Insel wegtreiben zu sehen. Es war bereits zu spät, um etwas zu unternehmen, ohne ins Wasser zu springen. Sie schlug sich mit dem Handballen auf die Stirn. Die Najaden hatten nicht aufgegeben – sie hatten nur ihre Strategie geändert! Die Aussicht darauf, in Löwenzahnsamen verwandelt zu werden, hatte sie dermaßen abgelenkt, dass sie das Boot nicht aus dem Wasser gezogen hatte. Sie hätte zumindest das Seil festhalten können!

Nun, ein weiterer Gefallen, um den sie die Feenkönigin bitten musste.

Die Insel war nicht groß. Kendra brauchte nur etwa siebzig Schritte, um sie zu umrunden. Der Schrein stand wahrscheinlich irgendwo in der Mitte.

Es gab keine Bäume auf der Insel, aber es wuchsen viele Sträucher, manche davon größer als Kendra. Es gab auch keine Pfade, und es war mühsam, sich durch die Büsche zu zwängen. Wie würde der Schrein aussehen? Sie stellte sich ein kleines Gebäude vor, aber nachdem sie die Insel einige Male abgesucht hatte, musste sie feststellen, dass es kein derartiges Gebäude gab.

Vielleicht war sie nur deshalb nicht in Löwenzahnsamen verwandelt worden, weil die Geschichte über die Insel nur ein übler Scherz war? Oder vielleicht war der Schrein nicht mehr hier. So oder so, sie saß auf einer winzigen Insel fest, in der Mitte eines Sees voller Geschöpfe, die sie ertränken wollten. Wie sich Ertrinken wohl anfühlte? Würde sie tatsächlich Wasser einatmen oder einfach ohnmächtig werden? Oder würde der Dämon sie vorher holen?

Nein! Sie war schon so weit gekommen. Sie würde noch einmal suchen, und diesmal noch gründlicher. Vielleicht war der Schrein etwas Natürliches, ein besonderer Busch oder ein Baumstumpf.

Sie schritt noch einmal langsam den äußeren Rand der Insel ab. Sie bemerkte ein dünnes Rinnsal. Es war eigenartig, auf einer so winzigen Insel einen Bach zu finden, wie klein er auch sein mochte. Sie folgte dem Bach zur Mitte der Insel, bis sie die Stelle fand, an der er aus der Erde sprudelte.

Dort, an der Quelle, stand eine fünf Zentimeter hohe, schön geschnitzte Feenstatue. Sie ruhte auf einem weißen Sockel, der sie noch ein paar Zentimeter größer machte. Davor stand eine kleine Silberschale.

Natürlich! Feen waren so winzig, dass es nur schlüssig war, wenn der Schrein ebenso klein war!

Kendra ließ sich neben der Quelle direkt vor der kleinen Figur auf die Knie fallen. Alles war vollkommen still. Als sie zum Himmel aufblickte, sah sie, dass der östliche Horizont sich bereits purpurn färbte. Die Nacht näherte sich ihrem Ende.

Kendra fiel nichts anderes ein, als mit größter Aufrichtigkeit ihr Herz auszuschütten. »Hallo, Feenkönigin. Danke, dass du mich hast herkommen lassen, ohne mich in Löwenzahnsamen zu verwandeln.«

Kendra schluckte. Es war irgendwie seltsam, zu einer winzigen Statue zu sprechen. Es hatte so gar nichts Magisches an sich. »Wenn du mir helfen kannst, bitte tu es, ich brauche deine Hilfe wirklich. Eine Hexe namens Muriel will einen Dämon namens Bahumat freilassen. Die Hexe hält meine Großeltern gefangen, Opa und Oma Sørensen, außerdem meinen Bruder Seth und meine Freundin Lena. Wenn dieser Dämon freikommt, wird er das ganze Reservat in Schutt und Asche legen, und ohne deine Hilfe kann ich das auf keinen Fall verhindern. Bitte, ich liebe meine Familie, und wenn ich nichts unternehme, wird dieser Dämon, er wird …«

Die Realität dessen, was sie sagte, traf sie wie ein Hammerschlag, und Tränen quollen aus ihren Augen. Zum ersten Mal wurde ihr die Tatsache, dass Seth sterben würde, vollauf bewusst. Sie dachte an all die Erlebnisse mit ihm, schöne wie ärgerliche, und begriff, dass es nichts von alledem je wieder geben würde.

Sie schluchzte so heftig, dass sie zitterte. Heiße Tränen strömten ihr über die Wangen. Sie ließ sie fließen. Sie brauchte die Erleichterung, sie konnte all das Grauen nicht länger unterdrücken. Die Tränen, die sie während ihrer Flucht aus der Vergessenen Kapelle vergossen hatte, waren Tränen des Schreckens und des Entsetzens gewesen. Jetzt flossen Tränen der Erkenntnis.

Die Tränen rollten über ihr Kinn und fielen in die Silberschale. Sie schluchzte und schluchzte und kam kaum noch zu Atem. »Bitte, hilf mir«, brachte sie schließlich heraus.

Eine wohlriechende Brise wehte über die Insel. Sie duftete nach fruchtbarer Erde und frischen Blüten, und ein Hauch von Meeresluft lag darin.

Sie hörte auf zu weinen und wischte sich mit dem Ärmel die Tränen von den Wangen.

Die Miniaturstatue war nass. Kam das von Kendras Tränen? Nein! Wasser sickerte aus den Augen der Statue in die Silberschale.

Die Luft regte sich abermals und der Duft wurde stärker. Kendra spürte die Gegenwart eines anderen Wesens. Sie war nicht länger allein.

Ich nehme deine Opfergabe an und weine mit dir. Sie konnte die Worte nicht hören, aber in ihrem Denken spürte Kendra sie so deutlich, dass sie nach Luft schnappen musste. Etwas Derartiges hatte sie noch nie erlebt. Immer noch sickerte klare Flüssigkeit von den Augen der Statue in die Schale.

Aus Tränen, Milch und Blut bereite einen Trank, und meine *Dienerinnen* werden dir helfen.

Das mit den Tränen war klar. Die einzige Milch, die Kendra sich für diesen Zweck vorstellen konnte, war die Violas. Aber wessen Blut? Ihr eigenes? Das der Kuh? Die Dienerinnen mussten Feen sein.

»Warte, was soll ich tun?«, fragte Kendra. »Wie komme ich von der Insel?«

Als Antwort kreiselte der Wind für einen Moment, entwickelte sich zu einer Bö und ließ wieder nach. Der angenehme Duft verschwand. Die kleine Statue hörte auf zu weinen, und die übersinnliche Gegenwart des anderen Wesens war nicht mehr zu spüren.

Kendra griff nach der Schale. Sie war ungefähr so groß wie ihre Handfläche und fast zu einem Drittel gefüllt. Sie hatte gehofft, dass die Feenkönigin die Situation für sie regeln würde. Stattdessen hatte sie ihr eine Möglichkeit gewiesen, das Problem selbst zu lösen. Die telepathische Botschaft kam ihr ebenso präzise vor wie gesprochene Worte. Ihre Familie war immer noch in Gefahr, aber der Hoffnungsfunke war jetzt eine Flamme.

Wie sollte sie von der Insel kommen? Kendra stand auf und ging zum Ufer. Unglaublicherweise driftete das Tretboot in ihre Richtung. Es kam stetig näher, bis es die Insel erreichte.

Kendra stieg ein. Es legte von allein ab, wendete und nahm Kurs auf den weißen Bootssteg.

Kendra sagte nichts. Sie trat nicht. Sie hatte Angst, irgendetwas zu tun, das die Fahrt zum Steg unterbrechen könnte. Sie hielt die Schale auf ihrem Schoß, sorgfältig darauf bedacht, auch nicht einen Tropfen zu verschütten.

Dann sah sie eine dunkle Gestalt auf dem Steg, die bereits auf ihre Rückkehr wartete. Eine Marionette von der Größe eines Menschen. Mendigo.

Kendras Kehle schnürte sich vor Angst zusammen. Sie hatte auf der Insel Magie gewirkt! Die Tränen von der Statue – das war Magie, nicht wahr? Ihr Schutz würde nicht mehr funktionieren. Und Mendigo war gekommen, um sie zu fangen.

»Könnt ihr mich irgendwo anders absetzen?«, fragte sie.

Das Boot bewegte sich stetig vorwärts. Was sollte sie tun? Selbst wenn sie sie irgendwo anders absetzten, würde Mendigo ihr einfach folgen.

Das Boot war nur noch zwanzig Meter vom Steg entfernt, dann zehn. Sie musste den Inhalt ihrer Schale schützen. Und sie durfte sich nicht von Mendigo fangen lassen. Aber wie konnte sie ihn aufhalten?

Das Tretboot legte am Steg an. Mendigo machte keine Anstalten, sie zu packen. Er schien darauf zu warten, dass sie an Land kam. Kendra stellte die Schale auf den Steg und stand auf. Jemand schien das Boot für sie festzuhalten.

Als sie auf den Steg trat, bewegte Mendigo sich vorwärts, aber wie zuvor schien er sie nicht greifen zu können. Mit halb erhobenen Armen und zitternden Fingern stand er da. Kendra hob die Schale auf und ging um die Marionette herum. Mendigo folgte ihr den ganzen Steg entlang.

Warum hatte Muriel Mendigo hinter ihr hergeschickt, wenn er sie nicht ergreifen konnte? Wusste Muriel, dass sie sich mit der Feenkönigin in Verbindung gesetzt hatte? Wenn ja, war die Anwesenheit der Marionette wahrscheinlich eine Vorsichtsmaßnahme.

Trotzdem stellte Mendigo ein Problem dar. Anscheinend hatte Kendra auf der Insel keinen wirklichen Zauber gewirkt; sie hatte lediglich eine Zutat geholt. Aber wenn sie das Elixier mischte, das die Feenkönigin beschrieben hatte, und es den Feen gab, war das gewiss Magie. Sobald sie ihren Schutz verlor, würde Mendigo sich auf sie stürzen.

Das kam nicht in Frage.

Kendra stellte die Silberschale auf die Stufen, die zu dem Pavillon hinaufführten. Dann drehte sie sich um und stellte sich Mendigo. Die Marionette war mehr als einen halben Kopf größer als sie. »Ich denke, du funktionierst wie Hugo. Du hast kein Gehirn und tust nur, was man dir sagt. Ist das richtig, Mendigo?«

Die Puppe stand reglos da. Kendra versuchte, ihre Angst niederzukämpfen. »Ich glaube zwar nicht, dass du mir gehorchen wirst, aber einen Versuch ist es wert. Mendigo, steig auf einen Baum und bleib für immer dort sitzen.«

Mendigo rührte sich nicht. Kendra ging direkt auf ihn zu. Er versuchte, die Arme zu heben, um sie zu ergreifen, konnte es aber nicht. Als sie direkt vor ihm stand, streckte sie zaghaft einen Finger aus und berührte seinen hölzernen Leib. Er reagierte nicht, schien aber weiter gegen die Macht anzukämpfen, die ihn davon abhielt, sie zu packen.

»Du kannst mich nicht berühren. Ich habe nichts Böses getan und keine Magie benutzt. Aber ich kann dich berühren.« Sie strich sachte über seine beiden Arme. Mendigo zitterte, so sehr versuchte er, sie zu ergreifen.

»Willst du sehen, was ich als Nächstes tun werde?«, fragte Kendra. Mendigo bebte, und seine Haken klirrten, aber er war immer noch nicht imstande, sie zu packen. Sie biss sich unbewusst auf die Unterlippe, ergriff seine beiden Arme direkt unter den Schultern, hakte sie aus und rannte davon. Kendra hörte, wie Mendigo ihr nachjagte, während sie zum Rand des Sees rannte und die hölzernen Arme ins Wasser warf.

Etwas schlug Kendra auf die Schulter und warf sie zu Boden. Es drückte ihr auf den Rücken und hielt sie unten. Kendra bekam kaum Luft. Sie hob den Kopf und sah, dass Mendigo sie mit einem Fuß auf den Boden gedrückt hielt. Wie konnte ein Geschöpf, das so zerbrechlich aussah, so stark sein? Die Stelle, wo er sie an der Schulter getroffen hatte, brannte heftig – sie würde bestimmt einen blauen Fleck bekommen.

Kendra griff nach seinem anderen Bein und hoffte, den Unterschenkel aushaken zu können, aber die Marionette wich ihrer

Hand tänzelnd aus. Einen Augenblick lang wirkte Mendigo unentschlossen. Kendra erwartete seinen Angriff.

Wenn sie nur ein Bein aushaken könnte!

Stattdessen eilte Mendigo auf den Steg hinaus. Seine beiden Arme trieben auf dem Wasser. Einer war inzwischen fast außer Reichweite. Mendigo ging in die Hocke, balancierte vorsichtig auf einem Fuß und streckte ein Bein nach dem näheren Arm aus.

Gerade als seine Zehen das Wasser berührten, schnellte eine weiße Hand hervor, packte Mendigo am Knöchel und zog ihn mit einem Platschen in den See. Kendra hielt den Atem an und wartete. Die Marionette kam nicht wieder an die Oberfläche.

Sie rannte zurück und hob die Schale auf. Mit der Schale in der Hand konnte sie jedoch nicht mehr laufen und ging stattdessen mit schnellen Schritten, sorgfältig darauf bedacht, nichts von ihrer kostbaren Fracht zu verschütten. Eilig ging sie zu dem Torbogen in der Hecke und dann den Pfad hinunter zurück zur Straße.

Das Licht der Sterne am östlichen Himmel war noch schwächer geworden. Kendra eilte die Straße entlang. Sie war sich ziemlich sicher, dass sie nicht länger unter dem vollen Schutz der Gründungsverträge stand. Aber auch wenn sie Unheil angerichtet hatte, es hatte sich zumindest gelohnt. Sie hatte jedoch das Gefühl, dass es nicht das letzte Unheil bleiben würde, das sie in dieser Nacht stiftete.

KAPITEL 18

BAHUMAT

Als Kendra die Scheune erreichte, beherrschte ein frühmorgendliches Grau den östlichen Horizont. Ihr Marsch vom See hierher war ereignislos verlaufen, und sie hatte keinen Tropfen aus der Silberschale verschüttet. Jetzt ging sie zu der kleinen Tür, die Seth aufgetreten hatte, und schlüpfte in die Scheune.

Die Riesenkuh kaute Heu. Wann immer Kendra Viola sah, staunte sie von neuem über deren gigantische Ausmaße. Das Euter der Kuh war aufgebläht, fast so schlimm wie beim ersten Mal, als sie sie gemolken hatten.

Kendra hatte die Tränen, jetzt brauchte sie noch Milch und Blut. Da die Feenkönigin sich auf telepathische Weise mit ihr in Verbindung gesetzt hatte, vertraute Kendra ihrem ersten Gedanken. Die Milch musste also die von Viola sein. Und das Blut? Ihr eigenes? Das der Kuh? Um auf der sicheren Seite zu sein, würde sie wahrscheinlich beides benötigen. Aber zuerst die Milch.

Kendra stellte die Silberschale in eine geschützte Ecke und holte eine der Leitern herbei. Sie wollte nur ein paar Spritzer holen. Um die Kuh richtig zu melken, blieb ihr keine Zeit. Kendra hatte noch nie versucht, Violas Milch aufzufangen. Sie und Seth hatten lediglich den Druck im Euter gelindert und alles auf den Boden fließen lassen. Es gab reichlich Fässer, aber die Vorstellung, ein Fass in eine kleine Silberschale zu leeren, kam ihr ziemlich heikel vor.

Außerdem musste sie an der Zitze entlangrutschen, um Milch herauszubekommen, und sie hatte die Befürchtung, dass sie selbst in das Fass fallen würde.

Sie fand eine große Keksdose von der Art, wie Dale sie in den Garten gestellt hatte. Perfekt. Klein genug, um ihr auszuweichen, aber groß genug, um genug Milch aufzufangen. Sie schob die Dose unter die Zitze und versuchte abzuschätzen, wohin die Milch spritzen würde.

Kendra kletterte auf die Leiter und sprang. Sie umarmte die fleischige Zitze, und die Milch strömte heraus. Nur wenig davon spritzte in die Dose. Sie verschob die Dose, kletterte wieder auf die Leiter und versuchte es noch einmal. Diesmal erzielte sie einen Volltreffer. Die Dose war fast randvoll, und es gelang ihr sogar, auf den Füßen zu landen.

Kendra trug die Dose zu der Silberschale hinüber. Sie schüttete Milch hinein, bis die Schale zu drei Vierteln gefüllt war. Jetzt blieb nur noch das Blut.

Viola muhte donnernd. Anscheinend regte sie sich darüber auf, dass das Melken so kurz, nachdem es begonnen hatte, schon wieder aufhörte. »Du wirst gleich noch lauter muhen«, murmelte Kendra leise.

Wie viel Blut würde sie brauchen? Die Feenkönigin hatte nichts über Mengen gesagt. Kendra durchsuchte die Schränke nach Werkzeugen. Schließlich fand sie eine Unkrauthacke und eine weitere Keksdose. Es konnte ganz schön eklig werden, genug Blut zu bekommen, um es von der Dose in die Schale umschütten zu können.

»Viola!«, rief Kendra. »Ich weiß nicht, ob du mich verstehen kannst. Ich brauche ein bisschen von deinem Blut, um Fabelheim zu retten. Es könnte ein wenig weh tun, also versuch, tapfer zu sein.«

Es war nicht zu erkennen, ob die Kuh sie verstanden hatte. Kendra ging zu der Zitze zurück, die sie gemolken hatte. Es war der einzige Bereich am Körper der Kuh, der nicht von Fell geschützt war, daher vermutete sie, dass es die beste Stelle sein würde, um ein wenig Blut abzuzapfen.

Sie stieg die Leiter nur wenige Stufen hinauf, denn sie wollte möglichst weit unten in die Zitze stechen, damit das Blut auch in die Dose floss. Wenn sie ein Messer gefunden hätte, hätte sie versucht, einen Schnitt zu machen. Das einzig Scharfe an der Unkrauthacke waren die Zacken am Ende, also würde sie sich mit einer Stichwunde begnügen müssen.

Sie musste fest zustoßen, weil die Zitzen so elastisch waren. Bei einem Tier von dieser Größe würde die Haut ziemlich dick sein. Sie sagte sich, dass es für die riesige Kuh nicht mehr als ein kleiner Stich war. Aber würde Kendra wollen, dass jemand einen Dorn in ihr Fleisch rammte? Die Kuh würde sich wahrscheinlich aufregen.

Kendra hob die Hacke, während sie in der anderen Hand die Keksdose hielt. »Tut mir leid, Viola!«, rief sie und stieß die Spitze in das schwammige Fleisch. Das Werkzeug versank fast bis zum Griff, und Viola stieß ein erschrockenes Gebrüll aus.

Die schwere Zitze schwang hin und her und warf Kendra samt Leiter um. Sie hielt die Hacke fest und zog sie im Fallen aus der Zitze heraus.

Viola machte einen Schritt zur Seite, warf den Kopf zurück und brüllte wieder. Die Scheune erzitterte, und Kendra hörte Balken splittern. Das Dach knarrte, die Wände wankten und knackten. Kendra hielt sich schützend die Arme über den Kopf. Viola stampfte mit ihren gigantischen Hufen auf den Boden und ließ ein langes, schmerzerfülltes Muhen hören. Dann beruhigte sich die Kuh wieder.

Kendra blickte auf. Von oben schwebte Staub und Heu herab. Und aus der Zitze strömte Blut und tropfte bereits in die Dose.

Da Viola sich beruhigt hatte und das Blut reichlich strömte, warf Kendra die Keksdose beiseite und holte die Silberschale. Sie stellte sich unter die Zitze und fing die Blutstropfen auf. Sie hatte einmal mit ihrer Familie eine Höhle besichtigt, und der Anblick erinnerte sie an Wasser, das von einem Stalaktiten tropfte.

Schon bald färbte sich die Mischung in der Schale rosig. Der Blutstrom verebbte. Kendra vermutete, dass es genug war.

Sie durchquerte die Scheune und setzte sich neben die kleine Tür. Jetzt zu ihrem Blut. Vielleicht konnte sie es mit dem Blut der Kuh versuchen und sehen, ob es funktionierte. Nein, es war Eile geboten. Wie sollte sie an ihr Blut herankommen? Auf keinen Fall würde sie die Hacke benutzen, wenn sie sie nicht vorher sterilisieren konnte.

Sie ließ die Schale stehen und durchstöberte abermals die Schränke. Schließlich sah sie an einem Overall eine Sicherheitsnadel. Sie löste sie und lief zurück zu der Schale.

Sie hielt eine Hand über die Schale und zögerte. Kendra hatte Nadeln und Spritzen schon immer gehasst, den Gedanken, dass ihr etwas weh tun würde, und sie es auch noch gelassen ertragen musste. Aber heute war nicht der Tag, um zimperlich zu sein. Also biss sie die Zähne zusammen, bohrte sich die Nadel in den Daumen und quetschte zwei Blutstropfen in die Schale. Das musste reichen.

Kendra betrachtete die Keksdose. Ein neuer Tag begann und sie sollte wahrscheinlich selbst etwas Milch trinken. Sie nahm einen Schluck. Dann wurde ihr klar, dass ihre Familie ebenfalls Milch brauchen würde.

In einem der Schränke hatte sie Wasserflaschen gesehen. Kendra eilte zu dem Schrank hinüber, holte eine Flasche heraus und füllte sie mit Milch aus der Keksdose. Die Flasche passte gerade so in ihre Tasche.

Kendra griff nach der kleinen Silberschale, ließ die Mischung darin ein wenig kreisen und verließ die Scheune. Der Horizont schimmerte in frühmorgendlichen Farben. Der Sonnenaufgang würde nicht mehr lange auf sich warten lassen.

Was nun? Es waren keine Feen in Sicht. Als die Feenkönigin ihr die Anweisungen gegeben hatte, hatte Kendra keinen Zweifel daran gehabt, dass die Dienerinnen, von denen sie sprach, Feen waren. Sie sollte einen Trank für sie brauen, der ihnen irgendwie die Möglichkeit geben würde, ihr zu helfen.

Was würde der Trank bewirken? Kendra hatte keine Ahnung. Würde er ihr helfen, das Vertrauen der Feen zu gewinnen? Und was dann? Da ihr nichts anderes übrig blieb, musste sie auf die Intuition vertrauen, die sie verspürt hatte, als die Feenkönigin in ihren Gedanken gesprochen hatte.

Doch als allererstes musste sie Feen finden. Sie ging durch den Garten. Sie sah eine, gekleidet in Orange und Schwarz mit dazu passenden Schmetterlingsflügeln. »He, Fee, ich habe etwas für dich!«, rief sie.

Die Fee kam herbeigeflogen, blickte auf die Schale, begann mit quiekender Stimme etwas zu zirpen, und schwirrte davon. Kendra durchstreifte den Garten, bis sie eine weitere Fee fand und bei ihr die gleiche Reaktion erzielte. Die Fee wirkte ziemlich aufgeregt und flog dann davon.

Schon kamen etliche Feen herbeigeflogen, spähten in die Schale und stoben dann davon. Sie verbreiteten offenkundig eine Nachricht.

Kendra war bei dem verzauberten Dale angelangt. Sie stellte die Schale auf den Boden und zog sich zurück, für den Fall, dass ihre Nähe die Feen abschreckte. Der Morgen wurde heller. Es dauerte nicht lange, bis Dutzende von Feen über der Schale schwebten. Jetzt blieben sie, und langsam bildete sich eine Traube von Feen rund um die Schale. Gelegentlich flog eine direkt über die Schale und spähte hinein. Eine legte sogar eine winzige Hand auf den Rand. Aber keine trank davon. Die meisten blieben ein gutes Stück entfernt.

Schließlich waren es mehr als hundert Feen. Trotzdem tranken sie nicht. Kendra versuchte, geduldig zu sein. Sie wollte sie nicht verschrecken.

Plötzlich zerriss ein Heulen wie von einem mächtigen Sturm den stillen Morgen. Kendra spürte keine Brise, aber in der Ferne konnte sie einen kreischenden Wind hören. Als das Geräusch verebbte, hallte ein wildes Brüllen durch den Garten. Die Feen zerstreuten sich.

Das konnte nur eins bedeuten. »Wartet, bitte, ihr müsst das trinken! Eure Königin hat es mich für euch machen lassen!« Die Feen huschten verwirrt umher. »Beeilt euch, die Zeit läuft ab!«

Ob es an ihren Worten lag oder einfach daran, dass sie sich von ihrem Schreck erholt hatten, die Feen scharten sich wieder um die Schale. »Versucht es«, sagte Kendra. »Kostet davon.«

Keine der Feen nahm ihr Angebot an. Kendra tauchte einen Finger in die Schale und probierte das Elixier. Sie versuchte, das

Gesicht nicht zu verziehen – es schmeckte salzig und abscheulich. »Hmmmm... köstlich.«

Eine Fee mit rabenschwarzem Haar und Hummelflügeln näherte sich der Schale. Sie ahmte Kendras Bewegungen nach, tauchte einen Finger hinein und kostete die Mischung. In einem wirbelnden Schauer von Funken wurde die Fee fast zwei Meter groß. Der fruchtbare Geruch, der die Feenkönigin umgeben hatte, war wieder da. Die riesige Fee blinzelte erstaunt, dann glitt sie hoch in die Luft.

Die anderen Feen umlagerten die Schale. Ein Funkenregen blitzte über dem Garten, während die Feen sich eine nach der anderen verwandelten. Kendra wich zurück und beschirmte ihre Augen vor dem blendenden Feuerwerk. Binnen Sekunden war sie umringt von einer herrlichen Schar menschengroßer Feen. Einige von ihnen standen um sie herum, aber die meisten schwebten.

Die Feen waren durchweg groß und schön, mit der geschmeidigen Muskulatur professioneller Ballerinas. Sie trugen leuchtend bunte, exotische Gewänder und verströmten auch noch immer Licht, wobei das sanfte Funkeln jetzt zu einem strahlenden Leuchten geworden war. Die größte Veränderung lag jedoch in ihren Augen. An die Stelle von fröhlichem Übermut war etwas Strenges, Loderndes getreten.

Eine Fee mit glänzenden, silbernen Flügeln und kurzem, blauem Haar landete direkt vor Kendra auf dem Boden. »Du hast uns in den Krieg gerufen«, erklärte sie mit einem starken Akzent. »Wie lauten deine Anweisungen?«

Kendra schluckte. Hundert menschengroße Feen nahmen viel mehr Raum ein als hundert winzige. Sie waren immer so niedlich gewesen, jetzt waren sie fast ein bisschen beängstigend. Sie hätte diese stolzen Seraphim nicht gerne als Feindinnen.

»Könnt ihr Dale seine ursprüngliche Gestalt wiedergeben?«, fragte Kendra.

Zwei Feen beugten sich über Dale und legten ihm die Hände auf. Dann halfen sie ihm auf die Füße. Er betrachtete Kendra mit einer Mischung aus Verwirrung und Erstaunen und klopfte seinen ganzen Körper ab, als wäre er überrascht, dass er unversehrt war. »Was geht hier vor?«, wollte er wissen. »Wo ist Stan?«

»Die Feen haben Sie geheilt«, erklärte Kendra. »Opa und die anderen stecken immer noch in Schwierigkeiten. Aber ich glaube, die Feen werden uns helfen.«

Kendra wandte sich wieder der atemberaubenden silbernen Fee zu. »Die Hexe Muriel versucht, einen Dämon namens Bahumat zu befreien.«

»Der Dämon ist bereits frei«, erwiderte die Fee. »Du brauchst uns nur deine Befehle zu geben.«

Kendra presste die Lippen zusammen. »Wir müssen ihn wieder einsperren. Und die Hexe ebenfalls. Außerdem müssen wir meine Großeltern retten und meinen Bruder, Seth, und Lena.«

Die blauhaarige Fee nickte und gab in einer melodischen Sprache Anweisungen. Einige der Feen begannen in den umliegenden Gebüschen zu stöbern und zogen Waffen heraus. Eine gelbe Fee förderte aus der Erde eines Blumenbeetes ein Kristallschwert zutage. Eine violette Fee verwandelte einen Dorn eines Rosenbuschs in einen Speer. Die silberne Fee mit dem blauen Haar verwandelte ein Schneckenhaus in einen wunderschönen Schild, und das Blütenblatt eines Stiefmütterchens wurde in ihrer Hand zu einer flammenden Axt.

»Dies ist dein Wille«, sagte die silberne Fee.

»Ja«, bekräftigte Kendra entschieden.

Die Feen erhoben sich alle zusammen in die Luft. Kendra wollt ihnen gerade nachsehen, da packte eine Hand ihren linken Arm, und eine andere ergriff ihren rechten, und sie schwebte zwischen zwei Feen – einer schlanken Albinofee mit schwarzen Augen und einer blauen, pelzigen Fee. Kendra erkannte die Blaue als den Daunigen Quellgeist, den sie in Opas Arbeitszimmer gesehen hatte.

Die plötzliche Beschleunigung verschlug ihr den Atem. Sie bewegten sich dicht über dem Boden, streiften Gebüsche, wichen Baumstämmen aus und schwirrten an Zweigen vorbei. Kendra, die in der Nachhut flog, bestaunte das Feengeschwader vor ihr, wie es mühelos und mit so verwegener Geschwindigkeit an allen Hindernissen vorbeimanövrierte.

Der Rausch war überwältigend, und der Fahrtwind trieb ihr die Tränen in die Augen. Der See mit den Pavillons glitt unter ihr vorbei. Wenn sie so weitermachten, würden sie die Vergessene Kapelle binnen Sekunden erreichen.

Aber was war, wenn sie dort ankamen? Bahumat war angeblich unglaublich mächtig. Trotzdem gab Kendra sich gute Chancen – schließlich wurde sie von einer ganzen Legion grimmiger Feen begleitet.

Als sie sich umblickte, konnte Kendra Dale nirgends sehen. Anscheinend hatten die Feen ihn im Garten zurückgelassen.

Sie flogen weiter durch den Wald, bis die Feen vor ihr plötzlich himmelwärts schossen. Kendras Eskorte folgte und stieg mit ihr fast senkrecht über die Baumwipfel nach oben. Kendras Mund wurde trocken, und ihr Magen wollte kurz rebellieren.

Und dann blieben sie in der Luft stehen. Kendra und ihre Eskorte schwebten über den Baumwipfeln und beobachteten, wie die anderen sich auf die Vergessene Kapelle stürzten. Kendra versuchte, sich von der Aufregung zu erholen und gleichzeitig zu verdauen, was unter ihr geschah.

Vier geflügelte Geschöpfe hoben sich den Feen entgegen. Die riesigen Ungetüme waren mindestens drei Meter groß, mit rasiermesserscharfen Klauen und den Hörnern von Schafböcken. Einige Feen lösten sich aus der Hauptgruppe, um sie abzufangen. Die geflügelten Bestien schlugen mit Flügeln und Klauen nach ihnen, aber die Feen wichen ihnen geschickt aus und schnitten ihnen mit wenigen Hieben die Flügel ab, so dass sie zu Boden stürzten.

Etwas blitzte in Kendras Augen auf. Die Sonne lugte über den Horizont. »Kommt«, sagte Kendra zu ihrer Eskorte.

Die Feen tauchten ab. Kendra spürte, wie ihr der Magen in die Kehle stieg, als sie auf die Kirche zustürzten. Menschengroße Kobolde quollen aus dem Eingang, schüttelten die Fäuste und zischten die herannahenden Feen an. Viele der Feen warfen ihre Waffen beiseite und flogen direkt auf die Kobolde zu, umfingen sie in einer grimmigen Umarmung und küssten sie auf den Mund: In einem Feuerwerk von Funken verwandelte sich jeder Kobold, der geküsst wurde, in eine menschengroße Fee!

Kendra sah, wie die silberne Fee mit dem blauen Haar einen fetten Kobold küsste. Der Kobold verwandelte sich sofort in eine rundliche Fee mit kupferfarbenen Flügeln. Als die silberne Fee davonglitt, stürzte sich die rundliche Fee auf einen anderen Kobold und zwang ihm einen Kuss auf, und in einem Blitz verwandelte er sich in eine dünne, asiatisch aussehende Fee mit Kolibriflügeln.

Die Feen strömten in die Kirche. Die meisten machten sich nicht die Mühe, durch die Tür zu fliegen. Sie flogen durch die kaputten Fenster oder ließen sich durch das löchrige Dach fallen.

Kendras Eskorte brachte sie zu einem Loch im Dach. Sie sah die Feen Kobolde küssen und jede Menge abscheulicher Bestien vor sich hertreiben. Eine Fee schleuderte mit einer goldenen Peitsche ein krötenartiges Monstrum geradewegs durch die Wand. Eine andere ergriff ein haariges Wesen an seiner Mähne und warf es aus einem der Fenster. Eine graue Fee mit Mottenflügeln trieb einen muskulösen Minotaurus mit heißem Dampf aus der Spitze ihres Zauberstabs vor sich her und zur Kirchentür hinaus. Viele der Ungeheuer ergriffen freiwillig die Flucht vor der furchtbaren Feenstreitmacht.

Andere nahmen den Kampf auf.

Ein dämonischer Zwerg, dessen ganzer Körper mit schwarzen Schuppen bedeckt war, sprang durch die Kirche und richtete mit seinen zwei Schwertern großen Schaden an. Viele Feen wurden von den durch die Luft peitschenden Tentakeln eines rasenden Monsters getroffen, das aussah wie eine Kreuzung zwischen einem Bär und einem Kraken. Eine andere Kreatur spie Schleim in die Luft. Sie hatte eine gewisse Ähnlichkeit mit einer großen Schildkröte ohne Panzer. Ihr Körper war eine ungestalte Masse mit einem langen Hals. Mehrere Feen, denen ihr klebriger Schleim die Flügel verklumpt hatte, stürzten zu Boden.

Doch die Feen gingen unverzagt zum Gegenangriff über. Die untere Hälfte des Zwergs wurde in Stein verwandelt. Der Krakenbär trat den Rückzug an, nachdem ihm die Tentakel abgetrennt worden waren. Und ein Strom von Wasser spülte schließlich auch die schmierig-schleimige Kreatur fort. Einige Feen kümmerten sich um die Verletzten in ihren Reihen, heilten Wunden und wuschen den Schleim ab.

Nachdem das Kirchenschiff monsterfrei war, drangen die Feen durch die Tür in den Keller vor.

»Bringt mich in den Keller!«, rief Kendra. Ihre Eskorte gehorchte sofort und riss sie mit sich durch die Kirche zur Kellertür. Auf der Treppe mussten die daunige Fee und die Albinofee ihre Flügel anlegen, blieben aber weiterhin an ihrer Seite.

Der Keller war größer geworden. Er war jetzt länger, breiter und höher als zuvor.

Die Nische am anderen Ende war ebenfalls vergrößert worden und inzwischen vollkommen frei von verknoteten Seilen. Der Keller war auch nicht mehr so hell beleuchtet wie davor, doch erhellten die Feen ihn jetzt mit ihrem Lichtschein.

Furchtbare Kritzeleien und Bilder starrten sie von den Wänden an. In einer Ecke waren merkwürdige Schätze aufgehäuft – Götterfiguren aus Jade, mit Stacheln versehene Zepter und juwelenbesetzte Masken.

Kendra suchte den Raum nach ihrer Familie ab. Am leichtesten war Seth zu entdecken. Er befand sich in einem riesigen Glas, in dessen Deckel Atemlöcher gebohrt worden waren. Außer ihm waren noch Blätter und einige Zweige in dem Glas. Er sah aus, als wäre er hundert Jahre alt. Tiefe Falten durchzogen sein Gesicht, und er hatte nur noch ein paar Büschel weiße Haare auf dem Kopf. Er legte eine runzelige Hand an das Glas.

Kendra vermutete, dass es sich bei dem an die Wand geketteten

Orang-Utan um Opa handeln musste. Der große Katzenfisch, der in dem Wasserbecken neben ihm schwamm, war wahrscheinlich Lena. Von Oma konnte sie keine Spur entdecken.

Flankiert von ihrer Feeneskorte, eilte Kendra zu ihrer Familie. Dutzende abscheulicher Kobolde rangen mit Feen. Die Kämpfe dauerten jedoch nur so lange, bis ein Kuss die Kobolde in ihre ursprüngliche Gestalt zurückverwandelte.

Kendra erreichte das riesige Glas. »Geht es dir gut, Seth?«

Ihr ältlicher Bruder nickte schwach. Sein Lächeln offenbarte, dass er keine Zähne mehr hatte.

Ein Kobold stürzte sich fauchend auf Kendra. Die blaue, pelzige Fee fing das Geschöpf mitten im Flug ab und hielt seine Arme fest. Die Kreatur sah aus wie der Kobold, der zuvor ihren Bruder ergriffen hatte. Die Albinofee flog heran und gab dem Kobold einen Kuss auf den Mund, woraufhin er sich in eine wunderschöne Fee mit feuerrotem Haar und durchsichtigen Libellenflügeln verwandelte.

Seth begann an das Glas zu klopfen. Er deutete aufgeregt auf die Fee. Kendra wurde klar, dass es sich tatsächlich um die Fee handelte, die er unwissentlich verwandelt hatte.

Die rothaarige Fee näherte sich dem Glas und drohte Seth mit dem Finger. »Es tut mir leid«, murmelte Seth hinter der gläsernen Scheibe. Er faltete flehend die Hände. Die Fee betrachtete ihn mit zusammengekniffenen Augen. Dann schnippte sie mit den Fingern, und das Glas zersprang. Sie beugte sich vor und küsste Seth auf die Stirn. Seine Falten glätteten sich, und sein Haar kehrte zurück, bis er wieder aussah wie früher.

Kendra nahm die Milchflasche aus ihrer Tasche und reichte sie Seth. »Heb etwas für Oma und Opa auf.«

»Aber ich kann sie sehen…«

Ein ohrenbetäubendes Brüllen ließ den Raum erzittern. Eine Kreatur, bei der es sich nur um Bahumat handeln konnte, kam aus der Nische hervor. Der abscheuliche Dämon war dreimal so groß wie ein Mensch und hatte einen von drei Hörnern gekrönten Drachenkopf. Er ging aufrecht und hatte drei Arme, drei Beine und drei Schwänze. Ölige, schwarze Schuppen, aus denen mit Widerhaken versehene Dornen ragten, bedeckten seinen grotesken Leib. In seinen Augen funkelte das Licht einer bösartigen Intelligenz.

Neben ihm schwebte die geisterhafte Frau, die Kendra in der Mittsommernacht draußen vor ihrem Fenster gesehen hatte. Ihr ebenholzschwarzer Umhang bewegte sich seltsam fließend, wie unter Wasser. Die unirdische Erscheinung erinnerte Kendra an ein Fotonegativ. Auf der anderen Seite von Bahumat stand Muriel, die jetzt ein mitternachtsschwarzes Gewand trug. Sie grinste die Feen an und betrachtete voller Zuversicht den riesigen Dämon.

Es waren keine Kobolde mehr im Raum, und eine Schar leuchtender Feen stellte sich den letzten drei Gegnern.

Bahumat ging in die Hocke. Tintenfarbene Dunkelheit sammelte sich um ihn herum. Mit einem Brüllen wie von tausend Kanonen, die gleichzeitig abgefeuert wurden, sprang der Dämon vorwärts. Eine schwarze Schattenwand schlug ihnen entgegen wie eine Woge aus Pech. Absolute Dunkelheit verschlang den Raum. Kendra fühlte sich, als wäre sie plötzlich blind geworden. Obwohl sie sich die Hände auf die Ohren presste, war das Brüllen des Dämons ohrenbetäubend.

Der Schatten, den Bahumat ausgespien hatte, schien keine Substanz zu haben. Er war nur Dunkelheit. Aber wo waren die Feen? Wo war ihr Licht?

Der Boden vibrierte, und ein Geräusch wie von einem Erdrutsch überlagerte das Brüllen des Dämons. Plötzlich durchflutete Tageslicht den Raum. Als Kendra aufblickte, sah sie einen blauen Himmel. Die schrägen Strahlen der aufgehenden Sonne fielen in den Keller. Die ganze Kirche war eingerissen worden!

Die Feen, die von oben herabstürzten und aus allen Richtungen angriffen, bildeten eine Traube um Bahumat. Der Dämon schlug eine mit einem seiner Schwänze aus der Luft und fegte eine andere mit einem unglaublich schnellen Klauenhieb beiseite. Viele Feen fielen. Während die meisten weiter angriffen, legten andere Feen die Hände auf die Verletzten und heilten im Nu die meisten von ihnen.

Muriel stand in theatralischer Pose da und murmelte gespenstische Worte. Zwei Feen in ihrer Nähe verwandelten sich in Glas und zersprangen. Sie streckte eine verkrümmte Hand aus, und eine weitere Fee zerstob in einer grauen Wolke zu Asche.

Lange Bänder ebenholzschwarzen Stoffes umflatterten die gespenstische Frau, breiteten sich aus und umschlangen die Feen, die ihr am nächsten waren. Das Licht der eingefangenen Feen erlosch, und sie welkten dahin. Doch dann erschien die silberne Fee und durchtrennte die Bänder mit ihrer Feueraxt. Andere Feen schlossen sich ihr an und zerfetzten den schwarzen Stoff mit ihren glänzenden Schwertern.

Die Feen, die um Bahumat kreisten, hielten jetzt Seile in ihren Händen. Sie sahen aus wie die Seile, die vor die Nische gespannt gewesen waren, nur dass sie golden schimmerten. Bahumat brüllte unvermindert weiter und schlug mit Schwänzen und Klauen um sich. Doch langsam verhedderte er sich dabei immer mehr in den Seilen, in denen die ersten Knoten erschienen. Die Bewegungen des Dämons wurden zusehends langsamer. Seine gewaltigen Kiefer schnappten zu und rissen dabei einer wie ein Marienkäfer gezeichneten Fee die zarten Flügel ab.

Die gespenstische Frau wandte sich um und schwebte davon; die Bewegungen ihrer ätherischen Kleider waren jetzt nicht mehr so fließend. Die Feen kümmerten sich nicht weiter um sie. Stattdessen ergriffen sie Muriel und warfen sie auf Bahumat. Schon bald war die Hexe mit goldenen Seilen an den Dämon gefesselt. Sie kreischte, als ihr Leib ihrem wahren Alter gemäß zusammenschrumpelte und ihr stolzes Gewand sich in Lumpen auflöste.

Drei Feen landeten auf dem Kopf des Dämons. Eine jede von ihnen packte ein Horn und riss es heraus. Das Untier heulte laut auf. Dutzende von Feen ergriffen die Seile, die den Dämon fesselten, und schleuderten Bahumat zurück in die Nische. Sofort begannen die Feen eifrig, verknotete Seile über den Eingang zu spannen.

Kendra drehte sich um. Die blaue, pelzige Fee deutete auf den Orang-Utan, und die Fesseln, die ihn an die Wand ketteten, lösten sich. Eine weitere Geste, und eine Woge von Licht verwandelte den Orang-Utan in Opa Sørensen.

Die Albinofee zog den zuckenden Katzenfisch aus dem Aquarium und verwandelte ihn in Lena zurück. »Wo ist meine Oma?«, rief Kendra.

Die rothaarige Fee, die Seth befreit hatte, trat an das Aquarium heran. Sie zog eine kleine, schleimige Schnecke heraus, die sich über dem Wasser an das Glas geklammert hatte, und verwandelte sie in Oma zurück.

Oma Sørensen rieb sich die Schläfen. »Und ich dachte, mein Geist wäre als Huhn schon trüb gewesen«, murmelte sie. Opa eilte zu ihr und umarmte sie.

»Braucht ihr Milch?«, fragte Kendra und hielt ihrem Großvater die Flasche hin.

Er schüttelte den Kopf. »Wir haben nicht geschlafen, deshalb hat sich der Schleier noch nicht über unsere Augen gelegt.«

Eine Gruppe von Feen versammelte sich in der Nähe der Nische und streckte mit den Handflächen nach unten die Arme aus. Erde, Ton und Stein begannen zusammenzufließen, bis Hugo in voller Größe vor ihnen stand. Der Golem streckte sich und stieß ein Stöhnen aus, das dem Brüllen des verbannten Dämons Konkurrenz machte.

Die Feen heilten einander unermüdlich, reparierten Flügel und schlossen Wunden. Einige bildeten einen Kreis und breiteten die Arme aus. Glassplitter rutschten zusammen, nahmen die Gestalt zweier Feen an und erwachten wieder zum Leben. Mehrere andere Feen fassten sich an den Händen und begannen zu summen. Aschenpartikel kreiselten lose in ihrer Mitte, wollten aber nicht verschmelzen. Die Feen ließen einander los, und die Asche verflog. Manche der Gefallenen waren, so schien es, nicht mehr zu retten.

Mehrere Feen ergriffen Hugo und trugen ihn aus dem Keller. Andere machten das Gleiche mit Opa, Oma, Lena, Seth und Kendra. Aus der Luft konnte Kendra die zerstörte Kirche sehen. Die Trümmer waren mehrere hundert Meter weit über die Lichtung verteilt. Die Vergessene Kapelle war nicht einfach eingestürzt – sie war vollkommen zertrümmert worden.

Die Feen setzten sie ein gutes Stück von den Trümmern und dem Keller entfernt ab. Alle bis auf Lena, die von zwei Feen davongetragen wurde. Die ehemalige Najade schien sich in einer fremden Sprache mit den beiden zu streiten und versuchte, sich ihrem Griff zu entwinden.

Kendra berührte Opa Sørensen am Arm und deutete auf den Tumult.

»Da lässt sich nichts machen«, seufzte er, als die Feen Lena davontrugen. Er hatte einen Arm um Oma gelegt und hielt sie fest an sich gedrückt.

»He!«, rief Kendra. »Bringt Lena zurück!« Die Entführerinnen schenkten ihr jedoch keine Beachtung und verschwanden im Wald.

Die übrigen Feen versammelten sich über dem Keller und bildeten einen riesigen Kreis. Mit all den zurückverwandelten Kobolden hatte sich ihre Zahl mehr als verdreifacht. Kendra hatte während der Schlacht viele Feen fallen sehen, aber die meisten waren von der Magie ihrer Kameradinnen wiederbelebt und geheilt worden.

Die leuchtenden Feen hoben gemeinsam die Arme und begannen zu singen. Das Lied klang improvisiert, getragen von Hunderten miteinander verwobener Melodien, fast ohne Harmonien. Während sie sangen, begann der Boden auf der Lichtung sich zu wellen. Die Trümmer der Kirche wurden von den Wogen zusammengeworfen und füllten bald den ganzen ehemaligen Kellerraum. Die Erde begann zu beben, und das ganze Gelände wogte wie eine stürmische See. Die Mauern des Kellers fielen in sich zusammen, und die Erde ringsum faltete sich auf und verschluckte sie einfach.

Als die Erde sich wieder beruhigt hatte, war an der Stelle, wo sich einst der Keller befunden hatte, ein niedriger Hügel. Der Feenchor wurde schriller. Wildblumen und Obstbäume begannen auf der Lichtung und auf dem Hügel zu wachsen und waren binnen Sekunden voll erblüht. Sogar auf Hugo wuchsen Blumen, doch er reagierte nicht darauf. Als der Gesang der

Feen schließlich endete, war statt der kleinen Kirche nur noch ein blumenbedeckter Hügel mit saftigen Obstbäumen zu sehen.

»Jetzt sieht Hugo aus wie ein großer Blumentopf«, beschwerte sich Seth.

Die Feen kamen auf sie zu geglitten, ergriffen sie und brachten sie in halsbrecherischem Flug nach Hause. Kendra war voller Freude über den glücklichen Ausgang dieser furchtbaren Nacht und genoss es, Teil dieser prachtvollen Luftprozession zu sein. Seth stieß während des gesamten Fluges Freudenschreie aus, als säße er in der coolsten Achterbahn der Welt.

Schließlich setzten die Feen sie im Garten ab, wo Dale auf sie wartete. »Jetzt habe ich alles gesehen«, sagte er, als Opa und Oma Sørensen neben ihm abgesetzt wurden.

Die Fee mit dem kurzen blauen Haar und den silbernen Flügeln trat vor Kendra hin. »Danke«, sagte Kendra. »Ihr habt eure Sache wunderbar gemacht. Wir werden euch das nie vergelten können.«

Die silberne Fee nickte, und ihre Augen glitzerten.

Wie auf ein Signal umlagerten die Feen Kendra und gaben ihr eine nach der anderen einen schnellen Kuss. Jede Fee, die sie küsste, nahm in einem knisternden Funkenregen wieder ihre frühere Größe an und huschte davon. Kendra wurde von dem Kussfeuerwerk regelrecht überwältigt. Wieder roch Kendra den Duft der Feenkönigin – saftige, fruchtbare Erde und frische Blüten. Sie schmeckte Honig und Früchte und Beeren, alle unvergleichlich süß. Sie hörte die Musik von fallendem Regen, den Gesang des Windes und das Brüllen des Meeres. Sie fühlte sich, als umarme sie die Wärme der Sonne und ströme durch sie hindurch. Die Feen küssten ihre Augen, ihre Wangen, ihre Ohren, ihre Stirn.

Nachdem die letzte von mehr als dreihundert Feen sie geküsst hatte, ließ sich Kendra taumelnd ins Gras fallen. Sie verspürte keinen Schmerz. Sie war sogar fast überrascht, dass sie nicht einfach davonschwebte, so leicht und so schläfrig fühlte sie sich.

Opa und Dale halfen Kendra auf die Füße. »Ich möchte wetten, dass diese junge Dame eine erstaunliche Geschichte zu erzählen hat«, sagte Opa. »Und ich möchte außerdem wetten, dass jetzt nicht der richtige Moment dafür ist. Hugo, kümmere dich um deine Aufgaben.«

Dale half Kendra ins Haus. Sie fühlte sich euphorisch und wie entrückt. Sie war dankbar dafür, dass ihre Familie in Sicherheit war. Gleichzeitig war sie von einer solchen Glückseligkeit erfüllt, und die Ereignisse der Nacht wirkten so weit entfernt, dass sie sich zu fragen begann, ob nicht alles nur ein Traum gewesen war.

Opa und Oma hielten Händchen. »Es tut mir leid, dass es so lange gedauert hat, dich zurückzuholen«, sagte er leise.

»Ich kann mir die Gründe denken«, erwiderte sie. »Und wir müssen darüber reden, dass du meine Eier gegessen hast.«

»Es waren nicht deine Eier«, protestierte Opa. »Es waren die Eier der Henne, in der dein Geist gefangen war.«

»Schön, dass du das so objektiv betrachten kannst.«

»Es liegen vielleicht immer noch welche im Kühlschrank.«

Kendra stolperte die Verandatreppe hinauf, und Opa und Dale mussten sie immer noch stützen. Die Möbel waren wieder da! Fast alle waren repariert worden, wenn auch mit einigen Veränderungen. Eine Couch war zu einem Sessel umfunktioniert worden, einige der Lampenschirme waren aus verschiedenen Materialen neu zusammengestellt, und ein Bilderrahmen war mit Juwelen geschmückt worden.

Konnten die Wichtel so schnell gearbeitet haben? Kendra fielen die Augen zu. Opa nahm Omas Hand und flüsterte ihr etwas ins Ohr. Seth plapperte, aber die Worte ergaben keinen Sinn. Dale hielt sie an den Schultern fest und führte sie. Sie waren fast bei der Treppe angelangt, aber sie konnte die Augen einfach nicht mehr offenhalten. Sie hatte das Gefühl, zu fallen, doch jemandes Hände fingen sie auf. Dann konnte sie keinen klaren Gedanken mehr fassen.

KAPITEL 19

Abschied von Fabelheim

Kendra und Opa lehnten sich bequem zurück, während Hugo die Rikscha in gemächlichem Tempo die Straße hinunterzog. Der Morgen war klar und hell. Der Tag würde heiß werden, aber im Augenblick war es noch sehr angenehm.

Zwei Feen schwebten neben dem Wagen und winkten Kendra zu. Sie winkte zurück, und einander ständig umkreisend flogen die Feen davon. Im Garten wimmelte es wieder von Feen, und sie schenkten Kendra viel mehr Aufmerksamkeit als zuvor. Sie schienen sich jedes Mal zu freuen, wenn sie sie grüßte.

»Wir sind noch gar nicht zum Reden gekommen, seit das alles geschehen ist«, sagte Kendra.

»Du hast die Hälfte der Zeit geschlafen«, erwiderte Opa. Das stimmte. Nach ihrem Martyrium hatte sie zwei Tage und zwei Nächte lang geschlafen – ihre persönliche Bestleistung.

»All diese Küsse haben mich umgehauen«, sagte sie.

»Freust du dich darauf, deine Eltern wiederzusehen?«, fragte Opa.

»Ja und nein.« Es war der dritte Tag, seit Kendra aus ihrem langen Schlaf erwacht war. Ihre Eltern würden am Nachmittag kommen, um sie abzuholen. »Nach alledem scheint es ein bisschen fade, jetzt nach Hause zu fahren.«

»Nun, zumindest wirst du dir nicht mehr so viele Sorgen um Dämonen machen müssen.«

Kendra lächelte. »Stimmt.«

Opa verschränkte die Arme vor der Brust. »Was du getan hast, war etwas so Besonderes, dass ich gar nicht weiß, was ich sagen soll.«

»Es kommt mir ziemlich unwirklich vor.«

»Oh, es war wirklich. Du hast eine unrettbare Situation gerettet und damit auch unser aller Leben. Die Feen sind seit Jahrhunderten nicht mehr in den Krieg gezogen. In diesem Zustand kennt ihre Macht buchstäblich nichts Ihresgleichen. Bahumat hatte keine Chance. Was du getan hast, war so mutig und so zum Scheitern verurteilt, dass mir niemand einfällt, der es außer dir auch nur versucht hätte.«

»Es war meine einzige Hoffnung. Was glaubst du, warum die Feenkönigin mir geholfen hat?«

»Das kannst du vermutlich genauso gut beurteilen wie ich. Vielleicht, um das Reservat zu retten. Vielleicht hat sie die Aufrichtigkeit deiner Absichten gespürt. Deine Jugend hat wahrscheinlich geholfen. Ich bin davon überzeugt, dass Feen viel lieber einem kleinen Mädchen in die Schlacht folgen als irgendeinem selbstherrlichen General. Aber die Wahrheit ist, ich hätte nie für möglich gehalten, dass es funktionieren würde. Es war ein Wunder.«

Hugo hielt an, und Opa half Kendra beim Aussteigen. Sie hielt die silberne Schale in ihren Händen, die sie von der Insel mitgenommen hatte. Sie gingen über einen schmalen Pfad auf einen Bogengang in einer hohen, ungepflegten Hecke zu.

»Schon komisch, dass ich die Milch nicht mehr zu trinken brauche«, bemerkte Kendra. Als sie nach den Feenküssen wieder aufgewacht war, war sie ans Fenster gegangen und hatte die Feen umherflattern sehen. Es dauerte einen Moment, bis sie begriff, dass sie an diesem Tag noch gar keine Milch getrunken hatte.

»Ich gestehe, dass mir das ein wenig Sorgen macht«, erwiderte Opa. »Auch außerhalb der Reservate gibt es magische Geschöpfe. Die Blindheit der Sterblichen kann ein Segen sein. Gib also Acht, wo du hinschaust.«

»Ich sehe die Dinge lieber so, wie sie sind«, erklärte Kendra. Sie gingen durch den Bogengang. Eine Gruppe von Satyren spielte mit mehreren schlanken Mädchen, die Blumen im Haar trugen, Fangen. Das Tretboot trieb mitten auf dem See. Feen huschten über die Oberfläche des Wassers und schwebten zwischen den Pavillons umher.

»Ich bin neugierig, welche anderen Veränderungen die Feen in dir bewirkt haben«, sagte Opa. »Ich habe noch nie von etwas Derartigem gehört. Du wirst es mich wissen lassen, wenn du irgendwelche anderen Merkwürdigkeiten entdeckst?«

»Wie zum Beispiel, wenn ich Seth wieder in ein Walross verwandele?«

»Ich bin froh, dass du darüber scherzen kannst, aber ich meine es ernst.«

Sie gingen die Stufen des am nächsten stehenden Pavillons hinauf. »Soll ich sie einfach hineinwerfen?«, fragte Kendra.

»Ich denke, das wäre das Beste«, antwortete Opa. »Wenn die Schale von dieser Insel stammt, solltest du sie zurückgeben.«

Kendra warf die Schale wie eine Frisbeescheibe hinaus aufs Wasser. Fast sofort schnellte eine Hand hoch und ergriff sie.

»Das ging aber schnell«, meinte Kendra. »Sie wird wahrscheinlich unten bei Mendigo landen.«

»Die Najaden respektieren die Feenkönigin. Sie werden die Schale dorthin bringen, wo sie hingehört.«

Kendra betrachtete den Steg.

»Sie wird dich vielleicht nicht erkennen«, bemerkte Opa.

»Ich will nur Lebewohl sagen, ob sie es versteht oder nicht.«

Sie gingen die Holzpromenade entlang, bis sie den Pavillon mit dem Steg erreichten. Kendra ging ans Ende des Stegs. Opa blieb einige Schritte hinter ihr. »Denk daran, du darfst dem Wasser nicht zu nahe kommen.«

»Ich weiß«, sagte Kendra. Sie beugte sich vor, um in den See zu blicken. Er war viel klarer als bei Nacht. Sie zuckte leicht zusammen, als sie begriff, dass das Gesicht, das zu ihr aufblickte, nicht ihr Spiegelbild war. Die Najade sah aus wie ein Mädchen von etwa sechzehn Jahren, mit vollen Lippen und goldenen Haaren, die ihr Gesicht umspielten.

»Ich möchte mit Lena sprechen«, sagte Kendra laut und betonte die Worte überdeutlich.

»Sie wird vielleicht nicht kommen«, gab Opa ihr zu bedenken.

Die Najade starrte weiter zu ihr hinauf. »Hol Lena, bitte«, wiederholte Kendra. Die Najade schwamm davon. »Sie wird kommen«, sagte Kendra.

Sie warteten. Niemand kam. Kendra betrachtete das Wasser. Sie legte die Hände wie ein Megaphon um den Mund. »Lena! Hier ist Kendra! Ich möchte mit dir sprechen!«

Mehrere Minuten verstrichen. Opa wartete geduldig an ihrer Seite. Dann stieg direkt am Ende des Stegs ein Gesicht fast bis zur Oberfläche des Wassers auf. Es war Lena. Ihr Haar war noch immer weiß mit einigen wenigen schwarzen Strähnen. Sie sah zwar nicht jünger aus, aber ihr Gesicht hatte den gleichen zeitlosen Ausdruck.

»Lena, hey, ich bin's, Kendra, erinnerst du dich?«

Lena lächelte. Ihr Gesicht war kaum zwei Zentimeter von der Oberfläche entfernt.

»Ich wollte nur auf Wiedersehen sagen. Ich habe die Gespräche mit dir wirklich genossen. Ich hoffe, es macht dir nichts aus, wieder eine Najade zu sein. Bist du böse mit mir?«

Lena bedeutete Kendra, näher zu kommen. Sie legte die Hände um den Mund, als wolle sie ein Geheimnis mit ihr teilen. Ihre mandelförmigen Augen sahen fröhlich und aufgeregt aus. Sie passten nicht zu dem weißen Haar. Kendra beugte sich ein wenig vor.

»Was?«, fragte sie.

Lena verdrehte die Augen und bedeutete ihr, noch näher zu kommen. Kendra beugte sich ein wenig weiter herunter, und in demselben Augenblick, in dem Lena nach ihr greifen wollte, zog Opa Sørensen sie zurück.

»Ich habe dich gewarnt«, sagte Opa. »Sie ist nicht mehr die Frau, die bei uns im Haus gelebt hat.«

Kendra beugte sich gerade weit genug vor, um abermals über den Rand zu spähen. Lena streckte die Zunge heraus und schwamm davon. »Zumindest leidet sie nicht«, bemerkte Kendra.

Opa geleitete sie schweigend zurück zu dem Pavillon. »Sie hat mir erzählt, dass sie niemals aus freien Stücken zu ihrem Leben als Najade zurückkehren würde«, sagte Kendra nach einer Weile. »Sie hat es mehr als einmal gesagt.«

»Ich bin davon überzeugt, dass sie es auch so gemeint hat«, erwiderte Opa. »So wie ich es gesehen habe, ist sie nicht freiwillig mitgegangen.«

»Mir ging es genauso. Ich habe mir Sorgen gemacht, dass sie leiden könnte. Ich dachte, wir müssen sie vielleicht retten.«

»Bist du zufrieden?«, fragte Opa.

»Ich bin mir nicht einmal sicher, ob sie mich erkannt hat«, gestand Kendra. »Zuerst dachte ich, es wäre so, aber ich wette, sie hat nur so getan als ob. Sie hat versucht, mich nahe genug heranzulocken, um mich zu ertränken.«

»Wahrscheinlich.«

»Sie vermisst das Menschsein nicht.«

»Nicht aus ihrer jetzigen Perspektive«, pflichtete Opa ihr bei. »Genauso wie aus ihrer sterblichen Perspektive das Dasein einer Najade nicht sehr erfüllend schien.«

»Warum haben die Feen ihr das angetan?«

»Ich glaube nicht, dass sie es als Strafe betrachtet haben. Lena war wahrscheinlich ein Opfer guter Absichten.«

»Aber Lena hat mit ihnen gestritten. Sie wollte nicht mitkommen.«

Opa zuckte die Achseln. »Die Feen haben vielleicht gewusst, dass sie, sobald sie sie zurückverwandelt hätten, ihre Meinung ändern würde. Sieht so aus, als hätten sie Recht behalten. Denk daran, die Feen erleben ihre Existenz wie die Najaden. Ihrer Meinung nach war Lena von Sinnen, als sie eine Sterbliche wurde. Sie dachten wahrscheinlich, dass sie sie von ihrem Wahnsinn kurieren.«

»Ich bin froh, dass sie alle anderen wiederhergestellt haben«, meinte Kendra. »Lena haben sie nur ein wenig zu sehr wiederhergestellt.«

»Bist du dir sicher? Sie wurde schließlich als Najade geboren.«

»Der Gedanke zu altern, gefiel ihr nicht. Zumindest wird sie jetzt nicht sterben. Oder älter werden.«

»Nein, das wird sie nicht.«

»Ich denke trotzdem, dass sie lieber ein Mensch geblieben wäre.«

Opa runzelte die Stirn. »Da magst du Recht haben. Um die Wahrheit zu sagen, wenn ich eine Möglichkeit wüsste, Lena zurückzuholen, würde ich es tun. Ich glaube, sobald sie wieder sterblich wäre, wäre sie mir dankbar. Aber eine Najade kann nur aus freien Stücken zu einer Sterblichen werden. Ich bezweifle, dass sie sich in ihrem gegenwärtigen Zustand dafür entscheiden würde. Ich bin mir sicher, dass sie im Moment ziemlich durcheinander ist. Vielleicht wird sie mit der Zeit ein wenig Orientierung gewinnen.«

»Wie fühlt sie sich jetzt?«

»Das kann man unmöglich mit Sicherheit sagen. Nach allem, was ich weiß, ist dies ein einmaliges Vorkommnis. Ihre Erinnerungen an die Sterblichkeit sind wahrscheinlich verzerrt, wenn sie überhaupt irgendwelche Erinnerungen behalten hat.«

Kendra verdrehte unbewusst den Ärmel ihrer Bluse. Auf ihrem Gesicht stand ein gequälter Ausdruck. »Also lassen wir sie einfach dort zurück?«

»Für den Augenblick. Ich werde einige Nachforschungen anstellen und gründlich über die Angelegenheit nachdenken. Gräme dich nicht allzu sehr deswegen. Das würde Lena nicht wollen. Die Alternative wäre gewesen, von einem Dämon verschlungen zu werden. Für mich sah sie so aus, als ginge es ihr gut.«

Sie gingen wieder zu der Rikscha. »Was ist mit der Gesellschaft des Abendsterns?«, fragte Kendra. »Ist sie immer noch eine Bedrohung? Muriel hat behauptet, sie stünde in Verbindung mit ihr.«

Opa presste die Lippen zusammen. »Solange es sie gibt, ist die Gesellschaft eine Bedrohung. Für einen ungeladenen Gast ist es schwierig, sich Zugang zu einem Reservat zu verschaffen – sterblich oder nicht. Manche würden behaupten, es ist unmöglich, aber die Gesellschaft hat wiederholte Male großen Einfallsreichtum dabei bewiesen, diese angeblich unüberwindbaren Schutzbarrieren zu durchbrechen. Glücklicherweise ist ihr Versuch, Bahumat mit Hilfe von Muriel zu befreien und das Reservat zu stürzen, gescheitert. Aber wir wissen jetzt, dass sie herausgefunden haben, wo Fabelheim liegt. Wir werden wachsamer sein müssen denn je.«

»Welches geheime Artefakt ist hier verborgen?«

»Es ist bedauerlich, dass deine Großmutter euch in dieses Geheimnis einweihen musste. Mir ist klar, es war eine Vorsichtsmaßnahme, falls sie auch noch ausgeschaltet würde; aber dieses Wissen ist eine schreckliche Last für Kinder. Du darfst nie darüber sprechen. Ich habe versucht, diesen Gedanken auch Seth nahezubringen – der Himmel stehe uns allen bei. Ich bin der Verwalter von Fabelheim, und ich weiß wenig über das Artefakt, nur dass es irgendwo auf diesem Besitz versteckt ist. Wenn Mitglieder der Gesellschaft des Abendsterns herausbekommen haben sollten, dass das Artefakt hier ist – und wir haben jeden Grund zu dieser Annahme –, werden sie vor nichts Halt machen, um unsere Schutzwälle zu durchbrechen und es in die Hände zu bekommen.«

»Was werdet ihr tun?«, fragte Kendra.

»Was wir immer tun«, antwortete Opa. »Wir besprechen uns mit unseren Verbündeten und ergreifen alle nötigen Maßnahmen, damit Fabelheim auch weiterhin geschützt bleibt. Die Gesellschaft kennt seit Jahrhunderten den Standort von Dutzenden von Reservaten, und trotzdem ist es ihr noch immer nicht gelungen, sie zu infiltrieren. So sehr sie sich auch bemühen, solange wir nicht unvorsichtig werden, gibt es wenig, was sie tun können.«

»Was ist mit dieser Geisterlady? Die, die entflohen ist, während die Feen Bahumat gefangen genommen haben?«

»Ich kenne ihre Geschichte nicht, nur dass sie offenkundig eine Verbündete unserer Feinde war. Ich bin nie vielen der dunklen Wesen begegnet, die in den unwirtlicheren Winkeln von Fabelheim lauern.«

Sie erreichten den Wagen. Opa hob Kendra hoch und kletterte dann hinterher. »Hugo, bring uns nach Hause.«

Sie schwiegen während der Fahrt. Kendra dachte über all das nach, das sie besprochen hatten – das Schicksal Lenas und die drohende Gefahr durch die Gesellschaft des Abendsterns. Sie hatte geglaubt, alle Probleme wären gelöst, doch langsam sah es so aus, als wäre das lediglich der Anfang gewesen.

Weiter vorne sah sie, wie Dale neben der Straße einen umgestürzten Baum zu Feuerholz verarbeitete. Schweißüberströmt schwang er aggressiv die Axt. Als sie an der Stelle vorbeifuhren, blickte Dale zu Kendra auf. Sie lächelte und winkte. Er antwortete mit einem gepressten Lächeln, schaute weg und konzentrierte sich wieder auf seine Arbeit.

Kendra runzelte die Stirn. »Was ist denn in letzter Zeit mit Dale los? Glaubst du, die Verwandlung hat ihn traumatisiert oder so was?«

»Ich bezweifle, dass er irgendetwas gespürt hat. Er macht sich wegen etwas anderem schwere Vorwürfe.«

»Und wegen was?«

»Du darfst kein Wort mit ihm darüber sprechen.« Opa machte eine Pause und sah sich nochmal nach Dale um, bevor er weitersprach. »Er fühlt sich schlecht, weil sein Bruder Warren nicht dabei war, als die Feen alle geheilt haben.«

»Oma hat erzählt, Dales Bruder ist katatonisch. Ich bin ihm nie begegnet. Hätten die Feen ihm helfen können?«

Opa zuckte die Achseln. »Immerhin haben sie Lena zurück in den See gebracht, Kobolde in Feen zurückverwandelt und Hugo aus einem Haufen Schutt wiederhergestellt... Ja, ich kann mir vorstellen, dass sie Warren hätten heilen können. Theoretisch lässt sich jeder Zauber wieder rückgängig machen.« Opa kratzte sich an der Wange. »Vor einer Woche hätte ich noch gesagt, dass es keine Möglichkeit gibt, Warren zu heilen. Glaub mir, ich habe das Thema gründlich erforscht. Aber ich habe auch noch nie gehört, dass ein Kobold in eine Fee zurückverwandelt worden wäre. So etwas passiert normalerweise einfach nicht.«

»Ich wünschte, ich hätte daran gedacht«, sagte Kendra. »Warren ist mir nicht einmal in den Sinn gekommen.«

»Das ist nicht im Mindesten deine Schuld. Warren war einfach nicht zur richtigen Zeit am richtigen Ort. Ich bin dankbar dafür, dass wir Übrigen es waren.«

»Wie ist das mit Warren eigentlich passiert?«

»Das, meine Liebe, ist ein Teil des Problems. Wir haben keine Ahnung. Er war drei Tage lang verschwunden, und als er am vierten zurückkehrte, war er weiß wie ein Laken. Er setzte sich in den Garten und hat seither kein Wort gesprochen. Er kann essen und gehen, wenn man ihn führt, er kann sogar einige simple Arbeiten ausführen, wenn man ihn dazu anleitet. Aber keine Kommunikation. Sein Verstand hat sich davongemacht.«

Hugo hielt am Rand des Gartens. Opa und Kendra stiegen aus. »Hugo, kümmere dich um deine Pflichten.« Der Golem zog die Rikscha davon.

»Ich werde Fabelheim vermissen«, sagte Kendra, während sie

die strahlenden Blumen betrachtete, die von leuchtenden Feen wieder nur so wimmelten.

»Deine Großmutter und ich haben lange darauf gewartet, jemanden wie euch unter unseren Nachfahren zu finden«, sagte Opa. »Glaub mir. Ihr wart nicht das letzte Mal hier.«

»Kendra«, rief Oma die Treppe hinauf. »Eure Eltern sind da!«

»Ich bin gleich unten.« Kendra saß allein auf ihrem Bett im Spielzimmer. Sie seufzte. Nachdem ihre Eltern sie hier abgesetzt hatten, hatte sie die Tage bis zu ihrer Rückkehr gezählt. Jetzt widerstrebte es ihr beinahe, sie zu sehen. Ihre Eltern wussten nichts von dem Reservat, und es war unmöglich, ihnen von den Ereignissen der vergangenen zwei Wochen zu erzählen. Der einzige Mensch, mit dem sie diese Dinge teilen konnte, war Seth. Alle anderen würden denken, sie hätte den Verstand verloren.

Sie fühlte sich allein.

Kendra betrachtete das Bild von dem See, das sie gemalt hatte. Es war das perfekte Andenken an ihren Aufenthalt hier – ein Malen-nach-Zahlen-Bild, vorgezeichnet von einer Najade, und es zeigte den Ort der mutigsten Tat in Kendras ganzem Leben.

Dennoch zögerte sie, es mitzunehmen. Würden die Bilder zu viele schmerzliche Erinnerungen wachrufen? Viele ihrer Erfahrungen hier waren schrecklich gewesen. Sie und ihre Familie wären fast getötet worden. Und als Lena in den See zurückkehrte, hatte Kendra eine gerade gewonnene Freundin verloren.

Und sicher würde das Bild ihre Sehnsucht nach der verzauberten Welt des Reservats wachhalten und verstärken. Fabelheim hatte so viele wunderbare Seiten. Das Leben würde so trocken erscheinen nach all den Ereignissen der vergangenen zwei Wochen.

So oder so, das Bild würde ihr wahrscheinlich Schmerz bereiten. Trotzdem würden diese Erinnerungen auch ohne das Bild in ihr fortleben. Sie packte es ein.

Die anderen Taschen waren bereits unten. Sie warf einen letzten Blick auf das Zimmer und prägte sich all die Einzelheiten ein, bevor sie die Tür hinter sich zuzog. Dann ging sie die Treppe hinunter, durch den Flur und schließlich zur Eingangshalle.

Ihre Mom und ihr Dad standen in der Eingangshalle und lächelten ihr zu. Sie hatten deutlich an Gewicht zugelegt, vor allem Dad – er sah zehn Kilo schwerer aus. Seth stand neben Dad und hielt sein Drachengemälde fest umklammert.

»Du hast ja auch ein Bild gemalt!«, rief Mom. »Kendra, es ist wunderschön!«

»Jemand hat mitgeholfen«, sagte sie, als sie die unterste Stufe erreicht hatte. »Wie war die Kreuzfahrt?«

»Wir haben eine Menge schöner Erinnerungen mit nach Hause gebracht«, sagte Mom.

»Sieht so aus, als hätte Dad reichlich Schnecken gegessen«, sagte Seth.

Dad rieb sich den Bauch. »Niemand hat mich vor all den Desserts gewarnt.«

»Bist du soweit, mein Schatz?«, fragte Mom und legte einen Arm um Kendra.

»Wollt ihr euch nicht ein bisschen umsehen?«, fragte Kendra.

»Wir sind ein Stück auf dem Grundstück spazieren gegangen, während ihr oben wart, und wir haben uns die unteren Räume angesehen. Gab es irgendetwas Besonderes, das du uns zeigen wolltest?«

»Eigentlich nicht.«

»Wir sollten dann mal aufbrechen«, meinte Dad und öffnete die

Haustür. Noch vor ein paar Tagen war diese Tür ein Trümmerhaufen gewesen, und in dem Rahmen hatte ein Pfeil gesteckt.

Draußen lud Dale gerade die letzten Taschen in den SUV. Oma und Opa warteten in der Einfahrt. Dad half Kendra und Seth beim Einladen der Bilder, während Mom sich überschwänglich bei Oma und Opa Sørensen bedankte.

»Es war uns ein Vergnügen«, sagte Oma nachdrücklich.

»Sie müssen uns bald mal wieder besuchen«, bekräftigte Opa.

»Das würde ich schrecklich gern«, sagte Kendra.

»Ich auch«, stimmte Seth zu.

Seth und Kendra umarmten ihre Großeltern zum Abschied und stiegen dann in den SUV. Opa zwinkerte Kendra zu. Dad ließ den Motor an. »Es war schön für euch?«

»Ja«, sagte Seth.

»Umwerfend«, ergänzte Kendra.

»Erinnert ihr euch noch, was für Sorgen ihr euch gemacht habt, als wir euch hier abgesetzt haben?«, sagte Mom, während sie ihren Sicherheitsgurt anlegte. »Ich wette, es war nicht halb so schlimm, wie ihr euch vorgestellt habt.«

Kendra und Seth tauschten einen vielsagenden Blick aus.

Danksagung

Mein besonderer Dank gilt Chris Schoebinger; Chris hat das Potential in meinem Entwurf erkannt und dessen Verwirklichung möglich gemacht. Ein Danke auch an Emily Watts, diese fähige Lektorin, für die die Beseitigung von allerlei Holprigkeiten im Text eine Leichtigkeit war, sowie an Richard Erickson, Sheryl Dickert Smith und Tonya Facemyer für den echt coolen Look, den sie dem Ganzen mit ihrem gekonnten Design verliehen haben.

Danke auch an meine Freunde für ihr Feedback zu den ersten Rohfassungen: Jason und Natalie Conforto, Randy und Rachel Davis, Mike Walton, Lisa Mangum, Tony Benjamin, dem Excel-Team, Nancy, Liz, Tamara, Bryson und Cherie, Summer, Mary, meinen Vater, meiner Mutter und all die anderen. Siehst du, Ty, du hättest es doch lesen sollen.

Aaron Allen und Familie, vielen Dank für den Laptop und die Unterstützung! Danke an Tiffany, die mehrere Knoten gelöst hat, an Ryan Hamilton und Dean Hale für die unablässigen Ermutigungen, und an Tuck für das Wörterbuch und die Beiträge in letzter Minute.

Meinen Eltern danke ich für unendlich viel mehr als nur meine Gene, meinen Geschwistern für die vielen Lehrstunden im Ärgern und Aufziehen, und meiner Großfamilie für weit größere Unterstützung, als viele das für normal halten würden.

Ein Dankeschön an alle ehemaligen Lehrer, Klassenkameraden, Kumpel, Flammen, Bekanntschaften, Mitglieder von Komikertruppen, Rivalen, Feinde und neutrale Dritte: Macht weiter mit Weitermachen.

Danke, dass du diese Danksagung liest und hoffentlich den Rest des Buches ebenfalls. Und das nächste und das übernächste auch.

Das dickste und wichtigste Dankeschön allerdings gilt Mary, meiner bezaubernden Frau, und Sadie und Chase, meinen wunderbaren Kindern. Ihr habt meinem Leben einen Mittelpunkt gegeben.